# 大叔，我爱你

DA SHU，WO ai Ni

爱情
从来都是没有界限的
哪怕身份
哪怕地位
哪怕年龄
在爱情面前都不足以
成为阻碍

花木蓝/著

小说作家方阵丛书

中国财富出版社

**图书在版编目（CIP）数据**

大叔，我爱你/花木蓝著．—北京：中国财富出版社，2014.4
（青春派小说作家方阵丛书）
ISBN 978-7-5047-4994-9

Ⅰ.①大… Ⅱ.①花… Ⅲ.①长篇小说—中国—当代 Ⅳ.①I247.5

中国版本图书馆 CIP 数据核字（2013）第 281995 号

**策划编辑** 王秋萍　　**责任印制** 方朋远
**责任编辑** 康书民　宋　宇　　**责任校对** 梁　凡

---

**出版发行** 中国财富出版社
**社　　址** 北京市丰台区南四环西路 188 号 5 区 20 楼　　**邮政编码** 100070
**电　　话** 010-52227568（发行部）　010-52227588 转 307（总编室）
010-68589540（读者服务部）　010-52227588 转 305（质检部）
**网　　址** http：//www.cfpress.com.cn
**经　　销** 新华书店
**印　　刷** 北京兴星伟业印刷有限公司
**书　　号** ISBN 978-7-5047-4994-9/I·0095
**开　　本** 710mm×1000mm　1/16　　**版　　次** 2014 年 4 月第 1 版
**印　　张** 14.75　　**印　　次** 2014 年 4 月第 1 次印刷
**字　　数** 265 千字　　**定　　价** 29.00 元

---

# 第一章

薰衣草咖啡厅。

优雅的音乐回荡在装饰浪漫的小店里，温馨自然，整个小店以紫色为基调，充分配合了的薰衣草底蕴，连气味上也是淡淡的薰衣草清香。

靠窗的位子上，一个男人英姿飒爽，三十出头的样子，额头宽阔，脸颊饱满，双眼炯炯有神，一身雅戈尔的黑色西装，白色衬衫，把他的身材衬托得淋漓尽致，他笔直地坐在座椅上，脸上的表情一丝不苟，对面的女人一身浓浓的香水味道，浓妆艳抹。

没错，这确实是在相亲。相亲，八〇后的人刚刚兴起的一项活动。

“穆城翼先生，您是非常喜欢国内的品牌吗？”女人十分好奇地问，以他的身价怎么会只穿一件国内的名牌呢？

“个人爱好而已，林小姐，我们点些东西吧。”说着便向站在一边的服务员招了招手，身穿紫色工作服的服务员走了过来。

“先生、小姐，需要点些什么？”服务员十分可亲地说。

穆城翼抬眼一看这走过来的服务员着实愣了一下。

“穆先生，你来吧，我对咖啡不是很有研究，你帮我点就好了。”女人十分矜持地把两手放在了桌子上。

“不好意思，这位小姐，穆先生对咖啡也没什么研究，他最喜欢的咖啡是蓝山咖啡，而且必须加上三勺糖他才会喝的。”服务员大眼睛眨巴眨巴十分有礼貌地说着。

女人一脸惊愕，不可思议地看着眼前这个才二十来岁的女服务员。

“所以，这位小姐，您还是自己点吧。”

女人稍稍地镇定一下，稳定一下自己的情绪，“穆先生，你常来这家咖啡厅吧？这儿的服务员都对你这么熟悉。”

穆城翼尴尬地笑了笑。

“不是的，这位小姐，穆先生从来不会在任何的咖啡厅喝咖啡的，他平时工作很忙，即便是休息的时候，也会去健身房，偶尔看看电影，出去旅行什么的，从来不会来咖啡厅这种地方消遣时光。”

女人仔细打量着眼前这个年轻的服务员，吹弹可破的肌肤，粉嫩的如婴儿一般，娃娃脸，长长的睫毛像是日本刚刚出版发行的SD娃娃。

“穆先生，你们认识吧？”女人转过头来看着穆城翼，此时，穆城翼已经做好了要走的准备，他站起来，彬彬有礼地说：“不好意思，林小姐，这是我妹妹，失陪了。”说完就一脸严肃地拉着女服务员的手走了。

这小女孩好像还没有闹够，“这位小姐，您不是对穆先生的西装很感兴趣吗？你知道吗？他不是买不起贵的西装，他是分场合地选择自己的西装，像这种场合他自然会选择国产的雅戈尔了，只有在比较高级的宴会，他才会穿——阿玛尼。”她莞尔一笑，把“阿玛尼”三个字咬得特别重。

穆城翼一用力直接就把她拉出了咖啡厅，他的车就停在外面，上了车，这位漂亮的小姑娘才把自己的工作服脱掉。

“有本事你别脱，在这儿当一辈子服务员吧。”穆城翼启动引擎，毫无表情地说。

“我才不呢，那你多心疼呢，为了您老人家的健康着想，我还是不做服务员的好，”穆蓝把衣服扔在一边，系好安全带，“哎，老哥，你不生气啊？”

“生气？生气的话这十几年都被你气死好几回了，你怎么知道我在这儿的？你在我身上安了跟踪器吗？”

“都什么年代了，还用得着跟踪器？小姑奶奶我可是神通广大，掐指一算就知道你在什么地方，哈哈哈，神吧？”

穆城翼哼了一声，这帮九〇后的人还真是怪异。

“哎，老哥，你也真够老土的，都什么年代了，你还相亲？您老人家用得着相亲吗？这一表人才，典型的高富帅嘛，只要你把兜里的钞票一抖，全天下的女孩子还不是任你挑吗？”穆蓝手脚并用地比画着。

穆城翼表示很无奈，“相亲怎么就老土了？再说了，你以为我想去？是堂姐非要让我去，不好驳她的面子，你今天不用上课吗？”

“用啊，你现在送我去学校吧，晚上我不回家吃饭了，我们班有聚会。”

“别喝酒，跟着那帮男生不学好，早点回来。”一听到聚会，穆城翼眉头就蹙成了一团。

“知道啦！”穆蓝不耐烦地应了一声。

山京商业大学分学院。

山京商业大学是山京市一流的大学，可是这个分学院就不一样了，虽然也挂着山京商业大学的名号，却是学校为了提高利润，建立的三本院校，也是高学费、高消费、低考分的两高一低学院，穆蓝就是这所学院里众多高消费学生中的一个，穆蓝，十八岁，大学一年级，一进校门，便是全学校的焦点，漂亮、个性、独立、叛逆，典型的九〇后。

教室里乱哄哄的，下课铃刚一响，便开始叽叽喳喳起来，才不管讲台上的老师是不是已经把教学内容讲完了呢，下不下课，取决于铃声，而不是老师。穆蓝也开始收拾自己的书，这个时候有两个人走了进来，其中一个是这个班的辅导员，另一个长相帅气，皮肤白皙，大眼睛双眼皮，像是电视剧里那些有钱人家的少爷，有些养尊处优的姿态。

辅导员拍了拍桌子，“大家静一静，静一静!”

在这句话重复了三次之后，班长又重复了两次后，教室里总算是安静下来。

穆蓝抬起头看见讲台上的那个男子，便什么也听不见了，记忆扯得她的心硬生生地疼起来，她捂着自己的胸口，手肘支撑在桌子上，似乎没有了支撑，她就要倒下去似的。

“大家安静一下，这位是我的好朋友，江临川，学校里派我出去学习一个月，这一个月就由我的好朋友来代替我，你们要是有什么事找他就好，临川，介绍一下。”

“大家好，很高兴能认识大家，我也是刚毕业不久的，跟大家差不多年纪，希望能和你们成为好朋友。”江临川显得有些拘谨，他扫视全班，看到了那张熟悉的脸，那双眼睛犀利地盯着他，他的心疼了一下，不对的，自己都毕业了，她比自己小两岁，不应该才只有大一啊。

“好了，没事的话，大家可以走了。”辅导员说完，班里的同学就吼叫了一声，陆续走出教室。

辅导员本想约江临川出去吃饭，江临川说自己有事推托掉了，他知道该来的总是要来，一双犀利的眼睛直勾勾地盯着他，穆蓝那张娃娃般的脸和那双眼睛极其不相配。

“好久不见了？你怎么现在才大一呢？肯定是总逃课，被留级了吧?”江临川故作轻松，挤出一个微笑来。

“你欠我一个解释。”穆蓝双手叉腰，歪着头，一副要把事情追查到底的样子。

“哎，穆蓝，你的维生素，丢在桌子上了。”一个女生拿着一瓶维生素片走了过来，穆蓝接过来，“谢谢啊。”

“不客气，我先走啦，拜拜。”女生看了一眼。

“都已经过去了这么久，还有必要那么耿耿于怀吗？”江临川垂下眼睑，避开了穆蓝的目光。

“有。”穆蓝斩钉截铁地说。

“小蓝，你别这么固执，好不好？”

记忆瞬间就被拉回了四年前，这个称呼……那一年，穆蓝十六岁，他们开始恋爱了，郎才女貌，江临川喜欢喊穆蓝“小蓝”，还因着江临川的下巴还真的和《名侦探柯南》里的工藤新一有些相像，他们便被同学们公认为工藤新一和小兰，穆蓝还总是要宝似的，在同学面前喊江临川“新一”。

曾经天造地设的一对，眼神里总是充满了绵绵的爱意，而如今，穆蓝看江临川的眼神竟然带着恨意。

“我就是这么固执，你欠我的解释，我要讨回来。”穆蓝再一次觉得自己的胸口越发的疼痛起来。

江临川不敢正视穆蓝的眼睛，那双眼睛，他从第一次看见就始终没有抵抗力，可是，他心里很清楚，过去的回不来了，他轻轻地说了声：“对不起……”便像个逃兵一样地走了。

“江临川，你这个混蛋！我要的不是你的对不起！”穆蓝使劲地吼出来，可是结果却是在吼给自己听，空荡荡的教室里，似乎还有些回音，那些声音回荡给自己，穆蓝的心里一遍一遍地疼着。

穆城翼一回到家，一脸的疲惫，放下公文包，把西装放到衣架上，刚想坐下来喝点儿东西，看见了茶几上的维生素片，眉头一皱，神情立马紧张起来，抬头看了看楼上。

“穆先生，饭菜都做好了，我家里还有些事，就先走了。”保姆张妈一边解围裙一边说。

“好，张妈，你去忙吧，蓝蓝什么时候回来的？”

“回来好半天了，一回来就钻进房间了，我跟她说话，她都没理我。”

穆城翼不动声色的走上楼，穆蓝的房间紧紧关着门，他推了一下，没有推开，便敲了敲门，“蓝蓝，吃饭了，干吗呢，在屋里？是不是干什么见不得人的事呢？插门干吗？”

“我不吃了，不想吃了。”穆蓝的声音听上去无精打采。

“哎，你今天不是出去聚会吗？怎么没去啊？”穆城翼紧接着问。

“你烦不烦啊，不舒服，不想去了！”穆蓝开始不耐烦了。

穆城翼听见“咚”的一声，不是枕头便是床上的某个毛绒玩具，穆城翼太了解这丫头的脾气了，不再说话，自己一个人下楼吃饭去了。两个人住一个小别墅本来就显得有些冷清，穆城翼一个人在餐厅里吃着晚饭，感觉心里空空的，有这丫头的时候总嫌她烦，没这个丫头叽叽喳喳的，还真是有些不习惯。穆城翼暗笑自己老了，其实哪有老呢，才刚刚三十岁，正值壮年，自从遇上穆蓝，他就没有年轻过，从十八岁的年龄一下子就苍老了。吃过晚饭，在书房里上了一会儿网，浏览一些最近的新闻，看看书，看看时间已经十点钟了，他打个哈欠，伸伸懒腰，关掉电脑，走进自己的房间，打开灯，便发现穆蓝在自己的床上，抱着膝盖，头埋得很低，这是她心情不好时一贯的动作。穆城翼也没有说话，洗了澡，穆蓝蜷缩在他的怀里，像只被人丢弃的小猫，楚楚可怜，他能感觉到她的身体有些微微地发抖。

这么多年以来，只有两种情况穆蓝才会是这样的，一种就是打雷的天气，穆蓝胆大，但是却害怕打雷；还有一种就是犯病的时候。

他给她掖掖被角，“出什么事了？”语气轻柔。

“他回来了。”穆蓝幽幽的声音飘进穆城翼的耳朵里。

“他就那么忍心离开我吗？他欠我一个解释，我要讨回来。”穆蓝像是在倾诉，又像是在自言自语，“讨回来，讨回来。”穆蓝不断地重复着这句话。

穆城翼早已经猜到了是谁，他轻轻地叹了口气，“人家欠你什么？感情的事情，本来就没有什么谁欠谁的，不喜欢了，不爱了，就不在一起了，这都是很正常的事，傻丫头，别那么固执。”穆城翼停顿了一下，又接着说，“也许，他有什么样的苦衷呢，你别总胡思乱想，我家小姑奶奶条件这么好，不愁找不到男朋友的，就算是找不到这不是还有我呢吗？你老哥我给你找个有钱有势又长得帅的，还不是轻而易举的事啊。”

穆蓝笑了笑，“老哥……”亲昵的钻进穆城翼的怀里，对于她来说，穆城翼就是她的天，在这片天下，她什么也不怕。

穆蓝在喃喃自语中睡着了，穆城翼看着穆蓝熟睡的脸，却久久不能进入梦乡，回忆在他的脑海中格外清晰。

一个瓢泼大雨的晚上，电闪雷鸣，闪电似乎要把天空劈裂开来一般，阵阵滚滚的雷声，像是在举行什么盛大的宴会，街道上冷冷清清，一个年迈的老人领着一个小女孩在街道上慢慢地走着，老太太嘴里一直念叨着安慰小女孩，“别怕，咱们一会儿就到家了。”她们身上淋得湿透了，老太太一直用手遮着小女孩的头，尽管这样，小女孩还是淋得像是落汤鸡一般。

一声刺耳的刹车声，老太太躺在了血泊里，小女孩似乎是吓坏了，看着老太太躺在血泊里竟然没有一点儿反应，嘴巴张得好大，本来就已经很大的眼睛，因为惊恐呈现出异样的恐怖。

穆城翼刚刚和女朋友分手，一个人慢慢地走在街上淋着雨，这一幕恰巧被他看到了。那一瞬间，他忘记了自己的失恋，忘记了自己心里的伤痛，狂奔过去，救护车呼啸而至。

即便是这样，老人的生命也没有能够挽救回来，一条鲜活的生命就这样在自己的眼皮底下消失了。穆城翼为老人交了费用，也算是仁至义尽，准备离开，可是自己被什么东西抓住了，低下头才小女孩紧紧地抓着自己的衬衫，她脸上有哭过的痕迹，泪水还没有完全的干透，头发凌乱，瘦削的小脸看上去楚楚可怜。

“你的家里人呢?”穆城翼蹲下来摸着她的小脸说。

小女孩摇摇头。

“你没有爸爸妈妈吗?”

小女孩仍旧是摇摇头。

穆城翼动了恻隐之心，可是，他想到自己的处境，还是叹了口气摇摇头，把自己钱包里的钱全部拿出来放在小女孩的手里。

“对不起，我只能这样了，过两天我就出国了，你拿着钱去找找你的家里人，肯定会找到的。”

穆城翼摸摸她的头，站起身子，准备离开，小女孩的手仍旧是死死地抓着他的衣角，穆城翼看了看她，小女孩把钱塞回他的衣兜里。

“那你想要什么?”

她不说话，只是用一种很坚定的眼神看着穆城翼，眼睛眨也不眨。

穆城翼似乎明白她的意思，“不行的，你不能跟我走，我马上就出国了。”穆城翼见她还是没有动静，就去掰开她的手，可是他那么大的力气竟然发现掰不开她的手，穆城翼也烦了，喊了起来：“你到底想怎么样？我碰上这种事已经很晦气了，算我倒霉替你奶奶交了费用，也给了你钱，你还想怎么样?!”

小女孩听了他的话就像是没听见一样，一样的眼神，一样的姿势，任穆城翼怎样的咆哮她就是没有反应，穆城翼也累了，想了好久，才说：“好吧，我今天就带你回去，等你找到家人再把你送走。”

听到这些，小女孩的手松开了，然后很迅速地抓住了穆城翼的手，好像速度慢了穆城翼就会跑了一样，她紧紧地抓着穆城翼的手，穆城翼很诧异看似柔弱的女孩子竟然会有那么大的力气，也难怪，她抓的可不是手，而是自己的性命。

只是这一次牵手就注定不会分手了，这是穆城翼没有想到的。

没有出国，离家出走，自己的命运就这样被一场突如其来的车祸和一个莫名其妙闯进来的女孩子改变了。

穆蓝第二天的情绪稍有好转，早上起来，和穆城翼一起吃早餐，样子倒是好了许多，只是还是不爱说话，脸上也没有多少笑容。

“蓝蓝，你是不是好久没去安医生那里了？”穆城翼一边吃早餐一边有意无意地问。

穆蓝抬起头，停下吃的动作，想了一会儿说：“好像是。”

“上次去是什么时候了？”穆城翼一边吃东西一边问。

“嗯……”穆蓝想了一会儿回答说：“三个月以前了吧，也许是四个月，记不清了。”

“今天中午我抽个时间带你过去吧，也该过去看看了，正好你也没课。”

穆蓝点点头，舔着自己的手指上的奶油，昨天发生的事仿佛一瞬间被她抛到了九霄云外，眼睛还有些哭过的痕迹。穆城翼看了看她有些微肿的眼睛没有说话，还是不要提起来了，否则还真的不知道会发生什么事。

两个人正说着话，就听见了高跟鞋急促的声音，穆蓝向外面看去，糟糕，是堂姐，外面的女人也正一脸怒气地看着穆蓝，穆蓝连忙低下了头。

“你以为低着头我就看不见你了吗？你这死丫头，你是不是想你哥哥一辈子娶不上媳妇啊？昨天好好的相亲就被你破坏了，还扮成服务员来捣乱，我看你就是成心的！”堂姐穆城英刚一进门就叉着腰对着穆蓝骂开了。

“堂姐，你先消消气，还没吃饭吧，来，一起吃点儿吧，蓝蓝她不是故意的，你别往心里去。”穆城翼赶紧拉着自己的堂姐坐在了餐桌前。

“你还替她说好话，不是故意的是什么，根本就是安排好了不让你相亲，人家林小姐条件多好啊，又端庄又高雅，家世也不错，配你足够了，全被她搅和了。”穆城英看着低头吃饭的穆蓝气就不打一处来。

“堂姐，我老哥不愁找不着合适的，他长得一表人才，又是公司的董事长，不知道多少女人想嫁进穆家呢，您就别着急了。”穆蓝抬起头来说。

“是啊，这么好的条件，哪个女人不想嫁进来，就是被你这个丫头耽误了!”

“蓝蓝，吃饱了赶紧上学去，要迟到了啊!”

穆蓝对着穆城翼吐吐舌头，赶紧钻出了家门，去学校上课，从车库里推出自己的蓝色捷安特，看见车库里的宝马就有气，在车库里嘀咕了一小会儿，看见穆城翼也出来了。

“什么时候给我买车啊？你打算让我骑一辈子的捷安特啊？就许你自己开宝马，就给你家小姑奶奶一辆捷安特，只许州官放火不许百姓点灯，你这是霸道，独裁专制!”

“你说吧，你越说，我就越是不给你买，你先把驾照考下来，车以后再说，再说了，是你自己非要骑自行车的，我说叫司机送你的。”穆城翼拿出车钥匙按下遥控器，宝马很知趣地回应了一声。

“我才不让司机送呢，太不方便了，让人家以为我是哪家的千金小姐，我才不干呢，我上学去了，拜拜。”穆蓝骑上自行车，一溜烟地走了。

“路上小心点儿!”穆城翼喊完这句话，早就不见了穆蓝的踪影，摇摇头，她都不是小孩子了，自己还是这么不放心。

穆蓝哼着小曲，骑着自己蓝色的捷安特，样子很惬意。

“我说城翼，你快把她宠到天上去了，一个和你不相干的女孩子，咱们家养她这么多年也够仁义了，她也十八岁了，赶紧送走算了。”穆城英又发起了牢骚。

“堂姐，你说什么呢，养了这么多年都有感情了，把她送走了，恐怕不行吧，收养蓝蓝也是通过正当手续的，说送走就送走，又不是小猫小狗的。”穆城翼一听这话就头疼。

“听说你还把公司30%的股份给了她，你真是太荒唐了!”听到这个消息的时候，穆城英都快要气疯了，想自己为了木星集团这么多年，没有功劳也没有苦劳，自己的股份还不到5%，30%对于她来说简直就是天文数字了。

“堂姐，你先去公司吧，我还有点儿事，先走了啊。”穆城翼可不愿意在这里听她说教。

穆城翼想了想，还是觉得自己有必要去找一趟江临川，翻着自己的通讯录，那个号码已经好久没有拨过了，也不知道他还用不用，电话打通了，电话里那个男孩子的声音变得很成熟，穆城翼约他出来。

薰衣草咖啡厅。

两个大男人来这样浪漫高雅的咖啡厅未免有一些奇怪，可是穆城翼也很无奈，这个城市里穆蓝的眼睛是无处不在的，只有这种过于有情调的地方才不会被她知道，江临川来得稍晚一些，坐下来，还有些紧张，即使这已经不是第一次面对这个男人了。

“最近过得怎么样?”穆城翼叫了两杯蓝山咖啡，并没有开门见山地和江临川讲事情。

“挺好的，你怎么样?”对于穆城翼的称呼，江临川向来都是省去的，按理说他是穆蓝的哥哥，虽然两个人没有血缘关系，但是江临川就是喊不出来，总觉得这个比穆蓝大十岁的男人不像是一个哥哥。

“我很好，通过电视你也应该看到了，你这么聪明，肯定知道我找你来是什么事。”穆城翼知道江临川是个聪明的孩子，自己不说，他也能猜得出十之八九。

“我只知道是关于小蓝，就是不知道……”江临川拉长了声音，没有继续说下去。

“我想瞒着你也是没有必要的，况且，以你的身份，你也有权利知道这些事，蓝蓝，她有抑郁症。”穆城翼端起桌子上的咖啡抿了一口，似乎是在给江临川时间来接受这个事实。

江临川的确吃了一惊，像穆蓝那样开朗的女孩子，天不怕地不怕，风风火火地活在这个世界上，这样一个如火般的女孩子竟然会有抑郁症，换作是谁也不会相信的。

“很意外吧?换作是我，我也不信，蓝蓝十几岁的时候就这样，时好时坏，受不了刺激，一受刺激就会犯病，不喜欢说话，不吃饭，喜欢一个人在黑暗的角落里抱着膝盖，看见我的时候喜欢蜷缩在我怀里，不动不看不说话，也许当初你会怪我，为什么要你一个人承受这么大的痛苦，而对蓝蓝只字不提，也不许你提，我是真的不想再让蓝蓝受到任何伤害了，她再也承受不起了。”穆城翼很无奈地摇摇头，心里似乎压着千斤重的东西一样，这辈子穆蓝就是他的劫数。

“她到底有过怎样的过去呢?除了……”

穆城翼伸出手来制止他讲下去，“不要再提这件事了，蓝蓝的过去一言难尽……我当初就应该反对她谈恋爱，交男朋友，我不断地相信会有一个人走出来取代我的位置，好好地照顾蓝蓝，可是你们的出现一个个的让我失望，失望透顶。到现在，我依然认为你是最佳的人选，可是却唯独你，不可能。”

“不断地相信?”江临川抬起头望着穆城翼，“不断地有人出现吗？我不在的这几年里到底发生了什么？还是，我出现之前，小蓝就有过怎样的过去，请你告诉我，我有权利知道这一切!”江临川激动地站了起来，额头上依稀可以看见青筋暴起。

“你先坐下。”穆城翼倒是十分淡定，抿着咖啡，不急不躁。

“请你告诉我。”江临川坐下来又重复地说了这句话，像是恳求。

“好，”穆城翼深深地叹了口气，“但是，你要答应我，不告诉任何人，包括谁，尤其是谁，我想你是个聪明的孩子。”

“好，我知道，我肯定不会告诉任何人的。”

……

从咖啡馆里出来，穆城翼抬头看了看头顶上的天空，湛蓝湛蓝的，煞是干净好看，他微眯起眼睛笑了笑，想想自己那个倒霉催的妹妹不知道在做什么，看看手机的时间，中午十二点了，刚要打电话，自己的手机就响了，看见电话号码就皱起了眉头，这个电话可是他最不想接的，可是又不得不接，“喂，您好，叶主任，对，好的，我马上就过去。”一接电话，尽管心里一百个不愿意，但还是满脸堆笑，没办法，谁让对方是穆蓝的系主任呢。

匆匆忙忙赶到山京商业大学的分学院，穆蓝站在系办公室里，东瞅瞅西看看的，样子悠闲得很，穆城翼一进来就看见系主任黑着一张脸，样子吓人。他咳嗽一声，走了进去。

满脸堆笑地说：“叶主任，不知道这次穆蓝又给您添什么麻烦了？我在这儿先给您道个歉。”这样谦卑的讲话，也就只有在穆蓝的老师面前才会有。

“穆先生，令妹的性格您自己最清楚不过，从开学到现在才教学周的第六周，她所有的科目累计旷课已经三周了，按照我们学校的规定，单科旷课在 1/3 学时是不允许参加期末考试的。”遇到这么头疼的学生，叶主任也还真是头皮发麻，所有的任课老师都在反映，这个叫穆蓝的学生是不是已经退学了，怎么总不来上课呢。更有甚者，直接就说，穆蓝同学到现在都没有露过面呢。

“是，是，是，叶主任，您先消消气，您是知道的，家父家母去世得早，我也很少管教她，她就是不懂事，您多担待着点儿，有什么您都告诉我，我回去肯定教训她。”

“我们也不愿意管，也不愿意在每个学期都把您叫来，这都大学了，还请家长，未免也是十分的小儿科，可是，这也没办法，我说过好多次，都没有用。”叶主任摇着头，对于这类学生还是第一次见到。

“好，我回去肯定教训她，保证今后的课都去上。”

“只去上课还不行，有的老师宁愿她不去上课，她去上课就会搞得老师讲不下去，学生听不进去。”

“不愿意让我去，姑奶奶还不乐意去呢！”穆蓝一副无所谓的样子。

“蓝蓝！”穆城翼瞪她一眼，又满脸堆笑地跟叶主任说：“保证以后好好听讲，叶主任，您看这学期春季运动会快要开始了，学校赞助的事能不能就赏个脸交给我们公司了，我们正好有一款新的服装品牌上市，借这个机会宣传一下。”

叶主任眉毛一挑，喜上眉梢，“这个事啊，好啊，我们的学生也正在筹备拉赞助的事，也好，让他们把心思都放在运动会的各方面筹备上，那我就谢谢你了，穆先生，不过，令妹还是要多管教一下。”

“是，是，是，肯定会的，那我就先走了，公司还有些事等着我处理。”

“好的，您忙。”

穆城翼立即给穆蓝使了个眼色，离开这个让他喘不过气的地方，他们步速很快，出了教学楼，才放下步子。

“老哥，你赶着投胎啊，走这么快！”穆蓝紧皱着眉头。

“我巴不得早点死了投胎呢，我说，小姑奶奶你能不能让我省点儿心呢？”

“省什么心啊？让你省心，你老得更快了，不让你省心，是为了你好，你说你这辈子不就是为了我奋斗吗？你做什么事不是为了我啊，我要是不让你做了，那你还有什么活头呢？”

“嘿！真不愧是小姑奶奶。”穆城翼一捅她的脑门，“倒是真会为了我着想啊！”

“那必须的，老哥，你看看这些主任们，说白了，不就是想让你提供点儿赞助吗？你还真上钩。下次，你就别来了，我自己会对付的，最看不惯的就是他们这帮人的嘴脸，一个个，丑陋！肮脏！”穆蓝一副愤世嫉俗的样子。

穆城翼白了她一眼，对于这种小愤青，他也是实属无奈，“你还有课吗？没课就回家，有课就上课去，别给我出去到处惹祸。”

“好，回家！”穆蓝突然灵机一动。

“不如你跟我去公司吧，反正以后你也要在公司上班，先去适应一下环境，熟悉一下公司的情况，省得你没事瞎逛游。”穆城翼提议说。

“我才不要去呢，我可没说将来在你的公司，那是你的公司，我将来要有自己的公司呢。”穆蓝挑着眉，一副骄傲地模样。

穆城翼叹了口气，陷入了回忆之中。

空洞洞的眼神，没有神采，像是被挖空了精神，穆城翼跪在房间里，听到父母亲出车祸身亡的消息，他就保持这个姿势，整整三个小时，一动不动。穆蓝就站在他旁边，不动不说话，楚楚可怜的眼神，凝视着眼前这个为了自己离家出走的男孩子。

她小声地哭了出来，一开始只是小声地啜泣，后来，便变成了抽泣，然后，开始大哭起来，房间里突然这么大的哭声，穆城翼听见了，转过头看向穆蓝，他的眼睛布满了血丝，眼底是一片的深红，穆蓝哭得更厉害了。

“哭什么？死的又不是你爸妈。”穆城翼怒吼一声，声音有些嘶哑。

穆蓝“哇”的一声号啕大哭起来，她扑过去，扑到穆城翼脚边，抓着他的胳膊，“对不起，对不起，都是我不好，是我不好，你别哭了好不好？你还有我呢，我以后养你，等我长大了，我就养你……”

要是放在平时，穆城翼肯定会笑出声音，可是，此情此景，他只是一阵一阵的心绞痛，他看了看穆蓝又扭过头去。

穆蓝用胳膊狠狠的一擦眼泪，“我不跟着你了行吗？你别这么难过，你回家吧，我一个人走，不拖累你了，我现在就走！”穆蓝一转身刚要回自己的房间，穆城翼就伸出手来抓住了她，一伸手便把她搂在了怀里，穆蓝小小的身躯还在抽泣着，“不要，要是连你都走了，这个世界上还会有谁要我呢？别离开我，好不好？咱们都好好的，谁也不离开谁，好不好？以后，我们两个人一起生活，好不好？”

穆城翼连续说了三个“好不好”，穆蓝开始不哭了，她用自己的小手抚摸着穆城翼泪迹斑斑的脸。暖暖的小手划过穆城翼冰冷的脸，暖到穆城翼的心里去了。

“咱们好好的，你不许哭了，我也不哭了，谁也不许哭了。”

“嗯。”穆城翼点点头，很用力地点点头，“我带你回家。”

“回家？回哪个家？”穆蓝眨着大眼睛问。

“咱们家，我姓穆，你也姓穆，我们的爸爸妈妈去世了。”

“我们?”穆蓝歪着头看着满脸泪痕的穆城翼。

穆城翼指指墙上的两个相框，“那个是我们的爸爸妈妈，他们去世了，从今天开始你是穆家的孩子了。”

玻璃旋转门，穆蓝每次过来都会在门上转好几圈才进去，穆城翼便在一边等她，等她转够了，两个人一起走进去。

“你说你这是什么毛病呢?”

“这是习惯！习惯！不是毛病！麻烦你搞搞清楚!”穆蓝噘着嘴，一副无所谓的样子。

“好，是习惯，我说错了!”

“穆总，大小姐。”前台接待的小姐毕恭毕敬地鞠一躬，面带微笑。

穆城翼点个头，也算是回应了，两个人刚刚走进总裁专用电梯，负责前台工作的女孩子就开始议论起来。

“这大小姐是什么来头啊!”

“只比穆总小十岁，听说是穆总捡来的，就让她认祖归宗了，你说咱们怎么就没有这么好的福气呢!”

“那两个人到底是什么关系啊，看他们那么亲密，不会是穆总的小情人吧?”

“你们别瞎说，穆总是好心肠，收养了这么个妹妹，也没办法，就养到了这么大，两个人关系好着呢，没有你们想得那么龌龊。”

……

公司里的人大部分都是见过穆蓝的，她单独过来和跟穆城翼过来获得的待遇是有天差地别的，所有的人都明白，虽然穆城翼曾经说过，木星集团是属于穆家的，两个人有同样的继承权，但是穆蓝到底是个野孩子，而且，他还这么年轻，一旦结婚生子，以后集团的产业还不一定在谁的手里呢。

“穆总，上次您提出招聘一名业务主管，经过层层选拔，我们找到了一名业务熟练经验丰富的陈小姐，您现在要不要见一下?”他的助理李鑫磊看见他走过及时地过来汇报工作，不等穆城翼说话，他便接着说：“陈小姐就在这里，陈小姐，这是木星集团的穆总。”

穆城翼和穆蓝同时回头，看见站在不远处的女人，穆城翼一下子乱了分寸，久久回不过神来。女人躲开穆城翼灼灼的目光，拢了拢头发，穆蓝看看那个女人又看看穆城翼，心想这个女人不简单。

办公室。

穆城翼好说歹说把穆蓝支走了，只留下那个姓陈的业务主管，她就坐在他的对面，这个时候，他才能仔细地打量眼前的人，她胖了，比上学的时候胖了些，上学的时候实在是太瘦了，下巴很尖，现在圆了些，比以前稍显性感，更有女人味儿了，依然是小巧玲珑的模样。

陈慈安，那个曾经让他魂牵梦萦的女人，那个突然弃他而去的女人，那个让他既爱又恨的女人。

“这几年，过得好吗？”陈慈安不想面对穆城翼灼热的目光，那目光让她招架不住。

“很好，你呢？”穆城翼也觉得自己这样注视着她有些不礼貌，把目光转移开了，可是心底那股火却在徐徐地燃烧。

“我也很好，谢谢你关心。”

穆城翼听见“谢谢”两个字，感觉他们的距离好远好远，面前这个女人好陌生，曾经，他们也曾山盟海誓，也曾爱得天崩地裂，如今，却到了说谢谢的地步，他心痛，他难过，为什么眼前的女人竟然没有一点反应。

“陈慈安，你是不是应该有什么话要对我说？”穆城翼的语气稍稍强烈了些。

“没有，我刚来公司，还不熟悉，目前也没有什么好汇报的，等我先熟悉一下环境，再来跟穆总汇报吧！”陈慈安讲话非常有礼貌，完全没有逾越上司与下属的关系。

“你在逃避！”穆城翼一拍桌子便“噌”地站了起来，“这么多年了，陈慈安，你一句话也不说就离开了我，现在我们又相遇了，你难道不应该解释一下吗？”

“都过去这么多年了，你还记得，还是这么耿耿于怀，我结婚了。”

穆城翼下意识地看看陈慈安的手指，无名指上没有戒指。

陈慈安接着说：“所以，过去的就过去了，都不要再提了。”

“你说得好轻松啊，不提了，我受的伤痛，你一句不提了，就都结束了吗？”穆城翼冷笑。

“穆总，如果您没事的话，我就出去了，我还有我的工作，如果您觉得我不适合这个工作，请您解雇我，谢谢。”

穆城翼冷笑一声，“穆总？好，你出去吧，欢迎你，我的新员工。”

“谢谢。”陈慈安不带表情地走出了办公室，背影决绝。

# 第二章

每次看到江临川，穆蓝的心总是会隐隐作痛，相爱的一幕幕呈现在眼前，两年前他不说一句话便弃自己而去，以穆蓝的性格，她怎么可能释怀呢？每一次的相遇，都加重了她的恨，而对于江临川，又何尝不是一种折磨，每次遇到穆蓝那带着恨意的目光，心里便如同刀绞一般，疼痛难忍。

“江临川，你到底要不要告诉我，到底发生了什么事？”穆蓝站在江临川面前，眼神里有着令人摸不透看不清的东西。

“小蓝，你不要再这样纠缠下去了好不好？哪有什么事发生，我们都年轻，年轻人哪有定力呢，哪天不爱了，不喜欢了，就离开了，这很正常。”江临川背对着穆蓝。

穆蓝走到江临川面前抡圆了胳膊狠狠地给了江临川一个耳光，清脆的声音回荡在走廊里，似乎可以听得见回声，“江临川，你这个混蛋！”穆蓝咬牙切齿地说，然后一转身，离开了走廊，她的脚步声回荡在江临川耳边，他心痛得要命，默默地在心底说，小蓝，对不起，我只能这样做。

穆蓝刚走出走廊，就看见站在不远处的一个女孩子向自己使劲儿的招手。

“穆蓝！穆蓝！”站在不远处的小丫头，梳着歪歪的辫子，带着闪亮的耳钉，一只耳朵上有一排的耳钉，在阳光底下闪闪发亮，穿着也是时下九〇后的典型穿法，有着晦暗图案的 T 恤，牛仔裤上刻意弄出来的流苏和破洞，女孩化了烟熏妆，像是非主流图片里的那些女孩子们。

“小苏，你怎么来了？”穆蓝走到她面前，手插在裤兜里，一副跩跩的样子，完全没有先前面对江临川那副霸道又委屈的模样。

“穆蓝，我好想你啊！”穆蓝唤她小苏的女孩儿扑过来，一下子就揽住了穆蓝的脖子。

“哎，哎，哎，注意点儿，我可不是同性恋啊，让别人误会了，对我的名声可不好，现在女同志可泛滥呢，不要让姑奶奶怀疑你的性取向啊！”穆蓝一把推开赖在自己身上的小苏，眼神有些嫌弃和厌恶。

“哎呀，你嫌弃我！”小苏嘟着嘴，活像一个洋娃娃。

“好啦，用在男人身上那一套别在我身上用啊，要不然我可就真的怀疑你的性取向了，说吧，您老人家现在红得都发紫了，怎么还有空来找我？网络大红人应该很忙才对啊，哪有空来找我呢？”穆蓝有些讽刺地说。

“你可别埋汰我了，我算什么红人啊，我红起来还不是多亏了你，要是没有你，我算个屁呀，你要是想红，那我们这些小喽喽还不都得靠边站。”小苏有些拍马屁的蹭蹭穆蓝。

“行了，跟我还用得着这套吗？你再说，我可就真的不理你了，说吧，找我什么事？”

“也没什么事，就是我最近拍的照片啊，做的视频啊，还有我的论坛什么的，最近有些不景气，比以前少了好多的访问量和点击率，你说怎么办啊？”小苏一改刚见面时的兴奋劲，一脸的愁容。

“就这点儿事，就劳烦您老人家从东城跑过来，这也太不值了吧？连你坐车的钱都不值！”穆蓝一捅她的脑门，“走吧，吃饭去，到我这来，姑奶奶还不好好地招待你啊。”

“那你说我该怎么办啊？”小苏还在发愁，连眉毛都蹙成了一团。

“哎呀，这不是有我吗？你怕什么，我是谁，你不知道吗？咱们好好吃个饭，我带你在这边好好地玩上一圈，然后，晚上我去你的网站看看帮你想办法，好不好？”

“好啊，好啊，不过，你可要给我出个好主意！”小苏一听两眼立刻放光。

“行，行，行，包在我身上，晚上，你就住我家吧，明天再回去。”

说着，穆蓝就像个大姐一样地和小苏勾肩搭背地走了，穆蓝是典型的射手座，情绪来得快，去得也快，刚才和江临川的那些对话，她早就抛在脑后了，先玩个痛快，其他的一概不提。

痛痛快快地玩了一整天，穆蓝带着小苏回了家，虽然和穆蓝认识了这么久，可是小苏从来没有来过穆蓝家，不只是小苏，穆蓝的所有朋友中，不到一定的交往程度她是不会轻易把人带回家的，见过穆城翼的人也是少之又少，所以，几乎所有的人对穆蓝都是充满好奇的。

看见穆蓝家精致的小别墅，小苏不禁发出声声赞叹，“穆蓝，原来你还是个富二代啊！”

“什么富二代啊，你见过富二代骑着捷安特上学的吗？”穆蓝白了她一眼。

“还不算，穆蓝，你们家这小别墅看上去挺旧的，可是仔细一看无论是里面还是外面都十分考究，现在的别墅，看上去气派十足，可是，材料啊装修啊什么的，都是糊弄人的，我看啊，你们家这别墅值不少钱呢吧？”小苏像个内行人一样托着下巴说。

“哟，您老人家还研究上建筑了，不简单啊。”穆蓝不以为然，带着她换了拖鞋，吩咐做饭的张阿姨做点儿好吃的，今天来了客人，然后带着她要上楼。

“蓝蓝！”穆城翼回来了，一进门听见穆蓝的声音便开始喊。

“你今天怎么这么早回来了？”穆蓝和小苏同时回过头来，小苏看到这个男人，两眼放射出光彩。

“今天有个应酬，你快换衣服跟我一起去。”话音刚落，穆城翼便看见了和穆蓝在一起的小苏，“噢，你有朋友在啊？”

“是啊，不能陪你去了，你少喝点儿啊。”说完，穆蓝领着小苏上了楼，小苏张大嘴巴还来不及和这个伟岸的男人说上一句话，就被穆蓝强拉着上了楼。

“穆蓝，你们到底是什么关系？！”小苏目光犀利地瞪着穆蓝，电视里那些狗血剧中男女主角的复杂关系立马呈现在眼前，甚至出现了些肮脏的字眼。

“我跟他什么关系跟你有什么关系呢？”穆蓝拿起一个鲜艳欲滴的苹果来，一刀切两半，拿起一半咔嚓一声咬了下去，那股清脆缠绕在齿间唇缝，穆蓝舔舔嘴唇，十分回味，这是一种她永远戒不掉的东西。

“难不成你们真的……”小苏站了起来，“你们真的是那种关系？”

“哪种关系？”穆蓝继续吃着苹果。

“包养啊，你是他包养的金丝雀，就是现在人们常说的‘二奶’‘小三儿’对不对？！”小苏瞪大眼睛，不可思议地瞅着穆蓝。

穆蓝听到这句话差点把苹果吐到小苏脸上，“我可真服你，想象力丰富，你怎么不去写小说呢？”

“那不行，我可不能抢你的饭碗，哎呀，你快告诉我，你们到底是不是那种关系？”小苏眼睛眨也不眨的直勾勾地盯着穆蓝，好像真的可以从穆蓝的眼睛里看出什么来。

“他是我哥哥啦，我十岁那一年，奶奶出车祸了，是他救了我，收养了我，我们就一直在一起生活，现在知道了吧？”穆蓝无可奈何地摊开双手。

“这么说，你就是富二代了？不对，不对，应该是富一代，不错，哎，那他有没有结婚？有没有女朋友啊？”小苏试探性地问。

“他的确是没有结婚，不过，有没有女朋友，就不清楚了，按我的观察应该是没有的。”穆蓝脑子里突然出现了那天在公司里碰到的那个女人，也不知道那个女人是什么来头。

“太好啦！”小苏双手一击掌，大叫了一声。

“好什么啊？你怎么这么激动啊？”

“既然这个位置暂时空缺，那就是人人都有机会了？既然人人都有机会，那我就有机会补上这个位置了！我当然开心了！”小苏双掌合十，一副感谢老天爷的样子。

“什么位置空缺啊？”穆蓝有些莫名其妙地看着小苏。

“当然是你大嫂这个位置了！”

“胡扯！”穆蓝听见立即呵斥一声，“你不要胡闹了，好不好？难不成你看上我老哥了？这是不可能的事，你比我还小一岁呢，我老哥比我大十岁，比你大十一岁哎。”

“有什么不可以啊，就算是我不行，以你哥哥这么有钱，他必定会找一个年纪小的女人啊，与其便宜了别人，还不如落到我头上。再说了，我嫁给你哥哥，肯定不会排斥你的，一举两得啊。还有，你自己也是知道的，现在就流行这样的搭配啊，在生理角度上，男人就应该比女人大十岁这样才可以搭配的，你懂的。”

“别再说了！”穆蓝生气地坐在床上，“要知道就不把你带回来了。”

“你早就应该把我带回来，我看你哥哥一眼就被迷住了，还没见过这么伟岸的男人呢，风流倜傥，玉树临风，简直就是电视剧里的人，这么好的资源，你就应该早一点共享嘛。”小苏还在自恋地想象着自己和大自己十几岁的穆城翼结婚的场景。

穆蓝一个人陷入了沉思，看着小苏的样子可不像是闹着玩的，她一向是说得出做得到的，自己也正是冲着她这一点才跟她成为好朋友的，这下子可怎么办呢？

八○后的年代正远去，九○后在不知不觉中已经悄然登场，这个时代属于他们，年轻，狂妄，有些人在批判完八○后以后，开始对即将登场的九○后指指点点。九○后似乎已经步了八○后的后尘，可是乖张的他们又怎么愿意做别人的替身呢？在穆家，就是一个典型的八〇后和九〇后的小战场。

“一群小屁孩子，能不能别折腾，你们经历过什么？做过什么？一天天的就会做梦。”穆城翼看不惯穆蓝整天胡思乱想，一边翻看着报纸，一边教训说。

“好歹我们会做梦，可是有些人连梦也不会做，多悲哀呢！老哥，不服老不行，你们八〇后该退休了，是我们九〇后登场的时候了。”穆蓝一边拿着叉子吃着面前的沙拉，一边撇着嘴说。

“退休？我们退休，你以为你们可以养得起这个社会吗？现在我们八〇后可是社会的中流砥柱，没有我们，你以为你们可以活得下去吗？”穆城翼抬眼看了看不可一世的穆蓝，说完，又继续看自己的报纸。

“你们这些老古董啊，就是太把自己当回事了，你以为没有你们我们就活不下去了，其实啊，没有你们，我们活得比现在更好，总觉得你们无可替代，其实啊，随随便便的人都可以替代你们。”

“这些话，我怎么觉得应该是对你们说的呢，不过，我倒是很想说一句：穆蓝同学，如果说你是九〇后的代表，我是八〇后的代表，那么请问，你离得开我吗？如果可以，请你去找一个随随便便的人替代我好了。”

“我……”穆蓝被噎的说不出话来，低下头，把自己的沙拉吃完，擦擦嘴，说：“我有课，走啦！”说完，拿起自己早就准备好的书包向外走，穆城翼知道穆蓝也说不出什么来，这孩子要面子，她不说话，也就给她一个台阶下。

走到门口的时候，穆蓝突然就停了下来，站定，“你说得没错，我是离不开你，我乐意，谁也管不着！”说完，穆蓝气势汹汹一副唯我独尊的样子就走出了门。

穆城翼摇摇头，这个孩子真拿她没办法，就是自己已经无路可走，却还是要装作一副理直气壮的样子，和她相处了十年，回头想想，也不短了，不知道有没有尽头。

穆蓝依然是骑着自己的捷安特，优哉游哉地在街道上，还哼着小曲，刚刚走到街道拐角处，一辆汽车冲出来，“啊！”穆蓝喊了一声，用力稳住车把，一拐，险些撞上汽车，虚惊一场，穆蓝长吁一口气，平复一下惊慌的心，看见差点和自己的捷安特亲密接触的汽车已经停在了一边，气就不打一处来，她停好自行车，气势汹汹地走了过去。

“哎，你怎么开车的，会不会开车啊？不会开车别出来丢人现眼，没看见差点撞到人吗?!”一边说着，一边敲了敲汽车的玻璃。

一个学生模样的男孩子走下来，“不好意思啊，刚刚拿到驾照，你没事吧?”

当看到对方的脸，他们都愣住了，用惊异的眼神看着对方，有些不可思议，空气一瞬间凝滞了，没有路人，没有声音，有的只是对过去那一幕幕的回忆，带着伤痛，带着甜蜜。

穆蓝转身去骑自己的自行车，推着自行车经过那个男孩子面前，男孩子伸出一只手，抓住了车把，“给我一个机会解释一下好不好?”那么熟悉的声音幽幽地飘进穆蓝的耳朵里，穆蓝转过脸去看着他，嘴角有一些讥诮的笑意，“我从来没有听说过，一个人的懦弱是可以用语言来解释的。”

男孩子的手慢慢地松开了，穆蓝瞥了他一眼，骑上自行车走了。男孩还留在原地，那些过去，在他的记忆里永远也抹不去。

坐在教室里，穆蓝的心久久不能平息，不是因为差一点出了车祸，而是那个男孩，那个名叫王子杰的男孩子，那个在穆蓝眼里刻着“初恋”两个字的男孩子。一个女孩子，无论谈过多少次恋爱，那个刻着“初恋”两个字的人永远是最难忘的，不管今后跟了谁，那个人永远在自己的心底沉淀着，任谁也无法拔去，就像是一根刺，一根扎在心里就和血肉合而为一的刺，一旦扎上了就再也无法拔出来。

“穆蓝，回答一下这个问题。”戴着宽边眼镜的老师透过厚厚的镜片看着穆蓝。

“啊?”穆蓝回过神来，“什么问题?”

老师使劲儿地皱着眉头，“有没有在听课?”

“没有啊，”穆蓝理直气壮地站起来，“这么简单的问题，您老人家都问，我回答不出来，当然就是没听课了，因为我觉得你的科根本就不配让姑奶奶听。”穆蓝歪着头，一副天不怕地不怕的样子。

“你!”老师气得说不出话来。

“我怎么了?你的课姑奶奶不上了，随便你，挂科就挂科，你去打听打听，姑奶奶挂的科多了去了，不在乎多这一个。”穆蓝说完，咧了一下嘴，笑笑，然后大摇大摆地走出教室门，留下众人艳羡和惊叹的眼神，这个学校里恐怕也只有她一个人可以这样了。

穆蓝走出门，跑到楼顶，趴在栏杆上，风把她的头发吹拂着向后散开，刘海也被吹拂向后，一双清澈的如湖水的眼睛展露在湛蓝的天空下，她的美，那么自然，就像是一只独自生长的荷花，清新自然，芬芳依旧。

十三岁的他们，情窦初开，那是他们的初恋，两个人在街上漫无目的地走着，夕阳的余晖把他们的影子拉得很长很长，小小的身影，大大的书包，没有只言片语，只是肩并肩地走着。穆蓝有些羞涩地低着头，王子杰脸上的笑容就一直存在着，忽然，他坏笑了一下，甩动手臂的幅度开始加大，甩了好久，终于两个人的幅度配合上了，一不小心两只手碰在了一起，王子杰顺势抓住了穆蓝的小手，他们相视一笑，甜蜜就充斥在他们狭小的空间和小小的心房里，然后继续前行。

那一个晚上，他们似乎都失眠了，躺在床上，辗转反侧，时不时地把自己的手伸出来看，好像还能感觉到对方的体温一样，傻傻地笑了一个晚上。

两个人在班上传小纸条的时候，偷偷地约好，在教学楼的楼顶接吻，那个时候不懂恋爱的懵懂少年，总觉得那些电视剧里的情节无比浪漫且他们应该尝试。教学楼的楼顶，风很大，吹的他们的眼睛有些睁不开了，可是，那股蠢蠢欲动的心却始终保持沸腾，小心翼翼地拥抱，他们学着偶像剧里王子和公主那样，穆蓝脸色微红，借着夕阳的余晖，更加透亮，王子杰则像是个小男子汉一样，紧紧地抱着穆蓝，终于到了最神圣的时刻，他们像是要完成一个什么光荣的使命一样，在嘴唇接触到的那一刻，心跳突然就加速，扑通扑通的，像是要从嘴里跳出来一样，笨拙的两个孩子把嘴唇磨得生疼，却也乐得其所。回家的路上，两个人都低着头，不说一句话，好像通过这件事，他们的关系变得微妙起来，他们的恋爱关系比别人更加进了一步，在路口分别的时候，穆蓝站在原地不想走，低着头站立着，王子杰也一样。

良久，王子杰说："咱们该回家了。"

"嗯。"穆蓝应了一声，却仍旧是没有要走的意思，似乎在等待着些什么。

又过了好久，王子杰轻轻地走到了穆蓝身边，牵起了她的小手，"穆蓝，你以后嫁给我好不好？"他的声音像是春风一样吹进了穆蓝的耳朵，她的脸更红了，像是古时候新娘子的红盖头一样。她点了点头，王子杰的笑脸便如花般绽放了。

"那你以后就是我老婆了！不许反悔，我以后肯定会娶你的，穆蓝，你是我老婆，是我王子杰的老婆。"王子杰像是下一秒钟穆蓝就会后悔一样，不断地说着这句话。

穆蓝回了家，在自己的房间里兴奋了好久，才感觉到自己的嘴唇有点儿疼，照镜子才发现，有着血丝，她笑了，竟然也可以把嘴磨破了，她哈哈大笑起来。

想到这儿的时候，穆蓝下意识地摸了摸自己的嘴唇，似乎现在的嘴唇也有那么一点儿疼，初恋，都是难忘的，尽管以后，她交了很多的男朋友，牵手，拥抱，一切都习以为常，正大光明，那个年龄都是喜欢炫耀的，害怕别人不知道自己在恋爱，接吻都可以公然站在大马路上。接吻的时候，她也开始熟练地吻住对方的嘴唇，那么轻易地就把对方降服，而接过吻的男孩子，个个是接吻高手，那么多技巧可以运用自如，这些男孩子有的连名字也不记得了，可是那个曾经因为接吻而把自己嘴唇磨破的男孩子，她却忘不掉，死也忘不掉。

穆蓝回了家也是魂不守舍，吃饭的时候用筷子插着碗里的米饭，好半天吃一口，或者就不吃只是插着玩儿，做饭的张阿姨看见小姐不吃饭只是插着碗里的米饭，紧张地盯着她看，要知道以前可从来没有这种状况的，小姐不喜欢自己做的饭了，是不是就意味着自己将要失去这份工作了呢？

“小姐，今天的饭菜是不是不合胃口呢？要不要我再做些别的？”张阿姨想到这个或许可以弥补的法子。

穆城翼也看出些苗头，冲着张阿姨摆摆手，“没你的事，张阿姨，你忙你的吧，蓝蓝今天有点儿不舒服，跟你做的饭没关系。”

张阿姨这才舒了一口气，她可不想失去这份工作，同样的工作，穆家给的工资高出别的家好多，而且他们经常不在家吃饭，时间也很灵活，家里就他们两个人，自己要是有什么事情请个假，他们兄妹也很开通，随便凑合点儿就好了，张阿姨笑了笑，走了出去。

“蓝蓝，胃病犯了吧？别插那碗米饭了，再插就成米末了，怎么了？哪儿不舒服？”

穆蓝停下手中的动作，抬起头来，问：“老哥，你的初恋是谁呢？”

穆城翼一怔，脑子里立即出现了一张女人的脸，可是他的注意力很快就又转移了回来，在一起生活了这么多年，他太了解她了，如不是因为什么事发生，她绝对不会突然问这样的问题。

“是那天在公司里遇见的那个女人吗？”穆蓝接着问。

穆城翼背部僵直，被这丫头一语中了死穴，“你瞎说什么？别胡说，哪跟哪儿啊。”

穆蓝心情不好，也没有多问，就低下了头，“我的初恋回来了，可是，”

穆蓝使劲地一抬头，“我还是那么恨他，恨他怎么那么懦弱!”

“蓝蓝，你自己的身体你很清楚，别这样，小心又犯病了。”穆城翼先提醒她稳定一下情绪，然后接着说：“那个时候你们还太小，什么事都不懂，你也没必要太在意，那个时候的恋爱怎么算恋爱呢?”

“怎么不算?!”穆蓝立即反驳，“我们牵过手，接过吻，一起看过电影，我所有的第一次都是跟他，那都不算，那以后的都不算了!”

穆城翼这才意识到自己说错话了，“好好好，算算算，你别激动行吗?你在哪儿遇上的?”

“在大街上，王子杰比以前更帅了，可是，我看见他，心里就恨得不行，我没有办法原谅他，可是也忘不了他，怎么办呢，老哥?”

“我说怎么办就怎么办吗?要是这样的话，我就说，要是不是这样的话，我保持沉默。”穆城翼故意卖了个关子。

“哎呀，老哥，你说还是不说呢，你快说呀，我要是真犯了病，受累的可是你，你可要想好了。”穆蓝带着有些威胁的口气。

“嗬!能说出这句话来，我看你是犯不了病了，少吓唬我啊!”穆城翼一推她的脑门。

“老哥，你到底是说不说呢?”

“好，我说，蓝蓝，”穆城翼停顿了一下，“年轻的时候，人都会犯错误的，各种错误，你们恋爱的年纪太早了，还不懂什么是责任，什么是负担，遇到那种情况，要是我也会害怕、退缩，这是人的本能，要是我是你，我就听他解释一下，现在你们长大了，什么事也懂了，不如坐下来，好好地聊一聊，这对你的病情也有好处。”

穆蓝嘟着嘴，“可是……”

“没什么好可是的，蓝蓝，有多久没去安医生那儿了?也该去了，明天你正好没课，过去一趟，好好聊聊，你不是说安医生是你的知心大姐，你的红粉佳人，你的蓝颜知己吗?”

“我又没犯病!”穆蓝立即拒绝了，可是还没等穆城翼说话，她自己就说：“也好，反正最近也没见她了，哎，你怎么比我还清楚哪天有课，哪天没课呢，你是不是跟踪我呢?”

“我可没那个闲工夫，我比你的课程表还课程表呢，自己记不住，我再不给你记，你这学还上吗?”穆城翼用筷子敲了敲穆蓝的脑门。

穆蓝撇撇嘴，“好吧，我的活动课程表，我现在去洗个澡，然后上网，一会儿睡觉啦，您老人家也歇着吧。”穆蓝说完，跑上了楼，钻进了自己的房间，一坐在电脑前，那便是粘在了那儿，一动不动的，眼睛只盯着屏幕，手放在键盘上噼里啪啦直响，这似乎已经是所有九〇后在夜晚要做的一件事，习惯了十二点以后再睡觉的生活，对此，穆城翼说了她不止一次两次，可是，她就是改不了，还振振有词地说自己在工作。

穆蓝有些口渴，起身出去倒了一杯水回来，突然发现电脑上弹出的对话窗口，她是习惯隐身的，只对一小部分人隐身可见，当她坐在电脑前，看见那个名字的时候，心里再次慌了，那个头像已经好久没有亮过了，就仿佛是布满了灰尘一样，当它亮的时候，她的心莫名的疼了起来，上面是短短的一句话“在吗?”凡是喜欢聊 QQ 的人都喜欢在聊天之前问一句“在吗?”穆蓝把手放在鼠标上，犹豫了好久，才说“在”。

“我想跟你聊聊，你有时间吗?”

“好，我给你一个机会解释一下。”穆蓝在打出这几个字的时候耳边一直是穆城翼跟她说的话。

“谢谢，130××××××××我的手机号，我们约个时间吧，我随时都可以。”

“我明天要去一家诊所，后天吧，就在我们以前一起上学路过的小餐馆吧。”

“你生病了吗?”

“我有抑郁症。”她也想问自己为什么这么轻易地就把自己的秘密告诉了他，也许是因为这个秘密根本就是因为对方造成的。

电脑那边是良久的沉默，然后，王子杰什么也没有问，就说：“穆蓝，后天中午十二点，我在那家小餐馆等你，不见不散。”

穆蓝说好，然后两个人就互道了再见。

穆蓝的心久久不能平静下来，真的要见面吗？她的心扑通扑通地跳着，就好像自己第一次和王子杰接吻时那样，心跳得狂乱。

穆蓝突然对网上的一切东西失去了兴趣，那些昔日里的八卦新闻、美图、漂亮衣服，穆蓝一下子都不想看了，看看自己 WORD 文档里的东西，她点了保存，就关掉了一切网页，然后关机，上了床，躺在床上却是辗转难眠，过去的一幕幕像过电影一样，在她的脑子里来来回回地播放。

早上起来的时候，穆蓝揉着自己有些发疼的眼睛，虽然曾经无数次熬夜，也经常会夜猫，一直被同学和朋友称为“铁娘子”，可是这一次失眠，却对她的影响很大，眼睛干涩，有着很深的黑眼圈，穆城翼一早看见她穿着睡衣走出来，就拦住了她。

“怎么啦?”他把她的脸扳过来，“昨天晚上干什么了？你看这黑眼圈!”穆城翼有些责备又有些心疼地说。

“昨天晚上失眠了，没干什么。”穆蓝把他的手拿开，“再说了，我都告诉你了，我上网是工作。”

“工作？工作？你天天就会说工作，谁知道你到底在网上干什么，不就是看看帅哥，看看明星，看看八卦新闻嘛。”穆城翼十分瞧不起地瞅了穆蓝一眼。

“你少看不起人，我真的有自己的工作，等有一天，一定会让你跌破眼镜的。老哥，我今天去安医生那儿，你要不要陪我去啊，顺便看看你的老情人。”穆蓝故意打趣地说。

“别动不动就老情人老情人的啊，我哪有那么多老情人，要不是为了给你看病，我能认识人家嘛。”穆城翼有些不高兴地走了，下了楼，走到一半的时候又回过头来，“赶紧洗漱，吃饭，一会儿带你去。”

穆蓝偷偷地笑了两声，小声地嘀咕着：“你就装吧，看你装到什么时候。”穆蓝坏笑着，不禁打了个哈欠。

安安心理诊所。

粉色的布置，透着暖暖的感觉，让人一走进来，就感觉很温暖，像是一种家的感觉，温馨中还带着浪漫。安安心理诊所一般都是要提前预约的，这家小诊所在整个山京市都是很有名的，很多人都是慕名而来，但是，诊所的老板兼主要医生安慈每年都会有很长的假期，这一段时间，是谁也找不到她的，不过，穆蓝是个例外。

穆蓝和穆城翼是这里的常客，因为穆蓝抑郁症的原因，他们每隔一段时间就来一次，已经坚持了五六年。像往常一样，他们直接就走进了安慈的治疗室，昨天，穆城翼已经打过电话了，虽然，安慈说过，他们可以不必预约，拨打她的私人电话就可以。可是，安慈那么忙，穆城翼还是提前告诉了她，怕她时间安排不开。

走进安慈的治疗室，迎面而来便是一面空旷的墙，墙上画的是蓝天和白云还有大海，很简单的画，有几只海鸥飞着。再向里看，一排书架，摆放的书整整齐齐，不少人都说，这是一个神奇的书架，能够涤荡人的心灵。这个治疗室里只有一张很大的布艺沙发和一张茶几，很空荡，还有一些电子设备之类的东西。

“安姐姐!”穆蓝一进门就喊了一声，她很早以前就不叫她安医生了。

安慈正在沙发上读着书，听见穆蓝的声音立马放下书，站了起来，“比约定的时间早了那么十几分钟呢，听见你这么好听的叫我，看来你是没什么问题了。”安慈是典型的都市美女，靓丽，不仅仅是穿着，还有天生的长相，用四个字形容她，天生丽质。

穆城翼看见她，微笑地点点头，安慈也一样。

“蓝蓝，你今年也有十八岁了吧，怎么这么大了看病还要让你哥哥带着来?”安慈莞尔一笑，姣好的面容，粉嫩自然。

“是他自己非要跟着来的，不是我叫他跟我来的。”穆蓝瞥了穆城翼一眼。

“得，又自讨没趣，我活该，我怎么那么自作多情呢?”穆城翼故意板着脸说。

两个人“咯咯”地笑起来。

“好啦，穆先生，您在这儿是不方便治疗的，您在休息区等我们就好。”安慈尽管是面对已经很熟络了的朋友，依然拿出了对待一般患者的专业精神。

“好，你们聊，我先出去。”穆城翼点个头，又看了穆蓝一眼就走了出去，客厅里摆了几盆鲜绿的盆栽，旺盛的生命力，墨绿的让人想起那个知了声烦躁的夏天。

穆城翼心疼地看着在自己怀里瑟瑟发抖的穆蓝，这些日子里，她一直是这样子，害怕见人，害怕吵闹的声音，甚至有些怕光，她依偎在自己的怀里，像是一只被人丢弃的小猫，将要面临着死亡的气息。穆城翼摸了摸她的头发，安抚一下，然后还是拿起电话，拨打那个号码，已经联系了好多家心理诊所的心理医生，人家都不愿意上门服务，这个号码是朋友给的，说是一家小诊所，有个美女医生，叫他试试。穆城翼打了好多遍这个号码，一直就没有人接，他又试了一次，电话在响了 8 声以后，一个甜美的声音传了过来，那股甜丝丝的感觉让他瞬间就忘记了自己要打这个电话干什么，在对方“喂”了好几声之后，他才表明自己的意图。挂了电话，穆城翼似乎看到了希望，因为她同意过来看看。

门铃在一个小时以后就响了，穆城翼把穆蓝放下，把毛绒玩具抱在她的怀里才去开门。

开门的一瞬间，穆城翼愣住了，一股薰衣草的清香扑鼻而来，淡淡的，幽幽的，让人瞬间仿佛进入了薰衣草园，与大自然亲密接触，眼前站着一个妙龄女孩，长长的头发，柔顺地披在肩上，化了淡妆，紫色的眼影衬托着一双灵动的眼睛，小巧的鼻子和嘴巴，端庄又透着那么一点儿可爱，性感里也带着那么一点儿温柔。她微微一笑，穆城翼便有些飘飘然了，他不是没有见过美女，身在他这个位子上，各式各样的美女他都领略过，可是眼前的女子让他的心莫名的很舒服。

“您好，请问是穆先生吗？”女子开口说话了。

“啊……对，我是穆城翼，您好，请问您是安医生吗？”穆城翼好不容易才回过神来。

“我叫安慈，我现在正在休假中，所以不怎么接待病人，但是似乎您妹妹的情况很严重，我想是不是先跟我讲一下她的经历和病情。”

“好的，没问题，请进。”一提到穆蓝，穆城翼又开始慌张起来。

那是第一次见到美丽的心理医生，安慈。

# 第三章

穆蓝按照约定的时间来到了曾经那条走过无数次的路上，银华中学是这个市里排名前三的学校，能够上这里的学生要么就是学习非常好，要么就是家里非常有钱，穆蓝是属于第二种，王子杰是第一种。学校后面有一条小路，铺满了石子，直到现在他们也不知道为什么学校要在后门这条狭小的路上铺满石子。还记得那个时候，他们经常手牵手在这条小路上来回走，走好多遍，走到脚硌得生疼，走到天色渐晚，他们才会恋恋不舍地回家。依然穿着运动鞋，穆蓝再次走这条路，已经没有过去那么硌脚了，也许是因为时间太久，石子松动了，也许是因为走的人多了把这些石子踩进土里去了。穆蓝低头笑了一下，然后继续走，曾经的那家名叫“小店”的小店，换了装修，以前在这里吃饭的都是银华的学生，大家总和老板娘戏说是我们这些银华的学生养活了她，店面扩大了一倍，装饰上也上档次了很多。穆蓝向里面看了看，已经不仅仅是学生的天地了，这一带建了一条小商业街，人多了，自然什么人都有。穆蓝推门走了进去，几个漂亮的服务员齐声喊：“欢迎光临！”

然后穆蓝就看见坐在吧台那儿的老板娘，虽然过了这么多年，可是穆蓝依然记得她，因为每次他们来吃饭，好心的老板娘总会给他们加两个卤蛋。

“老板娘!”穆蓝高声地打个招呼，正在一边忙着收钱的老板娘头也没抬，低着头喊了一声：“稍等!”

穆蓝有些失望，以前她总是这样喊的，老板娘似乎从一开始对她的声音就特别敏感，每次来一听到她的声音立马过来聊几句，现在……穆蓝叹了口气，不过一会儿就好转过来，毕竟，时间过去了那么多年，该忘记的都忘记了吧。

挑了一个安静的地方坐下来，桌布是淡淡的蓝色碎花，穆蓝看看手机自己早到了五分钟，眉头一皱，这个王子杰以前可不是这样的啊，怎么现在还要踩点儿来啊。

“穆蓝！这里!”王子杰隔着几张桌子喊了一声。

穆蓝笑了笑，还是那样，永远都会比别人先到。穆蓝走过去，大大方方地坐了下来，不过，把笑脸收了起来。

“你一进门，我就看着你，你愣是没发现我。”王子杰憨笑着，“我早就到了，吃什么，你先点吧，这里换了菜单，添了好多菜呢，都尝一下吧!”王子杰把菜单递到穆蓝面前。

“直接说吧，我还不饿。”穆蓝冷着一张脸，也不知道自己为什么会这样。

“还是像以前一样，急性子，直肠子，那好，穆蓝，我就直接说了，这几年，我一直觉得对不起你，你恨我，我知道那是因为我当初太懦弱了，你看不起我，可是，我不想解释什么，我只想跟你说一声对不起。经历了那一次，我就患上了抑郁症，爸妈为了给我治疗去了乡下，所以我就一直没有找你，但是现在我好了，我在大学里学的是心理学，我不仅可以克服自己，还在帮助其他人，你懂吗?”王子杰一直低着头，过去的歉疚还在侵袭着他。

“那你知道，我也有抑郁症吗?”穆蓝不动声色，脸色依然不变。

王子杰没有多么吃惊，自己一个男孩子都会因为那件事患上抑郁症，更何况穆蓝一个女孩子呢。

“我到现在都没有康复，其实那个场面我没有多么害怕，我害怕恐惧的是，你转身的一瞬间，我的心都碎了，碎得稀里哗啦的，你听不见，我听得清清楚楚，只有我自己听得清清楚楚。”穆蓝的声音很平静，似乎在讲述别人的事一样，也许过了这么久，她已经习惯了吧。正如安慈说的那样，当你能平静的和别人讲出自己的经历，你就完全康复了。

“能够这样的平静地把这件事讲出来说明你快要康复了。”王子杰欣慰地笑了笑。

“你跟我的医生说的一样。”

“穆蓝，我们可以重新开始吗?”王子杰沉默良久忽然说了这样一句话，“我一直就忘不了你，别人都说初恋是最难忘的，除了你，我对任何的人都没有兴趣。我希望我们可以继续那段感情，你是我第一个爱的人，也是最后一个。”

穆蓝愣愣地看着眼前这个男孩，不，是男人，他告别了以往的青涩，成熟起来，不再像以前那样，说了动情的话会脸红，连牵个手脸都会红得像天边的火烧云，现在，他说这些话的时候，脸上的表情是那样的平静和自然。

“小蓝?”一个熟悉的声音突然就撞进来这尴尬的气氛，“你怎么在这里?”

穆蓝和王子杰同时抬起头来，江临川。

江临川转头看见和穆蓝面对面坐着的男人，吓了一跳，他记得穆蓝的初恋，只见过一次照片，他便刻在了心里，这个带给穆蓝伤痛的男人，他握紧了拳头。

“穆蓝，这位是?”王子杰突然觉得眼前的男人对自己是一个威胁，他站起来，看着他。

“他是……”穆蓝还未来得及说出来，王子杰便挨了重重的一拳。

“你疯了吗?!”穆蓝大吼一声。

这一下子，整个餐厅的人都安静下来，望着这里，然后开始有人窃窃私语，老板娘看见了赶紧跑过来。

“各位，有话好好说，可别在这里动手啊!”老板娘一副息事宁人的态度。

“没什么，老板娘，您去忙吧，我们马上就走。”穆蓝看了他们一眼，一个人走出了餐厅。

老板娘看了看和自己说话的女孩子，觉得好面熟，可是就是想不起来在哪里见过了。

穆蓝走出餐厅，没有走，似乎在等着什么。果然，过了没一会儿，王子杰和江临川就走了出来。

“你们想打架是吗？好啊，现在出来了，打啊，在这里没人管你们。”穆蓝像是唯恐天下不乱一样，“我先介绍一下，这位是我的初恋男朋友，王子杰，这位是我在你的伤害之后，唯一一个走进我心里的男朋友江临川，也是我最爱的人，不过现在已经没有关系了。你们还想要知道些什么的话，可以互相问，我还有事，先走了。”穆蓝摆摆手，一个人走了，走得很潇洒。

看见穆蓝离开了，挨了一拳的王子杰趁着江临川正在望着穆蓝离开的背影，冲上去也是狠狠的一拳，江临川后退几步，站定，吸了一口冷气，犀利的眼神看着王子杰。

“你凭什么打我？这一拳还给你。”王子杰的脸上有些微微发青了。

“你说我为什么打你，要不是因为你，小蓝会有抑郁症吗？受了那么大的伤害，到现在都没有痊愈，你就一点都不内疚吗？”

“对，是因为我她才会这样的，可是，就算是因为我，也轮不到你来教训我！”王子杰眼光中冒着火光。

“怎么轮不到?！小蓝是我的……”

穆蓝一路上都心情不好，这两个人碰在一起了，着实让她很头痛，一个是自己的深爱的初恋，一个是把自己从黑暗中解救出来的男朋友，王子杰制造的伤害，是江临川补救的，穆蓝想想，他们竟然还有这种渊源，她暗笑。

心情不好，穆蓝自然而然地就想起了穆城翼，这几年来，她认识了无数的男人，第一次约会就提出开房的A，恋爱之后才发现抠的不像个男人的B，接吻总喜欢咬着舌头不放的C，等等。可是，唯有一点她是相信的，那就是这个世界上，只有穆城翼不会离开自己，不会欺骗自己。于是，她决定去公司看看，一进旋转门，穆蓝刚和前台的接待小姐打过招呼，就看见了那个女人。上次在公司里见过一次的那个女人，穆蓝的记忆力一向不好，可是这个女人她却印象深刻，她叫什么？噢，对了，陈慈安，慈安，安慈，穆蓝默默地念叨着，这不会有什么偶然的联系吧。

陈慈安走了过来，身上一股清香，穆蓝最受不了香水的味道，不禁鼻子一痒，“阿嚏！”打了一个大大的喷嚏，她揉揉鼻子，陈慈安正好一转头看见了她。穆蓝有些惊讶，上次没有仔细看，原来这女人长得这么标致呢，一看便是那种精干的白领，有一种盛气凌人的冷艳。

“新来的业务主管，对吗？”穆蓝开始搭讪。

“有什么事吗？”陈慈安停下来，语气冷冰冰的。

“没什么，就是询问一下公司的状况罢了，你不会不知道我是谁吧？”穆蓝骄傲得摇头晃脑的，有种居高临下的姿态。

“不好意思，我真的不知道你是谁。”语气生硬，脸色冰冷。

穆蓝最见不得这样的人，竟然敢和自己这样说话，全公司上下都对她恭恭敬敬的，从未有人敢和她这样说话，“少跟我装蒜，你怎么可能不知道我是谁呢！”

“你有没有礼貌？我为什么要知道你是谁？”陈慈安绷着一张脸。

“我是穆城翼的妹妹，将来很有可能就是副总！”穆蓝声调很高，空荡荡的大厅里似乎可以听见她的回声，前台的人都赶紧走过来。

“很有可能就是不一定，不一定就是有可能不是，就算这个可能性有九成，那又怎么样？现在你在公司也没有职位，我为什么要对你低声下气的。再者说，你以为自己是什么啊？钱是穆总的，又不是你的，就算你将来真的成了副总，那又怎么样，我还不一定是你的下属呢！”陈慈安大有说教的意思。

“你！”穆蓝伸出手指指着陈慈安，硬是被噎得说不出话来了。

前台的人赶到这里，有的人扯扯陈慈安的衣服，小声地嘀咕：“陈主管，这是大小姐，别这样。”有的人在劝穆蓝说：“小姐，陈主管刚来的，不要介意。”

陈慈安谁也不理会，仍旧是冷冷的表情，穆蓝则气得喘着粗气，怒目而视陈慈安。

“我还有事，没有时间陪你这样的小孩子胡闹。”陈慈安轻蔑地看了穆蓝一眼，然后向门口走去。

“小孩子?！竟然说我是小孩子?！你给我站住！你这个女人，不要仗着跟我老哥有什么过去，就可以肆意胡来！”穆蓝的声音回荡在大厅里。

听到这句话的时候，陈慈安停下了脚步，转过身来，“过去？对，我跟你哥哥是有过一段恋情，一段刻骨铭心的爱情，但是这和你也没有关系。”说完，便头也不回地走了。

“哼！我要开除你！”穆蓝大步流星地走进总裁专用电梯。

“我要你开除她！”穆蓝拍着大理石桌子，使劲儿瞪着正在电脑前工作的穆城翼。

声音大得吓人，工作室里差不多都能听见，都在窃窃私语，时不时地向总裁办公室看看。

“你倒是说句话啊！”穆蓝的手都拍得发麻了。

穆城翼依然是忙着自己的工作，时而看看电脑，时而翻看一下自己手中的资料，把穆蓝当成了透明人一样。穆蓝冲到他面前，找到电脑的电源，一下就拔了下来，穆城翼完全没有想到穆蓝会有这样过激的行为，电脑屏幕一下子就黑了，他立马站了起来，“干什么？还没有保存呢！”

“你说干什么啊？我叫你开除她！你没听见啊！”穆蓝高八度的声音，极具穿透力。

“你在公司胡闹什么？！开除公司的职员是那么简单的事吗？公司的事什么时候轮到你管了？你懂不懂事？大家都在工作，你吵什么？！”穆城翼火冒三丈，自己的声音也不由得高了好几十分贝。

穆蓝说不出话来，长大以后，穆城翼还从来没有这么对自己大喊大叫过，他竟然为了那个女人对自己这么吼，而且还是在公司里。

“你以后别来公司了，总给我添乱！”穆城翼的气还没消。

“你以后就是求着我来，我也不来了！别后悔！”吼完这句话，穆蓝头也不回地走了。

穆城翼嘀咕一声：“不像话。”然后插好电源，继续打开电脑，重新工作。

穆蓝觉得自己心里委屈，没有回家，一个人去了“至尊”KTV，她是这里的常客，来的时候都不用拿出会员卡，服务员就会自动为她打折。她定了一个最大的包间，一个人守着三个话筒，把自己喜欢的歌都点上一遍，开始号叫。她上了一下QQ，改了一下自己的状态，“心情不好，一个人的‘至尊’”，还没唱多久，手机就接二连三地响了起来。

“喂，穆蓝，你在至尊吗？哪个包间？我马上过去找你。”

“穆蓝，又一个人去唱歌啊，我马上过去陪你啊！”

“穆蓝，唱歌怎么不叫上我，我马上过去啊。”

……

这就是信息化的今天，一个小小的状态，不到一个小时，包间里的人就由一个变成了十几个，三个话筒突然就变得少了，穆蓝把空间让了出来，人一多，她立马喊来服务员，叫了一些果盘和酒，把桌子上摆的满满当当的，这些朋友们吃吃喝喝唱唱，玩得不亦乐乎，最初的主角突然变成了路人甲，一个人在黑暗的角落里喝着酒，唱得好的时候，她就鼓掌，很用力的鼓掌，有谁走音了，她就夸张的大笑。不知不觉六个小时过去了，不知不觉穆蓝喝醉了，跟她关系最好的小苏拿出她的手机，一看上面竟然有十八个未接来电，署名均为老哥，小苏立马打了过去，只响了一声，穆城翼就接了电话，电话那端传来穆城翼焦急的声音，“蓝蓝，你在哪儿呢？”

“你好，穆蓝喝多了，我们在至尊，你过来接她吧。”

“噢，好的，我马上过去。”

小苏替穆蓝把这些朋友们送走，一个人守着穆蓝，突然灵机一动，拿出穆蓝的手机，把穆城翼的手机号存在了自己的手机里，刚刚把手机收起来，穆城翼推门进来了，“蓝蓝呢？”

“不用着急，她在这儿呢。”小苏赶紧答话，穆蓝已经醉得不省人事睡着了。

看见穆蓝，穆城翼的心才算踏实下来，松了一口气，准备抱着穆蓝上车然后回家，又觉得有什么不妥，“你叫小苏对吧？”

“是啊，你记性真好。”小苏笑得灿烂。

“今天谢谢你了。”

“没事儿，我跟穆蓝什么交情呢，她也帮了我不少忙呢，这不算什么的。”小苏一反常态，变得大家闺秀起来。

“你这么晚了还不回家吗？你们家里人会着急的，要不我先送你回去吧，反正蓝蓝也睡着了，我开着车也方便。”

“那怎么好意思呢，再说了，我们家里也没人了，不会有人管我的。”小苏装出可怜的样子。

穆城翼立刻心领神会，“噢，这样，那你今天晚上就去我们家吧，这么晚了，你一个女孩子也不安全，再者说，你是因为蓝蓝才这么晚回不去的。”

“那我就更不好意思了。”

“没事，走吧。”穆城翼抱着穆蓝就走出门，小苏窃笑着跟在了后面。他们回了家，穆城翼先把穆蓝安置好，才来帮小苏安排住处，就在他们家的客房里，穆蓝房间的旁边就是，“你自己别客气，就当是自己家里，缺什么喊我就好，我就在蓝蓝的隔壁，不早了，早点睡吧。”穆城翼说完，关好门走了出去，小苏却被迷得神魂颠倒，这么贴心的男人到哪里去找呢？穆蓝可真是身在福中不知福。

当清晨的阳光透过蓝色的碎花窗帘照射到穆蓝身上的时候，她微微地动了动，头剧烈地疼着，揉揉眼睛，总算是睁开了，一看，这不是自己的房间吗？再想想昨天晚上，自己应该在至尊那里啊，她伸个懒腰坐起来，发现自己换了睡衣，干净的衣服就放在床边，穆蓝暗笑，尽管对自己大吵大叫，还不是一样会对自己这么好。她迅速地穿好衣服，头还是有些痛，想想有些不对劲，穆城翼不会这么粗心的，她又回到床边，果然发现了一些准备好的药和白开水，她也接受，不再要小孩子脾气。洗漱完毕，她迫不及待地想要去见穆城翼，刚刚走到楼梯口，就听到了一个女孩子的声音，越听越熟悉，她走下楼一看，小苏正在和穆城翼有说有笑地坐在餐桌前吃着早餐，两个人一边吃一边谈笑风生，样子那么和谐。

“小苏，你怎么会在这里?!”穆蓝过来就大喊。

小苏愣住了，说不出话来，看看穆蓝，又看看穆城翼，气氛有些尴尬。

“蓝蓝，一大清早你喊什么？昨天晚上要不是小苏，你还不知道在哪儿过夜呢，还不快谢谢人家，我放在你床边的药吃了没有，头疼不疼啊?”

穆蓝冲过去一把揪住小苏的领子，一直就把她拉进了自己的房间里，关上房门，才松开自己的手，小苏吓坏了，连点儿反应都没有。

“林苏苏，我告诉你，离那个男人远一点儿！否则的话，我让你吃不了，兜着走!”穆蓝瞪着一双大眼睛，样子可怕吓人，小苏还从来没有见过穆蓝发火的样子，她也知道穆蓝天不怕地不怕，什么事都做得出来，自己根本就不是她的对手，而且，自己还仰仗着她的势力呢，这姑奶奶可不敢惹。

“好啦，穆蓝，你别生气嘛，我走就是了，你消消气，我马上就走。”小苏赶紧逃出门去，下了楼，慌忙跟穆城翼说了声再见，就走了。穆城翼还来不及说话，一看这架势，立马明白是怎么回事了，也走上了楼，“我说，蓝蓝，你怎么这样对待你朋友呢，你怎么回事，昨天的酒还没醒是不是?”

穆蓝猛地一转身，目光凶狠，吓了穆城翼一跳，“我告诉你，穆城翼，老牛吃嫩草，你想都别想，随便你出去想怎么滥交就怎么滥交，但是娶回家里的必须是个正经的女人!”穆蓝语速很慢，似乎是怕穆城翼听不清楚，说完，就走出房间。

穆城翼好半天才回过神来，“我怎么就老牛吃嫩草了？滥交？哎，你个死丫头，给我说清楚!”他也追出了门，可是穆蓝已经出了大门。

穆蓝气呼呼地走出了门，她也不知道自己这是怎么了，怎么有人喜欢自己的老哥，心里会十分不舒服!

上次穆蓝在公司一闹，穆城翼着实很丢面子，也不知道要怎么面对陈慈安。确切地说，自从，陈慈安到了公司，他就不知道要怎么面对这个女人，在一个公司里，抬头不见低头见，每次撞见，都是尴尬，不，尴尬的人，只有自己，陈慈安像是根本不认识自己一样。这些日子，穆城翼的脑子里也都是和陈慈安在一起的画面。

敲门的声音，把穆城翼的思绪硬生生地拉了回来。

他用手抹了一把脸，说："请进。"

"穆总，这是最近的业务清单，请您过目。"陈慈安抱着一堆整理好的表格进来了。

"放下吧。"穆城翼头也没抬。

陈慈安放在桌子上就要出门。

"慈安，我们可以谈谈吗？"穆城翼鼓起勇气说了这句话。

陈慈安站定，没有转身，良久的沉默之后，她说："下班吧，老地方。"说完，便伴着高跟鞋嗒嗒的声音走了出去。

穆城翼的心又开始悬浮在空中了，那种感觉若即若离，似乎过了这么多年，那种缥缈的感觉还在。陈慈安，这个刻在自己心上的名字，就是拿出小刀来也刮不下去。他猛地一甩头，拍拍自己的脑门，又在胡思乱想什么了，还是工作要紧，一提到工作，他就想把穆蓝找过来，结结实实地揍一顿，要不是因为她那天无理取闹把电脑的电源拔了，以至于自己的工作全部白费了，还要重新赶工。可是，这穆蓝长大了，他也就不忍心动手打她了，低头笑笑，继续工作。

穆城翼把工作做完，看看时间，早就过了下班时间，他赶紧收拾一下向外走，公司里已经没什么人了，他迅速乘电梯下楼，深深地记得陈慈安说过，老地方。这老地方，他自然记得是哪儿，他们谈恋爱的时候，经常去一家名为"千千结"的书吧，可以看书、喝咖啡、聊天，那个时候太年轻，喜欢各种各样小资的生活，总觉得时间就是用来慢慢浪费的，从来不去想未来的事情，等到未来真真正正地摆在面前的时候，就只能是分道扬镳了。

穆城翼赶紧开车来到了这里，"千千结"书吧，这里依然如当年那样安静，安静得就像是无风的天气，湖里的水一样，没有一丝的波澜，他打开玻璃门，"请问，陈慈安在吗？"

"嘘！"前台的小姐立马制止他大声讲话，能够在这里读书的都需要办理会员卡，每次来的时候都要登记，所以，他才会这样直接地问陈慈安有没有来这里。如果有，前台的小姐会告诉他陈慈安在哪里。

穆城翼意识到自己的冒失，赶紧转换语气，"您好，请问，有没有一位叫陈慈安的会员来过？"

那位前台的小姐皱着眉头翻看记录，对这个人的印象不好，自然服务态度就不好，然后说："有，但是半个小时前已经走了，如果有什么事可以去千千心结那里看看。"说完，便不再理会眼前这个男人了。

穆城翼"噢"了一声，便走了进去，靠窗的位子上一对小情侣正在一起读一本笑话书，两个人尽管压低了声音还是很引人注意，这不禁让穆城翼想起了那个时候的他们，他们也是那般的惹人注意，郎才女貌本就羡煞旁人，再加上，他们在一起的时候总是有说有笑，更是让周遭的人羡慕不已。在这千千结里，他们也是最初的会员，每每聊到动情的时候，就会遭到服务人员的呵斥，他们便开始偷偷地笑笑，吐吐舌头然后继续读书。千千结有一项很特殊的服务，在书架的对侧墙上有很多各种颜色的便签，那是专门为情侣们准备的，有些情侣的悄悄话都留在这里，要是吵了架，把道歉的话也留在这便签上，这面墙被大家称作"鸳鸯墙"，有很多情侣冰释前嫌都是因为这面墙。穆城翼走近这面墙，有的已经落满了灰尘，有的字迹还没干，走到"鸳鸯墙"的尽头，穆城翼想要翻阅出当年自己的笔记，当他看到那一页的时候，眼球突出，狰狞的样子很恐怖。

"翼，为什么不留住我？你知道我多么希望你可以挽留我吗？就一句话，一句话就够了，我愿意为了你留下来，不顾一切地留下来，还有三天的时间，我等你。"

"翼，为什么？今天是最后一天了，你为什么还没有来找我，电话，短信都没有，你的山盟海誓呢？哪里去了？你让我好失望……"

"翼，这是我最后一次来这里，别了，但愿我们不要再次遇见，我会恨你的。"

看见最后一句话的时候，穆城翼的心剧烈地抽搐着，一直以为是她的心太狠，说走就走，没想到她当初也是希望自己留住她的。那个时候，他们都太倔强了，谁也不愿意说出自己的心里话，对待爱情，也是那般的逞强，就这样把原本可以以幸福结尾的爱情错过了。穆城翼低下头，苦笑，一股青涩的味道蔓延全身。穆城翼迅速地离开了这里，过去的记忆像是毒药一样侵袭着自己，他怕再多待一秒钟，他就会毒发身亡。

到了晚上，穆城翼还是有些魂不守舍，拿着手机发愣，总想要打个电话，或者发条短信，可是，就是下不了这个决心。

张阿姨把做好的饭菜都放好，热气腾腾的一桌子："穆先生，我们家里有些事，我就先走一步了，碗筷先放着，我会收拾的。"

穆城翼没有听到，还在走神，手里依然握着手机，穆蓝见此，对着张阿姨使个眼色，张阿姨便走了，穆蓝坐在餐桌前，很有兴趣地望着穆城翼看，还不停地变换姿势，嘴角带着微笑。穆城翼身体一晃，一眼瞅见穆蓝正以这样的眼神看着自己，吓了一跳，瞬间就清醒了，“你干吗用这种眼神看着我？怪瘆人的。”穆城翼坐好，摆正身体姿势。

“穆先生，您老人家想什么呢？连你最喜欢吃的麻婆豆腐端上来，你都没有反应，开饭啦，知不知道？”穆蓝像个大人一样学着穆城翼的一贯动作拿手指一捅他的脑门。

“去去去，没大没小的，吃饭吧。”穆城翼拿起筷子在桌子上顿了顿，又觉得少了些什么，“对了，张阿姨呢，怎么不一块儿来吃饭？”他四周望了望，对着厨房喊：“张阿姨，一起吃饭吧！”

“哎呀，别喊了，张阿姨刚才跟你说家里有些事先走，你连听都没听见，谁知道你神游太虚去哪儿了。”穆蓝拿起筷子也顿了一下桌子，开始吃饭，看着那盘张阿姨的拿手好菜，麻婆豆腐，夹了一块，“豆腐啊豆腐，麻婆家的豆腐，看来连你也有失宠的时候啊，唉，我都替你感到悲哀呀，可怜的豆腐，看来也只有我这好心人可怜可怜你啦！”

穆城翼拿起筷子，对着穆蓝的头就是狠打一下，“你瞎叨咕什么，死丫头！”

“不许打我头！打傻了怎么办呢！”穆蓝捂着自己的头。

穆城翼还正愁没地方发泄呢，连续地打起来，“就打，就打，怎么了，你是我捡回来的，想怎么打就怎么打！”

“你打吧！”穆蓝索性把手拿开，“打傻了，你养我一辈子。”

“养就养，我也没指望你能自己有什么作为，还不是养你一辈子，死丫头。”这么说着，穆城翼反而停下了手。

“老哥，你到底想什么事啊，告诉我呗。”穆蓝有些讨好地凑近穆城翼。

穆城翼想了一小会儿，才说：“是你讨厌的那个人，你还听吗？”

穆蓝敏锐地猜到了是谁，可是她反而没有生气，“那我也想知道，我这个妹妹是很无私的，不会因为自己的私人恩怨就把老哥置之不理，你说吧。”穆蓝摆出一副大人的模样。

“好吧。”穆城翼似乎也想要把心事说出来，“对于我来说，陈慈安就是你的王子杰，你懂吗？”

穆蓝立刻呆住了，神情呆滞的样子，愣愣的样子有些可爱，“初恋？你也太能搞了吧，真看不出来啊，穆城翼，没想到你这么用情专一的，那你说，是不是跟安慈姐也是因为陈慈安呢，她们名字那么像。”

“死丫头，你倒是情商挺高的嘛，对，陈慈安是我的初恋，后来，她为了去美国发展，放弃了我们的爱情走了。要不是因为她，我也遇不到你和你奶奶，也就不会养你这么多年了。”

“那你这么说，我岂不是还要感谢那个女人，要不是因为她，我就遇不到你，就不会有这么好的老哥，对吧？”穆蓝托着腮帮子想，虽然有些不情愿，但还是承认了这个事实。

“对，对，对，她是你的大恩人，你以后去公司别那么对她！”穆城翼白了她一眼，很显然，他很不认同穆蓝说的这番理论，即便这是事实。

“你不是不让我去公司了吗？”穆蓝颇有些骄傲地望着穆城翼。

“说的气话，你也信，好，你信吧，你以后别去了，那我只好在未来的几年把股份给了别人，给人家，人家又不要。”

“谁说我不要了，我哪能不要呢，等你老了，我还得养着你呢。”

“养着我？我六十岁的时候，您老人家也五十岁了，我走不动的时候，你也拿上拐杖了，你说你怎么养我？”

“哎呀呀，又是这句话，烦不烦，吃饭！”穆蓝说这话，加了一大块豆腐放进了穆城翼的碗里，“菜都凉了，光顾着说话了。”

之后，两个人不再说话，各怀心事。

王子杰，江临川，这两个名字在穆蓝的脑海中交替出现，一个是王子与公主的爱情，一个是工藤新一与小兰的故事，穆蓝无从取舍，她甚至不愿意去想这些，一个追着自己，一个自己追着，她承认她还是喜欢江临川的，否则不会那么恨他，她也承认自己忘不掉王子杰，毕竟，一个人的初恋是一辈子忘不掉的事，穆蓝从来不知道自己是一个可以同时喜欢两个人的人，她一直觉得自己是很专一的。

穆蓝还是敢爱敢恨的，既然现在无从选择，那么就自己创造机会，让老天爷替自己选择，于是，她约了江临川。

江临川接到电话的时候，着实地皱着眉头，不过，还是如约而至。

安静的咖啡厅里。

江临川不停地拿着勺子搅动着杯子里的咖啡，穆蓝不停地看看自己的咖啡，又看看他，听着金属撞击杯子的声音，烦躁不堪。突然，她就伸出手去把江临川手里的勺子夺了过去，江临川先是一愣，然后低头笑笑，那笑容让穆蓝觉得有些玩弄的意味，她噘起嘴，“你笑什么？”

“你还是老样子。”江临川还是笑了笑。

“对，我就是霸道。”穆蓝扭过脸去，“这辈子改不了了，你以前不是也说过喜欢我这么霸道吗？你还说离开了我的霸道，你会因为不习惯而身亡。”

“小蓝，你最近过得怎么样啊？”江临川有意转移话题，他的确不是个情场高手，转移话题都会那么明显，漏洞百出。

“你别转移话题，你应该知道我今天找你干吗！你说吧，我们到底还能不能在一起？以前的事，都让它过去了，我也不追究了，也不想知道发生了什么，就这么过去，我就是想问你一句，咱们到底有没有可能？”

“小蓝……我……”江临川刚要说什么，穆城翼的样子立马就浮现在他的眼前，他硬生生地把那些话咽了回去，“你别这样，我不是不想啊，而是……”

“好了，别的什么也不用说了，不是不想，是什么，你是想不同意？我放下身段主动跟你说，你还这样，好吧，算我穆蓝瞎了眼看错了人，江临川，我再也不想见到你！”穆蓝觉得自己的自尊心受到了极大的侮辱，她立马拿出手机拨打了王子杰的电话，“王子杰，是我，我决定了，答应你。”然后，迅速挂掉电话，用挑衅的眼光看着江临川，鼻孔里挤出来一个“哼”，然后，她优雅地转身，再也没有回头的意思。

江临川望着她离开的背影，问自己，这就是自己想要的结局吗？为什么老天爷要和自己开这么大的玩笑？

# 第四章

就这么糊里糊涂地恋爱了，穆蓝属于事过之后便后悔的人，那天在江临川面前一气之下就答应了王子杰，事后，她便开始后悔起来。她还没有做好心理准备，来谈一场恋爱，虽然，在江临川之后，她谈过的男朋友即便是手指加上自己的脚趾也数不过来，可是，面对这个曾经自己的初恋，她心里还是会踌躇不定。

“老哥，你倒是帮我想想办法啊，有你这么当哥的吗?!”穆蓝托着下巴，坐在书房的桌子前面，眼巴巴地看着正在伏案读书的穆城翼。

“你自己一时冲动，怪不着别人，自己想办法。”穆城翼头也不抬，她谈过那么多次恋爱，这类问题可从来不咨询自己的，“再说了，你谈过那么多次恋爱，还在乎这一次吗?”

“可是，这次不一样！对方可是王子杰哎。”

“那你这次是认真的了?”穆城翼抬眼看看她，只是想确定一下她脸上的表情是不是认真的罢了。

“是啊！我要是真的跟他在一起，必定是真的，可是我当时太冲动了，还没有做好准备就打了那个电话，你说我现在怎么办呢?”

穆城翼摇摇头，“您老人家无论是恋爱经验还是恋爱年龄都在我之上，这种问题请教我未免太抬举我了吧，恕本人无能，您还是另请高明吧。”

“哎呀，你怎么这样呢?”穆蓝一拍桌子，拍的手生疼。

“我就很奇怪，你们九〇后怎么能这么早熟呢? 你是九〇年生的，从初中就开始谈恋爱，像我们这个年纪的，高中的时候也不过有些朦胧的情丝罢了，你说你们懂什么啊?”

“谈个恋爱，用得着懂那么多吗? 不就是玩嘛，我初中谈恋爱已经算晚的了，人家别人都是小学二年级开始的，我已经很落后了，别提我的伤心事啊，不过，我这次真的是认真的，我打算要是真的和王子杰在一起了，以后就不找别人了，真的，我发誓。”穆蓝信誓旦旦地举起右手，“我要是说谎，就让咱们这头顶上的灯掉下来，砸死我。”

“哎哟!”穆城翼赶紧把椅子退后了些，“我可要注意点儿，要不然这灯砸下来，可是连我也害了。”穆城翼严肃地开着玩笑。

“老哥，你怎么这样啊！你能不能正经点儿啊，这可是你妹妹的终身大事，在这个世界上你就只有我这么一个妹妹，一个亲人呐，你怎么能这么不上心呢，你是个当大哥的吗? 你还是一家之主吗?”

“我是不是一家之主你自己不知道啊，我不是当大哥的能养你这么多年吗? 好了，不跟你闹了，蓝蓝，你告诉我，你心里到底还喜不喜欢王子杰?”穆城翼换了一副面孔。

“我……”穆蓝低着头摆弄了一下手指，“你也知道的嘛，人的初恋是最难忘的，虽然，王子杰带给了我那么大的伤害，可是，我心里还是有他的，我有点恨铁不成钢，怨他恨他，说到底还是爱他的。”

“那你想好之后永远跟他在一起吗?”

“我还没有准备好，我是想下决心跟他在一起的，可是这个决心还差那么一点点。”为了表示那个“一点点”，穆蓝伸出两个手指来比画了一下。

“那你就直接告诉他，你想跟他在一起，但是还没有做好心理准备。”

“那万一……”

“没有万一，他要是不愿意等，说明这个男的根本就不值得你再喜欢了，如果他愿意等，那你就多准备一下，到时候再开始交往，就这么简单。”

“也对啊，”穆蓝托着腮帮子想了一下，“老哥，我发现你也不是恋爱白痴嘛。好，我就这么说，我马上就约他。”说着，穆蓝就拿出手机飞快地按了老半天。

穆城翼摇摇头，“这么大了，还是这么个急性子。”看着穆蓝一脸幸福的表情，穆城翼的心里也忽然暖暖的，她长大了，总算是长大了，自己也该好好地想想自己的终身大事了。

小店。

穆蓝和王子杰面对面坐着，桌子上摆着的依然是他们以前的最爱，鱼香炒饭、炸酱面，外加一盘白菜豆干和一盘拌黄瓜，最普通最便宜的中餐，他们却吃回了初中的时代，穆蓝吃得津津有味，王子杰则是看得津津有味。

“你怎么不吃呢？不合胃口吗？”穆蓝咽下一口炒饭问。

“没有啊。”王子杰拿起桌子上的餐巾纸帮穆蓝擦了擦嘴，很小心，很温柔，穆蓝舔舔嘴，有些不好意思了，可是却又不想制止他的动作，他的这个动作让自己心里很舒服，很暖和，所以，她笑了笑。

“我不是不喜欢，是看你吃很享受，跟我自己吃一样的，以前不就是这样吗？你忘了啊。”

“那怎么能一样呢，我的胃在我的肚子里，你的胃在你的肚子里，我吃进去能和你吃进去一样吗，我就是没吃饱，你也多吃点，老板娘，再加一份炸酱面！”穆蓝对着吧台那边忙着收钱的老板娘喊了一声。

“你那么大声干吗？旁边就有服务员啊，干吗非要告诉老板娘。”

“以后我就天天喊，直到她把咱们记起来为止，这个老板娘，记性太差了，眼睛里只有钱，哼。”

“哎，穆蓝，我真没想到你还是喜欢这家小店，喜欢吃这里的菜，原本以为你大小姐出身，吃惯了山珍海味，看不上这些东西了呢。”

“怎么会呢？山珍海味我是吃多了，可是这山野小吃我更喜欢啊。”穆蓝说着舔舔嘴巴。

王子杰笑了，穆蓝的话就像是一股清泉在他心里缓缓地流淌，温柔地传遍自己的全身，他好想就泡在这清泉里一辈子舍不得离开。

“穆蓝，吃完饭我们去哪儿玩呢？”

“呃……”穆蓝恍惚间想起自己把王子杰约出来的目的了，可是面对王子杰那么诚挚的笑脸，她是真的说不出来。

“怎么了？”王子杰问，“吃的不舒服了？”

“没有，没有，吃完饭，咱们去以前的游乐园玩吧，听说那里刚刚建了一个大的摩天轮，咱们去坐吧，好不好？”

“好啊，反正也好久没玩过了。”

穆蓝继续低头吃自己的炸酱面，心里美滋滋的，默默地对着这碗黑乎乎的炸酱面说，面啊面，就这样吧，挺好的，对吧，直奔主题，没有准备也挺好的。

那天，他们似乎回到了那个年代，牵着手，一起逛街，一起拍大头贴，一起玩轮滑，一起看电影，一起做了他们曾经羡慕却不敢做的事，他们仿佛继续着他们的初恋，唯美单纯的初恋。

晚上，他们玩了一整天了，都累了，伴着美丽的黄昏，他们拥吻，告别。

“穆蓝，你的嘴唇还是那么软。”王子杰清澈的眼眸闪着动情的光，这失而复得的爱情让他容光焕发。

“还说呢，当年你把我的嘴唇都弄破了。”穆蓝瞪着水汪汪的大眼睛，伸出手来有些娇嗔的在王子杰的胳膊上拧了一下。

“哎哟。”王子杰痛地叫了一声，揉揉自己的胳膊说，“那你当时怎么没告诉我呢？我记得当年确实挺用力的，当时也没经验。”

“嘿嘿，挺好的，谁生下来就会啊，以后，别把我弄破了就行了，我回家了，你也回吧。”

“嗯，回去吧，我看着你先走。”

穆蓝眼球转了转，“好吧。”然后一转身走得很潇洒，王子杰很满足地笑了笑，嘴角优美的弧度，像是雨后挂在天边弯弯的彩虹，美得好像是可以看见七彩一样。

直到穆蓝的身影消失在街巷，他才恋恋不舍地离开。

穆蓝心情大好，哼着小曲就回家了，一进门就问：“张阿姨，今天晚上做什么好吃的啊，肚子饿得咕咕叫了。”说着摸摸肚皮，跑到冰箱那里，打开冰箱就拿出了一个鲜艳欲滴的苹果，“咔嚓”一声咬了下去。

“小姐，今天看上去气色不错啊，是不是谈恋爱了呀？”张阿姨一边忙着手里切菜的工作，一边瞅瞅穆蓝。

“是吗？我怎么没觉得呢？”穆蓝咽下嘴里的苹果摸摸自己的脸。

“是啊，明眼人一眼就看出来啦，脸色红润，肯定就是谈恋爱啦，小姐长得这么漂亮，人又好，家庭条件又这么优越，男朋友肯定也很不错的。”

穆蓝心里美滋滋地说：“是挺不错的。”然后咔嚓地咬了一大口苹果，走出了厨房，穆城翼正好下班回来，脱掉西服外套，问：“做什么吃的？饿了。”

“马上就好了，全都是你爱吃的，等着吧。”

穆蓝的语调轻松有力，有些尖锐上扬，穆城翼立即觉得有些不对劲，仔细地打量一下她，穆蓝咬着苹果，奇怪地看着穆城翼，“看我干吗？没见过这么漂亮的美女啊？”

“你是不是答应王子杰了？”

穆蓝嘴里正好有一口苹果，猛地咳嗽几声，穆城翼拍着她的背说：“至于吗？被我猜着了吧？”

穆蓝脸色通红，不过不是因为害羞，而是因为确实噎着了，好不容易才把那口苹果咽下去，缓过来，才说：“你怎么知道？你也太神了吧？我还什么都没说呢！你是不是派人跟踪我啊？”

“就你？养你这么多年白养了啊，你那点小心思我还不知道，切。”穆城翼松松自己的领带，后来还觉得紧，干脆就扯了下来，“我就知道你是不会听我的话的。”

“老哥，你就是我肚里的蛔虫！”穆蓝搂住穆城翼的脖子，“爱死你了！”

穆城翼皱皱眉，有些厌恶地推开她，“多大了，还撒娇！行了，你自己好好地把握吧，别到时候分手了又找我哭鼻子，我可不想大晚上的抱着你睡一夜，胳膊都麻得第二天动不了。”

“呸呸呸！我才不会分手呢！绝不！这次我可是认真的！”穆蓝噘着嘴，吃完最后一口苹果，扔掉苹果核，斜眼看了一下穆城翼，然后上了楼。

望着她那么骄傲的背影，穆城翼叹了口气，有种不祥的预感，但愿自己的预感不是真的。

不过，他暂时不想管穆蓝的事情，自己的事已经很头痛了，不由得拿出手机，看着收信箱里那条署名为安慈的短信，他乱了手脚，那分明就是一条求爱的短信。他承认在陈慈安没有回来之前，自己对安慈的确有些意思，如果陈慈安没有回来，或许不久，他就会主动给安慈发这样一条求爱的短信，可是现在陈慈安回来，安慈也表明了心迹，这该怎么办呢？

木星公司。

会议室。

总裁穆城翼坐在正前方，心不在焉地听着各个部门各个经理和主管的汇报，最近是有些状态欠佳，他揉揉自己的太阳穴，面色发暗，样子有些颓废，突然觉得没声音了，他没抬头，说了声："继续，轮到谁了？"像是完成任务一样，听完这个报告他就要走。

"是我。"陈慈安面无表情地说，"我觉得说下去也没有意义，还不如趁早就散会呢，这样总裁可以好好休息，我们也可以早早地回去工作了，一举两得，何乐而不为呢？"这些话充满了讽刺的味道，谁都看得出来今天总裁心情不好，状态不佳。

穆城翼也觉得自己确实做得不好，他强打起精神，坐好："我承认，我最近是有些不在状态，散会吧，会议改期。"说完，他便站起来直接回了自己的办公室，参加会议的人都面面相觑，只有陈慈安一个人踩着有节奏的步子回到了自己工作岗位，她心里有些不舒服，没想到穆城翼就这么一句话就走了。

穆城翼知道陈慈安还在责怪自己那天的爽约，可是他自己一时也想不出什么好办法来化解这场误会，或者是这么多年的误会。

有人敲门，穆城翼的思绪马上被扯了回来，他揉揉太阳穴，说了声："请进。"

"穆总，欧亚集团的人今天把这季度的合作资料拿过来了，请您过目。"陈慈安依然是冷冰冰的脸，像是一块大石头上雕刻了一张俊美的脸，永远都是那一个表情。

"噢，放在桌子上吧。"穆城翼没有看她。

"好。"陈慈安放在桌子上就向外走。

刚刚要走到门口的时候，他喊住了她："等一下。"

陈慈安的脚步声戛然而止，她没有转身，问："还有事吗，穆总？"

"慈安，你听我解释好不好？"

"对不起，现在是上班时间。"

"慈安，我知道你怪我没有准时去，我也不解释什么，可是，你真的觉得我们之间这样好吗？做不成恋人，总不至于成为敌人吧，更何况，现在还在一起工作。”穆城翼似乎有些恳求的语气。

“穆总的意思是要我辞职吗？没有问题，如果我的工作确实达不到您的要求，您随时可以辞掉我。”陈慈安却丝毫不为所动。

“慈安！你可不可以换一个语气讲话！”穆城翼满眼凶光，被这个女人逼到了极限，一向心高气傲的自己已经如此低声下气了，她还想怎么样。

“不可以。”陈慈安依然冷得如冰块一样，转身就走，对这个男人仿佛已经没有了感情，有的只是恨。

“对不起……”穆城翼一下瘫软在椅子上，像是失去了重心一样，他垂着头，样子落魄，像是一只丧家犬一样，完全没有以往叱咤商海的总裁模样，“当初真的应该留下你，都怪我们太倔强了，谁也不肯让一步，以至于现在……”穆城翼的声音有些哽咽了，他摆摆手，说：“你去工作吧，没事了，过去了永远都不可能回来了。”

可是，陈慈安没有走，她慢慢地转过身来，眼睛里有些晶莹的东西，仿佛一不小心就要溢出来一样。好久，她才说出话来，“城翼，我想请假出去旅行，你可以陪我吗？”

穆城翼抬起头来，不可思议地看着眼前这个曾经让自己爱到疯狂的女人，刚才还是一副冷若冰霜拒人于千里之外的样子，现在又提出旅行，难道现在的慈安也在一个边缘挣扎吗？他立即订了两个人的飞机票。

“穆城翼！”一声咆哮从客厅里响彻整栋别墅，仿佛这房子摇晃了一番，穆蓝把桌子上的东西扔到了地上，“啊！”狠狠地使劲地跺脚，“你这个没良心的男人，去旅行干吗不带我！有你这样的吗?!”

穆蓝看到桌子上的纸条接近崩溃了，简简单单的一行字，“蓝蓝，我出去旅行了，大概半个月回来，这段时间，好好照顾自己。”

时间？地点？人物？这些都没有交代清楚，这可不像穆城翼的做法，穆蓝一瞬间就发现这里必定有隐情，可是，她打了无数次穆城翼的手机都是关机，连手机都关了，公司都不管了，看来是真的有问题，穆蓝分析着。

“穆城翼，你这个没良心的男人！”又是一声咆哮。

“有这么说你哥哥的吗？”一个风姿绰约的女人，一身清凉的装扮走了进来，穆城翼的堂姐，穆城英。

“堂姐。”穆蓝的声音软了下来，“你知道我老哥去哪儿了吗？”

“不知道，我又没在他身上安跟踪器，城翼只说出去几天，过几天就回来。还有，这些日子，张阿姨家里有事，她也请假了。”穆城英皱着眉头，有些厌恶地说着话，要不是穆城翼亲自请她过来，她才不会来这里，对这个和自己家族没有任何血缘关系的女孩子，穆城英是十分讨厌的，要不是这个女孩子，自己的堂弟也不会到现在连个老婆都没有，甚至，她一个非亲非故的人竟然今后要拿走木星集团百分之三十的股份。

“连张阿姨都请假了，他们都把我抛弃了，太过分了，那这些日子我吃什么啊!”穆蓝一屁股坐在沙发上，一瞬间感觉自己无依无靠了。

“所以城翼才叫我过来，我也很忙，你也不小了，应该学着照顾自己了，城翼跟你非亲非故都养你这么大了，你也应该学着照顾自己了。赶快毕业找个工作，别总赖在家里不走，记住自己的身份！本来他是叫我在这里住几天的，这么高档的别墅我可住不起，我帮你找了个小保姆，负责你的一日三餐。”穆城英看着眼前不争气的女孩子越加有气，心理不平衡。

“这样啊，谢谢堂姐。”还是老样子，穆蓝都已经习惯了，穆家的那些亲戚都对穆蓝有些意见，这些穆蓝早就习以为常。自己这个毫无血缘关系的妹妹把他们的股份抢走了，他们心里自然不痛快，所以她也从来不和这些人计较什么。

“把我的话放在心上比什么都强，我先走了，还要上班呢。”

“嗯，堂姐再见!”穆蓝摆摆手，很有礼貌，穆城英见她这个样子也不好再说什么，一肚子的怒气也没办法发，只好拂袖而去。

穆蓝对着她的背影吐吐舌头，她心里自然也清楚，这个堂姐不喜欢自己，自己也没必要去讨好她。也好，穆城翼不在家，整个小别墅就属于自己了，没有人管，自由自在，穆蓝一瞬间欢呼雀跃起来，把沙发上的枕头抛向空中，“噢!”像是久出牢笼的小鸟一样，她先是脱了鞋绕着小别墅的每个房间跑了一圈，一边跑一边叫着。

门铃就在这个时候不合时宜地响了起来，她停下来，去开门，门口站着一个扎着两个牛角辫的小姑娘，看上去怯怯的，还没开口说话已经脸色微红。

“你找谁啊?”穆蓝上下打量一下这个姑娘。

“我是新来的小保姆，请问这里是穆城翼先生家吗?”她说话轻轻的，仿佛一阵风就能把她吹跑。

“对，对，对，进来吧。”

穆蓝很满意，是个和自己年龄差不多的小姑娘，闷的时候还能说说话，又一桩好事，让穆蓝脸上的光彩又多了几分。

“你叫什么名字？我先自我介绍一下，我叫穆蓝，是这家主人的妹妹，这家的主人呢出去旅行了，所以最近一段时间这个家里只有我们两个人，你的主要工作呢，就是一日三餐，打扫房间，其余的时候你可以出去，只要不耽误事就可以。”

“我叫李紫鹃，乡下来的，做饭收拾房间我很拿手的。”姑娘似乎是第一次见到这么大的房子，说话的时候有些磕巴。

“紫鹃？你多大？我九〇年的。”

“我也是九〇年的。”

“你几月？”

“八月。”

“那你比我大，我叫你鹃姐好了，家里的情况就是这样，这附近有个市场，以前的张阿姨就是在那里买菜的，不远的地方还有一个大超市，都挺方便的。”

“我住在哪儿呢？”这个名叫紫鹃的女孩打量着大大的别墅。

“那个房间吧，张阿姨之前的一个小阿姨就是住在那儿的，张阿姨最近请假了，她在这边有家，所以不住在我们家，你收拾一下好了。中午饭，我请你出去吃吧，你先熟悉一下环境吧，我上楼换件衣服。”

李紫鹃点点头，还在欣赏着像艺术品一样的小别墅，跟自己曾经的学校一样大，天啊，这么大的房子只有两个人住，李紫鹃除了赞叹什么也没有了。穆蓝不一会儿就从楼上下来了，穿得十分休闲，破洞牛仔裤加上白色的卡通图案T恤，梳着高高的马尾辫，“你准备好了没有，咱们出去吧。”

“小姐……”紫鹃盯着穆蓝的大腿看，脸色微红。

“怎么了？有什么不对劲儿的吗？”穆蓝看见紫鹃的眼神看了看自己全身上下没有什么不妥当的，很奇怪。

“小姐……你的……你的裤子……破了。”紫鹃吞吞吐吐地才说出来，其实不想说的，又怕小姐出去会难堪，只好说出来。

“破了？这裤子本来就是破的啊，现在很流行的，你没见过吗？天啊，你是哪儿来的呀？火星吗？太老土了吧？”穆蓝像是看外星人一样的看着紫鹃，这个女孩子难道真的是火星来的，没见过地球人？

紫鹃开始抽泣起来，“我……我是山里来的，来城里打工也是费了很大的力气，我确实没见过。”

“哎，哎，哎，你别哭啊，你这样弄得我欺负你一样。”穆蓝赶紧跑到茶几那边去拿纸巾，胡乱地抽出一堆来，塞到紫鹃手里，让她擦眼泪，紫鹃也停止了哭泣。

“我以为你知道的，没关系，慢慢地你就什么都知道了，你跟着我这个时尚达人还能让你被流行抛弃，那可就是我的失职了。”穆蓝上上下下打量紫鹃，方格子的红色小衫，深蓝色的裤子，仿佛还活在上个世纪，这要是带她出去吃饭还不是回头率百分之百啊，“你跟我上楼，换件衣服，咱们再出去吃饭。”

“我这衣服是我出来的时候我娘刚给我做的，挺好的啊。”

“哎呀，不好不好，你就跟我来吧！”说着，穆蓝就拉着紫鹃上了楼，穆蓝把自己的衣柜打开，衣柜里满满当当的全都是衣服，各种颜色，各种款式，应有尽有。

穆蓝有些不好意思地笑笑，“嘿嘿，就是乱了点儿，我不喜欢收拾柜子，张阿姨经常帮我收拾，不过我总嫌她收拾以后，我的东西就找不见了。”穆蓝抓抓头皮。

不过，紫鹃早已经看得直了眼，估计他们全家人一年四季的衣服全都加起来也没有这些衣服多。

“来，来，来，我帮你试试啊。”穆蓝站在衣柜前想了一会儿，拿出一件雪纺的连衣裙，比画了一下，就递给了紫鹃，“试试吧。”

“这……”紫鹃看着眼前这么漂亮的裙子，着实吓着了，“这不好吧，这衣服看上去挺贵的。”

“对呀，是挺贵的，要是不贵，也不会送给我，他们也拿不出手，这些裙子都是想和我们公司合作的人送的，一堆一堆的，我都没穿过的，就一直搁在这柜子了，放着也是放着，你就穿吧，放心，都是我没穿过的，有的连吊牌都没摘呢。”

见紫鹃还是有些踌躇不定，穆蓝直接就把裙子塞到了紫鹃手里，“去试试吧，反正我也不穿！”

盛情难却，紫鹃只好拿上了裙子，穆蓝走出房间，让她在自己房间里换衣服，紫鹃从房间里一出来，连穆蓝都吓了一跳，衣服跟紫鹃的身材很搭，紫鹃瘦瘦的，雪纺的衣服把她的皮肤衬托的白皙有光泽，就是少了那么一点点红润，穆蓝不禁有些小小的嫉妒，女人难免的，“很好看呀，就这样，送给你了，咱们出去吃饭吧，回来以后我再教你适应一下家里的情况。”

乡下来的孩子不知道肯德基和麦当劳，第一次知道肯德基的基不是鸡肉的鸡，穆蓝就在肯德基和紫鹃吃的饭，尽管这些东西她实在是不想吃了，已经吃够了，但是看见紫鹃站在门口那样渴望的眼神，她就不忍心走了。反正以后机会多的是，就在这儿凑合吃了，紫鹃吃得很香，吃完饭，两个人就回了家。穆蓝才真的犯起愁来，紫鹃从乡下来，洗衣机、冰箱、微波炉、电饭锅，凡是要用电的东西基本上都不会用，穆蓝虽然也很少用这些东西，但是最起码自己会啊，还要一样一样的教她，还有家里的各种东西的使用方法，穆蓝都一样一样的讲。可是谁也不能一下子记住那么多东西啊，穆蓝只好先把厨房的东西教会她，紫鹃倒是学得很认真也很有兴趣，兴致勃勃的听完便开始实践，穆蓝则是身心疲惫，忙活了大半天，她可是累了，留下紫鹃一个人在厨房里忙，她自己上了楼，躺在床上，突然就想起了穆城翼。

这个家可真是不好当啊，她暗暗地发感慨。他一个人把自己带这么大也真是太不容易了，看看自己的手机又拨了一遍穆城翼的手机号，还是关机，似乎早就料到了，穆蓝没有很失望，也没有发脾气，倒是突然理解他了，出去玩玩也好，省的总有自己这个拖油瓶拖着。不过，穆蓝依然很感兴趣，他到底和谁出去旅行了。

几乎就是在一瞬间决定陪陈慈安出来旅行的，他们没有经过任何计划，现在也不是什么旅行旺季，两个人一下子就飞到了新加坡。没错，是这个和城市一样大的国家，他们以前约定结婚的时候来这里旅行，可是没有实现。如今一个是老总一个是下属，竟然就这样把当年的愿望实现了。

金碧辉煌的极乐寺。

陈慈安为了配合这里的风土人情，戴了一个大大的帽子，穿了一条灰底紫花的长裙，一双蓝色的脱鞋是少不了的；穆城翼穿着一身休闲装，默默地注视着美丽的陈慈安，岁月在她的脸上留下了痕迹，但也为她增添了成熟的风韵。她徘徊在满身镀金的大佛前，突然转过头来说：“许个愿怎么样？”

“好啊。”穆城翼走上前去，两个人虔诚地双手合十，穆城翼并不知道自己要许什么愿望，脑海中突然浮现穆蓝那张俏皮的脸。

穆城翼忽然就想起来，穆蓝也一直吵着要来这里呢，这下回去肯定要好好闹一闹了。穆城翼看向陈慈安，她紧闭着双眼，嘴唇翕动着，像是还在说着什么，他回过头来，双手合十，许了自己的愿望。

“好了，我许好了，你呢？”陈慈安转过头来望着穆城翼。

“我也许好了，咱们走吧。”两个人一起走出去，漫步在极乐寺里，形形色色的人，有拍照的，有跟着旅行团的，也有一个人背着书包慢慢欣赏的。

“刚才许完愿我才想起来，咱们不该在这里许愿的，万一愿望成真了，还要跑这么远来还愿，如果还不了，可就把佛祖得罪了。”陈慈安不免担心起来。

“没关系，如果愿望成真了，我就陪你回来还愿。”

陈慈安笑了笑，看了看穆城翼，没有说什么，继续走自己的路，看自己的风景。这一路上，穆城翼都在明里暗里表明心迹，可是陈慈安却总是一副无动于衷的样子，好像没有听见一样，这可把穆城翼愁坏了。真是猜不透陈慈安到底是怎么想的。

和王子杰在一起的时候，偶尔也会觉得无趣，毕竟曾经那么美好的时光已经过去了，再去做那些以前渴望的事情，第一次是满足，第二次便有些乏味了。人长大了，便有了新的追求，看完王子杰发的短信，穆蓝便把手机扔到了一边，继续在床上装死，“穆蓝，今天去游乐场吧，我有时间，几天没见你，想你了。”

犹豫了好一会儿，穆蓝才把脑袋从枕头底下钻出来，“我最近课程有点儿紧，改天吧，快要考试了。”然后继续装死，王子杰没有回短信，穆蓝爬起来，最近是有些无聊，可是就是不知道为什么，干脆从床上爬起来，自己出去找点儿乐子，穆蓝是个受不了无聊的人。

一个人在街上买了一盒最喜欢的蓝莓冰激凌，优哉游哉地走着。步行街一向是最繁华的地带，穆蓝溜达溜达就腻了，人太多，不喜欢，于是去了稍微偏僻一点儿的地方，刚想要去一家潮流小店买些好玩的东西，小腹一阵的疼痛，感觉不对劲，穆蓝赶紧拿出手机翻看日历，一看大叫不妙，赶紧找厕所。这一带的厕所她还是很熟悉的，可是跑到厕所，却发现“暂停使用”四个字，只好去别的地方，好不容易才找到厕所，钻了进去，发现果然是大姨妈来报到了。穆蓝恨不得掐死自己，没事不在家里待着，出什么门啊，现在大姨妈来报到了，没带着卫生巾，还穿了一条这么浅的裤子，穆蓝真是痛恨自己，没事瞎跑什么。

在厕所里想了半天，也没想出什么好点子，隐隐约约听见脚步声，穆蓝似乎感觉到了一线生机，她咳嗽了一声，来人的脚步立马停住了，似乎是吓住了，穆蓝压低声音说：“同志，你带着卫生巾呢吗？我大姨妈来了，能不能先借我。”

来人没有说话，穆蓝有些失望，但是又厚着脸皮说：“要是没有，帮我去买好吗？我肯定重重地谢你，真的，帮个忙吧。”

然后穆蓝在厕所里默默地祈祷，果然听着脚步声像是出去了，穆蓝总算是出了一口气，发誓出去以后一定重重酬谢人家，甚至在想象这个人会是什么样的，要是个美少女最好，跟自己交个好朋友，要是个小女孩，给她买些好吃的好玩的，要是个阿姨买些好看的化妆品之类的，要是个奶奶级别的人物，可就不好办了，毕竟代沟有点儿大。正想着，感觉自己的腿都发麻了，可是人还没回来，穆蓝有点儿着急了，不会是走了吧，穆蓝换了个姿势。

正当绝望的时候，一包七度空间隔着下面的缝出现在自己眼前，穆蓝眼前一亮，隔着门缝看见那包七度空间，赶紧接了过来。

“也不知道你是姐姐还是妹妹，还是阿姨还是奶奶，总之你在门口等我，我出去肯定谢你啊！等我啊！”

穆蓝迅速地收拾好一切，打开厕所的门，听见外面有些吵闹的声音，怀着好奇心走出去，只见一群男的正站在外面吵闹着，一个男的在前面挡着。

“各位，稍等一下，里面有个脑子有问题的女孩子不小心走错厕所了，大家谅解一下，马上就出来了。”男人不断地解释着。

“她是你什么人啊？”

“一个傻子管她呢，我们要上厕所，急着呢！”

大家七嘴八舌的，有的还骂骂咧咧地说话，男人一直很淡定，就是死也不让他们进。穆蓝小心翼翼地看了看门上写着“男”，顿时想找个洞钻进去，关键是这些人都堵在门口，自己怎么出去呢？

正当不知道该怎么办的时候，男人看见穆蓝走出来了，急忙说：“出来了，出来了，大家可以去上厕所了，抱歉，不好意思，让大家久等了。”然后，长长地出了一口气。

男人们陆续走进厕所，或许是因为太急了，也顾不上再说什么。不过，每个经过的人都瞄了穆蓝一眼，“长得挺好看，可惜是个傻子。”“唉，真可惜啊。”……

穆蓝杵在厕所门口，脸上已经是一块白一块红了，这辈子都没遇见过如此尴尬丢脸的事。

“喂！你还杵在男厕所干吗？还嫌丢人丢的少啊？”

穆蓝这才抬起头来，看看眼前这个男的，气就不打一处来，冲过去，指着他的鼻子就骂："你才是傻子呢！你怎么说我是傻子呢？"

"喂，你讲讲理好不好？要不是我说你脑子有问题，这帮男人能让你在里面待那么久吗？早就冲进去了，再说了，一个正常的女孩子谁会看错跑进男厕所啊？"

"你！"穆蓝气得说不出话来了，本来就是自己理亏，又这么丢脸，干脆一跺脚，"哼！"然后就要向外走。

"哎！等一下。"男的把她叫住了。

"还有什么事啊！想羞辱我是吗？那就快着点儿，姑奶奶没时间陪你玩，你帮了我，我欠你一个人情。"穆蓝梗着脖子，有些不服气。

男人走近她，显得有些不好意思，支支吾吾地说不出来。

"你快点说好不好？赶时间啊！"

"你的裤子。"男的低着头说。

"我的裤子怎么了？正版的美特斯邦威，新款的。"

"有血！"男的吼了一嗓子。

穆蓝的脸顿时就像是一块红布一样，赶紧跑到了墙角。这辈子最尴尬的就是今天了，拿出手机来，发现没电了，连个外援都没办法找，不一会儿，穆蓝的小腹开始有些疼痛起来，再加上着急，额头上和鼻尖上都出现了细密的汗珠。

男人叹了口气，走了过去，把自己的外套脱了下来，"碰上你，我也真是倒霉了，给，系在腰上。"

穆蓝像是抓住了救命稻草一样，赶紧接过来系在腰上。

"喂，我送你回家吧，你家住在哪儿？"

"不用了，谢谢，你把你的电话给我吧，明天我把衣服还给你。"穆蓝刚拿手机，才想起没电了，"这样吧，你记下我的手机号，到时候发短信给我，我明天把衣服还给你。"

"也好。"男的拿出手机按下穆蓝说出的电话号。

"你叫什么名字啊，你总不能让我只存个号码吧？"男的问。

"穆蓝。"

"花木兰？"

"穆桂英的穆，蓝色的蓝，我姓穆，单名一个蓝字。"

"你怎么会叫这么个名字呢？"男的笑了，饶有兴趣地盯着穆蓝看。

穆蓝斜了他一眼，就急匆匆地跑开了。

# 第五章

穆城翼和陈慈安在新马泰的日子可算是惬意，吃着神秘的娘惹菜，看着异国的风景，他们拍照留念，也终于在游玩中，陈慈安放下了自己的端庄和高雅，顽皮的像个孩子。穆城翼不知不觉又想起当年和陈慈安在一起的情景，她也是这个样子，玩起来的时候像个孩子，工作或是学习都十分严谨，态度也很严肃，完全判若两人。

今天外面下起了连绵细雨，该玩的地方也都玩遍了，这些天也确实有些累了，两个人便决定在酒店里休息一天。

穆城翼算算日子自己出来已经半个月了，陈慈安在浴室里洗澡，他无聊地按着遥控器，也不知道家里那个怎么样了，有没有好好吃饭，有没有好好上课，有没有好好地安排作息时间。穆城翼不由叹了口气，穆蓝长这么大还真没离开过自己呢，公司忙的时候常常就把她带到公司上班，这恐怕是离开最久的一次吧。终于还是担心穆蓝，他从行李箱里把手机拿了出来，最近这些日子，陈慈安义正词严地告诉他，既然出来就好好玩，把所有的一切都放下，所以她不允许他拿手机，甚至公司上的事也不要他管。估计着陈慈安洗澡的时间，他一开机就收到了N条穆蓝发来的短信，不用看也知道是什么内容，他发了条短信："蓝蓝，在家里过得好吗？堂姐给你找的保姆还行吧？做的饭合你口味吗？不合口味告诉堂姐叫她帮你另外找，按时起床，按时上课，别总是逃课。"他还想写下去，觉得太长了，于是就用一句"老哥很好，勿念"收了尾，点击发送。

收到短信的时候，穆蓝正抱着刚洗好的衣服发呆呢，手机里静静地躺着一条短信，署名是艾生，那天遇到的男生。她正想着怎么把衣服还回去，手机突然一振，吓了她一跳，再一看名字，更是吓一跳，她迅速的就把电话打了过去。

手机突然响铃，穆城翼迅速地挂断了，然后看看浴室的方向，没有什么动静，只是哗哗的流水声。穆城翼松了一口气，然后走出房间，给穆蓝打通了电话。刚一接通，电话那头就传来穆蓝高八度的声音，"老哥，你到哪里去浪了？都把你老妹我忘干净了吧！你跟谁在一起了？"

“什么叫浪？有这么说你哥的吗？你是越来越没规矩了！蓝蓝，你最近怎么样啊？吃地好不好？睡地好不好？刚来的保姆怎么样啊？你是不是又逃课了，别总逃课，按时去上课，也省得我期末的时候给你求情去了。”穆城翼一开始想要指责的，说着说着，不由自主地就把自己的心里话一股脑地说出来了。

电话那头是深深的沉默，然后穆蓝咳嗽了一声，“老哥，我想你了，你什么时候回来啊?”一个问题都没有回答，穆蓝这一句话，就直击了穆城翼最软的那根肋骨。那一瞬间，他的眼泪差一点就流了出来，堂堂七尺男儿，他忍住了眼泪，说：“快了，等着吧，给你带礼物了。”

“老哥，你早点回来啊。”电话里传来穆蓝孩子气的声音。

“好的，知道了，有人叫我呢，我先挂了啊，回去告诉你。”

“嗯。”

挂了电话，穆城翼走回房间，看见陈慈安正好从浴室里走出来，不加任何修饰的她，犹如出水芙蓉般，皮肤细腻光滑还有些光泽，湿漉漉的头发垂在裸露的双肩上。

“去干吗了?”她随口一问，拿起了吹风机准备吹干头发。

“没什么，有点儿闷，出去看了看。”接到穆蓝的电话，穆城翼还是觉得心里不舒服，毕竟这一次是自己离开穆蓝最久的一次。

“噢。”陈慈安继续吹着自己飘逸的长发，吹风机嗡嗡的声音搅的穆城翼的耳膜有些阵痛，有些烦躁不安。

“慈安，都出来半个月了，我们是不是该回去了，该玩的地方也玩遍了。”穆城翼装作漫不经心地看着电视机。

吹风机的声音一瞬间就停止了，房间里顿时安静下来，陈慈安转过头来望着穆城翼，“怎么，还是放心不下?”

“有一点儿，毕竟她从来没离开过我，也不知道现在怎么样了，蓝蓝这个孩子其实挺娇弱的，病了都不知道自己吃药。”

陈慈安两眼直直地盯着穆城翼看，良久的沉默。

穆城翼关掉电视机，转过头去，“怎么了？你要是不尽兴，咱们还可以再去几个地方。”

“我说的是公司，不是你们家里那个小鬼头。我已经没兴致去任何地方了，回去吧，你去订机票。”说完，陈慈安又打开了吹风机。

穆城翼沉默片刻，没有继续说话，拿起电话，订了机票。

穆蓝总觉得自己不能一直拒绝和王子杰见面，毕竟是男女朋友关系嘛，偶尔也是需要约会的。穆蓝难得主动把王子杰约出来，因为她今天想去海底世界玩一圈，想起穆城翼和别人在外面游山玩水，她就觉得自己总要小小的报复一下。郊区里新建了一个海底世界，刚开业的时候，穆城翼就准备和穆蓝一起去的，可是一直拖着没去成，穆蓝于是叫上王子杰一起去了。

新开的海底世界到底是新鲜的，比之前的那个要大上一倍，各种各样的鱼类应有尽有。对于新鲜的事物，穆蓝总是能表现出极大的热情，拉着王子杰左拍一张右拍一张，玩得不亦乐乎。

两个人终于是累了，一个人拿着一个冰激凌，一边舔着一边走着，王子杰忽然站在穆蓝面前，带着坏笑看着她。

“干吗?”

他从兜里掏出纸巾，温柔地帮穆蓝擦着嘴角的奶油，穆蓝都有些不好意思了，脸颊有些微红，比起之前养尊处优的王子杰，现在的王子杰更加体贴人，他现在几乎已经变成一个会照顾人的男人了。

“喂，你脸红了哎!”王子杰指着穆蓝绯红的脸颊说。

“哪有，你才脸红呢，这里面太闷了!”穆蓝说完，抢过王子杰的纸巾自己擦了起来，并且直冲冲地向前走。

“哪里闷啊，这里面有中央空调，凉爽着呢，你分明就是脸红了!”

“没有，我说没有就是没有!”穆蓝顺手在王子杰的胳膊上狠狠地掐了一把，王子杰痛地大叫，这才不敢说话了。

不约会的时候，穆蓝就待在家里，多了一个和自己年龄相仿的小保姆，自己却比任何时候都要忙，和她讲家里各种东西的使用方法，还有自己的各种癖好。以及穆城翼的各种癖好，穆蓝似乎特别有兴趣和这个像是火星人一样的紫鹃交流，她的那种成就感仿佛瞬间就得到了满足。

“紫鹃!我教你用电脑好不好?”穆蓝又来了兴致，这些天都没有怎么去上课。

“电脑?不了，”紫鹃挠挠头，有些为难，“家里那些做饭的电器我还没全搞清楚呢，电脑还是以后再学吧!”

“你应该先学会电脑，你学会了，厨房那些东西，要是忘了怎么弄，你百度一下就可以了，学会了电脑，你就等于学会了一切!哎呀，来吧!”穆蓝强拉硬拽地把紫鹃拉到了电脑旁，“等我老哥回来，叫他给你在房间里再买一台电脑，这样啊，你就可以帮我做好多的事情了，给我做个小助理。我会给你发工资的，以前的张阿姨年纪太大了，学不会，这下你来了，正好！”

穆蓝边说着，边打开了电脑，从开机开始教起，紫鹃学得还挺认真，正当两个人都沉浸在喜悦里的时候，门铃不合时宜地响起来了，紫鹃似乎上了瘾，屁股离不开座椅了，穆蓝也不好坏了她的兴致，自己跑下楼去开门。刚打开门，穆蓝还没看清楚是谁，就被人拥在了怀里，“我想你了。”

刚要发作，穆蓝听到这熟悉的声音，把他推开了，“干吗？这才几天啊，就想了？”

“一秒钟不见你，我都想，穆蓝，你最近在家里待着干什么呢？像是失踪了一样，都不出来玩，这可不像你的性格啊？”王子杰摸了摸穆蓝的头发，亲昵地问。

两个人走进客厅，穆蓝拿了瓶饮料给他。

“失踪？没有啊，我老哥出去玩了，家里的大小事都要我管，所以没时间啦。”穆蓝很轻松地说，顺手打开电视机。

“那你总要抽出一点时间给我吧，我可是你男朋友哎。”王子杰有些委屈地说。

“我不是总抽出时间陪你吗？真是的，是你自己一分钟不见我都不行，不过我是真的很忙，我老哥快回来了，我得把家里打理好啊，要不然他回来又说我无所事事，一事无成。我要证明给他看看，穆家的后代都是天生的天才，我也什么都可以的。”

“好吧，那你什么时候有时间，我提前预约总可以吧？”王子杰有些妥协又有些不甘心。

“嗯……”穆蓝托着下巴想了一小会儿，“等我老哥回来吧，他一回来，我就找你好不好？他说这两天就回来了，很快的。”

“那好，我先回去了，有空跟我联系啊。”王子杰还是觉得有些不满意，凑到穆蓝身边，搂住她的肩膀，眼神里有着炽热的火焰。

“干吗？”穆蓝一捅他的脑门。

“你说呢？”话音刚落，王子杰就霸道的吻上她的双唇，很用力的亲吻，或许是因为想念的太厉害了吧，他吻得很用力。

穆蓝应付了一会儿，也不知道是因为他的力气太大让她觉得不舒服还是压根不想接受这个吻，把他推开了，“别闹了，过几天我老哥回来，我肯定去找你。”

有些意犹未尽的王子杰没说什么，在她的额头轻轻刻上一个吻，“我走了，保重。”站起来便走了，背影有些落寞。穆蓝看着这个离去的背影，心里有那么一点点的难过，她默默地在心里问自己，真的爱这个男人吗？真的吗？

王子杰离开了。

“小姐！”紫鹃早就在楼上站了好久了，一直没好意思下来，一直等到王子杰离开，穆蓝还在想着什么，没听见。于是紫鹃又提高分贝喊了一声。

穆蓝这才回过神来，“怎么啦？学会了么？”

“差不多了，现在知道怎么用百度了？小姐，那个是你男朋友？”

“是啊，怎么啦？”穆蓝关掉电视机，本来也不想打开的。

“长得很帅呢。”

“是吗？还好吧，不要叫我小姐啦，叫我蓝蓝就好，我老哥快回来啦，你会不会做麻婆豆腐呢，那是我老哥最喜欢的菜，他第一天回来，你一定要做给他吃。”

“我会做的，哪天他回来你提前告诉我就好。”

“好啦，咱们上楼吧，我看看还有什么能教给你的。”

两个人说着上了楼，穆蓝登录自己的QQ，刚一登录就有好几个对话框弹了出来，一看名字，穆蓝立即关掉了。

“陈编辑？谁呀？你怎么不理人家呢？”紫鹃很好奇地问。

“不用理，我不理他，他自然还会联系我的。”穆蓝有些得意地看看自己的QQ都有谁在，看看大家的签名，她还是关心朋友的，这是射手座的通病，会想念和关心朋友，但是不会主动联系朋友。

“我也给你一个QQ吧，我有好几个呢，都快一个太阳了，以前玩的，后来不想玩了。”

“一个太阳？”

“噢，就是QQ等级啊，一级就是一颗星星，四颗星星是一个月亮，四个月亮是一个太阳，我现在用的这个QQ都已经快要两个太阳了。我这QQ好多人想要呢，我都没给，给你一个吧。”说着穆蓝找自己的QQ，“你记一下，这个号，密码是ailaoge，你可以自己改的，还有昵称，你自己改吧，我不管了。”

“好。”紫鹃眼冒金光，自己都是有QQ的人了。

“好啦，你在这边上吧，我去老哥的房间里上网，有什么不懂的地方就喊我。”说完，穆蓝就走了，紫鹃玩得不亦乐乎。

穆蓝走到穆城翼的书房里，打开电脑，发现里面竟然还有密码，试了一下穆城翼的生日，密码错误，试了一下他的名字也是密码错误，穆蓝泄了气，“还设置密码！这个老哥，肯定有什么不可告人的秘密。”穆蓝托着下巴想了一会儿，又试了几串数字，依然不能打开电脑，于是就放弃了，决定等他回来好好地拷问一下这个男人。

下了飞机，穆城翼把陈慈安送到她家楼下，两个人坐在车里，相对无言，车厢里弥漫着陈慈安的香水味，淡淡的清香，刺激着穆城翼的嗅觉。

“回去吧，不早了，这些日子怪累的，好好休息。”穆城翼看看时间已经是凌晨一点钟了。

陈慈安也看了看时间，望着穆城翼说：“你呢?”

“我不回去了，找个宾馆住一晚上，蓝蓝肯定睡了，我没带钥匙。”穆城翼揉揉眼睛，旅途的劳累让他此时觉得有些困了，他不能再坚持开车回家了，否则真的会出事的。

“她知道你今天回来吗?”陈慈安没有要放过他的意思。

“不知道，没告诉她，所以才能明天回去啊，要不然她今天晚上看不见我回去，肯定睡不着的。”

“上楼吧，楼上坐一会儿，反正你也不着急回家。”

“也好。”

两个人一起上了楼，进了陈慈安的家，穆城翼整个人完全愣住了。

“翼，这个窗帘好漂亮，等咱们结婚就买这样的窗帘好不好?”

“翼，你看这个木桌，好有异国情调啊，咱们结婚也买好不好?”

“等咱们结了婚啊，我一定要铺一条紫色的地毯，光着脚踩来踩去。”

“我想要一个大大的穿衣镜放满一张墙那么大。”

……

看到屋子里的布置穆城翼的心里一阵汹涌澎湃，当年那些山盟海誓一股脑的全都涌了出来，那是最美丽的初恋，最令人难忘的初恋。

“你知道吗？离开你之后，我每天都在想你，梦想着有一天可以过上和你一起描绘的生活，可是现实总是残酷得令人想哭。”

陈慈安突然紧紧地抱住了穆城翼，穆城翼也顺势将她搂在了怀里。两个人热烈的开始亲吻，那么强烈的气息在他们的双唇间游走，炽热令人热血沸腾的气息谁也无法招架。陈慈安像是一条蛇一样攀附在穆城翼身上，进入卧室，正巧也没有开灯，屋子里漆黑一片。

在旅行的这些日子，他们虽然一直共处一室，但是始终没有越雷池一步，或许是因为压抑了太久，感情就这样瞬间如火山喷发一样迸发出来。

第二天清晨，穆城翼昏昏沉沉醒了过来，陈慈安在旁边安静地睡着，他这才想起昨天晚上发生的一幕，拍拍脑门，可是现在后悔也没有用。他发现他越来越不了解这个女人了，根本无法发现这个女人心里到底是怎么想的，他们会在一起吗？穆城翼问完自己这个问题，没有回答就慢慢地起身了，把陈慈安的头放在枕头上，看着她熟睡的脸，他叹了口气，坐起来，才发现衣服满地都是。穿好衣服，穆城翼想要留言给陈慈安，开始寻找纸和笔，在冰箱处意外地发现了便利贴，想也没想随手拿起来写上几个字，便匆匆忙忙地离开了。现在是早上六点钟，穆蓝还没醒，他正好趁现在回去，天还没有完全亮起来，穆城翼摸着黑就上了楼，困意全无，他想洗个澡，今天就要去公司了，离开了这么久，该回去看看了。

“老哥！”穆蓝的声音。

吓了穆城翼一跳，他一看，穆蓝穿着她可爱的哆啦A梦的睡衣站在自己面前。

“死丫头，怎么今天起这么早？吓我一跳！”穆城翼或许已经是习惯了，把自己的衬衫脱掉，露出坚实的肌肉。

“我才没有起呢，我口渴，起来找水喝的，你什么时候回来的？突然出现在我面前，我还以为是自己太想你做梦呢！”穆蓝说着张大嘴巴打了个哈欠。

“刚回来，我先洗个澡啊。”穆城翼没有心情理会穆蓝。

穆蓝刚要说去吧，一抬头看见穆城翼的背上满是伤痕，大叫起来：“哎！老哥，你的背怎么了？”穆蓝抚摸着有着条条鲜红血痕的穆城翼的背。

穆城翼感觉血液瞬间就冲上了头顶，一定是昨天晚上和慈安太过激情了，还好是背对着穆蓝，要是让穆蓝看到自己的脸如同一张红布那可就糟了，“没什么，那边蚊子太多了，可能是夜里不知道抓伤了吧。”

“我帮你去找点药，一会洗完澡擦上吧。”

穆城翼一愣，转身看见穆蓝打着哈欠走出去，感觉她长大了，这么窝心的话还是第一次从穆蓝的嘴里冒出来。一阵风吹来，吹的他有点儿凉，赶紧钻进了卧室。

“什么？新加坡?!”穆蓝拿着穆城翼带给自己的纪念品，那是在新加坡的寺庙里买的小佛像，还有一些手串项链挂件之类的小玩意，只是当穆蓝知道穆城翼去了新加坡，她就没办法淡定下来了，“你竟然陪那个女人去了新加坡？你太过分了？你知不知道你之前多少次说要带我去新加坡的?!”

“我都跟你解释了好几遍了，小姑奶奶，我也是临时决定的，一开始没有打算去新加坡的，再说了，我是答应过你去新加坡，可是当年谈恋爱的时候，我也答应过她去新加坡的啊，总要有个先来后到吧！”穆城翼耍着赖皮，他知道如果不这样的话，穆蓝闹起来可就没完了。

“你？好，老哥，那我问你，你是不是真的准备和这个女人结婚啊？”

“结婚倒是还没有想那么远，重归于好是很有可能的。喂，你休想介入我的感情生活啊，你自己还不是和初恋王子杰好了吗？己所不欲勿施于人，少教训我啊！”

“啊！”一声长叫响彻整栋别墅里，穆蓝攥着拳头跑上了楼，这还是她第一次和穆城翼的唇枪舌剑中败了北，穆城翼则扬扬得意，难得自己在关键时刻打了漂亮的一仗。

穆城翼回来了，他惊讶地看到自己家的保姆看上去是个乡下来的孩子，却对家里的电器以及自己和穆蓝生活起居方面的习惯了如指掌。小保姆用心学是一个方面，更重要的是穆蓝真的很用心在调教这个保姆，自己出去了半个月，穆蓝仿佛就真的在这半个月里长大了。

穆蓝整整一个星期没有理会穆城翼，她每天都十分烦躁，拒绝和穆城翼一起吃饭，每天都跑出去，不过最近自己的那些朋友她也不想理，只好用这段时间来弥补一下王子杰了。

两个人把之前谈恋爱的时候玩过的地方都玩了一遍，初中的时候觉得那些都好玩极了，可是现在却觉得一切都那么幼稚。王子杰拉着穆蓝的手非要上旋转木马，穆蓝看看坐在上面的人大多都是七八岁十来岁的样子，自己这样一个“庞然大物”坐在上面肯定很奇怪。

“王子杰，我不想去坐，你看看那上面都是七八岁的孩子，我上去多丢人啊！”

“这可不像你了啊，你之前还说自己想坐旋转木马，只要你想坐，任何人笑话你，你都不在乎的，我这也是补偿当年没有兑现的诺言。”王子杰拉着穆蓝坐上了旋转木马，穆蓝实在不好拒绝王子杰，看着大家怪异的目光，穆蓝只能忍受了，她没有想到当年那么想要做的一件事，如今却感觉怪异，真是时过境迁啊。

而王子杰却乐此不疲，总说要把当年想做而没做的事情都做一遍，拉着穆蓝一会儿去这儿，一会儿去那儿。穆蓝早就烦了，推托说自己有点儿不舒服，想坐下休息一会儿，坐在长椅上，穆蓝看着那些手牵手的小男生和小女生，男生害羞，女生也害羞，那样子既可爱又令人觉得美好。

王子杰捧着两杯饮料跑了过来，“穆蓝，喝点儿果汁吧，都怪我不好，总拉着你玩，天气这么热，你可别中暑了。”王子杰焦急地说，把果汁递给穆蓝，然后拿出纸巾帮穆蓝擦额头上的汗珠。

“不用了，我自己擦就行了，又不是小孩子了。”穆蓝把纸巾拿了过来，王子杰看出穆蓝的脸色不太好，急忙又问：“你哪里不舒服啊？要不要我带你去医院瞧瞧？”

“不用，我就是累了休息一会儿。”

“你可别硬撑着！要是小病不能拖，拖成大病可就坏了，还是去医院看看放心。”

“我都说了不用了！”穆蓝烦躁地喊了出来，王子杰愣住了，穆蓝也觉得自己有些过分就没再说话，两个人彼此沉默了一会儿。

“我想回家了，回去吧，不早了。”穆蓝站起来。

“那我送你。”王子杰也站了起来，这一次穆蓝没有拒绝，两个人在路上一句话也没说。这还是第二次恋爱以来第一次闹别扭，王子杰并不知道自己做错了什么，他总觉得两个人之间有什么不对劲的地方，可是到底哪里不对劲，他自己也说不上来。到了穆家门口，穆蓝站住了，转过身来对王子杰说：“我到家了，你回去吧。”

王子杰点点头，“再见。”

“再见。”穆蓝一进家门就看见穆城翼跷着二郎腿坐在沙发上看报纸，穆蓝斜了他一眼就准备回自己的房间。

“哎，越来越没礼貌了啊，看见我在这儿呢，当没看见一样，最起码打声招呼吧？”穆城翼把报纸扔在茶几上。

“俗话说上梁不正下梁歪，有些人招呼也不打就跑到国外跟别人浪去了，答应过人家的事也做不到，你说是谁没礼貌呢。”穆蓝歪着头说。

“嘿，你个死丫头，这件事你是不是想数落我一辈子啊？说吧，怎么才肯原谅我呢?”穆城翼自知理亏，可是两个人总不说话也不是个办法。

“哎哟喂，我是不是好久没有掏耳屎了，我没听错吧，堂堂木星集团的董事长兼总裁竟然要别人来原谅自己!”穆蓝照例不给穆城翼好脸色看。

“行啦，穆大小姐，小的向您赔不是了还不行啊，您就看在小的这么诚恳道歉的份儿上原谅小的这一回吧，好不好啊?”穆城翼说着，还对着穆蓝作揖。

这下可把穆蓝逗乐了。

“行了，行了，笑了吧，我下次肯定带你去新加坡，你不要着急，这次真的是事出有因的，事情决定得太仓促了。”穆城翼恢复平时的样子解释说。

“那我就原谅你这一次，下不为例!”说完，穆蓝跑上了楼。

她倒不是真的愿意原谅穆城翼，本来还想多抻几天的，可是今天实在没心思再和穆城翼作斗争，她的脑子里塞满了王子杰，她开始认为自己当初的决定是错误的，自己和王子杰都犯了一个错误，那就是想让时间倒退回以前在一起的日子，可是谁都知道时光是不可能倒退的。

最近这些日子，穆蓝和王子杰没有短信没有电话，更别提出去玩了，两个人似乎都觉得出了些问题，不得不冷静一段时间。

王子杰翻看了之前两个人的相册，他也想了许多，或许是因为自己太过于沉浸在过去那段美好的时光，而忽略了现在的状况，他决定好好反省一下，然后再次约穆蓝出来玩，却遭到了穆蓝的拒绝。

穆蓝一直拒绝和王子杰见面，不是因为别的，而是她害怕见到王子杰之后，他又像之前那样寻找过去的影子。她已经变了，经历了那么多次恋爱，早已经不是那个青涩淘气的小女生，她甚至讨厌之前那样的自己。

“哎呀，我都说了最近真的很忙，我老哥刚回来，我当然要先好好地跟他待一待啊，家人总是要放在第一位的对吧，你以后把家里人放在第一位，我也不会说什么的。好啦，还有事，先挂啦，回见，拜拜!”挂了电话，穆蓝舒了一口气。

穆城翼放下手上的报纸，“蓝蓝，你怎么总不跟人家出去玩，接电话也一副不耐烦的样子，出什么事了?”

“老哥，我也不知道怎么回事，我现在都有点儿后悔那么轻易就答应他了，怎么就那么冲动答应他了呢?都怪姓江的!要不是因为他，我也不会那么冲动答应王子杰。哎呀，愁死了……”穆蓝一头扎进沙发上，翻了个身，坐到了穆城翼身边，“老哥，你说怎么办吧?”

“如果你是真的不喜欢王子杰了，那就赶紧分手，免得大家都不痛快，这样耗下去，对你们都没有好处，不过，这样的话，就显得你是那种玩弄感情之人，你在耍人家，对，你就是耍人家。”

“我没有！”穆蓝义正词严地站起来，“我对天发誓，我没有。”一说到玩弄感情，她变得很激动，立即为自己辩白。

“那你说你到底对人家还有没有感情？”

“初恋嘛，老哥你心里也很清楚啊，哪有那么容易就忘记呢，对吧？可是初恋终究是以前的事了，我们总不可能变小回到过去吧。”穆蓝有些讨好似的看着穆城翼。

“那我还真的没办法了，分手吧，舍不得，继续交往吧，你不跟人家见面。随便你啦，自己想办法吧。”穆城翼叹口气，继续拿起自己的报纸看，忽然就看到了一些关于九〇后的文章，“你看看这是写的什么啊？乱七八糟的，题目就是《九〇后，你们肿么了？》肿么了，是什么意思？”

“哎呀，老哥，你都可以当现代21世纪的奥特曼了，肿么了就是怎么了，这是现在网上特别流行的网络语言。”

“什么流行啊，流行就是让别人看不懂是吗？九〇后的孩子你们伤不起？怎么就伤不起，什么叫伤不起？”穆城翼一字一顿地说着。

那些自己看起来很平常的语言，从一个30岁人的嘴里说出来，她觉得特别搞笑，“哎呀，老哥，你笑死我算了，八〇后的人也伤不起啊，有木有？”

穆城翼白她一眼，翻过这一页报纸，转头去看其他的。于是，那天，穆蓝的QQ签名就是“八〇后也伤不起啊，童鞋们，有木有？”

八〇后的年代正在离我们远去，九〇后这个继八〇后跃上社会的群体，开始向世人展示他们独特的一面，他们骄傲，他们嚣张，他们甚至不可一世，他们用自己的语言表达对这个世界的各种态度和看法，他们疯狂地做着他们想做的事，他们喜欢做的事，不在乎旁人的目光，也不理会世人不解的目光，只要他们想，世界便是他们的。

穆蓝便是这九〇后大军中具有鲜明特质的一员，她任性，她乖张，她不可一世，她美丽；她热情，她敢于挑战一切。

趴在电脑前看着屏幕上那些只有九〇后才看得懂的火星文，这是深夜来临之时，几乎所有的九〇后都会做的一件事，穆蓝自然也不例外。

突然的窗口抖动吓了她一跳，以为又是王子杰，刚刚要关掉，转头一想自己是隐身在线的，他没办法发窗口抖动的，于是看了看窗口上的名字：新时代的阿哥。穆蓝仔细的在记忆中搜索着，是怎么加上这个人的？QQ 是设有身份验证的，他既然出现在自己的好友里，那说明自己是同意了呀，可是她又不好意思问人家是谁，只好先试探一下，也发了个窗口抖动回去。

“你怎么能知道我在线呢，你是 QQ 会员？”

“呵呵，大小姐，你明明就在线啊！”

“不可能！”穆蓝赶紧看了看，自己的确是隐身啊。

“噢，我知道了，你对我隐身可见吧。”

穆蓝看了看，左下角那一只眼睛，可不是对人家隐身可见，她拍拍脑门可算是想起来了，可不是那个叫艾生的，那天之后说要还衣服来着，要了 QQ 号，还是自己加的人家呢，这下可丢死人了。

“贵人多忘事。”

穆蓝撇撇嘴，赶紧不提这件事，“什么时候有时间出来吧，把衣服还你，洗干净了。”

他们商量了一下时间，就不再说话了。深夜来临的时候，穆蓝是有很多事情要做的，她很忙，像所有的九〇后那样，看上去很忙，但是说到底却不知道自己在忙些什么。

穆城翼重新回到公司工作，他缺席的这一段时间里，肯定堆积了大量的工作，这些他早就预料到了，在工作桌前，他听完助理的各种汇报，便开始忙碌起来，一分钟也不敢耽搁。这是忙碌的一天，他工作了一整天，扭扭酸痛的脖子，揉揉眼睛，他看了看电脑显示的时间，已经八点钟了，连肚子也在抗议，穆蓝来了短信，“哈哈，老哥今天很忙，有木有?! 叫你出去疯，不带上我，哼，这就是下场。嘿嘿，好在你有我这个超级无敌的老妹，家里做了你最喜欢的菜，等你回来哟，老哥威武，么么……”

穆城翼笑笑，那是很幸福的笑容，这个丫头，真是拿她没办法，他收拾了一下，拿起外套刚要出去，一个人走了进来，穆城翼一抬头，迎上了她灼灼的目光，她冷得如同一尊雕塑，可是，自己就偏偏对这样的寒冷没有免疫力。

陈慈安。

自从上次那一夜之后，他们到现在甚至还没说过话呢，再次见面，难免有些尴尬。

“你也还没走啊？”穆城翼不自然地低头向下看，有些拘谨。

“一起吃饭吧。”

穆城翼本想拒绝的，穆蓝都已经做好饭在等自己了，这个小姑奶奶好不容易原谅自己了，这次可惹不起，但是陈慈安约自己肯定是有事，想了想，还是同意了。向外走的时候，陈慈安在前，穆城翼偷偷摸摸地拿出手机，写上“忙，不回去吃饭了，别等我。”迅速发给穆蓝，这才追上前面的陈慈安。

家里正准备饭菜的穆蓝还兴高采烈地跟紫鹃说着话，说穆城翼回来，肯定高兴死了，接到短信，立马把手机扔到地上了，“这个死男人，肯定又出去浪了！太过分了！”

穆城翼不禁打了两个喷嚏，他拿着纸巾擦了擦鼻子，嘀咕一声：“肯定是蓝蓝在骂我。”

蓝房子西餐厅。

曾几何时，他们曾经攒了几个月的零花钱就为了来这里吃一顿烛光晚餐。那个时候，他们像孩子一样走进这里，欣赏着这里高雅的装潢，白色的桌布，闪着银光的刀叉，还有那些很有情调的异国装饰品。再次来到这里，两个人相对无言。当初，他们紧张的甚至不知道是左手拿叉还是右手拿叉；如今，他们已经很熟练地坐好，样子落落大方，几年来已经习惯了各种应酬，再大的餐厅他们也能应付自如。

“请问两位要点什么？”服务生彬彬有礼地走上前。

“两份黑椒汁牛排。”陈慈安菜单也没有看便点了菜。

穆城翼向服务生点点头，他明白陈慈安的用意，这是当年他们点的，这里最便宜的牛排，当天还搞特价，只是，穆城翼不知道她究竟是什么意图。

“我现在有钱了，不用给我省钱的，这里最贵的牛排，我也请得起。”穆城翼笑了笑，笑里掺杂着些许的惆怅。

“我知道，我只是想回忆一下当年的味道。城翼，你还记得当初咱们从这里出去的时候，去了哪儿吗？”陈慈安似乎有些激动，脸上有了表情。

穆城翼点点头，“当然记得了。”

“我还记得，你说‘慈安，咱们结婚吧！’我说‘好啊，不过你这算求婚吗，没有戒指，也没有玫瑰。’你当下就跑了出去，可是找了半天也没找见卖玫瑰的小姑娘。”

“是啊，平时在街上总能被一些小孩子拦住要你买玫瑰，真到了要买的时候，就没有了。”穆城翼干笑了两声。

“然后，你就从街边的小花坛里摘了几朵花塞到我手上，还说先凑合着，然后拉着我到全山京市最大的珠宝店去看戒指。我们挑了好久，把人家最好的戒指都拿出来试戴了，人家差点就把镇店之宝拿出来了，左挑右挑都不中意，我还记得当时那个售货员气得鼻子都歪了。想想看，那会没有钱，玩得倒是开心啊。”

“对啊，还记不记得那服务员明明心里已经很窝火了，咱们走的时候还僵硬地在那儿笑着说，欢迎下次再来，咱们两个就一直憋着笑走出了珠宝店。”

两个人回忆着当年的往事，哈哈大笑起来。

他们对视一眼，忽然就不笑了，你看着我，我看着你，眼睛里缓缓流淌的是回忆，初恋最美的回忆。

“城翼。”“慈安。”“你先说。”“你先说。”“我们结婚吧!”“我们结婚吧!”

穆城翼和陈慈安都被彼此的话愣住了，穆城翼“噌”地站起来，走过去拉起陈慈安的手，正好，他们点的牛排也上来了，穆城翼从钱包里拿出几张红色的钞票扔在桌子上说：“不好意思，有急事。”拉着陈慈安飞奔出去，他一句话也不说，焦急地把她带上车，启动引擎。

“你要干吗啊？就算是现在去登记，民政局也没有人啊!”陈慈安有些不理解地说。

“别说话，去了你就知道了。”穆城翼开得很快，甚至连闯了几个红灯，陈慈安不做声，只是牢牢地抓紧安全带。她是了解他的，他若想做一件事，没人可以拦得了他，直到把车开到目的地。

陈慈安向外看去，马上就热泪盈眶了。这个地方就是当年他们假装挑选钻戒的地方，全山京市最好的珠宝店。洛桦珠宝店，坐落山京市多年，各种珠宝应有尽有，当陈慈安还沉浸在对过去的回忆中时，穆城翼已经拉着她的手走了进去。

门口的服务生拦住了他们，“不好意思，先生，小姐，我们马上就要打烊了，请明天再来吧!”

“城翼，算了，早一天晚一天的，不在乎这一晚上的，咱们还是回去吧。”

穆城翼面不改色地拿出手机，“喂，肖哥，好久不见了，今天到你们店里想买点珠宝呢，这么快就打烊了，看不起我是不是？不是，我妹妹还早呢，好，够痛快，改天请你。”

门口的服务员看得目瞪口呆，想必门口这两个人和他们的肖总关系不错，肯定不是等闲之辈，于是赶紧让了路，让他们进去了。

直奔专柜，穆城翼急匆匆地叫服务员把几款珍藏版的钻戒拿出来，不等陈慈安开口，试戴一下，立马就把卡拿了出来。

“慈安，这是这么多年以来，我亏欠你的，你收着，若还有中意的钻戒，我再买给你。我要给你一个隆重的婚礼，让全世界的女人都嫉妒你，我要让你成为最幸福的新娘。”

望着深情款款的穆城翼，陈慈安还有些冰冷的心瞬间就融化了，她点点头。

“我不在乎婚礼隆重不隆重，不在乎钻戒的大小，我只在乎，这个婚礼上有你就够了。”

“傻瓜，没有我，你和谁结婚啊！”

两个人甜蜜地走了出去。

这一夜，穆城翼没有回家，他们一起来到了陈慈安的家里，相拥到了床边。这个时候穆城翼的手机开始拼命地响起来，穆蓝一遍一遍打着他的电话，他实在无暇顾及，一次一次地挂掉，最后一次电话，陈慈安直接就关机了。

穆家。

穆蓝打个盹，差点碰到桌子上，打个哈欠，一桌子的菜啊，都凉透了。她看了看紫鹃，早就趴在桌子上睡着了，又看看手机，已经十一点了，心里不免又咒骂起穆城翼。

“死老哥，这么晚还不回来，又去哪里鬼混了？”她伸伸懒腰，拿起手机打他的电话，结果还是关机，估计又在哪里喝醉了，被人家弄到酒店里去了吧，她推一把紫鹃，紫鹃迷迷糊糊地哼了一声，“回来了？”

“没回来，哎呀，咱们睡去吧，他都关机了，今天晚上肯定不回来了。”

“你不是说他知道你准备了这么多，就是有事也肯定会回来的吗？”

“谁知道啊，这么烦人，看我明天怎么说他。好啦，咱们去睡觉，就把这桌子菜摆着，让他回来看，看看自己有多过分，哼！”穆蓝一噘嘴就上了楼，紫鹃早就困得不行了，也跟着迷迷糊糊地走了上去。

没想到穆城翼第二天白天也没有回来，只发了一条短信，说自己有事，便再无音讯。这次穆蓝可栽了面子，昨天自己还对紫鹃很骄傲地说，自己是老哥的掌中宝，这次这么听话地给他做饭，就算是有再大的客户，再大的生意，他也肯定会推掉，马不停蹄地回来，结果怎么样，就连第二天也没有回来，桌子上的菜还那样摆着，有的已经坏掉了。

紫鹃看着穆蓝黑着一张脸，弱弱地问了声："蓝蓝，这菜怎么办啊？是扔了还是……"

"扔了！都扔了！才不给他这个没良心的人吃呢！哼！气死我啦！"穆蓝攥着拳头跺着脚。

紫鹃不敢出声，赶紧收拾桌子。

"不行！别收拾，就给他摆着，让他愧疚自责，让他觉得对不起我！就这么摆着，他有本事一辈子别回来！"穆蓝也没有去上学，在家里生了一天的闷气。

紫鹃赶紧住手，叹了口气，反正这桌子早晚都是自己收拾。

直到晚上九点多钟，穆城翼才带着幸福的笑容回来，一进门闻到一股馊味，抽抽鼻子。

"咱们家这是什么味儿啊？什么东西坏了？"紫鹃正在看电视，赶紧起来，她还不敢说话，看看楼上穆蓝的房间，然后对着穆城翼指了指桌子。

穆城翼走过去，看着满大桌的菜这才想起来，猛地一拍脑门。

"蓝蓝和我一起做的，她说您走了半个月回去上班肯定很累，好好犒劳您一下，结果，结果……您从昨天到今天一直没有回来，蓝蓝说把这些菜给您摆着。"紫鹃没有继续说下去。

"蓝蓝呢？"

"在楼上，一天没出来了，您快去看看吧。"

穆城翼赶紧跑上楼，刚一推穆蓝的房门，一个枕头就飞了过来，"出去！"

"嗬，谋杀亲兄啊你！"穆城翼捡起枕头，好脾气地坐在了穆蓝的床边，穆蓝仍旧是躺着，背对着他。

"还跟你老哥生气啊，傻丫头，对，是我不对，我昨天应该回来，可是，那不是因为有特殊情况吗，你作为老哥超级无敌的老妹应该谅解的，对不对？"

穆蓝不说话。

"你看看你，又耍小孩子脾气，我这不是回来了吗？改天我请你和紫鹃在外面吃顿大餐来弥补你受伤的心灵好不好？"穆城翼讨好似的凑近穆蓝，哪知穆蓝还是没有反应。穆城翼只好清清嗓子，准备拿出杀手锏，"好啦，老哥有好消息告诉你，老哥要结婚了。"

穆蓝一下子就坐了起来，"结婚?!"

# 第六章

“结婚?！这么大的事，你为什么不和我商量一下呢？虽然你已经到了法定的结婚年龄，但是你还是家里的一员，最起码你要向组织汇报一下，跟我申请一下，获得批准以后再下决定啊！”穆蓝一边来回走，一边伸着手指指来指去的，像是做报告的领导一样，把穆城翼倒是逗乐了。

“我倒想知道，这组织在哪儿呢啊？是不是需要我写一份申请，写上我穆城翼申请结婚，希望可以批准！对不对啊?”他抱着胳膊坐在床上饶有兴趣地听着“报告”。

“严肃点儿！别嬉皮笑脸的！”穆蓝狠狠地瞪他一眼，“这就是组织！知不知道?”使劲地拍着自己的胸口窝说：“老哥，你也老大不小了，你怎么能做出这么冲动的事来呢？你太让我失望了。本以为，经过这么多年在商场摸爬滚打，你早就练就了一个金刚不坏之身，没想到你头脑一热就做出这样的事来，你可真是翅膀硬了，想飞了是不是?”

越听越不对劲儿，穆城翼咳嗽一声，“这话好像是我的台词吧，死丫头，什么时候轮到你来教训我了？我郑重其事地告诉你，我要结婚了，是经过深思熟虑的，不是头脑发热。你，从现在开始就要学习做一个乖巧听话的妹妹，懂不懂啊，你大嫂嫁过来，不能让她笑话。”

“还没结婚呢，这就让我喊上大嫂了，穆城翼呀穆城翼，你真是雷死人好了，别人是语不惊人死不休，你是，事不雷人死不休啊你。”

“累人？这你放心，结婚的事肯定不用你操心，我一个人全部搞定，你就等着结婚那天改口收红包吧！咱们这两口之家转眼就变成三口之家了，往后也多个人照顾你，你偷着乐去吧！”穆城翼还喜滋滋的。

“我说的是雷人，不是累人！算了，跟你没有共同语言！”穆蓝很无奈地向床上一躺，突然又坐起来，“说了半天，我还不知道那女的是谁呢？你到底要和谁结婚啊?”

“你认识，陈慈安。”穆城翼轻描淡写的一说。

“什么?！”穆蓝一把揪住穆城翼的衣领，“你怎么可以和陈慈安那个死女人，你的旧情人结婚呢？这也太离谱了吧?！这么大的事情为什么不商量一下呢！”

穆城翼有些生气了，说自己的未婚妻是死女人，他自然会生气，尽管对方是和自己生活了十年的妹妹也不可以，“什么死女人旧情人的，你是越来越不像话了。我告诉你，给我老老实实的，慈安嫁过来，你可以不改口，但是必须对她恭恭敬敬，不得无礼！”

“好啊你，还没结婚呢，就把和你相依为命的老妹忘了，你可真是娶了媳妇儿，忘了……”

“嗯？”穆城翼一瞪眼。

穆蓝咽了一口口水，说：“妹妹，忘了妹妹。老哥，你能不能行啊，那安姐怎么办啊？”

“什么安姐？”一提到安慈，穆城翼有些紧张起来，这些日子只和陈慈安在一起，安慈这个名字已经很少提到了。

“你少来啦，你比我清楚，安姐不是说想和你谈谈吗？这么多年，你不会不清楚吧。”

“你偷看我短信！”穆城翼揪住穆蓝的耳朵，这个死丫头是越来越不像话了。

“什么叫偷看啊，老哥，你快放开！”穆蓝龇牙咧嘴地叫唤着，穆城翼松了手，“我是正大光明地看，你的手机就放在那儿，你也没说不让看啊。”

“好，我说不过你，你永远都有理由。总之，这个婚我是结定了，不早了，睡觉去。”说完，穆城翼站起来走了出去，留下穆蓝一个人在房间里，穆蓝摇摇头说：“结婚的男人伤不起啊！”

不过，她知道自己的好日子到头了，陈慈安可是个厉害的角色，虽然说他们有过一段刻骨铭心的恋爱，但是毕竟这么多年过去了，怎么可能一下子就结婚呢？穆蓝总觉得这里面有些蹊跷。

当穆城翼再一次出现在公司的时候，他看见陈慈安走过来，立马跑过去牵起了她的手。陈慈安有些难为情的想要挣脱开，却发现他攥得很紧，他用高亢的语调大声地说：“各位，安静一下，我在这里宣布一个决定。”

公司上上下下的人目光全部聚焦到这里，陈慈安有些拘谨地笑笑，头都没有抬起来，感觉脸上火辣辣的，大家的目光似乎要把她烧伤一样。

“我和陈慈安陈主管决定结婚了。”穆城翼脸上是无法言语的幸福，没有什么比得上失而复得的爱情了。

全场先是一愣，紧接着就是雷鸣般的掌声。尽管大家很惊奇，可是老总宣布了婚礼消息鼓掌总是没有错的。

穆城翼看看大家，随后把目光转向陈慈安。

“穆总，什么时候结婚啊？”

“对啊，什么时候请大家喝喜酒啊？”

开始有人起哄了。

穆城翼做了手势示意大家安静，“婚礼的具体日子还没定，不过，大家放心，喜酒肯定是少不了的。”

“准新娘子不说几句吗？”底下有人起哄了。

“好啦，谢谢大家的祝福，开始工作吧，等到婚礼的时候大家再好好闹一闹。”

说完，他们各自进了各自的办公室。

随即，公司里展开了热烈的讨论。

“陈主管才来几天啊，这就和穆总好上了，本事不小啊。”

“据说他们是初恋呢，这次旧情复燃了，不过，看上去陈主管没那么高兴啊。”

“就是啊，但是穆总看上去兴高采烈的，跟以前完全不是一个人嘛。”

下班的时候，陈慈安特地来到了穆城翼的办公室，“穆总，是不是该下班了？”

穆城翼一笑，说着就关了电脑，“想吃什么，今天去吃。”

“吃饭之前，想和你谈谈，婚礼你想怎么办呢？”陈慈安脸上是略带着羞涩的笑容。

“当然是越隆重越好，算是补偿你吧，怎么了？过几天我得把家里装修一下，可能没多长时间陪你，你不会生我气吧，刚订婚就把你冷落了。”

“这倒没关系，你要是准备装修房子的话，肯定会很忙的，公司这边你还要忙，我担心你吃不消，不如你请假吧，让我来继续工作，公司不能没有人啊，有什么事我第一时间通知你。”

“也好。”穆城翼想了想点了点头。

……

不过，穆蓝今天是格外的高兴，今天是约会的日子，不过，对方不是王子杰，而是艾生，已经好久没出过家门的她精心打扮了一番，换上背带牛仔短裤，白色T恤，一双宽版的松糕鞋，扎起高高的马尾，还画了一个小小的淡妆，本来就天生丽质的她，一打扮更加漂亮了，对着镜子做个鬼脸，背上单肩的背包，她便上路了。他们约定的地点在东单商城，穆蓝来到这儿，没有看见艾生的影子，不过，两个人也只有一面之缘，隔了这么多天，穆蓝脑子里还留着对方的样子，可是却很不确定脑子里那个样子到底是不是他。

想想看，自己是早到了，约会第一次比别人来得早，“我干吗那么在乎你啊，害姑奶奶等你。”正想着，电话响了，是艾生。

“喂，你迟到了知道吗?”

“没有啊，你现在看你的手表十一点钟的方向。”

穆蓝抬起手腕，顺着十一点的方向看过去，那边有人在向她招手。一个男的，穿着一身黑色的衣服，戴着一个黑色的头盔，骑着一辆黑色的重型摩托车，穆蓝放下电话，跑了过去。这个如同黑暗使者一般的艾生摘下头盔，“我早就到了，一直在街对面看着你。”

“那你干吗不喊我?”穆蓝莫名其妙地看着他，“就让我在那边傻等着，你居心何在啊?”

“我带你去个地方怎么样?”

“我跟你很熟吗?带我去个地方，万一，你把我绑架了卖了怎么办啊?我哭都找不着调的。”穆蓝把两只手插在裤兜里，撇撇嘴，样子拽拽的。

“我怎么觉得我要是真的有那种企图，你会巴不得跟我走，然后尝试一下被人绑架跟人斗心眼会是多么刺激和好玩呢。”艾生重新戴好自己的头盔，没等穆蓝反应过来，另一个头盔扔给她，穆蓝正好接住，斜他一眼，“去就去，姑奶奶怕你啊!”

艾生偷着笑了一声，启动引擎，摩托车“嗖”地一下冲了出去，在众多汽车中，这辆黑色摩托车就像一只黑色的龙穿梭于道路中，开得飞快，穆蓝大声叫着，刺激，果然是够刺激。

“抓稳了!”他头向后一歪，吼了一声。

“抓不稳你还能把我摔下去吗?啊——”穆蓝继续大吼。

艾生摇摇头，她比自己想象的还要疯狂。

摩托车在城边上停了下来，艾生摘掉头盔，穆蓝也摘掉头盔从车上跳下来，向四处看看，“喂，你带我来这里干吗?这里荒无人烟的，难不成你真的……嗯?老实交代!”穆蓝尖锐的眼神刺着艾生。

“对，我的企图就是先奸后杀，然后把你弃尸荒野，怎么样，敢来吗?”艾生上挑着眉毛，抱着肩膀，看看穆蓝，一个人走上前去。

"去就去，我怕你吗？姑奶奶可不是被吓大的。"穆蓝看看四周，跟了上去，艾生斜眼看她偷偷地笑了笑。

两个人一起向前走，这里真的是荒无人烟，一片树林，看上去幽静得很。

"喂，你为什么叫新时代的阿哥呢，我还新世纪的格格呢，破名字，俗气死了。"穆蓝对他的网名一直很有兴趣，虽然她觉得这名字很俗气。

"你说话从来都是用喂的吗？我有名字的，我叫艾生。"艾生没有停下脚步，而是继续向前走，头也不回。

"好吧，那请问艾先生，你为什么叫这么一个网名呢？"穆蓝把自己的拳头当成话筒指着艾生说。

"艾先生？有趣，都说美女没大脑，我看一点儿也没错，艾，可不就是爱新觉罗喽，我是满族，我们家是正黄旗，若是早出生那么一百年，我可不就是个阿哥了。"

"正黄旗？噻，这也太帅了吧。"穆蓝顿时用崇拜的目光看向艾生。

两个人继续向前走，昨天刚下过雨，地上湿漉漉的，树叶上还残留着些许雨水，时不时就有水滴落到身上，落到脖子里，穆蓝缩缩脖子，凉凉的，越来越不想走下去了，脚下的路也十分的不平坦，深一脚，浅一脚的，穆蓝渐渐地失去了耐性。

"喂！"穆蓝停了下来，"到底要去哪里啊？还没到啊，这破地方有什么好玩儿的啊？"

艾生也停下来，转过身，眼神严肃而认真，"当你越是想要放弃的时候，你越是要告诉自己，前方或许有很多刺激好玩儿的东西等着自己，或者，你应该告诉自己，越是不容易得到的，越是美好的东西。"

"文绉绉的，你以为自己是个文学家啊！切！"穆蓝没好气地瞥他一眼，继续走，"我穆蓝可不是那么随随便便就放弃的人。"

"说到作家，喂，花木蓝，你最喜欢的作家是谁啊？"

"没有特别喜欢的，我不喜欢看书，只喜欢……"穆蓝欲言又止，"看书太麻烦，我只喜欢看电影，各种各样的电影，大陆的，港台的，外国的。"

"我倒是觉得人类社会再怎么进步，书都没有办法被取代，我喜欢很多作家，像钱钟书、王蒙，我都喜欢。不过，九〇后的作家们，我倒是比较喜欢花木蓝。哎，跟你名字一样，一开始我还以为是你，后来觉得不可能啦，你根本就不像是一个写书的人。"

“是，是，是，我也很喜欢花木蓝，九〇后嘛，都很喜欢的，我可不能被潮流甩下，那你说说，你喜欢花木蓝的哪本书呢?”穆蓝似乎终于找到了一个话题。

“应该是《逆着风，狂舞》吧，那一本我没有买到精装版的。”

“你还喜欢收集书啊?”穆蓝用怀疑的眼光看着他，“什么年代了，还看书，在网上看不就好了。”

“伤眼睛啊，我都是在网上看一半然后才会买书来看的。”

穆蓝还想损他几句，刚张开嘴，艾生眼睛大放异彩，他兴奋地指着前面大喊：“快看!”

顺着他的手指看过去，天啊，她张大嘴巴，不敢相信这一切。

出现在他们眼前的是一条美丽的小湖泊，碧绿的湖水，洒满了金黄色的夕阳的余晖，几只小麻雀感知夜的来临也开始唧唧喳喳地赶回家，四周是茂密的树林，倒映着斑驳的树影，仿佛一个世外桃源般。在这里生活了这么多年，穆蓝不知道山京市竟然会有这么美的地方。

“喂，你是怎么发现这个地方的啊?”

“无意中发现的，我每到一个地方都会四处寻找这种世外桃源的美景，我相信即使是再普通再工业化的城市也会有它漂亮的一个地方。”

穆蓝转过头去凝视着艾生，她这才发现，艾生的侧脸是那么好看、耐看，小板寸的头发，简单轻快，一个男生也可以有这么长的眼睫毛，单眼皮，炯炯有神的眼睛，清澈透明，又好像深不可测，鼻子高高的挺起，他的嘴角轻轻的上扬，在穆蓝的角度看上去，有着优美的弧度。

“你在看什么?”艾生突然一转头，看见穆蓝正微眯着眼睛看着自己。

“噢，没什么。”穆蓝的脸色立马有些微微的发粉色了，尴尬地笑了笑。

“可惜今天没有带相机，要不然帮你拍几张照片。”

“那我们下次再来啊!”穆蓝兴奋的语调，终于找到可以再次见面的机会了。

艾生只是笑了笑，没有说话。

穆城翼要结婚了!

这已经是板上钉钉子的事情，尽管穆蓝一直在穆城翼的耳边唠唠叨叨没完没了的，可是穆城翼还是一意孤行，他总觉得穆蓝还是个孩子，总是喜欢用自己的情感去判断一件事情，比如说她不喜欢陈慈安，就会阻止自己结婚。

穆城翼把自己的工作停下了，他想要为陈慈安举办一个隆重的婚礼，当是这么多年以来对她的一种补偿吧。穆蓝看着自己住的地方每天都有新的变化，而穆城翼似乎乐此不疲，沙发换了新的，地毯换了新的，墙壁上字画换了新的，落地灯换了新的，就连前一段时间刚刚买的电视也换了新的，更让穆蓝生气的是，差不多都是陈慈安喜欢的紫色！

放学回来，穆蓝背着书包，也许是因为今天和那个艾生通了电话，约好星期天出去玩儿，心情大好，可是一进门就看见穆城翼正在指挥着一群人在屋里搬着什么东西，再定睛一看，嗬，穆城翼买了好多个具有西方色彩的落地灯正在叫人摆放呢，整个客厅里弄成了中西结合的风格。

“穆城翼，你疯了吧?!”穆蓝看到这幅情景，气就不打一处来，她觉得穆城翼因为要结婚走火入魔了。

在这么多工作人员面前这样大呼小叫自己的名字，穆城翼觉得很没面子。

“你吼什么，回你房间待着去。”他怒斥道，紧接着转向工作人员，指挥着摆放的位置。

穆蓝气得脸涨得通红，像是一只快要吹爆的气球，她大步噔噔地冲到这些人面前，“都给我停下来！”等大家都停下来了，客厅里静极了。

“穆城翼，你真是疯了！咱们家有必要换这么多东西吗？电视机刚出的新品牌，液晶电视四十英寸的，地毯也是你以前精心挑选的，还有这些盆栽之类的，全都是你喜欢的，结了婚你就全都换掉，有钱烧的吧你！还有这些落地灯，咱家就是传统的中式风格，你非要讨好那个没有过门的老婆，弄成什么西式的灯，咱们家都成了哈药六厂中西药结合了，像什么样子啊！”穆蓝终于把自己内心的愤怒发泄出来了，这些天忍了很久了。

“你有没有教养啊，别以为我不知道你是怎么想的，换的那些东西都是你喜欢的，我为了别人换掉，你当然心里不是滋味，我告诉你，穆蓝，我已经很迁就你了，慈安说喜欢你那个房间，是我为了照顾你没有要你换房间！这么多年我就是为了你，才没有结婚，难道我就不能追求自己的幸福吗?!”穆城翼在众人面前丢了面子，心里不甘心，一股脑地把话都说出来，尽管这些有些并不是他的心里话。

“好，我耽误了你的幸福，不是想要我的房间吗？我换，我走，我再也不耽误你了。”穆蓝表情淡漠地看一眼穆城翼，噔噔噔地跑上了楼，那脚步声一声声地砸在了穆城翼的心上。这一刻，他已经有些后悔自己说过的话了。

“老板，这些灯怎么办啊?”一个工作人员问。

“放下，你们回去吧。”穆城翼坐在沙发上，垂着脑袋，摆摆手，让这些人离开，他只是想静一静，看来让穆蓝接受陈慈安的确不是一件简单的事情。

穆蓝在自己房间里收拾自己的东西，她只带了几件衣服装进自己和穆城翼旅行时买的那个旅行包里就下了楼。走下楼一看，竟然没有穆城翼的人，她这可慌了神，本以为自己这样下来，穆城翼肯定就会服软，把自己留下的，没想到他竟然不在，这可怎么办？就在穆蓝站在楼梯口踌躇的时候，裤兜里的电话响了。

是艾生的电话。

“小蓝，我现在在云际大厦这边，你过来吧，有好东西给你看。”

这就是艾生，不用过多的言语，就简单的几句话就能轻易地抓住穆蓝的心，让她只能跟着自己走。穆蓝挂了电话，背着背包走出了家门，她心里默念，这样也好，让你着着急。想着就搭上了公交车去了艾生提到的云际大厦。

站在云际大厦的顶楼，穆蓝才真真切切地感觉到艾生叫自己来这里的目的。“好美。”她不禁发出感叹，此时已近黄昏，天空是一种别样的深蓝，略带着些朦胧的色彩，给人一种幻觉一种神秘的味道。这里是山京市的市中心位置，五颜六色的霓虹灯已经纷纷亮起来了，像是这座城市里盛装出席的女子，正在趁着夜景的到来梳妆打扮。

“艾生，我在这里生活了这么久都没有发现这么多好玩的地方，你一个外地人，才来这里没几天，怎么就能发现呢?”穆蓝转过头去看着艾生。

艾生眼睛微眯，嘴角轻轻上扬，“正因为你生活在这座城市，才不会发觉她的美丽啊，像我这种四处漂泊的人，每到一个城市，就会迅速地捕捉她的美丽，这是我们的生命。”

他说这是生命，穆蓝心想，好有气魄的生命。

穆蓝突然猛叹一口气，拿出手机，拨通了王子杰的电话：“我们分手吧！我是有生命的，我要自由，我要无拘无束，我不要牵绊和束缚，对不起!”她不像是在讲电话，而是在风中怒吼，艾生用一种惊异的眼神看着她。

“九〇后嘛，不要这么看着我，我们就是这样啊，想做什么就做什么，我是射手座，我要自由。”说完，穆蓝转向空中，对着天空大喊：“我要自由！”她的声音似乎传了很远，又仿佛被湮没在嘈杂的都市里。

穆城翼因为公司的急事回了公司，本想回来好好教训一顿穆蓝的，没想到穆蓝走了，又是离家出走，当保姆刚把这个消息告诉他的时候，他第一反应就是赶紧去找，这个丫头性子倔，不知道要干出什么事来。可是转头一想，穆蓝对自己的婚事本来就意见很大，万一在婚礼上闹出什么事来这脸可就丢大了，于是他决定先办婚礼，再想办法把穆蓝找回来。

木星集团。

近些日子，穆城翼因为忙着装修和婚礼的各种事情，都没有来公司上班，虽然自己是公司的总裁，但是没有自己的话，这个集团公司还是可以正常运转的，所以他也并不担心公司的事情。

秘书推开门，看见陈慈安坐在穆城翼的椅子上正看着电脑，“陈主管，您这次需要调用的资金这么多，恐怕财务处是不会给批的，穆总之前说过金额超过一百万的一定要拿给他亲自审批签字才行，您要不要给穆总打个电话呢？”

“我问你，我现在是什么身份？”陈慈安看也不看秘书一眼，翘着修长的腿，看着穆城翼的电脑，她还是在试图打开穆城翼的电脑，可是密码却一直输入错误。

“您……现在是业务主管。”秘书被问住了。

“还有呢，我和穆总是什么关系？”陈慈安终于肯把自己的视线从电脑上挪开了。

“噢，您马上就要和穆总结婚了，自然是穆总的准太太了。”

“将来我们结了婚，你觉得我还会是主管吗？我肯定会协助穆总一起打理木星集团，还有，穆总将来有什么事都要和我商量一下，难道让财务处拿点儿钱出来就这么困难吗？把审批的单子给我。”

秘书赶紧把那张单子给了陈慈安，陈慈安拿起桌子上的笔签了名字，秘书看呆了，竟然模仿穆城翼的签名，她和穆城翼之前在一起那么久，他的笔体是什么样子的，她当然可以模仿出来的。

“这……这样……可以吗？”秘书似乎觉得不妥。

“我说可以就是可以，拿去吧！这笔生意要是耽误了，损失可不小，你们谁也担当不起！”

“是!”秘书拿着单子准备出门。

“对了，你知不知道电脑的密码是什么?”陈慈安又叫住了秘书。

“不知道，穆总的电脑是不允许任何人接触的，所以密码只有穆总一个人知道。”

“好了，你出去吧。”陈慈安继续尝试打开穆城翼的电脑，她把所有和穆城翼有关的数字都试过了，可是还是显示密码错误，拿起手机准备打电话问穆城翼，可是思来想去又觉得不妥，只好作罢。

正说着，穆城翼打来了电话，“喂，亲爱的，晚上一起吃饭怎么样？好几天不见你了。”

“好啊，你来接我就行。”挂了电话，陈慈安的目光开始变得尖锐无比，一抹阴森的笑意涌上了她的脸颊。

晚上，穆城翼很准时地来接陈慈安下班，看见陈慈安走出来，穆城翼的脸上立即露出了会心的微笑，他把自己的手伸出来，陈慈安很自然地搭上去。

“吃什么?”陈慈安问。

“跟着来就是了。”穆城翼眨眨眼表示自己要保密，陈慈安笑了笑也没说什么，就上了车。两个人在车里说说笑笑，穆城翼把车停好，陈慈安解开安全带刚要下车，被穆城翼拦住了，穆城翼示意她别动，他下了车，走到陈慈安这边给她打开了车门，毕恭毕敬地请她下车。陈慈安摇摇头，嗔怪着：“一把年纪了，还搞这一套。”下了车，陈慈安才发现自己眼前是山京市最有名的皇家餐厅，装饰富丽堂皇，隐隐约约还能听见优雅的音乐飘出来。皇家餐厅是专门为那些有钱人准备的餐厅，它的装潢是参照英国一家皇家餐厅做的，非常具有西方的韵味，陈慈安看向穆城翼，穆城翼正笑着，“走吧，陈小姐。”他把自己的胳膊弯起来，陈慈安看了看，自己的手便挽了上去。

低头的那一刹那，她想要流泪，没想到他还记得，这是当年他们第一次见面的地方，他作为穆家的少爷出席这里的一个宴会，而她只是一个小小的服务生，那个时候她受到了别人的羞辱，是他解救了她。她说自己最梦寐以求的事情就是可以和心爱的人在这里共度烛光晚餐，当时的穆城翼本想满足她的心愿，可是因为不满父亲的安排，他选择了离家出走，以至于让陈慈安这个梦想一直都没有实现。

悠扬的小提琴声弥漫着整个空间里，可以映出人影的地板，典雅的装饰，这一切都是那么熟悉，她还记得自己第一次来这里做服务员的时候，领班的姐姐告诉她们，在这里工作，要谨记不可以出声，要时刻注意自己的言行。

穆城翼订好了位置，是一个靠窗户的位置，他向服务员使了个眼色，小提琴立即换了一首曲子，《蓝色多瑙河》，他点的饭菜也一一上来了。

陈慈安坐好，看着身边这一切，不停地叹气。

"好端端的，叹什么气啊？"穆城翼不解地问。

"这么多年过去了，没想到你还记得啊？我都快忘了。"陈慈安转过头来看着面前的穆城翼，眼神里有着亮晶晶的东西，此时，她不知道要说什么来表达对穆城翼的感激。

"我怎么会忘呢，我相信你也不会忘的，慈安，这是我欠你的，今天总算是让我把这笔账还上了，心里踏实多了。"穆城翼长长舒了一口气。

陈慈安想要说些什么，可是在这个时候发现任何语言在这样的情景下都显得那么苍白和无力，她低着头，羞涩染红了她的脸颊。

"还记得这首曲子吗？这是咱们第一次见面的时候听到的曲子，慈安，这些年虽然我功成名就，把木星集团打造成了山京市最具实力的集团公司，但是每次夜晚来临的时候我都会想你，想象如果当时陪你去美国会是怎么样的一番情景。慈安，嫁给我。"穆城翼从怀里掏出一个红色的戒指盒打开，里面静静地躺着一枚闪闪发亮的戒指。

陈慈安有些想哭的冲动，"你干吗？不是都已经买了戒指了吗？而且都快要结婚了，还来求婚，你忘记了，好多年以前你已经向我求过婚了，难道不是吗？"

"是，那一次是以前的我向你求婚，现在是现在的我向你求婚，我亏欠你太多了，只想把之前的所有都弥补回来，你是因为我没有跪下吗？"

陈慈安看看四周，立即想要制止穆城翼的举动，可是已经来不及了，穆城翼已经站起来，然后单膝跪地，一手拿着玫瑰一手拿着戒指，深情款款地看向陈慈安，"慈安，嫁给我。"

陈慈安忽然觉得有些不好意思了，周围的人似乎知道这里有人求婚纷纷过来看热闹。陈慈安不知所措地看看穆城翼又看看周围，然后慢慢伸出了手指，穆城翼帮她把戒指戴上，站了起来，周围是一片掌声，陈慈安羞红了脸。

这是一个浪漫的夜晚，穆城翼把陈慈安送回了住处，因为还有事要做，所以没有住在这里，而是回了家。陈慈安看着穆城翼的汽车尾灯消失，也还站在原地久久望着那个方向，她开始没有了主意。当初那么坚定的信念，为什么在这一刻却无法坚定下去了呢？

穆蓝和穆城翼还处于赌气的状态，穆城翼是不想让穆蓝破坏自己的婚礼，准备等婚礼结束再来处理这个小姑奶奶的事情。穆蓝更是要和穆城翼赌气，不过她是真的很想知道现在事情发展到什么地步了，她觉得自己也是有发言权的，自己这样不闻不问的，岂不是不战而败？不行，就算是无法阻止婚礼，穆蓝也得闹一闹，要不然那个陈慈安就太得意了。她回了家，正好紫鹃一个人在打扫客厅，客厅里还是换上了陈慈安喜欢的西式落地灯，穆蓝心想：遭了，这下她肯定得意了。

“紫鹃，我老哥呢，死哪儿去了？”穆蓝揪起紫鹃就问。

“我也不清楚，应该去公司了吧，穆总忙了好一阵子，也该去公司看看了。”

穆蓝想了想，骑着自己的捷安特去了木星集团，整个公司的人都在谈论着穆城翼和陈慈安的婚礼，这让穆蓝更是不满，看来这两个人已经在公司里宣布了婚讯了，她气冲冲地上了楼。办公室的同事看见穆蓝进来都十分惊讶，她扫视一眼，直接去了董事长办公室，“穆城翼！”一进门就高喊穆城翼的名字，这才发现椅子上坐着的是个女人，定睛一看，可不就是自己未来的大嫂嘛。

“谁让你进来的？门都不敲就闯进来，你懂不懂规矩？”陈慈安一看闯进来的穆蓝，气就不打一处来，这个小丫头她本来就不喜欢。

“嘿，你说这话真新鲜，”穆蓝依靠在门上，抱着肩膀看着陈慈安，“我是董事长的妹妹，还掌握着将来的木星集团百分之三十的股份，这个办公室我向来都是想来就来，想走就走，倒是你，你凭什么坐在这里？我老哥呢？”

“真是好笑呀，你说我凭什么坐在这里？我是未来的董事长夫人，又是业务主管，董事长不在的这段时间让我来处理一些事情，未来的股份毕竟是未来的，和现在扯不上关系吧！再说了，那是他没有结婚之前许诺的，现在他要结婚了，情况恐怕会有变数吧？”陈慈安跷起二郎腿，似乎在看穆蓝的笑话。

“你！”穆蓝是遇上了对手，没错，她说的在理，她的出现会让自己的地位一落千丈的，穆蓝稳定了一下情绪，“那又怎么样？你不是现在还没有结婚吗？没结婚之前你就这样嚣张，你就不怕我把你现在所说的话告诉他？”

“你去呀，我倒想看看他是相信你还是相信我？”陈慈安冷笑着。

穆蓝瞪了她一眼，本想退出去，可是心想不能这样让她得意，于是说："老哥想必把电脑密码告诉你了吧？那你知道那一连串数字是什么意思吗？那是我和老哥第一次见面的日子。"说完，穆蓝得意扬扬地走了出去。

陈慈安愣了一下，她真是没想到密码和穆蓝有关，而且自己并不像穆蓝说的那样得到了密码，她到现在都没有用过穆城翼的电脑呢！

穆蓝走出办公室，气得脸色通红，她恨不得把里面的女人千刀万剐，忽然看见穆城翼的秘书一个人拿着什么东西愁眉苦脸的。她好奇地走了过去，"李秘书，你在干吗呢？"

"啊，是大小姐啊，还不是陈主管，说有什么新的项目要申请资金，昨天才申请了两百万，今天又申请一百万，财务处的人很为难，不批吧，那可是穆总未来的老婆啊，批吧，穆总又不在，这总批钱也不是个事啊！"秘书一脸的为难。

"现在的公司不是旺季啊，怎么有那么多项目可以做？"穆蓝把那些单子拿过来，她自己并不懂这些，看半天也不知道写了些什么。

"都是陈主管自己联系自己做的，我也不知道。"

穆蓝忽然有种不祥的预感，她立即给穆城翼打电话，问他在什么地方，穆城翼订好了饭店，现在正在家里歇着呢，穆蓝赶紧回了家。此时穆城翼正躺在自己的床上，梦想着哪天这床上多了一个人的情景，想着一抹微笑就浮上了脸庞。

门忽然"砰"的一声打开了，穆蓝闯了进来，"老哥，我有很重要的事跟你说！"

"哎呀，什么事啊，说吧。"穆城翼已经很累了，穆蓝又这样折腾，他的心乱死了。

"那个陈慈安根本就没有诚意跟你结婚，恐怕她是想骗你的钱才是真的！"穆蓝的确是这样想的，否则莫名其妙的申请那么多资金做什么呢？

"嘿，有意思，蓝蓝，你怎么像是写小说似的啊，编得还挺不错的。"穆城翼笑了笑，只当是笑话听不听就算了。

"我本来……好，那我就告诉你，我今天去公司找你，没看见你，倒是看见陈慈安坐在了你的办公室里，像个总裁一样对着底下的人呼来喝去，这足以可见她有借你的职位做事之嫌疑。还有，我看见了你的秘书，她跟我说最近陈慈安说手里有几个大项目要做，向财务处一会儿申请几百万的，现在根本不是旺季，哪有那么多项目，你说她是不是想要骗钱？"穆蓝把自己怀疑的地方一五一十地说了出来。

穆城翼仍然没有当回事，“蓝蓝，我知道你对慈安的意见很大，从一开始你就不喜欢她，我也觉得我妹妹是个懂事的人，即便是不喜欢也会为了老哥的幸福而做出忍让，你之所以不喜欢慈安是因为和她接触得少，我相信结婚以后接触多了，你会喜欢慈安的，但是我不能理解你竟然排斥她到了背后编排她这一步了！”

“我没有编排她，这一次我也没有骗你，这是真的，我当然会为了你的幸福着想，正是因为替你的幸福着想，我才希望你可以调查清楚再结婚！”穆蓝说得很慢，也很认真。

“行了，我也不想跟你辩论，马上就要结婚了，你现在让我取消婚礼是不可能的，我相信慈安嫁过来，你会重新认识她的。”穆城翼一副疲惫的模样，实在不愿意再和穆蓝理论。

“好，你不相信，那就让时间去证明吧！好心当成驴肝肺！”穆蓝“砰”的一声把穆城翼的门关上了。这一声倒是提醒了穆城翼，以自己对穆蓝的了解，她的确喜欢恶作剧，但是她还是个有分寸的孩子，是不会拿这么大的事情开玩笑的。于是他打电话给了自己的秘书，询问了一些情况，得到的答案的确是和穆蓝说的那样，只是穆蓝夸张的形容了一下。

穆城翼坐了起来，他现在正处于矛盾之中，或许自己不应该怀疑陈慈安，毕竟她马上就要嫁给自己了。可是公司是大家的公司，不能轻视，他决定把陈慈安约出来，下班的时候，照例去接她下班。

看见穆城翼过来，陈慈安的确有些意外，今天并没有提前通知自己。他们找了一家韩国料理吃晚餐。

“慈安啊，听说最近公司有几个大的项目要做？你怎么没告诉我呢？”穆城翼一边吃饭，一边假装若无其事地问。

陈慈安咀嚼食物的动作明显放慢了，“怎么？你找秘书了解情况了？还是放心不下，不信任我啊。”

“当然不是，你的能力全公司的人都看得见，就是作为总裁我也得知道一下呀，随口问问罢了，你别瞎想啊。”穆城翼紧张地急忙解释。

“是有几个大项目要做，是我的几个老朋友听说我在这边就来联系，我一听还不错就接下来了。其实算不上什么大项目的，哪像穆总一做就是几千万的生意啊？”陈慈安故意打趣。

“你太抬举我了，不过还好现在是淡季，难得有生意找上门，就是别太累了。咱们的婚礼马上就举行了，你要是累坏了，没人跟我结婚那可就得不偿失了。”

“哈哈，万一我要是真的参加不了婚礼，你打算怎么办呀？”陈慈安眨眨眼睛，调皮地问，眼神一直盯着穆城翼看。

“我能怎么办，我会大哭一场，叫现场的人可怜可怜我，千万不要笑话我啊！”穆城翼装着哭腔说，倒是把陈慈安逗乐了。

结束了打情骂俏，两个人专注于吃饭，吃着吃着，陈慈安突然就问：“对了，城翼，你和蓝蓝是哪一天遇见的呢？”

穆城翼心里“咯噔”一下，“怎么突然问起这个来了？”

“没事，就是忽然想起来，应该也有好多年了吧？”陈慈安故作镇静。

“是啊，十几年了呢，具体哪一天我倒是记不清楚了。我正要和你说蓝蓝呢，蓝蓝这孩子可能对你有些意见，你是大人，别和她一般见识。时间久了，她自然会知道你的好，这个孩子就是主观意识太强了，但是还是个懂事的孩子，以后免不了让着她。”

“蓝蓝这孩子也不坏，这个我知道，那如果她要是欺负我，那小丫头厉害着呢，那天就跑来办公室跟我闹了一顿。”陈慈安说着撅起嘴，还有点儿怪委屈的，穆城翼不愿意告诉具体日期，陈慈安倒是有些介意，可是转头一想兴许是穆蓝那个死丫头为了显摆故意那么说给自己听的，于是也就没有多想。

“她敢欺负你，我就训她，她还是听我的。你放心，我不会让任何人欺负你的。”穆城翼抓着陈慈安的手说。

结束了这顿晚餐，两个人都各怀心思，穆城翼把陈慈安送回了家，自己也回了家。穆蓝本想让时间证明一切，可是看着穆城翼对陈慈安丝毫没有怀疑，她心里干着急。没错，时间是可以证明一切的，可是到时候陈慈安把公司的钱都卷跑了，那可就完蛋了。不行，她要采取些措施才行。

穆蓝再次来到了公司，这一次她可不是来找陈慈安的，而是来找财务处的经理。经理一看是大小姐亲自跑过来，连忙迎接，这大小姐从来没来过财务处，这段时间穆城翼不在，肯定是有些指示让大小姐来传达的。

“大小姐，您怎么亲自跑过来了？是不是穆总最近有什么重要的指示啊？”经理问。

“没错，算你聪明。”穆蓝坐在了经理对面，“我老哥说了这段时间因为忙着要布置婚礼的事情，自己比较忙，但是并没有让陈慈安来管理公司，所以陈慈安的职位仍然是一个主管，她并没有总裁的权力，明白吗?”穆蓝的表情十分严肃，完全有一个总裁的风范。

“是，只是……”经理面露难色，“我们也知道，但是每次提出反对意见的时候，陈主管总是说自己以后是总裁夫人，要是自己在总裁那里说两句话，咱们这职位可就……”

“这个你放心，要是到时候穆总要开除你的话，我会替你说话的，我可以保证你的职位不会丢，但是恐怕你在陈慈安那里也没办法做人。”穆蓝托着下巴想了一会儿，突然打了一个响指说：“这样，以后陈慈安再说有什么项目或是项目要追加钱款，你就说现在处于公司的淡季，钱款现在都在外面，还没到收回来的时候。说白了，告诉她两个字：没钱。”

“好，那我就照办，穆总的婚礼迫在眉睫了，相信撑过这几天，穆总回来就好了。”经理心想，最近这些日子和陈慈安的交涉的确让他颇为头疼。

穆蓝交代完就走了出去，然后又私下里联系穆城翼的秘书小李。小李最近也是很难办，总觉得怎么样都不妥，“李秘书，她以后再让你给财务处拿什么东西或是调用什么资料，你就说没有穆总的指示这些东西都不能办。”

“不行啊，小姐，本来财务处批款超过一定限度都是要穆总亲自签字的，可是陈主管能模仿穆总的签字，连我都看不出来，更别说别人了。”秘书一脸的为难。

“这个狡猾的女人，这样，下次她再签名的话，你就说不行上次让财务处看出来了，非要穆总的亲笔签名不可，或者说董事会有人发现了，要闹事呢。她要是还让你去，你就说自己担不起这个风险，自己是总裁的秘书，不是陈主管的，你放心，出了什么事我兜着。”穆蓝拍了拍秘书的肩膀，让她放心，刚要走，一转身就碰见了陈慈安，秘书连忙离开，她知道这两个人一见面肯定会发生战争的。

“哟，大小姐又跑到公司里来了呀？这还没正式继承股份呢，大小姐就三天两头地来公司，未免太勤快了点儿吧?”陈慈安阴阳怪气地说。

“当然要勤快了，要不然哪一天自己家的公司被一个外人偷光了都不知道，你不知道，陈主管，这家贼难防啊!”穆蓝小心翼翼地凑近陈慈安的耳边。

陈慈安斜了穆蓝一眼，心想这个小丫头莫非发现了些什么，穆蓝抿着嘴望着她，倒要看看这个女人能做出些什么来。

“家贼？家贼在哪儿啊？是啊，在公司里连个职位都没有的人三天两头跑过来指手画脚的，你说这样的人会不会成为家贼呀？”

“你！谁是家贼走着瞧！狐狸早晚是要露出尾巴的！”穆蓝说完，就大步流星地离开了，陈慈安虽然在嘴上胜过了穆蓝，但是一点儿也高兴不起来，她急忙回到办公室，用办公室里另外一台电脑慌忙调出一份报告，顺便把秘书喊了进来。

“把这个给财务处。”她打印出来，交给秘书，似乎很急切，秘书接过来一看，又是申请钱款的，想起穆蓝的话，“陈主管，上次我都跟您说了，这么多钱，是一定要有穆总的亲笔签名的，否则是不会给批准的。”

陈慈安又“嗖”地抢过来，准备模仿穆城翼的签名，秘书又急忙制止了她，“陈主管，上次我拿着你的签名给财务处的人看，他们认出来了，不是穆总的签名，您模仿得再像也是能发觉的。”

“不是前几次都没有看出来吗？怎么上次就看出来了呢？”陈慈安停止了签名，有些奇怪，眉毛都凝成了一团。

“您模仿的确实很像，但是财务处的经理也是跟随穆总好多年了，上几次是因为没注意看，上次他说怎么最近要出这么多钱呢，于是仔细看了一下，结果看出来了。”秘书说话打着结巴，没办法，她必须这么做。

“我亲自去。”陈慈安拿着自己的报告亲自来到了财务处，财务处的经理倒是对她很客气，毕竟马上就是总裁夫人了吗，谁都得给面子，但是他依然委婉地拒绝了批款。

“经理，你这个位子是不想做了是吗？我想你知道我的身份。”陈慈安坐在桌子上，一副盛气凌人的样子。

“是，您马上就是总裁夫人了嘛，可是规矩还是规矩。这规矩都是穆总定下来的，公司暂留款不能少于百分之三十的，您之前已经批了好几次了，穆总之前几个大项目的资金也还没收回来，现在是淡季，也没办法收回来，所以实在是没钱批给您。”

“我就不相信这么大的公司会没钱？公司都是以盈利为目的的，要是这个大项目毁了，损失几千万，你赔得起吗？”

“不好意思，我听穆总的，我们这里没有接到任何通知说是让陈主管您来代理总裁，要是您能让穆总给我打个电话，这钱我立马给您想办法。”

陈慈安气得把那张报告撕毁扔进了垃圾桶里，怒气冲冲地离开了。忽然想起今天穆蓝来过，肯定是穆蓝跟这些人通了气，但是穆蓝不像那么有心机的女孩子，难道是穆城翼起了疑心，自己不方便露面，让穆蓝代为转达？陈慈安冷笑，没想到这个男人还是没有嘴上说的那么爱自己，如果爱自己的话，就不会有那么多疑心了，她猛地拍了桌子，“穆城翼，算你狠!”但是，现在最主要的还是自己该怎么办？离自己的婚礼还有两天了。

是夜，月光皎洁，星光灿烂。

穆城翼和紫鹃吃着晚饭，穆蓝这些天拒绝和穆城翼在同一张桌子上吃饭，都是让紫鹃把饭菜送到自己的房间里吃。穆城翼也不理会她，他是了解穆蓝的脾气的，越是理会她，她就越是得理不饶人，越不会给你台阶下。

正吃着饭，就听见外面汽车鸣笛的声音，穆城翼赶紧按下按钮把门打开了，陈慈安的车开了进来，这是穆城翼送给她的车，为了让她上下班方便一些，毕竟他不能每天接送她上下班。看见陈慈安的到来，穆城翼倒是很惊喜，陈慈安把车停好，绷着一张脸就走了进来。

“你怎么过来了?”穆城翼连忙迎接，见陈慈安没有说话，也没说什么。紫鹃急急忙忙吃完饭就先回了自己的房间，把时间和空间留给了这对马上步入新婚殿堂的人。

“怎么了，是不是不舒服啊？看你脸色不太好。”穆城翼急切地问。

“城翼，我要你老老实实告诉我，你是不是不相信我?”陈慈安的表情十分严肃，她几乎是一字一顿地把这句话说出来的。

一听陈慈安这话，穆城翼就觉得有些莫名其妙，“我怎么会不相信你呢?”穆城翼手心里全都是汗，难不成是因为那天自己和穆蓝遇见没有老实回答具体日子?

“既然你相信我，那你干吗还让穆蓝跑到公司去，联合你的秘书还有财务处的经理一起来对付我呢？好像我要把你们公司的钱都吞了似的，一个个对我好不尊敬，就算我不是你的未婚妻，我好歹也是业务主管吧？一副要把我吃了的样子。”陈慈安说到这儿时，满肚子的委屈，眼泪竟然还充满了眼眶。

穆城翼搂住陈慈安的肩膀，把她的头靠在了自己的胸口，“慈安，你要相信我，我既然已经让你帮我照看公司，就绝对不会让蓝蓝再去公司拆你后台的，这个蓝蓝太不像话了，是该好好地教训她一下，你等着我肯定为你出气!”说着穆城翼就让紫鹃把穆蓝喊了下来，一听说陈慈安来了，穆蓝懒的见她，可是不见的话，倒显得自己理亏，而且像是自己怕她似的，穆蓝这才下了楼。看见陈慈安眼圈红红的，穆蓝就冷笑了一声。

“干吗？有什么事情赶紧说，没有工夫陪你们闲待着。”穆蓝站在楼梯口说。

“我问你，是不是你跑到公司去联合我的秘书和财务处经理一起打压你大嫂的？”穆城翼板着一张脸，他实在没想到穆蓝什么招都能想出来，这一点儿也不像是她的所作所为。

“你还真是会恶人先告状啊，”穆蓝没有回答穆城翼的问题，转向陈慈安说，“不错嘛，陈慈安，我倒是真佩服你啊，算你狠，哭啊，继续哭，在男人怀里哭多本事啊！”穆蓝轻蔑地看了陈慈安一眼，而对着穆城翼说：“还有你，你还没有结婚，不要你大嫂你大嫂的称呼这个女人，如果真的可以结婚的话，那到了那天改口也来得及，有的日子称呼她呢！”说完，穆蓝就准备上楼。

“蓝蓝！你真是太不像话了！”穆城翼气得说不出话来，他像是从来没有认识她似的，一点儿也不像单纯可爱的穆蓝！

“我不像话，我看你才是被猪油蒙了心，你等着自己的公司被这个女人吞掉吧！只怕到了那一天你哭都找不着调！”穆蓝真是没想到一向聪明的穆城翼为什么连这点关系都看不出来了呢！她迅速跑上了楼。

穆城翼也拿她没了办法，只能安慰怀里的陈慈安，“好了，别不高兴了，我明天去公司处理一下，蓝蓝的事你不用放在心上，蓝蓝就是那样，今后我不会让她管公司的任何事了。”

陈慈安点点头，“不用去了，大后天就结婚了，这两天你肯定很忙，就两天他们也不能拿我怎么样的。你好好休息一下，别等到结婚当天累得结不成了。”

“怎么会呢！”穆城翼摸了摸陈慈安的秀发。

月光照在两个人身上，是那么和谐美好。

穆城翼把婚礼的各种布置都安排好了，结婚，已经是万事俱备只欠东风了。请柬刚一发出去，他便狠狠地松了一口气，躺在沙发上看着天花板，自己终于要结婚了，回想这么多年来一个人的日子还真是酸甜苦辣，味味俱全，拿起手机拨出陈慈安的手机号，他闭着眼睛，想象着自己的未婚妻在做着什么。

“对不起，您拨打的电话已停机。”手机里传来那个冷漠的女中音。

穆城翼猛然睁开眼睛，一下子坐了起来，停机了？怎么会停机呢？他有一种不祥的预感，但是又暗暗地安慰自己，也许是太忙，忘了交电话费，不过他还是有些不放心，急匆匆地去了公司，直奔主管办公室，没人！自己的办公室也没人！

赶紧喊住自己的秘书："陈主管呢，今天没来上班吗？"

秘书温柔地说："陈主管昨天就没来上班了，说是明天就要结婚了，要准备婚礼，交代了些事情，一直就没露面。穆总，还没结婚呢，分开一会儿就不行啦。"她故意打趣着。

"行了，你去忙吧。"

昨天没有来上班？可是她前天来找自己的时候还说这两天公司有点儿忙，婚礼上的事就让自己来办就行了，她上班稳住公司，不能出了乱子。可是为什么会是这种状况，穆城翼没有多想，一种不祥的预感。

"我不像话，我看你才是被猪油蒙了心，你等着自己的公司被这个女人吞掉吧！只怕到了那一天你哭都找不着调！"

他突然就想起了穆蓝的话，又问秘书："她这些日子有没有什么反常的举动？"

"反常的举动倒是没有，不过陈主管联系了不少生意，很忙倒是真的，她还模仿你的签名要我去财务处申请款项。"

穆城翼不愿意相信这些事，不等秘书说完，就立即开车去了陈慈安的家里，站在门口敲了半天门，结果半天没有人应，对面的门却开了。

"你找谁呀？敲门敲的这么急？"一个老太太探出头来。

"啊，我找这家的主人。"穆城翼赶紧问："不知道她这几天回来没有，我是她的朋友。"

"她昨天搬走了，也不知道为什么搬得特别急，家里全都搬空了，搬家的时候闹得我心脏不好受，现在还吃药呢。"老太太捂着胸口抱怨说。

"搬走了，搬去了哪儿您知道吗？"

"这个我就不知道，不过她住了这儿也没多久，才几个月，可能是不喜欢这儿的环境吧。"老太太接着回答说。

几个月？难不成她是为了骗自己才来到这里的？穆城翼的心一下子仿佛被掏空了一样，失魂落魄地下了楼，这个女人真的走了吗？为什么答应了自己的求婚，又这样不吭一声地走了，她是中途反悔还是早有预谋？穆城翼的脑子一片空白，他只知道陈慈安走了。

回到家，躺在床上睁着眼睛，直愣愣地看着天花板，像是被人抽走了灵魂一样。他不想去想任何事，可是所有的事情都像是海底的海草一样缠绕着他，怎么样都解不开。他突然爬起来，干脆上上网看看新闻吧，这样躺着也无济于事。穆城翼打开电脑，新闻自动跳出来，想想看好久没上邮箱了，或许应该给陈慈安发一封邮件，没错，这是他唯一可以联系的方式了。没想到刚一打开邮箱，就收到了一封邮件。

城翼：

我想当你打开这封邮件的时候，我已经离开了，去了一个很远的地方，不要找我。和你在一起的这段时间，我一直都很矛盾，我知道你是真心爱我的，你一直都没有忘记我，可是，城翼，我很坦白地说，我回来是为了报复你的。

当初你负了我，为了一个毫不相识的小女孩，你知道我一个人在国外的日子有多可怕吗？一个人，我一个人孤孤单单地走过了好几年，直到遇上阿忆，他把我从失恋的痛苦中解救出来，陪我度过了一段我最痛苦的日子。对，我们相爱了，像当初我们恋爱的那样，他是个很好的男人。凭什么你对我犯下了不可饶恕的错误之后，老天爷对你还这么好，我和阿忆跌跌撞撞地打拼还买不起一座房子，而你却是腰缠万贯的老总，有了自己的别墅还有自己的集团公司，我恨老天爷为什么这么不公平，所以我和阿忆决定报复你。

事实是我做到了，但是我的心里很不安，我想我这辈子都会生活在愧疚里，我也是没有办法，生活所迫。我和阿忆在一个你找不到的城市里买了房子，用你送我的钻戒还有你的聘礼，我还在你的公司转移了不少钱，这些钱或许够我和阿忆花一辈子了吧。很抱歉虽然我充满了愧疚，但是我仍然觉得这是你应得的报应，要不是穆蓝那个死丫头，我只能说一声抱歉，如果有来生，我一定会嫁给你的。城翼，祝你幸福，早日找到你的另一半吧。

城翼，你会原谅我吗？我想我不应该乞求你的原谅，下辈子吧……

慈安

看完了这封邮件，穆城翼已经是泪流满面，他掩面而泣，感觉自己的心被谁掏空了一样，像是一种饿到了极致的疼痛。他把手放在键盘上，噼里啪啦地打了一连串的字。“慈安，从此我们恩断义绝，你让我伤透了心，我现在好恨你。”鼠标就停在“发送”上面，可是，穆城翼的手在发抖，他迟迟按不下去，最终还是删除了那段文字，写了“祝你幸福”关了电脑。

穆城翼的婚礼取消了！

请柬都已经发出去，收到请柬的人们都很诧异，对这件事议论纷纷。穆城翼把原本定好的酒席撤掉，婚庆公司那边也撤掉了，所有一切为婚礼准备的都撤掉了。各大报纸杂志的报道铺天盖地卷来，有人说穆城翼在炒作，有人说穆城翼只顾着赚钱没顾得上自己的感情生活被人骗得很惨，还有人说这场婚礼的取消是迫不得已，两个人的感情还不是十分深厚，总之说什么的都有，当所有的记者都想了解真相的时候，当事人却找不见了。一批记者堵在穆家的门口，堵了一天都看不见有人出来。

穆蓝看到这些消息的时候，还在跷着二郎腿，在艾生临时租的小家里吃着香甜可口的甜品，喝着香芋奶茶，看着电视。当艾生把一沓报纸塞进她怀里的时候，穆蓝的脸上满是奶油，嘟哝着嘴说："什么年代了，还看报纸？我们九〇后只喜欢看网络小说或是手机阅读。"

"看了保证你不会后悔。"艾生坐在沙发上，拿起遥控器开始调换频道。

穆蓝咽下最后一口蛋糕，拿起了报纸，然后瞳孔慢慢放大，"嚯"地站起来，"这个死女人！果然是个骗子！"

"喂，你冷静一点儿，在没有了解真相之前，先别激动。"艾生不动声色的提醒着，才短短几天，他把穆蓝的脾气摸得十分透彻，而且事先他早就料到会是这样的结局了。

"这个死女人，我看她是穷疯了，跑到这儿利用老哥的感情骗钱。好在我穆蓝聪明，事先跟公司的人打了招呼，要不然指不定让她骗走多少钱呢！不行，我要回家，我要把那个女人碎尸万段。"说完，穆蓝就向门外冲去。

"喂！"艾生喊住了她。

"别理我，有仇必报才是我们九〇后！"穆蓝一边穿外套一边说。

"我的意思是你最起码把脸洗一下。"

穆蓝愣了一下，然后吐吐舌头，跑去洗手间洗洗脸，这才匆匆忙忙地回了家。没想到自己家门口竟然还有那么多人，一个个都探着脑袋向里面看，好像这里发生了多大的事似的。一看见这种情况，穆蓝大摇大摆地就向里走。

这下可好，穆家总算是有人来了，记者们"轰"地一下都拥了上去，拍照的，拿着麦克风的，都冲到了穆蓝面前，堵住了她的去路。

"请问你是穆城翼先生的什么人？穆城翼先生现在在哪儿？能和我们简

单说一下情况吗？”

“你知道穆先生被骗这件事的经过吗？麻烦你说一下自己的看法好吗？”

“穆城翼先生是不是得了抑郁症？送去医院疗养了，为什么到现在都没有出现？”

……

穆蓝停下脚步，看着不断伸向自己的麦克风，还有不断闪光的相机，一股怒气在她小小的胸腔里膨胀着，如同火山爆发一样，她拿过最近的这些麦克风，扯过来扔在地上。

“你才得了抑郁症呢，我看你们都是神经病，全都该进医院！都给我闭上你们的乌鸦嘴！”

记者们都安静下来，从一开始询问穆城翼的诸多问题，开始转移到抨击穆蓝上。

“你这是什么态度，采访你是看得起你！谁知道你是穆家什么人！说不定是个小保姆呢，拽什么拽！”

“还敢摔我们的麦克风，多贵你知道吗？你赔得起吗？”

“对，你赔我们的麦克风！”

穆蓝冷笑一声，“你们这些大记者们不是忙吗？忙的话还有闲情逸致跟我这个小丫头吵架，亏你们还是高级知识分子，就你们这样的素质，我看咱们国家要完蛋了！麦克风啊，我赔，我们穆家赔得起。不好意思，我不是什么小保姆，我是穆家的大小姐穆蓝。”

记者们目瞪口呆地看着这个伶牙俐齿的小丫头，用“呆若木鸡”来形容最合适不过了。

穆蓝甩给这些“木鸡”们一个鄙夷的眼神，大摇大摆地进了家门，刚进家门，就被小保姆紫鹃拉了过去，紫鹃一脸焦急地看着穆蓝。

“小姐，外面好多的人啊，我这几天都不敢出门了，一出去就被他们抓住，问这问那的，吓死我了。”紫鹃拍着胸口，过了几天担惊受怕的日子，农村来的小姑娘哪见过这样的阵势呢。

“我老哥呢？回来过吗？”比起紫鹃的状态，穆蓝更是关心自己的老哥。

“穆总一直没有回来，就一开始叫人来把那些灯撤掉了，然后就没回来过了。穆总结婚的事到底怎么样啊，那个女的为什么不结婚了？穆总那么好的人……”紫鹃唠唠叨叨地缠着穆蓝，她也为穆城翼感到委屈。

穆蓝赶紧打穆城翼的手机号，完全不理会紫鹃，可是穆城翼的手机关机了。

“这个老哥，太不把我这个妹妹当妹妹了吧！”穆蓝愤愤地骂了一声。

穆城翼消失了，就如同在人间蒸发了一样，杳无踪迹。

就在这个关键时刻，王子杰找到了穆蓝，索要一个说法，就是分手也要有个正当的理由吧。两个人在穆家的客厅里吵得不可开交。

“穆蓝，你未免有些过分了吧，就是丢弃一个宠物，一个小猫小狗的，也总要有个原因吧！你就一句分手吧，就把我打发了，你不觉得在你心目中我连猫狗都不如吗？”王子杰确实心里委屈，前一段时间躲着不见，没多久直接分手，连个理由都不给。

“九〇后做任何事都是不需要理由的，王子杰，这个你是知道的。你说自己连小猫小狗都不如，那我呢？你知道我用了多长时间来治疗自己的伤口吗？你知道我曾经患过抑郁症吗？你知道我现在都没有完全康复吗？”也许是因为穆城翼事件的影响，穆蓝的情绪也有些激动。

王子杰听到这些话有些震惊，这些虽然他知道，但是不知道为什么穆蓝又开始旧事重提。“穆蓝，我知道因为我你受了很大的伤害，但是我们之前不是说好一起疗伤的吗？”

穆蓝继续说：“你知道吗？你的出现把我所有的所有都召唤回来了，那些已经快要忘记的事情统统回来了。我只能跟你说一声抱歉，当初答应你，是为了气江临川那个浑蛋。我的确想过和你重新开始，可是你总是把过去的那些生活带到现在的生活里来，我只能说时间是不能倒流的，我只想向前走，而不是向后退，你明白吗？”说完，穆蓝转身离开，她倔强的眼神，潇洒的马尾，坚定的步伐，在王子杰的心上深深地刻上了烙印。

那些记忆又回来了。

那是一个阳光灿烂的午后，正是周末，正是小情侣亲亲我我的时间，这天王子杰和穆蓝也是充分享受着这个浪漫的午后，他们牵着小手，脸上带着满满的笑容。

天有不测风云，就在这个时候不知道从哪儿冲出一个人来，拿着一把刀冲向他们，街上那么多人都吓坏了，那个人拿着刀乱砍，好几个人都被砍伤了。穆蓝紧紧地抓着王子杰的手，可是王子杰却挣脱开逃走了。看着自己的男朋友这样丢弃自己，而那个杀人狂还在继续砍人，血腥，尖叫充斥着穆蓝的世界，当刀砍向穆蓝的时候，她紧闭着双眼，即便是再活泼开朗的她，也从没见过这等血腥的场面，她吓傻了！

好在警察及时赶到，穆蓝才能幸免。

王子杰悲痛地闭上眼睛。

也许初恋是最美好的，但是过去的毕竟已经过去，将不再回来。我们终究是回不到过去的，穆蓝说得对，时光是不能倒流的，他选择默默地离开。

# 第七章

云际大厦的顶楼。

穆蓝迎风而立，风把她的头发吹向天空，微黄的头发就在空中乱舞着，她蹙着眉，双唇紧闭，眼神犀利地望着远方。

艾生在旁边默默地注视着她，她微眯着眼睛，眉梢稍稍翘起，嘴角轻轻上扬，这是何等的女子，一张稚嫩的脸，像个孩子，总把九〇后挂在嘴边，但是又给人一种深藏不露的感觉。艾生感觉穆蓝就好像是一本书，他好想把这本书读完，读懂，可是又怕错过什么精彩的瞬间，不敢轻易地跳过哪一个部分。

“喂，你在看什么?”不知道什么时候穆蓝已经转过头来看着已经神游的艾生。

“噢，没什么，”艾生抓抓凌乱的头发，马上转移话题说：“你就真的不关心你哥哥吗？出了这么大的事，他肯定很受伤的，你应该找到他，哪怕安慰一下。”

“你也太小看我了吧，他是跟我生活了十几年的哥哥，我还不了解我老哥吗，我只是想让他一个人静一静，现在去找他，只能是给他添麻烦，全世界都找不到他，只有我。”穆蓝很骄傲地仰起头，像是一只跳上枝头的小喜鹊。

穆蓝看了看艾生，转身离开，“时候也差不多了，我该去找我老哥了，拜拜。”穆蓝摆摆手，转身离开，微微一笑，倾国倾城。

凭借着这么多年来和穆城翼的朝夕相处，穆蓝有十足的把握确定穆城翼的具体位置。穆蓝算了算从出事到现在已经一个星期了，是时候该去找他了。穆蓝坐上公交车，想想看自己已经好久没有回来过，街边的店都换了，公路也重新修过，穆蓝下了公交车，走进一栋破旧的居民楼。没错，穆城翼肯定就在这里，他们曾经的家。

这个房子一开始是穆城翼租的，他们两个在这里住了几个年头，度过了很艰难的一段时光，很舍不得这里，后来搬家了就把这里买了下来。穆蓝拿出钥匙打开门，屋子里很安静，有被打扫过的痕迹，只是有一股泡面的味道，只见穆城翼躺在沙发上，用报纸盖着脸，茶几上放着好几个方便面的桶。穆蓝眉头紧蹙，走过去，报纸一掀，“小日子过得不错嘛!”

穆城翼似乎是在睡午觉，这突然一下，把他惊醒了。刚才做梦还梦见自己结婚了，自己刚刚掀开新娘子的红盖头，看见美丽的新娘，然后睁开眼就看见穆蓝抱着肩膀，瞪着一双大眼睛看着自己。

“你怎么来了?”穆城翼声音沙哑，他揉了揉眼睛，坐了起来。

“我怎么不能来?”穆蓝说着，走到了冰箱旁边，拿出两罐啤酒来，一罐扔给穆城翼，一罐自己拿着。

“你不能……”穆城翼刚要阻止穆蓝，穆蓝已经将啤酒打开，一仰头喝了个精光。

“爱情就像是这杯啤酒，你可以咕咚咕咚地灌下去了，也可以一小口一小口喝下去，但是当你喝到肚子里，一会儿再尿出去，然后轻轻按一下马桶，这啤酒随着下水道就冲走了。如果爱情很痛苦，那你就抠着自己喉咙，再把它吐出来，难受吗?当然难受，可是当你吐出来就不难受了。”穆蓝拿着啤酒罐，像是一个哲学家一样讲话。

穆城翼迟疑了一小会儿，“啪”地把啤酒打开，一仰头喝了个精光，不愧是生活在一起十年的兄妹啊，他们喝酒的样子都是一模一样的。

“觉悟还挺高的嘛，你是想尿出来，还是想吐出来?”穆蓝饶有兴趣地看着自己的老哥。

穆城翼没有说话，径直走进了洗手间，不一会儿，穆蓝便听到了穆城翼呕吐的声音，点了点头，还不错。

穆城翼走出来，深吸一口气。

“你这招还挺灵！小机灵鬼，哪儿来这么多歪门邪道啊?”穆城翼一边拿纸巾擦着嘴。

“我可是……”穆蓝欲言又止。

“你可是什么?”

“我可是你这个世界上唯一的亲人，你出了这么大的事，我肯定要想尽一切办法啊！老哥，这个世界上，女人神马的都是浮云，咱这么大的腕儿，还怕找不着媳妇儿？”

穆城翼一捅穆蓝的脑门，“人不大，脑子里装的东西倒不少。”

兄妹两个难得回来一次，穆城翼亲自下厨，和穆蓝吃了一顿家常便饭，仿佛又回到了十年前，兄妹两个在这里过着艰难的小日子，晚上也同样在这里睡觉。这里只有一室一厅，当年穆城翼睡在卧室，小小穆蓝睡在沙发上。今天穆城翼照例如此，把沙发给穆蓝铺好，一边铺着一边还说：“夜里凉，别感冒了啊。”

穆蓝却没有动静，穆城翼觉得不对劲，站了起来，看着穆蓝正用一双十分疑惑的大眼睛看着自己，“怎么了，有什么不对吗？”

“老哥，我说你是傻了吧？我现在都长到一米六五的个子了，你觉得这个小小的沙发还能放得下我吗？”穆蓝指着自己的身体说。

穆城翼猛拍一下自己的脑门，“你瞧瞧我这脑子，好吧，我承认了，被驴踢了，唉……”穆城翼叉着腰看着小小的沙发叹了一口气，“时间过得可真快，转眼间你都这么大了，当年遇见你的时候你才这么长。”穆城翼用手量着沙发比画着。

“哎哟，你怎么跟当爹的人似的，感叹时光过得快，受不了。”穆蓝白了他一眼，自己跑去冰箱拿吃的。

“我可不就跟当爹的似的，拉扯你长大容易吗？”说到这儿，穆城翼还觉得自己怪委屈的。

这天晚上，两个人都在卧室睡，因为卧室的床是个单人床，穆城翼就只好让给穆蓝睡了，而他自己则在地上打地铺，好在地方还够大。晚上，外面的月光照进来，正好照在了穆蓝的脸上，穆蓝赏了好一会儿月亮之后，就再也睡不着了。她翻个身，探下身子看看穆城翼睡了没，穆城翼突然说了一句：“干吗？不好好睡觉？”吓得穆蓝赶紧躺了回去。

“我说老哥，人吓人吓死人的。”

“你要是不看我，能吓着你吗？”穆城翼把胳膊垫在头下面，他也睡不着。

“老哥，我可不可以问问你，她骗得你这么惨，你恨她吗？如果你觉得这个问题是在揭你的伤疤，你可以拒绝回答。”穆蓝一边望着窗外的月亮，一边问。

穆城翼起初是很久的沉默，然后才说：“刚一开始特别恨她，我还给她写了邮件，后来没有发出去，我真的是恨她，我真是太想弥补对她的歉疚了，什么事都想重新为她做一次，可是没想到她竟然是在骗我。可这几天静了静想了想就不那么恨了，谁叫自己当初有愧于她呢，再者说她本来就是一个很喜欢钱的女人，这一点我之前就知道，希望她和他的老公能幸福吧，这样我就不欠她的了。”

“哼，我就希望她的男人啊，也是骗她的，她把你的钱骗走消失了，她的男人呢，见她把钱骗来了，也消失了，哈哈。这就叫搬起石头砸自己的脚，嘿嘿。”穆蓝这样想着。

“你就不能积点口德吗？”穆城翼也十分不明白，为什么自己这么多年的教育没能把穆蓝教育成一个善良的小姑娘。

“不好意思，本姑娘什么德都积，就是不积口德。”

说着说着话，两个人就睡着了，两个人在这里住了好些日子，穆城翼也没有回去的打算，穆蓝都已经说了好几次了，可是穆城翼就不说要回去，叫穆蓝自己回去。没错，他心里还是有阴影的，现在全天下的人都知道他穆城翼被一个女人骗了钱，骗了感情，他从小到大都没有栽过这么大的面子，这次叫他如何面对自己的公司，如何面对自己公司的职员，就连家里的保姆紫鹃，他觉得自己看见都抬不起头来，所以他拒绝回去。

穆蓝一个人回了家，喊了半天紫鹃没有人出来应，难不成这个紫鹃见家里每人也携款而逃？穆蓝一打开紫鹃的门，看见紫鹃正对着电脑，戴着耳麦，傻呵呵地对着屏幕笑呢，她一过去就拿掉了紫鹃的耳麦，“看什么呢？这么高兴？”

紫鹃吓的“啊”地叫了一声，“蓝蓝，你怎么进来都没有声音啊？”

“你戴着耳麦当然听不见我进来了。”穆蓝把耳麦还给紫鹃，“看来你学电脑这东西还挺快的，这几天家里没来什么人吧？”

“啊，你堂姐前几天来了，问你们去哪儿了，我说不知道，然后她就走了，说你们回来叫我告诉她一声，哎，穆总呢？”

“我老哥现在耍小孩子脾气，不肯回来呢，我在想办法把他弄回来。”穆蓝走出了紫鹃的房间，又探出头来，“先不要告诉堂姐我回来了。”

穆蓝走了，穆城翼又没了说话的人，一个人孤孤单单的，看看报纸，看看新闻，看看电视剧，想吃饭就做饭，不想吃饭就泡面，日子过得也还凑合。

这天穆城翼又躺在沙发上看报纸，突然就听见开门的声音，心想穆蓝来了，也不用理会她。可是谁知竟然听见鸟叫的声音，穆城翼这才起来，看见

穆蓝抱着一个大盒子走了进来。

“哎，我说蓝蓝，我怎么听见鸟叫了，不会是听错了吧？”

“没听错，的确是鸟。”穆蓝看也不看他一眼，就把盒子里的鸟放了出来，放在了客厅的地板上，“老哥，你知道这是什么鸟吗？”

“像是鸵鸟。”穆城翼仔细瞅了瞅，像是一只小鸵鸟。

“没错，回答正确，这的确是一只鸵鸟，你知道鸵鸟有什么弱点吗？别看鸵鸟个子大，也叫鸟，但是它们根本不会飞，而且笨得出奇，于是乎它们就学会了把脑袋藏起来。鸵鸟的脑袋不是藏在自己的羽毛下，就是扎在地里头不出来，在进化的时候正因为它们总喜欢把脑袋藏起来躲避这个世界，所以它们才进化成了这种又笨，叫鸟还不会飞的东西。”穆蓝表情严肃，像是一个讲课的老师，又像是一个大哲学家。

穆城翼似乎听出了些什么，没有说话，继续坐在沙发上看报纸。穆蓝走过去，把穆城翼的报纸抢走，“你知道，你现在就把自己的脑袋扎在地里的，这个世界不是你不睁开眼睛，它就不存在的，你躲起来有什么用，难道真想和鸵鸟一样吗？你别傻了，别再自欺欺人了，你躲起来那些背后议论你的人还是会议论你。你也听过掩耳盗铃的故事吧，你把耳朵捂起来，难道就听不见别人议论你？耳朵听不见，可是这儿听得见。”穆蓝用手指用力戳了戳穆城翼的胸口。

穆城翼坐在原地，看看那只鸵鸟，想了想，站了起来，“走吧，回家。”

穆蓝这才笑了，看来没白把这只鸵鸟弄过来，“老哥，这鸵鸟怎么办啊？”

“弄回家，养起来。”穆城翼收拾着自己的东西。

“那你养啊，它的费用你也得出，我把它弄来花了不少钱呢！”

“你个死丫头！”

回了家，穆城翼的心倒是平静了不少，不过，受了这么大的重创，岂是穆蓝一句话两句话可以说好的，时间是治疗伤口的良药，也只能用时间去治疗了。

穆城翼躺在自己柔软的席梦思床上，依然无法安眠，男人都是有自尊和自己的骄傲的，更何况是穆城翼这样一个成功的男人，他有些害怕别人的目光。这一夜，他几乎彻夜未眠，他脑子里全都是明天去上班时那些员工以及同事的目光，一个个让他感到身上针扎一样难受。

感情是最具杀伤力的武器，堂堂男子汉，一瞬间便可以被击毙。

第二天一清早，当穆城翼还懒散地躺在床上的时候，被子一下子就被掀开了，身上一阵冷风吹过来，穆城翼一转头，看见穆蓝拎着被子一角，脸上的笑容很狡黠。

“您老人家是不是现在该起床，去上班了呀？”

穆蓝嘴角上扬，显出优美的弧度，但是在穆城翼眼里，这可是笑里藏刀啊，穆蓝简直就是一个活脱脱的笑面虎。

穆城翼翻个身，“今天不舒服，不想去。”

“你不要找借口，老哥！你有多久没有上班了啊？”穆蓝把腰一叉。

“我要睡觉。”

“老哥呀，公司都快黄了！你也不管啊，你这如花似玉的老妹就快要饿死街头了，难道你也不管吗？”穆蓝突然就变了脸，换了一副哭脸，趴在穆城翼的床头一把鼻涕一把泪的。

“行了行了，你老哥还没死呢。”穆城翼实在是拗不过，只好坐了起来，“你要是不当演员，可惜了。”说完，被子一扯，下了床。

穆蓝偷笑着。

为了防止穆城翼临阵脱逃，穆蓝还特意要求穆城翼开车载自己去公司，看见穆城翼进公司才行。

“大小姐，公司到了，我是不是可以去上班了啊？”穆城翼满脸的沮丧。

“老哥，你不要这样子嘛。”穆蓝双手扯着穆城翼的嘴角，硬要他笑出来，“颓废的哪里像个老总啊，不就结婚没结成吗？至于吗？没有好丢人的，就算是你的员工笑话你，他们敢当着你的面笑话你吗？背后你又听不到，有意义吗？再者说，你是公司的老总，就算是他们笑话你，你还是高高在上的，他们都是靠着你活着呢！”

穆城翼低着头，看着方向盘，默默不语，不得不承认这件事对他的打击太大了，也许是太久没有接触感情这个东西了吧。

“老哥，”穆蓝的声音突然温和起来，“你别忘了，你还有我。”穆蓝拍了拍自己的胸口，说完，穆蓝打开车门，下了车。穆城翼抬起头来，看着车窗外，穆蓝步行的身影，长大了，真是长大了，都说这女孩子是贴心的小棉袄，这句话在这一刻才算是真正地体会到。

穆城翼整理一下自己的衣服，昂首挺胸地走进了公司的旋转玻璃门，在众人惊异的眼光中，他依然是仪表堂堂，一开始有些不习惯，可是当他走进自己的总裁专用电梯时，一切戛然而止，他知道自己是总裁，这是无法改变的事实。

这一天的工作穆城翼格外认真，让公司里的所有员工都瞠目结舌，看着老总这么有拼劲儿，再加上出了些事，所有人都是小心翼翼，认真工作，生怕出了一点儿差错，这饭碗就保不住了。看着大家的劲头儿，穆城翼也深深地对穆蓝的话表示赞同，自己始终都是老总，决定着很多人的命运，就算是真的丢人丢大了，又能怎么样，况且这又不是丑闻，自己也是这个事件的受害者。

忙碌了一天，总算是下班了，可是在开车回家的路上，他不禁又想起了那个女人，不久前，他们还进行了一场浪漫之旅，他们在路上是有多少双令人艳羡的目光啊。可是每当想到这是一场谋划好的骗局，他的胃里就一阵反酸，恶心。

回到家，一进门就嗅到了有女人的味道，这个家很少会有别人出现的。

穆城翼正想着，穆蓝从厨房里走了出来，一起走出来的还有安慈。穆蓝亲昵地挽着安慈的胳膊，两个人有说有笑地走出来，看的穆城翼一头雾水。

“老哥，你可算回来了，今天紫鹃请假了，我特意把安姐姐请过来，我们做了一桌子的好吃的，你可是有口福了。”

穆城翼看看安慈，依然端庄，高贵但是很和蔼可亲，优雅又不失风度，漂亮又大方。不过，穆城翼心想，自己倒是小看了穆蓝这个丫头片子，这个时候明着是把安慈请过来做饭，实际是还不是让安慈这个心理医生给自己做心理辅导，更重要的是她的身份是一个女人，一个很优秀的女人。

穆城翼很有绅士风度地向安慈点点头，“我先去把包放下，你们先吃啊，安小姐，别客气，就当是自己家。”

安慈微微一笑，唇红齿皓，弯弯的眉形更是显示出无敌的亲和力。

穆城翼走上了楼，安慈站在楼下，静静仰望这个男人，当她第一次看到穆城翼的时候，那个时候，安慈就已经深深地被这个男人吸引了，他身上有一种迷人的气质，是浓得化不开的情，还是淡得躲不开的冷漠，安慈只是一个人默默地欣赏。

“哎，”穆蓝撞了一下安慈，把安慈的思绪一下子便扯了回来，“安姐姐，你早就对我老哥有意思了吧？我劝你啊，早点儿行动，我老哥这个人就是一个典型的八〇后，闷骚得不行，你快点下手，俗话说男追女隔层山，女追男，隔层纱呀。”

“胡说什么啊，我去看看汤好了没有。”安慈只觉得自己心跳加快，小鹿乱撞，慌乱地走进了厨房。

穆蓝偷笑着，如果老哥和安慈能够在一起，还真的算是好事一桩了。

吃过饭，穆蓝便找了一个理由自己躲进卧室里不出来，只留下安慈和穆城翼两个人。安慈一直盯着自己的脚看，两只手交叉放在膝盖上，穆城翼也是一副拘谨的样子，感觉像是被人安排着在相亲一样。

“我……”

“安医生……”两个人同一时间开了口。

尴尬地笑笑，最后还是穆城翼说了话：“对不起，我不能在这个时候……我想你这么聪明的人肯定懂我的意思，虽然受了伤，但是我依然没有办法忘记那个女人。这个时候，如果我接受你，是对你的不负责任。所以……”

“我明白！”安慈突然很镇定地说，“不早了，我该回家了。”

“那我送你。”

“不用了。”安慈有些慌张地拿起沙发上的包，像逃兵一样迅速地走出门，她的高跟鞋嘀嘀嗒嗒的节奏慢慢地加快。穆城翼看着这个弱小的身影，顿生怜悯之心，按理来说，安慈是很想在这个时候安慰自己的，这样做无意中会伤害人家，可是责任重千斤。穆城翼的脑子里依然是陈慈安的一颦一笑。

心情大好，吃过早饭，穆蓝便踩着自己的捷安特自行车，哼着小曲出了家门，心情好自然要去上课啦，这是穆蓝的一贯宗旨，有心情有课上，没心情没课上，所以学校的课程完全取决于她的心情。

刚出家门没多远，一辆天蓝色的玛莎拉蒂跑车差点闪瞎了穆蓝的眼睛。穆蓝对车不是很有研究，但是以她独特的眼光看，这辆车的价钱绝对不会低于老哥的那辆 M 系宝马。这么漂亮的女款跑车，穆蓝还是第一次见到，一直回头张望这辆车，奇怪地发现这辆车驶去的方向竟然是自己家，会是谁呢？一般人是不知道木星集团老总的家庭住址的，穆城翼秉承着八〇后做事高调，做人低调的风格特点，不喜欢别人来家里拜访，所以房子才会买在这里。来家里的人都是一些很熟络的同事或是商场之外的朋友，可是这些人和这些人的车，穆蓝没有不认识的，这个人会是谁呢？

“啊！”一声惨叫伴随着自行车哐当倒地，穆蓝揉着自己被撞疼的额头，看着眼前这个路灯，怪自己只顾着看车，没顾上看路，看看时间，快要迟到了，难得早起一次还是赶紧去上课吧，于是扶起自行车，穆蓝去了学校。

课上完，刚要走，代理辅导员江临川走了进来，穆蓝硬着头皮坐了下来，这些日子她逃课还有一个很重要的原因就是江临川还在。

江临川依然是翩翩公子的模样，比起几年前的稚嫩开朗，现在稳重成熟了不少，但是依旧帅气，总觉得是日本漫画里走出来的人物，例如工藤新一。

“同学们，咱们学校的运动会快要开始了，有需要报名的同学到班长那里报一下名，先前班长说报名的人很少，我看别的班都挺积极的，咱们班优秀的学生这么多，可不能被别的班看不起不是。我在这里先搁下话，谁要是得了好成绩，奖品丰盛。”江临川说话的时候总是眉飞色舞的，让很多女孩子都为之倾心。

“什么奖品啊？”

“是啊，不告诉我们什么奖品，我们可不参加啊。”

以往这种事情，穆蓝是很积极的，除了上课之外，穆蓝对学校里所有的活动都很积极，可是就因为站在台上的是江临川，她表现得很无所谓，有意无意地听着大家的谈话，心思早就不知道去了什么国度。

“穆蓝，去年你拿了一个一等奖呢，今年不参加吗？”班长很不合时宜地转过头对着最后一排的穆蓝说。

“好，我参加，三千米，帮我报上吧。辅导员，如果没有什么事，我就先回家了。”说完站起来，直接走出了教室，江临川想喊住她，但是还是把那亲昵的名字咽了下去。

教室里开始议论起来，“三千米？穆蓝去年报的是一百米两百米吧？”

“穆蓝同学，如果可以参加的话，尽量参加。”

听到这个称呼，穆蓝的身体自为之一震，穆蓝同学？对呀，现在的自己对于眼前这个男人来说岂不就是一个同学。穆蓝站定，锐利的眼光直逼江临川的心脏，那一束光芒穿透了江临川的心。

“好，再见。”说完，穆蓝大步流星地冲出教室，走得那么潇洒，走得那么落寞。

江临川的手机就在这个时候响了起来，一看号码，眉头紧皱，他匆匆地说了声：“没事了，同学们可以回宿舍了。”然后走出教室，接了电话，“喂，穆总……”

穆蓝清清楚楚地听见了这几个字，他们竟然还会有联系？他们之前所有的联系是建立在自己的基础上的，现在自己已经和江临川断绝了关系，为什么他们还会打电话？不对，老哥有事瞒着自己，这里肯定有故事。

想着想着，穆蓝便回了家，出乎意料的是穆城翼竟然还在家里。茶几上放着一壶茶，闻闻气味，名字记不得了，穆蓝只记得是穆城翼去日本的时候带回来了，平时都舍不得喝，看来这客人来头不小，搪瓷杯子里的茶水还冒着热气，看来客人走了没多久。

“老哥，你今天怎么又偷懒，没去上班呀？你看我，这么乖，还去上课。”穆蓝随意地把书包向沙发上一扔，坐在了穆城翼的身边。

“没什么，昨天把事情都处理清了，今天想休息一下。”

“家里来客人了吗？我看见了一辆玛莎拉蒂哎，超好看的！我看见这种车就有点儿HOLD不住了，你什么时候也给我买一辆玛莎拉蒂呀？”

“没有呀，哪有什么客人？哪有什么玛莎拉蒂？你又胡思乱想什么呢？”穆城翼不自然地拿起茶几上的报纸，看了起来。穆蓝清清楚楚地看见穆城翼额头的青筋暴起，这是他紧张的一贯表现。

他在撒谎！

“没有客人，你一个人用两个杯子喝茶吗？”穆蓝凑在穆城翼的耳边轻轻地说着，然后笑了笑，站起来，向楼上走去。

“哎，死丫头，那是我给你留着的。我一个，你一个，不是两个吗？别胡思乱想！”

穆蓝看看楼下一脸紧张的穆城翼，微微一笑，走上了楼梯。她也不去逼迫，她知道该说的时候，穆城翼自然就会说出来，不该说的，再怎么去逼，也得不到答案。

穆城翼一头冷汗，看来这件事瞒不住了，穆蓝是个聪明的孩子，她很快就能察觉出什么，可是他实在没有办法做出这个选择。

行走在每个陌生的城市里，艾生以给人画漫画为生，每张画稿十五块钱，基本上十分钟就可以搞定，偶尔生意冷淡，偶尔生意很火爆，筹够了路费，他便旅行去另一个城市，这就是艾生的生活，一个流浪者，用他自己的话说，自己是一片云彩，风吹向哪儿，自己就飘向哪儿。穆蓝总把自己九〇后的风格挂在嘴边，可是她却忽略了艾生和她一样也是九〇后，九〇后想做就去做，当初就是因为喜欢画画和旅行，不喜欢世俗那些纷纷扰扰的东西，只想一个人背着画夹走遍全世界，画遍全世界。

夜空中闪烁着无数的眼睛，在深蓝的幕布上，耀眼夺目，天空的街道上，这些路灯一样的星星照耀的舞台，不知道又在上演着怎样的故事。

艾生坐在板凳上，抱着画夹，面前的女孩子眉清目秀，艾生突然就想了穆蓝，一下子走了神，笔下乱了，不过还好画好了还是不错的，最起码那个女孩子很满意。临走，艾生没有收钱，他说最后一笔生意，免单了。女孩子开心地拿着画走了。

看看时间，艾生收拾好自己的东西，来到了自动取款机前，看看银行卡里的余额，他点点头，够了，是时候该离开了，下一站是日本，是时候见识一下日本的漫画高手了。他正想着打电话先预订一张机票，裤兜里的手机响了起来。

手机显示的是穆蓝，迟疑了一会儿，艾生决定接电话。

“怎么啦，找我有事啊？”

“没事啊，就是想看看你是不是还活着。”电话那头传来穆蓝带着嬉皮的声音，“哈哈，生气了吧？新世纪的阿哥，你怎么好久都没有出现了……”

听着电话里穆蓝熟悉而欢快的语调，艾生的嘴角便优美的上扬，如果走了，是不是再也见不到这个女孩子了？

“喂，你说话呀，死了啊？”只听见自己的自言自语，穆蓝着了急。

“我死了，你去拿谁寻开心呢，我还有事，有空见面。”艾生挂了电话，就在这一瞬间，他临时决定自己这片云彩在这里多停留一段时间，谁叫穆蓝这阵风的级别这么高呢。

电话那头的穆蓝还处于意犹未尽的状态，说实话，自己还真是喜欢和艾生这个家伙打交道。此时此刻，穆蓝舒舒服服地泡在浴缸里，想着一件事，她心里也着急，她知道穆城翼那边必定有事瞒着自己，可是究竟是什么事呢，穆蓝就是想破脑袋也想不出来。

她不知道在这个城市的另一个地方，自己的一通电话改变了一个男孩的命运，束缚住了一个人的脚步，从此，命运重新改写。

第二天，一清早，穆城翼急匆匆地开着车出了门，来到了薰衣草咖啡厅。穆城翼早就预订好了位置，楼上的雅间。

不一会儿，江临川就过来了。

“这么着急找我过来什么事？”江临川有一种不祥的预感。

“怕是瞒不住了，”穆城翼神情慌张，深深地叹一口气，眉间带着浓得化不开的愁，像是这搪瓷杯子里浓浓的咖啡。“我打算告诉蓝蓝真相。”

“真的要告诉她吗？你就不怕知道以后小蓝再一次受刺激，那边我可以去说的，可以暂时缓一缓，如果慢慢告诉她的话，或许伤害会小一点儿。”

“蓝蓝一天不知道和你的关系，她就一天惦记着你，每次见到你都处于发病的边缘，也许让她知道真相会好一点儿。她长大了，有些事情可以自己面对了。”穆城翼面色凝重地看着手里的咖啡，那些打着旋的咖啡，泛起一层白沫。

“小姐，你在这里做什么，请问你有预订吗?”服务员小姐温柔的声音。

两个人同时看向门口，江临川快步走过去打开门，看见穆蓝站在门口，服务员正想要把她赶出去。

看见江临川，穆蓝大步嚯嚯地走进去，尖锐的目光如同两把寒剑直逼穆城翼的心脏，她把双手按在桌子上，“老哥，我和他到底是什么关系？那边又是哪边？请你清清楚楚地告诉我。”穆蓝清楚地咬着字说。

“蓝蓝，你太过分了！竟然跟踪我!”穆城翼杯子一放，咖啡洒了出来，溅到了他的裤子上，他却丝毫没有发觉。

“不要转移话题，是我在问你！快回答我的问题!”穆蓝的忍耐也是很有限度的。

穆城翼一屁股坐到椅子上，低下了头，这些陈年旧事又一次从记忆深处拉回来，无疑是一块伤疤，再一次揭下已经结好的痂。不知道这个女孩子要怎么去承受这一切呢。

“小蓝，你先冷静一下，别这么激动。”江临川走过来，拉着穆蓝的胳膊，想要把她拉到椅子上坐下，穆蓝用力地把胳膊一甩。

“不想让我激动，就快点把真相告诉我！你们两个到底在说什么，为什么我都听不懂?”穆蓝瞪着两只大眼睛，熊熊燃烧的烈火似乎可以吞噬一个人的灵魂。

就在这个时候，穆城翼的手机响了起来，他接了电话，是自己的堂姐，电话那头传来堂姐焦急的声音，“城翼，你快点儿来医院，小豪出车祸了!”

穆城翼赶紧说好，挂了电话，穆城翼拿上自己的外套，“蓝蓝，有什么事情咱们回家说，小豪出车祸了，我必须马上去医院!”

“不准走。”穆蓝张开双臂挡住了穆城翼的去路，“话还没说清楚，谁也不许走。”

“别闹了，回家我把所有的事情都告诉你，但是现在有急事。”

“不行！我现在就要知道！你立刻马上告诉我!”

穆城翼突然把手举起来，可是他的手掌像是被什么东西缠住了一样，对，没错，是穆蓝的眼神，因为穆蓝的眼神，他的手掌迟迟落不下去。

“你打呀，像当初为了那个女人打我一样。”穆蓝梗着脖子，一副天不怕地不怕的样子。

穆城翼的手轻轻落下，推开穆蓝，走了出去，穆蓝像是一个木头人一样站在原地。江临川走过去，手轻轻地放在她的肩膀上，他可以感觉到穆蓝的身体在颤抖，那种很轻微的颤动，把人的怜悯心激发的不剩一丝一毫。

“小蓝，忘了吧，把以前的一切都忘了吧。”他的声音很轻很轻，仿佛风吹拂纱窗的声音，细微入耳，绵绵不绝。

穆蓝把手抬起来，很用力但是很慢的把江临川的手拿下去，“你可以忘记，可是我忘不掉，江临川，我不是回收站，删除了就没了，连个印儿都没有，对不起，我的电脑里没有DEL键。我和王子杰分手了，因为和他在一起的时候我没有感觉，为什么？因为脑子里的感觉全都是你留给我的!”说完，穆蓝走出了雅间。

江临川一个人留在这里，仔细回味着穆蓝的这句话，自己又何尝不是没有DEL键呢，要是真的和电脑一样就好了，嗯？这句话好像在什么地方见过，江临川仔细回想着，应该是一本杂志吧，又好像是哪一本书里，江临川不记得了。

穆城翼堂姐的儿子小豪出了车祸，好在命保住了，也度过了危险期，只是需要很长一段时间住院。穆城翼的堂姐夫公务繁忙，现在在国外忙着一桩生意，要三四天才能回来，所以这几天穆城翼必须待在医院里，正好躲过了穆蓝。

穆蓝已经不指望穆城翼会把真相告诉自己了，而江临川那边更不可能，她决定自己去查找真相，唯一的线索自然就是那天看见的玛莎拉蒂。有钱人虽然很多，但是能开得起这种车的女人在山京市里撑死了就五个，穆蓝决定就从这辆车下手。

于是她找到了艾生，好几天不见这个女孩儿了，艾生再见，吓了一跳，变化这么大，完全没有以往的神采，有着很黑的眼圈，脸上还有几个不伤大雅的痘痘，精神看上去也不好。

穆蓝把手一伸，“摩托车钥匙拿来。”

“喂，这是我的车，又不是你的，你向我借车可不可以礼貌一点。”

“我有急事，我没时间和你礼貌。”

当听完穆蓝讲述着一段扑朔迷离的东西时，艾生还真是对眼前的女孩子“肃然起敬”。

“平时见你挺聪明的，怎么关键时刻就傻了呢？”

“我怎么傻了？”

“首先，你敢肯定那辆玛莎拉蒂的主人就是和你哥哥私自见面的人吗？万一那人是借来的车呢？你有没有记下车牌号，说不定是外省市的，如果是，你就是把山京市翻个底朝天也还是一无所获啊。”

听了艾生的分析，穆蓝也觉得有道理，但是就是不肯服输，更不肯在艾生面前服输。

“女孩子是有第六感的好不好？我相信我的判断没有错，再说了，能不能找到是我自己的事情，跟你又没关系，你只要借给我摩托车就好了。”

“那好，我带你去一个地方，说不定你可以在那里找到你想要找的东西。”

穆蓝怀疑地看着艾生，这个小子永远都有那么多地方，可是她永远会无条件的相信艾生，艾生骑着摩托车载着穆蓝来到了一家酒吧。

竟然是酒吧！穆蓝看着酒吧的名字还觉得挺搞笑的，叫逗乐。逗乐还真是逗乐啊。

“不要小看这家外表装潢很差劲的酒吧，去里面你就会发现这里都是有钱人，据说里面的装修非常豪华，一些有钱人和明星为了掩人耳目才会来这里，看到那个门了吗？”艾生指指酒吧的玻璃门，“没有会员卡，进不去的，停车场在前面，你可以去找玛莎拉蒂。”

“你怎么对这里这么熟悉？”穆蓝忽然觉得艾生还真是不简单呢。

“我以前在这里画画，过惯了富有的生活，那些小情人对这种小资情调很感兴趣，找我画画的很多，而且出手很阔绰，不过我只画了一天就不来了，这里太乱。”

两个人聊着去了停车场，突然一阵嘈杂的声音传过来，只见一群人拿着手机相机还有纸笔正围着一个戴墨镜的女人和一个富态的男人。

“戴若怡！帮我签个名吧！”

“怡姐，合个影好不好？我超喜欢你的！”

……

这群人叽叽喳喳的，那个戴墨镜的女人很镇定地接过伸向眼前的纸和笔，一一签名，微笑地离开，在经过穆蓝和艾生的时候，她轻轻地扫了一眼，穆蓝正巧和这个女人四目相对。穆蓝一惊，这个眼神，好熟悉，好像在哪里见过，她扫描着脑海中每一个角落，却没能发现什么线索。可是，这个眼神……

“哎，好像是明星哎，你不去看看吗?”艾生用身体拱拱穆蓝。

“有什么了不起的，我又不知道她是谁，八成是过气的明星，没兴趣啦，我们回去吧，我饿了，想吃东西。”穆蓝耸耸肩，对于追星族这个名词，她觉得那已经是八○后的风格了，出现在上个世纪。

“你不是要找玛莎拉蒂吗?”

“不找啦！姑奶奶现在没兴趣啦，我们九○后呢，就是这样想做什么就做什么，做到一半不想做了，我们立马转身，不过今天倒是有收获，我回头发个帖子，告诉广大的童鞋们，想要追星，多出门就好啦。”

接下来的几天，穆蓝开始规规矩矩地上课，这是她的反常表现。M 大学分学院的运动会马上就要开始了，全学院的人都在积极备战，不仅仅是因为这次运动会拿到名次可以加分，更多的原因是奖品。这次的奖品又是木星集团提供的，奖品丰盛的让人想要流口水，有人在暗暗的揣测，今年的奖品里会不会有 iPhone 之类的东西，如果真的有，那就是拼了命也要争一下。已经报名参加三千米跑的穆蓝丝毫没有调动情绪去迎接这场比赛，她不缺 iPhone，因为前一段时间刚拿到限量版的 iPhone 4，要是奖品里有自己的身世真相，她绝对会拼一把。

不巧的是，辅导员回来了，所以江临川这个代理辅导员自然就可以下岗了，这样也避免了遇见穆蓝的尴尬。穆蓝暗暗咒骂，连老天爷都不帮自己，江临川心肠那么软，自己多发几次威，估计这个答案就有了。可是老天爷不给机会。

终于迎来了运动会。

开幕式上木星集团的代表着实让人大跌眼镜，说是什么什么经理，用穆蓝的话说那就是哈雷彗星撞了地球的时候，不小心撞到了他的脸，整个脸像是月亮表面一样凹凸不平。穆蓝恨不得立刻给穆城翼打电话，换掉这个经理吧，不要再给木星丢脸了，可是一想到自己和穆城翼在冷战，于是就 pass 掉了。

三千米的比赛是在下午，整个运动会径赛的结束就是这场三千米跑，全校的学生都很关注，每个参加三千米的同学都在做着热身活动，只有穆蓝把手插在裤兜里，一副怡然自得的样子。

谁都知道报名三千米的一共七个人，只要干掉一个人就可以为班级挣得分数，稍微努力一下，没准能拿上前三名呢，可是穆蓝压根就不在乎。

发令枪响了，穆蓝像一支离弦的箭“嗖”地冲了出去，糟了！这是不对了，犯了长跑的大忌，一开始应该是给自己找一个合适的位置，而不是像百米冲刺那样，前半段体力耗尽了，后半段就没办法加速了。

穆蓝可不管那些，只管冲刺，没错，她只是在发泄，她想尝试一下筋疲力尽的感觉，想尝试一下将要虚脱的感觉。果然，在跑了两圈之后，有两个同学已经不行了，直接退出了比赛，这个时候，穆蓝的心跳已经加速到疼痛的地步，呼吸加快了，她不得不张开嘴来用力呼吸。到第4圈的时候，又有一个同学支撑不住了，穆蓝只能听见自己的心跳和大口呼吸的声音，周围同学呐喊的声音她都听不到了，全世界都安静了，她还在用力的摆动着双臂。

在第五圈的时候，穆蓝突然就想放弃了，可是这个时候已经还有四个人在跑了，也就是说超过一个人，就可以跑进前三名，穆蓝不在意成绩的排名，她只是需要一个发泄的场所，可是跑到这个地方的时候，她知道自己选错了场所。

突然一个声音传进了她的耳朵，就夹杂在自己的心跳声和呼吸声中间。

“小蓝，加油!”

穆蓝转头，努力的睁开眼睛，她的视线已经是一片模糊了，没错，是江临川，那个她生命里最爱的男人，他是特意来为自己加油的吗？穆蓝想要微笑，此时此刻她的脑海中浮现的是和江临川在海边牵手的画面，那么温馨，那么浪漫，穆蓝微笑着，对着江临川。

## 第八章

“胡闹！低血糖低血压的人怎么能参加三千米的长跑呢？简直是胡闹!”校医一边怒斥着，一边开药，江临川站在一边不说话，时而看看医生，时而看看躺在床上的穆蓝。脸上的汗珠不断的淌下来，不知道是因为刚才背着穆蓝累的，还是因为太着急了，太担心穆蓝了。

穆蓝缓缓地睁开眼睛，长长的睫毛上有着些许水滴，不知道是泪水还是汗水，脸色还是有些发白，嘴唇已经失去了血色。眼前的世界开始清晰起来，原来自己不是幻觉也不是做梦，江临川真的在那里，穆蓝还是微笑，因为在三千米的尽头，一种濒临死的感觉的时候，她唯一不能控制的就是对着江临川微笑。

江临川看见穆蓝睁开眼睛了，走了过去，一脸的凝重。

“醒了？刚才跑步晕倒了，医生说你低血糖还有些低血压，休息一会儿就没事了。怎么样，还有什么地方不舒服吗？”江临川温柔的语气，像春天的暖风直吹进了人的心底。

穆蓝突然坐起来，双臂紧紧地抱住江临川。

“我这辈子最喜欢的人还是你，我忘不掉你，我不要你离开我。”

江临川的手在颤抖，那一刻，他也很想把穆蓝抱在怀里，像是当初那样，亲密无间，他颤抖的手一瞬间停住，推开穆蓝。

“小蓝，我们不可能的，你别这样。”江临川神情慌张地低着头。

“为什么？为什么不可能？难道你不想和我在一起吗？我敢肯定，你还是爱我的，你忘不掉我！你想和我在一起！只要你想你就能和我在一起。”

“我不是不想，是不能。”说完这句话，江临川匆匆地走出了学校医务室。

不能？为什么会不能？他们是仇人？他们上一辈有恩怨？还是他们是失散多年的兄妹，穆蓝觉得很可笑，这些在电视剧里的狗血情节，怎么会发生在自己身上呢。

没过多一会儿，穆城翼就匆匆地赶过来了，想必江临川出门的第一时间就是通知穆城翼。穆城翼向医生询问了很多，才走到穆蓝身边，“蓝蓝，怎么样，感觉好点儿了吗？”

“老哥，你告诉我，为什么江临川不能爱我？为什么我们不能在一起？”穆蓝的语气很平静，也许是身体还有些虚弱的原因。

穆城翼垂下眼睑，默默地叹了口气，“蓝蓝，咱们以后再说这件事好吗？等你身体好了，咱们坐下来慢慢谈，我肯定把所有事告诉你，咱们先回家，好不好？”穆城翼的语气十分温和，也只有在穆蓝生病的时候，穆城翼才会表现出一个兄长特有的温柔。

穆蓝点点头，她想折腾，可是没力气，没精力，也没有心劲儿。

本身就是血糖低，穆蓝回了家，好吃好喝地过了几天舒服日子，精神头就回来了。小保姆紫鹃也从乡下探亲回来了，每天都变着花样的给穆蓝做好吃的，穆城翼也特别审批可以不去上课，穆蓝可真是享了福，暂时把自己惦记的事忘记了。正应了穆城翼的话，没心没肺，胡吃闷睡。

早餐时间。

“蓝蓝，你今天有课吗?”穆城翼问。

“有吧?不知道!也许有，也许没有。”穆蓝叼着筷子想了想，回答说。

“身为一个学生，连自己今天有课没课都不知道，我刚才看了你房间里的课程表，今天早上有课，你也歇够了，吃饱了上课去吧。”

“嗯，嗯，嗯，身体刚好，你又开始你的封建家长专制制度了。”穆蓝撇撇嘴，站起来，回卧室拿上自己的书包，踩上捷安特出了门。

看着穆蓝出了家门，穆城翼才放下心来，“紫鹃，泡一壶茶，就用我上次从日本带回来的那个茶叶，那个茶叶口感好，够档次。”

“穆总，今天咱们家有客人来?还是很有档次的客人?”紫鹃问。

“对。”穆城翼忧心忡忡地望着门外，该来的总是会来，躲不过去的。

穆蓝骑着自行车，一边骑一边看着马路上的来来往往的车辆，她突然就停了下来。不对，穆城翼为什么今天突然要自己去上课?别说是自己前段时间身体不好，就是之前，也没有这么着急的催自己上过课，顶多就是唠叨两句罢了。这里面一定有蹊跷，她迅速掉头，用力地踩着自行车，刚一到家，就看见那辆玛莎拉蒂停在自己家的院子里。穆蓝停好自行车，直奔客厅，她本以为这辆玛莎拉蒂的主人会是一个浑身上下散发着香气的女人，浓妆艳抹，珠光宝气，没想到坐在自己家沙发上和老哥聊天的竟然是一个年轻的二十来岁的小伙子!

让穆蓝大跌眼镜。

看见站在门口的穆蓝，穆城翼吓了一跳，那个二十来岁的小伙子看见穆蓝赶紧站起来，“这位就是穆小姐吧?”

“蓝蓝，你怎么回来了?”穆城翼故作镇定。

“没想到吧，我来了一个回马枪，我就想看看你背着我在搞什么名堂?老哥，这个人是谁?”

“穆小姐，你好，我是戴若怡的助理，今天是代替戴若怡来和穆先生谈一点事情。”

穆城翼沉默良久，终于还是把这一切告诉了穆蓝。

戴若怡十六岁进入演艺圈，以清纯玉女的形象深得人心，但是入行的前几年一直是不红不黑，拍的几部电影票房也不算高。二十岁的时候为了打一场翻身仗，她与著名的导演私下甚好，发展了一场地下恋情，获得了当时一个众人争抢的角色。正是这部电影让她一炮走红，可是就在这个时候，她发现自己怀上了导演的孩子，因为当时那名导演已经是有妇之夫，并且还有一个不满一周岁的儿子，但是与戴若怡感情太深，于是决心离婚迎娶戴若怡，可是戴若怡正值当红之际，一旦结婚就会成为娱乐圈的丑闻，她不愿意把这件事公布于众，不想毁掉自己的演艺事业，两个人商量无果，最终分道扬镳。戴若怡生下孩子便丢弃了，继续做她的艺人，继续自己的事业，和导演再无来往。

那个被戴若怡丢弃的孩子就是穆蓝，穆蓝的奶奶实际上和她一点儿血缘关系都没有，只是在路上捡到了穆蓝，而那个导演的儿子就是江临川。

如今，戴若怡已经很少拍电影了，年纪大了，开始从台前转向幕后，投资公司，包装艺人，做制片人，如今在演艺界依然有一席之地。

也就是说江临川和穆蓝是同父异母的兄妹，他们当然不能谈恋爱。

“穆小姐，我是来代表怡姐和穆先生来谈的，她最近很忙，抽不出时间来，怡姐很希望你可以回到她身边，弥补这么多年对你的愧疚。”这个小伙子是戴若怡的助理，讲话文质彬彬的。

“不必了既然是愧疚就一辈子也没法弥补！”穆蓝说完，跑上了楼，“砰”的一声关上自己的房门，把自己锁在了房间里。

“我想今天看来是没有办法谈这件事了，你回去告诉戴小姐，等蓝蓝接受了这个事实，再来谈吧，这件事不能着急，蓝蓝的性格就是这样，而且她有抑郁症，不能受刺激。”

“穆先生，我希望你可以了解，穆蓝小姐本来就是怡姐的女儿，当年的失散是情非得已，如果您不把穆蓝小姐的抚养权交出来的话，我们只好法庭上见了。怡姐也已经找了律师，她希望和平解决这件事，但是不排除会通过法律手段的，我先告辞了。”助理和穆城翼说话的口气和与穆蓝说话的口气简直判若两人。

穆城翼心想不愧是戴若怡的助理，连口气都这么相像。穆城翼看看楼上紧闭的房门，没有走上去，还是让她自己先来消化一下这件事吧，她长大了，相信她有自己的判断，能够自己试着去接受这个事实。他知道给穆蓝造成困扰的或许不是因为一个妈妈的突然出现，而是她终于知道自己和江临川是绝对不可能在一起了。

夜，吞噬了光明，一道闪电划破天际，将黑幕一般的天空划分为二，星星和月亮偷偷地躲了起来，黑压压的云彩像是要压垮这个混沌的世界，随着一声响雷，雨，瓢泼而下。

一个瘦小的身影站在这瓢泼大雨中，像是要把自己洗刷干净。雨水顺着她的头发刷刷而下，她睁不开眼睛，任由雨水的冲刷。在雨中，她的身体在瑟瑟发抖，雨冷，天冷，心更冷。然后，她倒了下去，不知道是因为无法承受雨水强大的冲击力，还是因为心灵无法承受亲情之重。

穆蓝高烧三天三夜，穆城翼在床边守了三天三夜。醒过来的时候，穆蓝再一次犯病了，这一次似乎比任何时候都严重，因为她不仅仅是不说话，就连动都不动，一个人蜷缩在阳台上躲在窗帘后面，目光痴痴地看着外面的天空。

穆城翼请来山京市最好的医生给穆蓝诊治，医生摇摇头说，穆蓝的身体一切正常，可能就是受了比较大的刺激才会这样。

穆城翼想到了安慈，只是当初自己那样拒绝了安慈的好意，她还愿意给穆蓝治病吗？于是穆城翼去别的心理诊所请来了心理医生。

医生从穆蓝的卧室走出来，心平气和地对穆城翼说："我们心理医生和医生是不一样的，病人对医生是有依赖性的，病人之前看过别的心理医生吗？"

"看过，这有关系吗？"

"有，当然有，以前的心理医生看过她，她就会对之前的医生有依赖感和归属感，当我在她面前的时候，她只会排斥，不接受，所以我没有办法开展我的治疗，对不起。"

"那没有别的办法吗？"

"现在就只有把她从前的医生找回来，如果让其他医生介入的话，恐怕会很难。"

听了医生的话，穆城翼陷入深思，为了穆蓝，他只好放下自己的尊严联系安慈，安慈接到电话，没有丝毫地犹豫便赶到了穆家。

再次见面，有些尴尬，穆城翼不知道如何说第一句话，出乎意料的是安慈先开了口。

"我可以先看看我的病人吗？"安慈和从前没有任何区别，依然温婉动人。

语气很生疏，让穆城翼顿生距离感。

然后安慈微笑，涂了玫瑰红唇彩的嘴唇微微翘起，那笑容不仅仅是一个迷人可以概括的，穆城翼也坦然一笑，就在这笑容中间，两个人冰释前嫌。

穆城翼立即带着安慈来到了穆蓝的房间，看见穆蓝蜷缩在那里，坐在地上抱着自己的双腿，下巴垫在膝盖上，看着窗外愣愣的出神。安慈的心在颤动。她不是一次两次见过这样的病人，可是见到穆蓝的时候，她的心里不仅仅是纯粹的医生对患者痛楚的了解，也不是因为眼前的这个女孩子是自己喜欢的人的掌上明珠，更多是这个女孩曾经是多么的天真烂漫活泼可爱，而如今她就像是一只被人丢弃的小猫，一个可怜虫，除了蜷缩在自己的世界，什么也不会。

安慈深吸一口气，走到了穆蓝身边，轻轻地把手放在穆蓝的肩膀上，“蓝蓝，你能不能告诉我，你一直盯着外面看，你在看什么啊？”

穆蓝好半天才转过头，看看安慈，眼光温润无光，只看了一眼又转过头去，“安姐姐，你看天上有人在演戏，好好看。”听穆蓝语气感觉像是一个没有灵魂的人来回飘荡。

“什么戏？你能不能讲给我听啊。”安慈试图去了解穆蓝现在所想。

“你自己不会看吗？”穆蓝说完，就再也不说话，眼睛眨也不眨地看着天上。

安慈叹了口气，默默地走出了穆蓝的房间，头一低，眼泪簌簌而下，滴落到地板上，掷地有声。穆城翼看见安慈神情异样，连忙关切的询问：“安医生，你怎么了？蓝蓝怎么样？”

安慈用指尖轻轻地将眼泪拭干，“这一次蓝蓝的病看来不轻啊，她现在根本就是拒绝和一切人交谈，包括我，不过你放心，我会用一切办法治疗的。”

“安医生，我看你暂时住在我们这里吧，总让你跑来跑去也很不方便。你住在这里，蓝蓝突然有什么事，也可以及时找你，钱的事……”

刚刚说到这里，穆城翼的话就被安慈尖锐的目光打断了。安慈的目光像一把利剑狠狠地刺向穆城翼，“你的眼里除了钱还有别的吗？穆城翼，想不到你和别人没有什么两样。”安慈冷笑一声，走到楼梯口停了下来，“帮我准备一个房间，最好安排在蓝蓝的隔壁。”说完，踩着高跟鞋下了楼，节奏有些沉重。

穆城翼感觉自己在这个女人面前好渺小，这是从来没有过的感觉，他一直觉得自己是一个视金钱为粪土的人，没想到自己开口闭口也还是钱。就连当初在陈慈安面前，自己还不是想要用金钱去俘获她的心，想要用钱收买一切，这才是错误的根源。

安慈搬进了穆家，每天都在穆蓝的房间里，在穆蓝状态好一点儿的时候，陪她说说话，做做心理治疗，而穆城翼什么忙也帮不上，除了按照安慈的要求准备一些吃的用的之外，他觉得自己毫无用处，和安慈之间也多了一条无法逾越的鸿沟，他们基本上都不说话。

穆蓝的情况稍稍好转，只是她还是喜欢蜷缩在自己的角落里不动不说话，安慈也一直守在她的身边，“蓝蓝，你总说天上的人在演戏，你喜欢看吗?”

穆蓝点点头，可是刚刚点过头，却又摇摇头。

安慈点了点头，她现在已经基本确定穆蓝在逃避现实，她不想接受那个现实，所以她宁愿那是一群人演的一出戏，她更愿意作为一个旁观者来看待这件事，而不是一个主角。

“蓝蓝，大家都喜欢看戏，可是这戏呀大部分都是反映生活的，你没听说过一句话吗?艺术取源于生活而高于生活，我们应该从戏里悟出一些道理，而不是看热闹。”安慈仔细观察着穆蓝的反应，她流泪了，安慈很欣慰。如果她流泪的话，证明她并没有完全麻木，她还有自己的感情，安慈把穆蓝的手握在手心里，“你可以逃避，可以继续看戏，但是你别忘了，你还有老哥呢，他是你永远的港湾，只要你愿意，他一辈子都会守着你。”

穆城翼把门打开了一条缝，他看见安慈一直面带微笑把穆蓝的手握在手心，阳光洒在她们身上，就像是女神一样屹立在那里，他欣慰地笑了。他把门关好，站在走廊里，俯瞰自己的房子，这么大这么空旷。

门开了，安慈走了出来，看见穆城翼站在这里有些惊讶，难不成刚才他一直看自己给穆蓝进行言语治疗?“穆先生。”

“嗯?”穆城翼转过身来，看见安慈，“啊……我刚才在门口看了一下，蓝蓝怎么样了?”

“很好，正在慢慢恢复，我想让她接受那个现实是不太可能的，还是先让她恢复正常，再让她以正常人的心理去接受事实，所以我利用了你。”

“利用我?”穆城翼有些不解。

“这么多年你都是她的依靠，所以这个时候利用你的存在恰到好处，只要她知道无论发生任何事你都会在，那就行了，我有点儿累了，想回房间休息一下，有什么事尽管喊我。”

“好，你去吧。”

安慈点下头，去了自己的房间，穆城翼望着她的背影，又想起了那个女人，那个把自己骗得很惨的女人。他用力摇晃一下脑袋，不，她已经成为过去了，自己不应该用那样的眼光看着安慈，安慈永远都是安慈，她有自己的特色，是任何人都无法替代的。

穆蓝开始慢慢地说话了，偶尔会和安慈多说几句话，情况在慢慢地好转，直到有一天，紫鹃在门口收到了一份快递，拿了进来。

“穆总，你看这是寄给蓝蓝的快递。”紫鹃把包裹交到穆城翼手上。

“没什么可大惊小怪的，蓝蓝就喜欢网购，懒得出去逛，给她拿到房间去吧。”刚说完，穆城翼立即意识到情况不对，穆蓝已经病了好多天了，快递大多三天就到了，就是之前买的快递也早就该到了，快递最迟也不会超过一星期啊。安慈也奇怪的凑过来。

穆城翼赶紧把那个包裹拿过来，仔细看了看，似乎是哪家出版社寄过来的，他拆开来看，三本书，一模一样的，名字叫做《你是我的风向标》，里面还有一张字条。

穆蓝小姐：

样书三本送上，再接再厉啊，祝新书大卖。

“那是我的！”一个凌厉的声音穿过空气传遍了整个客厅里，似乎还有隐隐约约的回声，他们一起转过头去，看见穆蓝站在楼梯上，穿着平日里最喜欢穿的牛仔裤，白色的小衬衫，马尾高高的竖起，她回来了！

穆蓝走到穆城翼面前，从他怀里把书抢过去，吐吐舌头，跑上了楼，一边跑一边打电话：“喂，刘编辑，样书我收到了，封面很好看嘛，好啊，以后再合作，拜拜。”

安慈和穆城翼赶紧跟到了楼上，透过卧室的门缝看见穆蓝坐在电脑前，电脑的屏幕正在显示开机画面，而穆蓝正拿着书欣赏着。

他们两个人激动地抓住彼此的双手，开心地叫起来：“她好了，她好了！”突然的喜悦，让两个人都有些忘形，忘形过后，突然醒悟，像是触电一样把手松开，气氛很尴尬，安慈将鬓角的碎发拢到耳后，穆城翼则是不安地搓着手，一时间找不到任何话说。

“出去啦！不要在门口又喊又叫的！你们影响了我哎！”穆蓝在房间里喊了一声，紧接着就走到门口，把两个人关在了门外。

“对了，那几本书？蓝蓝是个作家？她怎么可能是个作家呢？”刚才因为太开心了，竟然把这么关键的事情给忘了。

“她是你的妹妹，每天就生活在你的眼皮底下，你连你自己的妹妹是作家都不知道，太不关心了吧？”安慈调皮地问，这些天她那根紧绷的神经也终于可以松一松了。

穆城翼在自己房间里上网搜查才发现，穆蓝的确是个作家。

花木蓝，原名穆蓝，十三岁开始在网络连载自己的小说，直到十七岁一部《狂舞的青春》引起了广大小说爱好者的注意。这部小说每天创下了十几万的点击率，随后由出版社出版发行，刚一上市销量过万，大家开始关注花木蓝之前的作品，四年如一日的坚持换来了这个女孩子今天的成就。花木蓝早期作品多以描写花样少男少女之间的爱情的故事，后来改变路线，以青春励志小说为主，她的小说有的还被改编成了偶像剧。花木蓝无疑已经很红了，可是她为人很低调，没有做过一场签售，没有在网络或是书刊里发过自己的一张照片，只是据某些编辑透露，花木蓝是个绝对的九〇后美女作家。

看到这些信息的时候，用“震惊”已经不足以形容穆城翼了，没想到就在自己的眼皮底下，竟然出了一个畅销女作家，这是对自己的一种亵渎，同时也是一种鄙视。他自以为对穆蓝已经照顾得无微不至了，大事管小事管，甚至连穆蓝生理期到来的时候，作为一个哥哥，他都会提醒要她注意很多事情，可是没想到自己连自己的妹妹是个作家都不知道。

那天晚上穆城翼一个人坐在楼顶喝酒，风把他的头发吹的凌乱，这个风华正茂的男人有一种颓废的美感，月光洒在他的身上，给他镀上了一层银光，照亮了他通红的脸，星星在深蓝色的布幔上偷偷地眨着眼，像是在嘲弄着这个颓废的男人。

一双小巧玲珑的脚出现在穆城翼的眼下，穆城翼抬头看看，是安慈，他继续喝自己的酒，没有要停下来的意思。

“我是不是很失败？感情世界一片空白，好不容易自己的初恋回来了，本以为自己可以安然享受余下的人生了，却发现被人骗了；自己的妹妹，当了这么多年的作家，自己竟然都不知道。别人看来我那么有成就，其实我是个很失败的人，你是不是也觉得我很失败？”穆城翼冷笑，随着风灌一口啤酒，这么多年从来没有觉得自己这么失败过。

安慈在穆城翼身边坐了下来，“其实，人的失败与否是要相对而言的，我不觉得你失败，蓝蓝不是你的亲妹妹，只比你小十岁，你能在十八岁的时候决定收养这个孩子，你比谁都成功。不过，你确实应该把心思放在自己的感情上了，一个成功的男人，事业感情双赢才是真正的强者。只在事业上有所成就的男人多少让人觉得有些不完美，这是我的理解。”

两个人都沉默了，啤酒罐滚落的声音打破了两个人的沉默。

“那边黑压压的轮廓是山吗？”安慈突然用激动的语调指着远处那一片朦胧问。

“是，我们家挺偏僻的，能看见山，据说我爷爷建别墅的时候也是因为喜欢这个景色。”

“那我们看日出好不好，等太阳出来的那一刻。我上一次看日出，已经不记得是什么时候了。”安慈的脸上露出了小孩子似的笑脸。

穆城翼看着安慈脸上喜悦的表情，她开心得像个孩子，“好啊，不过现在还早，你可别睡着了。”

两个人坐在房顶上天南海北地聊着，这是他们第一次不是以一个心理医生和病人家属的身份聊天，时而大笑，时而沉默，整个空间里都是他们的，没有一点儿距离。聊着聊着，安慈睡着了，穆城翼把她的头轻轻地放在自己的肩头，把自己的外套脱下来披到她身上，静静地看着这个女人，好像除了陈慈安和穆蓝之外，还没有和哪一个女人这样近距离地接触过。她表情恬淡，嘴角挂着微微的笑意，眼睫毛还在扇动着，想必是在做梦吧，穆城翼笑了笑。

第二天，清晨，天空泛起了鱼肚白，当太阳羞涩的在山头慢慢的浮起来的时候，万道光芒齐齐射来，穆城翼睁开眼睛，看着远处的太阳一点点儿的把笑脸露出来，紧接着光明充满了整个世界。他想把安慈叫醒，但是又停止了动作，因为她睡得好安详，像是童话故事里的睡美人，真的不忍心把她吵醒，不忍心打破这一幅美好的画面。

直到太阳完全升起来，安慈才从沉睡中醒来，揉揉眼睛，还觉得有些刺眼，“啊？都已经出来了啊，怎么没有喊我？”安慈看见自己身上的外套，又看看穆城翼。

“没关系，以后还有的是机会啊，不早了，该去吃早点了。”说着，穆城翼站起来，走了下去。

以后还有的是机会？这句话是什么意思？是在告诉自己以后还可以一起看日出吗？安慈把这句话来来回回地在心里过了一遍又一遍。

在房顶待了一夜的结果就是感冒了，穆城翼狂打喷嚏，鼻涕也狂流不止，手里抱着一卷卫生纸来回擦，让安慈备感内疚。要不是因为自己睡着了，穆城翼也不会把外套脱下来给自己，不脱下外套自然也就不会感冒了。

安慈忙里忙外，一会儿给穆城翼倒水，一会儿给穆城翼拿药。穆蓝则趴在楼梯上看热闹。

“哎呀，老哥呀，你这感冒来得可真是时候，人家安姐姐要回家了，你这突然感冒了，让人家觉得过意不去，还得照顾你，这赶巧了啊。”

“去去去，哪有你的事，阿嚏！”刚说一句话，一个喷嚏打过来，穆城翼赶紧擦鼻涕。

“安姐姐，你不是觉得对不起我老哥吗？干脆就先别走了，等我老哥好了再回家吧。老哥感冒多少也是和你有些关系的呀，好不好呀？”

“胡说什么？阿嚏！”又是一个喷嚏。

“哈哈，老哥，你遭报应喽！”穆蓝幸灾乐祸地看着狂打喷嚏的穆城翼，“安姐姐，你看我老哥这鼻子红彤彤的像什么啊？”

安慈想了想说：“像是我们小时候吃的一种雪糕，名字就叫红鼻子，哈哈。”安慈笑了出来，她很少这样开怀地笑，一个心理医生总是端庄而典雅的。

“我也吃过，小时候特别喜欢，一块钱一根，阿嚏！在那个时候吃一个红鼻子会被人羡慕死的，那可是最贵的雪糕，阿嚏！”穆城翼一说话就开始狂打喷嚏。

“对，对，对，我还记得那个时候正在播出《舒克贝塔》，一边舔着红鼻子一边看《舒克贝塔》，我表妹看着我流口水呢。”似乎勾起了安慈的回忆。

“还有《黑猫警长》《葫芦兄弟》，阿嚏！我最爱看《忍者神龟》和《圣斗士星矢》。”

穆蓝撇撇嘴，“什么啊，听都没听过，你们继续回忆童年，我回房间看我的《喜洋洋与灰太狼》去。”回到房间，穆蓝有些怅然若失的感觉，她虽然接受了自己的身世，但是还想不出如何面对这个局面，如何面对那个丢弃自己的女人，还有江临川，上天和自己开了一个好大的玩笑，自己最喜欢最爱的男孩子竟然是自己同父异母的哥哥。这些在自己小说里在韩剧里出现的狗血情节竟然就这样发生在了自己身上，要知道那可是八〇后的情节了啊。

穆蓝有时候就想干脆一辈子抑郁好了，这样就不会面对这些错综复杂的关系，可是一辈子抑郁又会失去很多东西，比如说自己最爱的写作，还有穆城翼。

于是，穆蓝去找艾生，艾生就像一本百科全书一样总会有自己想要的答案。

依然是那座大厦的楼顶，依然是风习习吹来，依然是同样的人，当听完穆蓝的叙述，艾生眯着眼看着眼前这个女孩子，是有一颗多大的心脏才能承受这么多的悲伤？穆蓝是不幸的，一出生就被别人丢弃了，穆蓝又是幸运的，她遇上了穆城翼。她最大的不幸不是被人丢弃，而是爱上了自己的哥哥江临川，可是她最大的幸运，还是穆城翼。

“喂，你说话呀，我找你来，不是让你那两个小眼睛盯着我看的!”

“照我说你应该心胸宽广一点，原谅你妈妈，原谅所有人。如果不，痛苦的只会是你自己。”艾生转过头去，看着远处的天空说。

“心胸宽广一点？你的意思是我心胸狭窄是不是？我妈妈？我才没有妈妈！一出生就把我丢弃，算什么妈妈，她眼里只有她自己的事业，只有她的粉丝，根本没有我这个女儿。在这个世界上，我的亲人只有穆城翼，穆城翼一个人你懂不懂?!”穆蓝开始咆哮，艾生几句话将她内心的火焰全部点燃爆发，吼完了，穆蓝才慢慢地平静下来。

“又不是我的错，你对我吼什么？是你叫我来的，叫我帮你出主意，你又对我吼？穆蓝同学，未免有些过分了。”艾生他挑着眉毛，望着眼前这个张狂的女孩。

“好，好，好，是我不对，您大人有大量，原谅小的啊，我就是气不过。好了，我知道该怎么办了，拜拜，改天请你吃饭。”说完，穆蓝就走。

艾生想喊住她，却又不知道喊住了要说什么，想起自己接到穆蓝电话时欣喜若狂的样子，好久没有见到这个女孩了，不知道她在忙什么，有时真的很想联系她，不知道多少次手指就停留在穆蓝的电话号码处，也有时已经编辑好了短信又删掉，真的见了面，他却没有办法表达自己的任何情绪。

艾生想自己可能被这个神出鬼没的女子迷住了，没错，穆蓝就是一个妖孽，一个专门偷走别人心的妖孽。最可怕的是明明知道她是妖孽，却还是无法自拔。

安慈执意要搬走，毕竟自己只是作为一个医生住在这个家里的，现在穆蓝已经康复了，也就没有必要再住下去，免得遭人话柄。她把自己住过的卧室收拾得干干净净，穆城翼还在感冒，总是流鼻涕，不过喷嚏倒是不打了。

“安医生，你看蓝蓝刚好，你就走了，我们还没来得及谢你呢，这怎么好意思呢。”穆城翼有些局促地说。

“没关系的，这是我一个做医生的责任，现在蓝蓝好了，不需要医生了，我自然得回去，而且，我那边还有一堆病人等着我呢。”安慈拎着自己的行李说。

“也对，我们也不能太自私了，把你这个医生占为已有，我这感冒了，也怕传染给你。你就先回去吧，改天有时间，再好好谢你。”

“你这感冒没什么的，记得吃药，一个星期就好了，我先走了。”

安慈拎着自己的行李，穆城翼正要去送她，刚刚走到门口，穆蓝就从楼上跑了下来。

“我做出了一个重大的决定，我要见那个把我丢弃的女人!”穆蓝站在楼梯上，趾高气扬地俯视着他们，像是一个骄傲的公主。

“蓝蓝，你怎么突然?”穆城翼惊异地看着穆蓝。

“我不是突然，”穆蓝不等穆城翼把话说完，就打断了他，“我想了很久了，总这么拖着也不是办法，我就是要见她。这场十多年的恩怨早就该结束了，就让我做个了结吧，省得一直拖着事情更多了。”说完，穆蓝又跑回了楼上。

这个决定吓坏了穆城翼，前一段时间穆蓝病得那样严重，她已经脆弱得就像是秋天枯萎的小草，一阵风吹来都可以殒命，真的禁受不住任何刺激了，万一见到了那个女人犯了病怎么办，这次把她治好费了这么大劲儿。

“安医生，你觉得我该怎么办?”穆城翼的眉毛又蹙成了一团。

“既然是蓝蓝决定要见的，那还是见吧，不要违背了她。我知道你在担心什么，你放心吧，我相信蓝蓝不是那种越打击越脆弱的人，蓝蓝很坚强的，来自外界的各种刺激根本无法避免，躲是躲不开的，唯一的办法就是让自己变得强大。这几天，你先观察一下她的反应，然后再安排见面，千万不要轻举妄动。”

穆城翼点点头，尽管安慈说没事，但他还是放心不下。

晚上刚刚躺下，穆蓝就凑了过来，钻进了穆城翼的被窝里。

“老哥，我想问你一个问题，那个女人来找你的时候，你怕不怕她把我从你身边抢走啊?”穆蓝蜷缩在穆城翼的被窝里，眨巴着大眼睛问。

这个问题的确把穆城翼难住了，说实话吗？穆城翼的确是怕别人把穆蓝抢走，她陪伴了自己十年，人都是感情动物，谁不怕失去呢，可是终究是别人的东西，自己占有了这么久，已经是老天爷对自己的眷顾了。他只能是尽可能拖延时间，他很清楚，这一天早晚会来的。

"怕？我巴不得呢，你赶紧走吧你，一天到晚就知道给我闯祸，我巴不得你赶紧回到戴若怡身边，这样我就解脱了。"穆城翼白了她一眼，口是心非地说。

"切，老哥，你心口不一哦，我才不相信你这个男人有这么狠的心，那你既然想让我走，为什么一直阻止我们见面啊？"穆蓝撇着嘴，其实她一直都知道答案，只是想听见当事人亲口把答案说出来，这样才觉得理所当然。

"我还真是佩服你的想象力啊，不愧是个作家，蓝蓝啊，就算是不把你给别人，你也早晚是要嫁人的。"穆城翼拍着穆蓝的脑袋说。

"老哥，只要你一天不娶人，我就一天不嫁人！我要一直陪着你，我穆蓝对灯发誓，要是做不到就让头顶上的灯掉下来砸死我。"

穆城翼抬头看看头顶，"不对吧，这灯下面分明就是我嘛，你个臭丫头！"穆城翼亲昵地一捅穆蓝的脑门。

"老哥，咱们拉钩吧，我说真的呢，你不娶，我就不嫁。"

两个小手指勾在一起，一大一小，一粗一细，一白一黑。

"老哥，你准备什么时候对安姐姐展开猛烈的追求攻势啊？"

"你个死丫头！"

观察了穆蓝好几天，在确定穆蓝没事的前提下，穆城翼终于决定要她们母女两个见面了。戴若怡一直很忙，总是抽不出时间来，这件事就一直拖着。穆城翼没有告诉江临川，他想穆蓝现在可能还没有做好以一个新的身份出现在江临川面前吧，所以暂时不要让他们见面。

再一次给戴若怡打电话，是她的助理接的，依然说很忙，穆蓝一把从穆城翼的手里抢过电话，对着电话开始咆哮："左一个忙右一个忙，给我转告她，再不见面，休怪本姑奶奶反悔！我告诉你，这次见不成，一辈子别想见成！"

穆城翼赶紧把电话抢过来挂断，"蓝蓝，你要理解一点儿，你妈妈她真的很忙，你见过哪个明星天天闲得没事做啊，她哪抽得出时间来，匆匆忙忙地说两句话就走，你乐意吗？别着急，总会见到的。"

穆蓝想说些什么，张了张嘴没有说出来。

“见个面比生孩子还困难，我是一般人吗？既然她这么没诚意，那咱们也没必要看她的脸色。”穆蓝嘀咕一声。

“行了，行了，不生气啊，总会见到的。”穆城翼像哄小孩似的抚摸着穆蓝的后背。

穆蓝的这次咆哮还真管用，第二天戴若怡的助理就把电话打过来了，语气很客气，特别询问穆蓝想要在哪儿见面。本来想让他们就在穆家见面，毕竟戴若怡是一个公众人物，在外面多少有些不方便，可是穆蓝很直白地告诉穆城翼去一个高档的地方，越高档越好，否则衬不出身价。助理和戴若怡商量了一下，约在了山京市最大的宾馆山景宾馆见面。

这天一大早，穆蓝很早就起来了，或者说昨晚根本就没有睡好，为了遮挡黑眼圈，她还特意化了妆，换了发型，挑了一件红色的小马甲，配上浅粉色的衬衫，竖条纹的灰色铅笔裤，外加一双靴子。穆城翼在门口催了又催，才把这千金大小姐催出来，一看穆蓝的装扮，还真是有点儿让人惊艳的感觉。

“呦，大小姐，这到底是见亲生母亲啊，还打扮上了，打扮得这么漂亮，搞的像是去相亲似的。”

“切，”穆蓝冷笑一声，“相亲我才不这么穿呢，相亲我就打扮成僵尸新娘，吓死一个少一个，哈哈。哎，老哥，我可不是因为她才打扮的啊，我是不想让她瞧不起我，失了身份多不好。”

“是，是，是，我们穆大小姐可是有身份的人。”

说完，穆蓝挽着穆城翼的胳膊，两个人出了门。

说实话，穆城翼还真的不知道穆蓝见到自己的亲生母亲会是什么样的，她会不会一有了妈妈就控制不住扔下自己呢，穆城翼突然有些害怕起来，害怕失去挽住自己胳膊的人，从来没有这么害怕过。

路上，他把车开得很慢，总想让这条路长一点儿再长一点儿，最好永远没有尽头，让自己一辈子就这样开下去。穆蓝坐在自己的身边很安静，她玩着手机，丝毫没有注意到穆城翼的眼睛里已经有了泪光，时不时地就看自己一眼。他想起穆蓝小时候，总喜欢玩自己的指甲，她的指甲总是凹凸不平的，此时此刻正在玩着 iPhone 4 的穆蓝和小时候玩指甲的样子一模一样。穆城翼的眼前模糊起来，没错，他害怕失去，太害怕了，如果穆蓝就此走了，就真的只剩下自己孤孤单单一个人了。

想着想着，他丝毫没有听到汽车鸣笛的声音。

刺耳的刹车声……

“啊！”

“蓝蓝！”

“老哥！”

# 第九章

一场车祸，这是一个嘈杂的世界，救护车的声音，担架滑轮的声音，护士和医生的声音，路人惊讶的声音，交织在一起，混杂在一起。穆蓝用力地抬起眼皮，却总是睁不开眼睛，头很沉，沉的连自己的脖子都有些支撑不住了，她的耳边一阵的嘈杂，震的耳膜嗡嗡的响，眼皮越来越沉，最终还是睁不开了。穆蓝想起自己跑三千米的时候，那种濒死感一模一样，难道自己要死了吗？穆蓝用尽全身的力气睁开眼睛，可惜只睁开了一条缝儿，鲜血遮住了她的眼睛，她在寻找，寻找穆城翼，可是看见的只有医生的白大褂，穆蓝渐渐地失去了意识。

像是做了一个好长好长的梦，穆蓝梦见自己又回到了小时候，小时候踮着脚尖学做饭给穆城翼吃的场景，小时候穆城翼尴尬地给自己开家长会的搞笑画面，小时候穆城翼骑着自行车带着自己穿越大街小巷，小时候为了躲避房东的围剿，他们躲在垃圾桶里，小时候，小时候……

“小蓝！小蓝！”

“小姐，小姐！”

穆蓝使劲儿的闭眼，然后缓缓地睁开，眼前的世界依然是模糊的，也许是阳光太过于刺眼，穆蓝的眼睛有些刺痛，她微眯着眼睛，头很疼。

“醒了，醒了！”

眼前的世界开始清晰起来，是紫鹃，还有，还有，江临川。没想到自己一直在想要怎么面对江临川和自己的新身份，却是以这样的场景见面了。

穆蓝挣扎着要坐起来，江临川连忙按住了她，“别动，你睡了一天一夜了，受了伤，身体很虚弱，躺着吧。”

穆蓝这才乖乖地躺下去，“水。”好半天，穆蓝的嘴里慢慢地吐出这个字。是的，她很渴。

“要喝水是吗？我马上给你倒。”紫鹃赶紧去倒水。

“老哥呢？”穆蓝环顾一下房间里，这才想起来穆城翼应该在的呀，不对，当时的情景是自己在副驾驶座，穆城翼在开车的！

江临川垂下眼睑，盯着白被单，没有说话。

“老哥怎么了？”穆蓝呼吸急促，挣扎着要坐起来，“我老哥呢，我要找老哥。”

“小蓝，穆总比你伤得重，他拼命地向你那边打方向盘，你只是受了一点皮外伤，但是穆总现在还在重症监护里，暂时没有生命危险。等你好一点儿再去吧。”

“不，我要找老哥。”穆蓝把紫鹃端来的水杯一推，清脆的响声，像是提醒了穆蓝，她拔掉手上的针头，支撑着虚弱的身体站起来。江临川只好扶着她，一路踉踉跄跄地来到了重症监护病房。安慈站在那里，静静地看着透明的玻璃窗里面静静躺在床上的穆城翼，他浑身上下插满了管子，像是电影里的未来人。

穆蓝看着窗户里的穆城翼，她趴在玻璃上，听见安慈在喃喃自语着。

“你说过以后有的是机会看日出的，穆城翼，你还没有告诉我这句话是什么意思，我不想猜了，我想要你亲口告诉我，穆城翼，你欠我一次日出，我要你现在还给我，还给我……”安慈的眼泪顺着脸颊缓慢地流淌下来，那是滚烫的热泪。

穆蓝转过头去看着安慈，她的身体在瑟瑟发抖，穆蓝转过头去看着浑身插满管子的老哥，心里岂是一个难过可以概括。谁都知道按照人的本能，司机都会在自己这边打方向盘的，可是老哥为了救自己，竟然违背了人的本能，老哥的本能就是保护自己，不让自己受伤。穆蓝低声啜泣起来，她捂住嘴巴，慢慢地蹲下身子，这是第一次，她难过的大哭，心好疼好疼，恨不得挖出来不让它再疼了，她最终还是没有控制住，在医院里号啕大哭起来，旁若无人，毫无顾忌。

长这么大，这是第一次这样的哭。

“你别这样，小蓝，穆总一定会醒过来的，咱们先回病房吧。”江临川试图把穆蓝扶起来，可是穆蓝动也不动，仍旧是哭，直到一个护士走过来。

“这里是医院重症监护区，请注意一下，这样会影响其他病人的。”

穆蓝两眼一闭晕了过去。

再一次醒过来的时候，安慈坐在穆蓝的身边，眼睛有些红肿，她紧紧地握住穆蓝的手，声音有些哽咽了。

“蓝蓝，你得坚强点儿，振作起来，咱们要相信城翼会好起来的，他一定会好起来的，你肯定也不希望他醒过来的时候看见一个哭哭啼啼的你，他会开心吗？蓝蓝，坚强点儿。”安慈温柔地抚摸着穆蓝的头发。

穆蓝点点头，然后一转头，忽然脸上的肌肉紧绷，脸色骤变。安慈注意到穆蓝的表情，顺着她的眼神看了过去，门口站着一个戴着墨镜的女人，不容易看出年龄，旁边一个年轻的小伙子，再看那个女人，好面熟，她摘下墨镜，安慈吃了一惊，这不是大名鼎鼎的戴若怡吗？

她踩着高跟鞋，慢慢地走进来。

穆蓝掀开被子，走下床，安慈不安地看着穆蓝，之前穆城翼还问过自己穆蓝从小没有妈妈，不知道见到自己的妈妈会是什么反应，安慈也无法揣测穆蓝会是什么反应。

母女俩慢慢地走向彼此，在距离一只脚的地方站定。

戴若怡的嘴唇在颤抖，有些下陷的眼角溢出了眼泪，自己二十年的牵挂，二十年心心念念的女儿此时此刻就站在自己面前，她无法形容此时此刻的心情，人前的她光鲜艳丽，令人艳羡，人后却守着空空的感情世界独自落泪。她的手颤抖地抬起来，她想要摸摸自己的女儿，抱抱她，亲亲她。她总是在梦里抱她亲她，如今这一刻马上就要变成现实了。

“啪！”一个响亮的耳光响彻在病房里。

“怡姐！”戴若怡的助理一惊，安慈一惊，戴若怡更是震惊了。

她做梦都没有想到，二十年的想念换来了一巴掌！

穆蓝的眼里是锐利的宝剑，又像是带着毒汁的箭，一根根刺向戴若怡，安慈看着穆蓝，她好可怕，从来没有见过这样凶狠的穆蓝。

“疼吗？疼就对了，但是没有母亲的感觉比这个还要疼，这是你给我的，我现在还给你。我告诉你，我等这一天等很久了，不过你很幸运，在我受伤的时候过来找我，如果我没受伤，相信会打得更疼的。戴若怡小姐，麻烦你以后不要再来骚扰我和我哥哥了，在这个世界上我只有一个哥哥，从来就没有母亲，也没有父亲，以前是，现在是，将来也是。”穆蓝讲得很慢，每个字都咬得很重，这些字每一个都狠狠地砸在了戴若怡的心上。

“蓝蓝，我……”戴若怡流着眼泪望着穆蓝。

“请叫我穆小姐，谢谢，你不配叫我蓝蓝。”

“我真的有我不得已的苦衷……”戴若怡声泪俱下，她的脸因为穆蓝那一巴掌渐渐地红起来，穆蓝的指印渐渐清晰。

“别跟我扯没用的，姑奶奶不想听，我对你那些不堪的历史还真就是没兴趣，要不是你要见我，我和老哥也不会出车祸。我不追究你的责任，是看在你十月怀胎一朝分娩的分上，没把我做了人流，让我一命呜呼，我已经谢天谢地了，现在立刻马上在我眼前消失。”穆蓝走到门口，将房门打开，“这儿庙小装不下你这么大的神，赶紧走吧，装扮严实点儿，让人看出来，我这病房也没法待了。我告诉你，谁也休想把我从穆城翼身边抢走。”

戴若怡叹口气，和助理一起走到了门口，经过穆蓝的时候，穆蓝看都不看她，戴若怡还想说什么，“你就真的不能原谅我吗？”

“请出去，我要休息。”冷冷的一句话把人打进了十八层地狱。

戴若怡戴上墨镜，低着头走了出去，没走出两步，门“砰”的一声就关上了，她仿佛听见一扇幸福的大门对着自己关上的声音，戴若怡加紧了脚步，仓皇地离开这个让自己难堪痛苦的世界。

穆蓝久久地站立在门口，安慈很想说些什么，可是看着穆蓝的样子，什么也说不出来。穆蓝突然站在墙角，打了一个倒立，安慈走过去，蹲下来，看着穆蓝不断地眨眼睛。

“蓝蓝，你在干什么？”

“没什么，我只是不想让自己流眼泪，我已经为我老哥流过眼泪了，为了那个女人，不值得。”

安慈摸了摸她的额头，说：“不要太难过了。”

报纸杂志上的新闻铺天盖地地卷来，穆城翼突遭车祸，不省人事，木星集团内部大乱，这些事情纷纷上了新闻头条。大家都在说之前穆城翼已发布结婚喜讯，结果落了一场空，婚礼取消使穆城翼以及木星集团的信誉大大受损，连同穆城翼的个人品质也深受怀疑，一些与之合作的商家纷纷撤资。如今穆城翼不省人事，已经无法改变这个局面，所以都猜测着木星集团正在摇摇欲坠，恐怕不久就会落入他人之手。

穆蓝只是一些皮外伤，也没有必要住院，她除了每天吃饭睡觉外，最多的时间就是站在穆城翼的病房外愣愣地出神。安慈经常会过来，这些天她也没有心思去自己的诊所，一个心理医生，当她的心理状态不好的时候也是没有办法医治别人的。

“蓝蓝，你看到那些外面的传闻了吗？”安慈问。

“看到了，都是屁话，没有必要理他们。”看到那些新闻的时候，穆蓝的嘴里立马就吐出了“放屁”二字。

“有必要，他们分析得很对，城翼现在还躺在病床上，谁来掌控木星集团，城翼是木星集团最大的股东，所以他才能坐上董事长兼总裁的位置，下面的几个大股东可都是虎视眈眈地看着这个位置呢。”安慈耐心地给穆蓝分析着。

“安姐，你就放心吧，几个大股东根本没有多少股份，大部分的股份还是在我老哥那儿。在木星集团里，我老哥就是天，谁都不敢违背他的。”穆蓝站在窗外，目不转睛地看着护士在帮穆城翼做着各种工作。

“现在情势不一样了啊，你想想看，他们在城翼手下做了这么多年早就处心积虑很久了，这一次城翼伤得这么重，他们肯定会趁着这个机会把这个位置拿下啊。前几天我开车经过木星集团总公司，看见你堂姐神采飞扬得和几个人走了进去，我想你堂姐肯定会有所动作的。”

“堂姐？怎么会？”穆蓝不相信，“堂姐不会啦，她还一直给老哥找对象相亲呢，虽然我不是很喜欢她，但是她对老哥很好的，毕竟他们是亲戚。”

“这就没错了，你堂姐绝对是一个有野心的人，她为什么一直讨好城翼，还不是因为可以捞到好处，你堂姐也是股东之一，加上和城翼的这层关系，她可是最有胜算的人。”

“那现在怎么办？”

安慈把穆蓝拉向自己，和她耳语了好一会儿，穆蓝点点头，安慈拍拍穆蓝的肩膀，她才二十岁，木星集团公司的担子对于她来说实在是太大了。

木星集团董事会会议室。

几大股东千姿百态，有的叼着烟，有的跷着二郎腿，有的端着一杯茶自顾自地喝着，还有的戴着耳机摇头晃脑的不知道在听些什么，没有人说话，似乎都在等待着些什么，穆城翼的堂姐穆城英如绿叶丛中一点红，只有她一个女人，面色严峻的坐的端正。董事长的位置空空的。

“大家都别装了行吗？看着一个个无所谓的，其实你们心里急得跟热锅上的蚂蚁差不多，说吧。我来坐这个位置你们有什么意见，或者想要什么好处，都说说。”穆城英一副当家做主的女主人样子，对于这个位置，她恐怕已经是十拿九稳了，就是怕这些股东们狮子大张口，漫天开价。

“你坐这个位置，你凭什么坐这个位置，你的股份比我大吗？在穆城翼之下股份最大的是我，这个董事长应该是按照股份来吧。”付子文一边掰着自己的指甲一边说，他的股份仅次于穆城翼。

“只是暂时代理罢了，我是穆城翼的堂姐，按照道理来说我来代理自己的堂弟再合适不过了。”穆城英据理力争，丝毫不畏惧。

门突然打开了，穆蓝迈着轻快的步伐走进来，穿着女款的英伦风小西装，脚上的皮鞋踩在地板上坚实有力，表情淡定自然，化了淡妆，很职业的装扮。

“今天是谁通知的开会？为什么没有人通知我呢。”穆蓝走进来，大家都精神百倍地放下手上的东西，直愣愣地看着走进来的漂亮女孩，谁都认识，穆城翼的妹妹。

穆蓝很自然地走到了穆城翼当初的位置上，也就是董事长的位置，没有一个人敢说话，也许是来得太突然了。

“穆蓝，你来这里做什么？这不是你该来的地方，怎么不在医院陪着你哥哥？”穆城英责怪着，“小孩子，别胡闹。”

“堂姐，我不是胡闹，咳咳，”穆蓝咳嗽两声，清清嗓子，“首先告诉大家一个好消息，我老哥已经醒过来了。”

底下议论纷纷，顿时炸开了锅，这个消息对于他们来说可不是什么好消息。

“安静！”穆蓝使劲儿一拍桌子，虽然手拍的都麻了，但是她始终脸色未变，不过这一招倒是很像穆城翼，让底下的人一瞬间就安静下来了。

“我替我老哥谢谢大家的祝福了，”穆蓝立马变了脸，满脸堆笑，“我老哥说现在让他立马起来掌管公司有点儿不现实，所以这一段时间让我帮他照看公司，一来锻炼我的能力，二来他休息一阵。我想大家肯定都知道我老哥可是已经预留了百分之三十的股份给我了。”

鸦雀无声。

穆蓝暗暗高兴，果然和安慈说的一模一样。

“城翼什么时候醒的？我怎么不知道。”穆城英黑着脸质问。

“今天上午啊，堂姐，老哥出事以后您就去了一次，老哥醒了，我也没看见你，也顾不上给您打电话，实在是不好意思啊。”穆蓝微笑着。

穆城英顿时觉得很没面子，这不是暗里笑话自己吗？

“我这几天忙着公司的事，没顾得上。”

“这下可好了，堂姐，你不是一直很关心老哥吗？正好我来公司，您可以歇一下了。老哥只有您一个姐姐，我还小照顾不到，您就不一样了，看来这下老哥可就交给您了。”

穆城英脸色难看地应了一声，这个小丫头实在是太厉害了，把自己噎得没有话说了。

“大家散会吧，反正将来也要和各位合作，咱们相互磨合一下，合作愉快。”说完，穆蓝宣布散会，和来的时候一样，潇洒地走出会议室。她甩动的马尾似乎在嘲弄这些人们。

“好啦，这下谁都没戏了……”付子文向靠椅上一靠，松了口气。

“这个死丫头。”穆城英咬牙切齿地说。

穆蓝的伤势虽然不重，但是毕竟是发生了车祸，受了伤，而且头部受了伤，有脑震荡的迹象，医生还是建议她不要出院，但是这么多事情等着她处理，她也只能开始每天三点一线的生活，木星集团，医院和学校。不知道为什么，自从穆城翼昏迷不醒之后，穆蓝开始去上课了，不仅如此，还会认真听讲做笔记，穆城翼的情况还是不稳定，医生仍然不建议转普通病房，所以只能这样忐忑不安地过日子。

没什么事的时候，穆蓝还是会站在穆城翼的窗口看着静静躺在病床上的穆城翼，看着护士给他输液、测血压等。江临川站在了旁边，用一种怜爱的眼光看着穆蓝，眼睛里有着晶莹湿润的东西。

穆蓝一转头，看见了他，两个人走了出去。

医院的林荫路上，高大的乔木下洒下星星点点的阳光，路上，长椅上都是穿着病号服的病人，有的让人搀扶着，有的坐着轮椅，晒晒太阳，也是一种别样的惬意。

两个人谁也不说话，就这样肩并肩走着，就像当年他们谈恋爱的时候一样，不过那个时候他们总是打打闹闹的，引来路人很多的目光。现在这个男孩比起当年缄默了很多，这个事实给他的打击又何尝不是致命的呢。

突然，穆蓝脚下一滑，一个踉跄，江临川立马就把她抱住了，恰到好处地没有让她摔倒。那一瞬间，他们四目相对，江临川有种想要流泪的冲动；穆蓝看着江临川，她的脑子里像是放电影一样把过去的一幕幕重新搬上了荧幕，她承认自从与江临川再次相遇，她还是期盼可以和他回到从前的，她从来没有忘记过他，她做梦都想和他在一起。

他们迅速地分开，整理一下各自的衣服，有些尴尬的情景。

穆蓝打破了这个局面，“你们是怎么知道这件事的？为什么当初选择隐瞒真相?”

“戴姨一直在找你，通过多方面打听才找到穆总那儿，穆总本来是打算让你们见面的，当时爸爸知道我有了女朋友正打算见你，没想到还没见着就发现戴姨，这才知道我们是兄妹。为了阻止这段感情，爸爸叫我去了美国，直到去年才回来。至于隐瞒真相，我想穆总有自己的理由吧。”每次回忆起这段经历，江临川的心就在抽搐，这个真相对于他来说又何尝不是一个晴天霹雳呢，自己深爱的女孩子突然就变成了自己的妹妹。

穆蓝深深地叹了口气，她咬了咬嘴唇。江临川凝视着这个自己曾经深爱的女孩，这个动作是她心痛时一贯的表现，轻易是不会这样的。

“我们以后不要再见面了。”穆蓝斜着头，紧咬着下嘴唇说，“不是因为憎恨，而是爱。”

江临川身子一震，好没准备，她原本以为他会接受自己的新身份，和自己用兄妹的身份在一起，他怎么也想不到她竟然不想见到自己。

“我穆蓝这辈子作为一个独立的人存在，自以为没有什么失败的地方，老天爷叫我死我都一次一次地活过来了，可是有一件事我认输了，我失败了，那就是爱情。”说完，穆蓝迅速地一转身，留下一个倔强的背影给江临川。江临川站在原地，一动不动地看着穆蓝离开，他想把这个背影深深地印在脑子里，这辈子都忘不掉，如果这是最后一次见面，他想让这一次成为永恒，忽然想起穆蓝书里的一句话：要么相爱到永远，要么再也不见。

此时此刻，这句话恰到好处。

回到穆城翼病房外，穆蓝再也支撑不住，一下子瘫倒在地，号啕大哭起来，她的哭声在整个楼道里回荡着，声嘶力竭，那声音听了真叫人心疼，穆蓝的身体瘫软，站不起来了，还是护士和紫鹃把她搀扶起来。穆蓝一边哭，一边透着眼泪看着病房里的穆城翼，想，不能这样，我要坚强起来。

穆蓝开始每天去木星集团看看，这才想起来，自己都多久没来过公司了呢，那么多新面孔，前一段时间穆城翼好像提过公司进行了一次很大的人事调整，趁着毕业季，招了一些新人进来，不过穆蓝的心思从来不在这儿，穆城翼说的时候，她也就一个耳朵进一个耳朵出了。年轻漂亮的新董事长，让这些男员工们精神百倍。

第一天过来，穆蓝还是依旧化了精致的淡妆，走过员工的工作区域，众人用惊艳的眼光一路看着穆蓝走进董事长的办公室，穆蓝前脚进了办公室，一个名叫付文轩的员工就走进了办公室。

"小姐，一路上累了吧，您今天第一天上班，用不用我帮你先熟悉一下这里的环境？"一脸的谄媚，本来没有褶子的脸因为笑容竟然也像是一个老态龙钟的老人一样。

"我让你进来了吗？"穆蓝脱掉外套，一脸严肃地看着眼前这个无事献殷勤的家伙，她上下打量着这个付文轩，一个不知好歹的东西。

"我……就是想帮您的心太着急了，要不然我再重新出去敲个门？您看怎么样啊？"付文轩依然讨好地笑着。

"好啊，去吧，这样才更符合规矩。"穆蓝看也不看他一眼，把外套放好。

他还真听话，走出门把门关上，重新敲门，穆蓝怒吼一声："滚出去！"

办公室里的人都在偷笑，付文轩一脸的扫兴，"有什么了不起的，不就是捡来的大小姐吗，早晚有你好受的。"然后悻悻地走回了自己的座位上。

刚坐下，穆蓝"嗖"地就走了出来，直接走到了他面前，这家伙还在偷笑，赶紧站起来，满脸堆笑，"小姐，你找我什么事？"

"写一封辞职信给我，立刻马上！"穆蓝环顾一下四周，"以后像这种工作时间不正经干活的，一律辞退，木星集团不养闲人，秘书呢？"

全场鸦雀无声，甚至连呼吸的声音都没有，一个女人怯怯地从一个角落站起来。

"我在。"声音在颤抖。

"我都来半天了，都找不见你的人影，你就是这样做秘书的吗？通知财务部这个月的奖金不给他，还有，你，工作认真一点儿，穆总在的时候，怎么对待穆总，现在就要怎么对我，因为现在我就是穆总，下不为例。"

"是，明白了。"女人出了一身冷汗。

"你凭什么辞退我？你知道我叔叔是谁吗？你一个黄毛丫头懂个屁呀！告诉你辞了我，有你好看的！"付文轩大骂，他可是付子文的侄子，当初也是靠着付子文的关系才来到公司的，平日里嚣张跋扈，谁也不敢惹。

"我管你叔叔是谁，天皇老子我也不怕，我说辞退你就辞退你，怎么了？叫你叔叔来呀，我这个黄毛丫头就是有辞退你的权力。好，我等着你的好看的，放马过来，姑奶奶还真不怕。"说完，穆蓝走回了办公室。

他愤恨地看着穆蓝的背影，什么话也说不出来。

穆蓝这第一天就辞退了付子文的侄子，让所有人都把心提到了嗓子眼，说不定下一个辞退的人就是自己了，于是都卖力地工作，谁也不敢出差错。

付文轩受了委屈，自然跑去自己叔叔那里哭诉，付子文听说穆蓝第一天上班就把自己的侄子辞退了，他猛一拍桌子，桌子上的文件都飘了起来，掉在了地上。

"这个死丫头！敢骑在我脖子上拉屎！"

"对呀，叔叔，她把我开除了，分明就是不把叔叔您放在眼里，明着看是在开除我，实际上还不是给您一个下马威吗？"付文轩见叔叔脸色铁青，赶紧接着说。

"你少在一边火上浇油，早就告诉过你穆蓝这丫头不好惹，你还去招惹她，见人家年轻漂亮就想追，也不撒泡尿照照自己的脸。"付子文训斥着，这个侄子太不给自己争气了。

付文轩不敢说话了，付子文想了好一会儿，才叫侄子回家，自己则去了董事长办公室。穆蓝正收拾东西准备回医院，付子文突然就闯了进来，吓了她一跳，穆蓝定定神，说："我请问你，你不会敲门吗？你长这么大，你爸你妈没教过你进别人的房间要敲门的吗？就算是你爸你妈没教过你，你从小到大这么多老师也没教过你吗？更何况，我还是个二十岁的小姑娘，你这样没头没脑地闯进来，像什么样子！"

穆蓝一下子说了这么多，让付子文有些手足无措，他先是一愣，然后缓过神来，说："少和我说没用的。"

"这怎么是没用的呢？现在和以前不一样了，以前我老哥在的时候，以我老哥和你的交情，你可以不敲门，可是现在是我在这个办公室，我是个女孩子，你进来之前就要敲门，万一我要是换个衣服什么的，你不就占了大便宜了吗？我要是告你一个非礼，你也没话说。"穆蓝趾高气扬地看着付子文。

"你少跟我扯，我就问你，你为什么要开除付文轩，你经过我的同意了吗？"付子文自知理亏，赶紧转移话题。

"付叔，我发现你的搞笑天分不错嘛，以前怎么没有发现呢？"穆蓝抱着肩膀大笑起来。

穆蓝这一笑，弄的付子文莫名其妙，"什么搞笑天分，我问你话呢，别和我打马虎眼。"

"笑话，我现在是什么身份？董事长！没听说过身为一个董事长，开除一个员工还要向自己的下属请教的。”穆蓝抱着肩膀居高临下地看着付子文。把“下属”两个字咬的很重。

“你……”付子文气得说不出话来，生气地拂袖而去。

穆蓝对着付子文离去的背影，吐吐舌头，“老狐狸！”之前就总是听穆城翼说起付子文，碍于情面，不敢对他怎么样，穆蓝可算是为穆城翼出了一口气。

穆蓝进了公司才发现，都说穆城翼精明能干，培养的人才也是一抓一大把，没想到公司里竟然还有这么多吃干饭的人，各种各样的连带关系，这个是董事会成员的弟弟，那个又是董事会成员的侄子，董事会的成员个个都不是好鸟，都想在公司安插培养自己的人，但是这些人又不好开除，因为牵一发而动全身，必定会惹到董事会的人。可是穆蓝才不管那些，她立即让人事部门准备裁员，像那些吃干饭的人，她一律全都辞退了，各大股东纷纷不满，整天在她的董事长办公室闹来闹去。

这天，几个董事会的人又跑来闹事，穆蓝刚想打个盹休息一下，就被这些人吵醒了。

几个董事会的人瞪着眼珠子直勾勾地盯着穆蓝看，一副要把她生吞活吃的样子，穆蓝毫不畏惧，打个哈欠，说：“您这几位是找我有事吗？亏了咱们是老相识，比较熟识，这不知道的还以为木星集团董事会的人都是一些不懂规矩的无赖呢，门都不敲就闯进董事长的办公室，这董事长还是个女孩子，你们岁数也不小了，最起码可以给我当叔叔大伯了，要是放在古代，连爷爷都能当了，怎么就这么不懂事呢？我都觉得害臊了。”

这些股东们先是一愣，穆蓝说得在理，以前穆城翼在的时候可以不顾及身份随便进来，现在毕竟男女有别，而且穆蓝还是个青春貌美的小姑娘。

付子文见大家都有些愣神，连忙说：“这小丫头伶牙俐齿，别被她唬住了！”

大家这才反应过来，“穆董事长，请问我的侄子高伟犯了什么错误，非要把他开除？”

“对，还有我弟弟李天，做得好好的，突然就被开除了，我们要讨个说法。”

“还有我的表妹林晓玲。”

……

这些人一一说出自己亲信的名字来，穆蓝则一副无所谓的样子，抱着肩膀等着这些人把话说完，“都说完了吗？公司前段时间业绩非常好，可以养几个闲人，当然了，有好事大家分享，你们自然想到自己的亲戚了，把他们安插进来，分得一杯羹，可是你们这些亲戚太不给你们长脸了，从一开始进来是闲人，到最后还是闲人，都没有学到一点本事，你们身上那些优良品质，可是一点都没继承啊！咱们公司这段时间效益并不太好，已经养不起闲人了，所以只能把这些人辞退了，要是他们能干点对公司有利的事情，我能辞退他们吗？”

股东们一个个哑口无言。

“公司里吃干饭的人那么多，为什么你偏偏要辞退他们，我猜根本就不是因为他们是闲人，而是你在公报私仇，想打压我们这些股东！”付子文用力一拍桌子，一下子把大家都警醒了，其他的股东也跟着吆喝起来。

“公司里闲人是很多，这不是正在一步一步地来嘛，先拿董事会成员的亲戚来开刀，这才显着咱们公正严明，让大家心服口服嘛，而且想必大家也不想让自己落一个包庇的罪名。在公司利益和亲戚中间，孰轻孰重，想必大家比我清楚。”穆蓝可不怕这些老东西们，以前是碍于穆城翼的面子，不敢跟他们大呼小叫的，现在穆城翼不在，自己正好可以把之前的账一起算算清楚。

穆蓝这样一说，这些人都无话可说了，只能把这口气憋在心里头，一个个垂头丧气地走了出去，穆蓝对着这帮人做个鬼脸，然后继续工作。

这件事过去没几天，穆城英就找上门来了，一进门就把穆蓝数落了一顿。

“我说穆蓝，你这没来几天，就把全公司的人都得罪光了，他们可都是股东啊，他们要是下了决心撤股，公司就彻底完蛋了，你是不是把这个公司败了，你才甘心啊。我看你还是个小孩子，根本不懂怎么管理公司，这个位置还是暂时由我做，等城翼好了，再让他回来。要是你这么闹下去，不等城翼康复，公司就完了。”穆城英斜了穆蓝一眼。

“堂姐，瞧您说的，怎么就得罪光了啊？这是咱们家的公司啊，咱们说了就是算，你放心吧，我心里有数呢，他们哪敢撤股，他们还指着公司赚钱养老呢，他们绝对不会因为这么几件小事就把一大笔钱往外面送吧。再说了，不让你坐这个位置，还不是为你好呀，小豪车祸还在医院呢，要是让您在这儿当董事长，哪有时间照顾小豪啊。”穆蓝笑嘻嘻地说着。

穆城英暗地里嘀咕着，自己的儿子这车祸还真不是时候，“我忙得过来，习惯了，我可不想看着你把公司败了，几代人的基业要是毁在你手上，不知道有多少人等着掐死你呢。”

“堂姐，您就放心吧。这……”刚说到这儿，穆蓝的手机就响了，“堂姐，我先接个电话。”

穆蓝转过身，压低声音，“喂，怎么了？还不能转病房吗？行，我知道了。”

穆城英见穆蓝这样鬼鬼祟祟的，仔细地听着穆蓝讲电话，穆蓝一转身，吓了她一跳。

“堂姐，我刚才……”

“行了，穆蓝，我家里还有点儿事，先回去了，你忙吧，这件事咱们以后再说吧。”穆城英满脸堆笑，说着便走出了门。

穆蓝很奇怪，但是又狠狠地出了一口气，她瘫坐在椅子上，身体在向下滑，方才护士告诉她，穆城翼的情况还是不稳定，医生不同意转入普通病房。她掩面而泣，“老哥，你什么时候可以醒过来啊，我快要撑不住了……”

电话响了，看看显示，是艾生，穆蓝的嘴角不自觉地轻轻上扬，“喂，今天怎么这么闲，给我打电话呀，艺术家？”

“就是再忙，也要和你问个好啊，怎么样，你哥哥还有你都还好吧？”

“还是老样子，我都快撑不下去了，前几天全体董事会成员来跟我对战，今天堂姐又来跟我闹，我老哥再不醒，我估计这帮人能把我生吞了。”

“怎么，女超人也有撑不下去的时候啊？你放心他们不敢生吞你的，你皮包骨头根本不好吃，要是吃的话，也肯定先煮一煮炖一炖。”

“哈哈，你就会开玩笑，不跟你说了，你放心女超人暂时不会被打垮的。”

“这才是女超人嘛。”

总是在自己快要撑不住的时候，就会有人给自己力量，比如说，艾生。

和艾生见面自然有些不现实，穆蓝每天忙的像是一只陀螺，不停地转着，只是在艾生打来电话的时候才会有短暂的一刻很轻松，只是穆蓝从来都不知道，每次打电话的时候，艾生其实已经在公司的楼下了，他拿着手机，看着窗户上映出的穆蓝的样子，总是会不由自主的微笑，他不知道自己还会在这座城市停留多久，只想多看一眼这个女孩子，哪怕一眼就够了。他不知道自己竟然还会对一个女孩子有着如此的眷恋。

穆蓝和安慈每天最重要的一件事就是站在穆城翼病房的窗外，静静地看着他，直到护士把她们赶走。护士告诉她们，穆城翼经常会醒过来，情况很不稳定，只是醒过来的时候多半在半夜，偶尔会和陪护的护士说几句话，可能是因为受了重大的撞击，有些神经衰弱了，就是睡着的时候，也睡不踏实。她们就想每天在这里看着，或许哪天可以碰上他醒过来的时候。

“安姐姐，如果老哥醒了，你会不会嫁给老哥啊？”穆蓝微眯着眼睛，看着顿时脸红的安慈窘迫的样子，让穆蓝不禁捂着嘴偷笑。

“别胡说。”安慈有些不好意思地转过头去，不敢面对穆蓝的目光，她的脸红的像是待嫁新娘头上的红盖头。

“哈哈，害羞了吧，心理医生的心理不应该很好的嘛，还会脸红啊。”穆蓝故意打趣地说。

安慈摸摸自己的脸，转过头去，赌气不理她。

“安姐姐，等老哥好了出院了，你们就结婚吧，我老哥对你的意思也很明确啊，别再拖了，都老大不小了，男大当婚女大当嫁嘛，是不是？我早就盼着有个大嫂呢。”穆蓝继续说着。

两个人正聊着天，紫鹃突然就跑过来，上气不接下气地说着：“小姐，不好了，你堂姐过来了，还带了很多人，你快去看看吧。”

“在哪儿？”穆蓝抓着紫鹃的胳膊急切地问。

“马上就要到咱们……这个科室的门口。”紫鹃回答说。

穆蓝慌忙地跑了出去，安慈忧心忡忡地看着穆蓝离去的背影，又转过头看着病房里的穆城翼，“城翼，我们这次真的扛不住了。”

穆蓝气喘吁吁地跑到门口，一只手撑在墙上，大口大口地喘着气，果真看见穆城英和公司里那些股东们一起浩浩荡荡地走了进来。

“哟，这不是咱们家的大小姐吗？怎么不在病房里看着你哥哥，跑到这儿来吹风了啊？”穆城英叉着腰，看着面色潮红的穆蓝，有些嘲讽地笑。

“堂姐，你们这是要干吗啊？来看老哥吗？也不事先打个招呼，我好有个准备啊。”穆蓝上气不接下气的，心跳突突的。

“这要是提前打招呼，还得麻烦你们提前准备怪麻烦的，蓝蓝啊，快带我们去城翼的病房吧，这董事长好不容易醒了，我们可不能失了礼，这么多天了，咱们也该去看望一下，不知道的还以为我们这些下属对董事长不关心呢。”穆城英在穆蓝耳边说着，脸上带着奸邪的笑容，她倒想看看都到了这个时候，这个小丫头还能生出什么事来。

这个笑里藏刀的女人，穆蓝心想着，该怎么说呢。

“哎呀，实在是不巧，老哥今天不是很舒服，不方便见客的，你们改天再来吧。”穆蓝笑容灿烂，天知道她的心跳有多快，马上就要跳出胸口了。

“那我一个人去看看我的堂弟总可以了吧，你带我去，让他们先回去。”穆城英改换姿势，抱着肩膀，她倒要看看这小丫头还能想出什么招数来。

“堂姐，不是我不想让您见，是老哥今天真的不舒服，一大早就在发脾气了，您要是不想成为他的出气筒啊，您就改天再来吧。”穆蓝耐着性子继续说。

“发脾气，我这个堂弟脾气见长啊，这正好让我去看看啊，让我去劝劝，说不定是你这小丫头惹急了他，让他不高兴了，走吧，蓝蓝，带路啊。”

就在穆蓝马上就要发威把这些人臭骂一顿的时候，一个声音在穆蓝的身后响起，惊了所有人的耳朵。

“蓝蓝，你怎么回事？堵在门口，把堂姐和叔叔们挡在外面，怎么这么不懂事呢。”

# 第十章

这个声音像是穿越了几百万年才传到自己耳朵里的，穆蓝不敢相信的站在原地，没有回头，没有动，就那样站着，一动不动。

穆蓝的身后站着一脸微笑的安慈，她手里搀扶的是穆城翼。他头上还缠着厚厚的纱布，一只胳膊也缠着纱布吊在脖子上，脸色略显苍白，精神状态也不是很好。

众人惊愕。

“蓝蓝，今天有点儿不懂事了啊。”穆城翼走过去，拍拍穆蓝的脑袋。“麻烦各位还跑过来一趟看望我，这医院里细菌多，大家还是回去吧，我这个样子也没办法接待各位，堂姐，辛苦了。”穆城翼轻轻拍了拍穆城英的肩膀。

穆城英的脸色一会儿白一会儿红的，穆城翼就这么起来了，她在面子上自然有些挂不住。

“城翼，你真的好了吗？可要注意好好地休养，公司的事你就别操心了，有我们呢。”穆城英拍拍穆城翼的肩膀，说话的时候竟然还带着一点儿哭腔，难为她脸色变得这么快。

“堂姐，你就放心吧，我这么好的身体用不了多久就出院了，倒是公司那边，蓝蓝还小什么也不懂，劳你们多费费心，教教她。她要是有什么做得不对的，你们可多担待着点儿，我也想趁着这一段时间休息一下，蓝蓝正好多学学东西，反正蓝蓝以后还是要在咱们公司工作的，她这个未来的股东总要学点儿东西。”

“我知道了，”穆城英擦擦眼泪，转过身去看着身后的这些人说：“咱们都回去吧，让董事长好好休息一下。”转身的一瞬间还不忘斜了穆蓝一眼。

这些人就这样悻悻而归，没有收获，走出门的时候还在相互抱怨，更多的是把矛头指向穆城英。

“穆城英，你不是说他没醒吗？还在重症监护，人家不是好好的嘛。”

“就是，害我们白跑一趟，我看你是想做董事长想疯了吧。”

“没见过你这么当堂姐的，盼着自己的堂弟早死呢！”

……

穆城英百口莫辩，毕竟事实就摆在眼前。

穆城翼可算是松了一口气，这公司里的老家伙们一个个都不好弄，这么多年他一个年轻人夹在中间够不容易了，转过头来看着穆蓝，穆蓝还在傻傻地愣在原地，直愣愣地看着他。

“怎么啦？蓝蓝，看着我活过来了不高兴啊？”穆城翼摸摸穆蓝的头，很亲昵。

穆蓝突然就扑进了穆城翼的怀里，“老哥，你总算是活过来了，我还以为你醒不过来了呢，你把我吓死了。”她忍了这么多天的泪水集聚在这一天全部爆发出来。

穆城翼轻轻地拍着穆蓝的背，“好啦，你老哥福大命大哪有那么容易就死了呢，都这么大人了，在老哥怀里哭哭啼啼的，丢不丢人啊？”

“丢人怎么了？我就是丢人了，怎么了？”穆蓝有些孩子气的在穆城翼的怀里撒着娇，这种情况也只有在穆蓝生病的时候才会有。

站在一边的安慈突然觉得自己有些多余，这个画面多么美好呢？兄妹团聚，可是这其中又有些怪怪的感觉，让安慈说不出来。

穆城翼在重症监护病房里又观察了几天，情况稳定后转入了普通病房。

穆蓝的心情好了很多，又开始逃课，安慈每天都会买很多补品零食之类的东西过来，好吃的，好玩的一应俱全，让穆蓝每天都腻在病房里不出门。

安慈又拎着一堆东西过来，这似乎已经成了她每天的必修课。

穆蓝一眼瞧见，立马扑了过来，“安姐姐，辛苦了，辛苦了，怎么好意思麻烦你老拿东西过来呢。”说着就把安慈手中的东西接了过来。

“可没见过你有什么不好意思的，脸皮厚的和天安门城墙似的。”穆城翼把正看着的报纸放在一边，直起身子，拉拉旁边的椅子，“安医生，这边坐。”

“安医生，安医生，你这称呼是不是该改改了。”穆蓝撇撇嘴，躲到一边看看安慈买了什么好东西。

安慈每次来总是忙里忙外闲不住，看见水壶走过去掂一掂，空了，连忙拿起来说：“没热水了，我去打点儿水。”说着走了出去。

穆城翼一把揪起穆蓝的辫子，“臭丫头，你怎么这么没有眼力见儿呢？”

“我怎么没有眼力见儿了？”穆蓝疼得乱叫。

“这安医生过来了，你就不能给我们一点儿私人空间吗？你不觉得自己这电灯泡很亮吗？是不是该去公司溜达溜达了啊？”

“噢……”穆蓝恍然大悟，“老哥，我全力支持你，你赶紧把安姐姐这座城池攻破，到时候咱们家也好办办喜事，嘻嘻，那我就去公司溜达溜达了。”

“去吧，在公司里看着哪些人不顺眼啊，就都开了，别让我回去看着碍眼，也算你大功一件。”

“没问题，包在我身上！”穆蓝拍拍胸口，走的时候还不忘拿点儿好吃的。

不一会儿安慈回来了，看见穆蓝不在，连忙问：“蓝蓝呢？”

“我让她回公司了。”穆城翼摆好身体坐好。

“我就不明白了，你怎么就放心地把公司都交给蓝蓝了呢，她还小什么也不懂。”一边说着，安慈倒了一杯热水，很熟练地递到了穆城翼的手里，“小心烫。”

“这你就不懂了，蓝蓝小什么也不懂自然有好处；我对她放任自流，让她想做什么做什么，一来可以让蓝蓝在公司有一定的地位，树立了威信，对以后掌管公司有好处；二来，蓝蓝性格烈，不怕得罪人，公司里早就有一批寄生虫凭着关系进来的，碍于面子我又不好去管，这下正好让蓝蓝帮我清理掉。”

安慈不得不佩服穆城翼的聪明才华，木星集团能有今天的成就想必与这个董事长兼总裁是分不开的。

“咱们在一起能不说蓝蓝吗？好像只要我们在一起就必须要谈她，这个丫头我一听见她的名字就头疼，这辈子没让我省过心。”

“好啊，不说蓝蓝了，想说什么你就说吧。”安慈表情淡定，微笑地看着穆城翼。

两个人聊了起来。

穆蓝最近对开除员工似乎上了瘾一样，但凡听说这个人和公司的哪个股东有什么关系，一旦犯了错，立马开除绝不手软。不过，穆蓝的开除通常都是赔钱的买卖，即便是一号开除的人，也会将这个月的工资和全部的奖金给人家，为此，穆蓝总觉得自己是一个好人。

艾生依然在作画，学校门口，广场上，酒吧附近，喜欢去哪儿就去哪儿，不喜欢没心情就不出门，只是心里总想着一个女孩。不知道这样的日子还能坚持多久，最近的生意还不错，只是他无心赚钱，常常很早就收摊了。

一个女孩坐在了椅子上。

艾生收拾好心情，准备好纸笔，“小姐，给我一个你最喜欢的表情。”

“好呀，让我想想我最喜欢的表情是什么。”

艾生先是一愣，把自己的画板拿开，看见那张熟悉的面孔，笑了，穆蓝眨巴着大眼睛，泛着长长的睫毛。

“干吗？要我玩儿啊，死丫头？”艾生立即恢复了自己的表情。

“小阿哥今天生意怎么样啊？”穆蓝摸了摸艾生的钱袋。

“托您的福，还好。”艾生收拾着东西。

“怎么啦？收摊啊，也好，咱们出去玩儿吧，快点儿收拾！”说着，穆蓝就帮着艾生把东西塞进包里，一不小心把包里的东西都弄掉了。“哎呀！”穆蓝慌忙的弯腰在地上捡，却突然发现这掉在地上的一沓画纸上画的全都是自己，她愣住了，一张一张地捡起来看着，像是被人发现了秘密，艾生一把推开穆蓝，自己小心翼翼地捡起来。

“这些画……”

“没什么，今天不早了，我先回家了。”低着头收拾好东西，艾生背上自己的东西，匆匆地离开了，穆蓝看着艾生渐渐消失在人海中，心慢慢地沉淀着，一片空白，在昏暗的灯光下，穆蓝的眼睛渐渐地失去了焦距。

这些天穆蓝的心思有些乱，趴在窗台上托着下巴一晃就是半天，艾生的那些画确实触动了她，穆城翼问她，她也不说话，只是愣愣地出神。

“蓝蓝，你最近是不是有什么心事？”安慈问，一边说着话，一边给穆城翼削苹果。

“安姐姐，你说一个喜欢画画的人，他总在画里画一个异性，这代表什么呀？”穆蓝托着下巴看着外面湛蓝的天空愣愣地出神。

“如果画的是异性，说明这个异性在这个画手的心中很重要啊，如果是年纪偏大，那自然是自己的父亲或是母亲之类的，如果是同龄人，那更大的可能就是喜欢这个人啦。”安慈分析着说。

“喜欢啊。”穆蓝托着自己的下巴想着“喜欢”这个词语，然后又想想艾生这个人，怎么也没办法扯在一起的，她一直都觉得艾生就像是自己的一个铁哥们。

“怎么，蓝蓝，画的是你吧，你这么聪明，人家对你有意思，你肯定可以感觉得到啊。”

“以前我是可以感觉到，可是这一次不一样了，我更愿意把他当成我的知己，他可是我的粉丝哎，他连我小说人物的思想啊都能猜得透透的，很少有人可以这样的，所以我更愿意他是我的知己。”穆蓝纠结着，她的确对于艾生没有过多地想过什么，“哎呀，不想了，我要去公司，最近开除的人太多了，要想办法招聘去。”说着，穆蓝就挥挥手，走了。

穆蓝恍恍惚惚地走了。

“蓝蓝长这么大，我最担心的就是她的爱情。”穆城翼叹了口气说，这些年来，穆蓝的爱情路程确实让穆城翼头疼不已。

“蓝蓝不会这么快谈恋爱的，依我看来，蓝蓝是受伤太多了，不敢涉足爱情了。其实她早就有感觉这个男孩喜欢自己，只是因为前几次恋爱受了重创，让她不敢去有这种感觉，她还需要时间慢慢的调整自己，你也不用太担心，江临川的事情没有让她再次犯病说明蓝蓝的病已经痊愈了。”安慈时而托着下巴想问题，时而又摆出一副专家的姿态。

穆城翼看得入迷，安慈见他半天不说话，皱着眉把手在他眼前晃了晃，“走神了？”

“我就喜欢你这个样子，你面对病人侃侃而谈的时候很迷人，不知道你的病人有没有这样说过。”穆城翼微微笑着，静静地欣赏着眼前这个女人。

安慈脸色骤然变红，像是雨后沾着点点露珠的荷花，娇羞迷人，清新自然。

“安慈，你是该谈恋爱了……”

这句话幽幽地飘进安慈的耳朵里像是夏天里的一只飞虫飞进了耳朵，痒痒的，噪噪的。她一时竟然不知道说什么才好，这算是表白吗？还是这句话原本就只有表面意思，只是说自己该恋爱了没有什么暗示。

一些新闻铺天盖地地传来，每篇报道的头条都在围绕着戴若怡和穆蓝。戴若怡特别召开了新闻发布会，首次在媒体公开自己与导演的那段恋情，并且公开了自己与穆蓝的关系，公开道歉，声泪俱下地表示希望穆蓝可以回到自己身边。面对屏幕和媒体，戴若怡哭地梨花带雨，完全一副改过自新的慈母形象，这件事一时间闹得沸沸扬扬，几乎每天娱乐新闻的首页标题都是有关戴若怡的事件。不过戴若怡首次担当制片人的电视剧《舞世界》已经进入了杀青阶段的拍摄，马上就要后期制作与观众见面了，于是很多媒体都猜测说戴若怡把陈年往事搬出来，一把鼻涕一把泪的无非是进行一个宣传，为了电视剧的收视率罢了。

一直忙于公司开除各种走关系进公司的人，穆蓝这些日子都很少上 QQ，在公司里想起自己好多天没有上网了，于是习惯性地打开了电脑，没想到穆城翼的电脑还有密码，输了穆城翼的生日，显示密码错误，又输了自己的生日还是密码错误。穆蓝又想了想，乱输了几个组数字还是错误，于是给穆城翼打了电话。

“老哥，你那个密码是什么啊？我输了好几次都是密码错误。”穆蓝一边打着电话一边拿出一包巧克力威化饼吃。

“死丫头，你用我电脑干吗？”电话那边传来穆城翼有些焦急的声音，旁边还有安慈的声音。

“就许你天天在医院里泡着谈恋爱，不许我上个网啊？姑奶奶替你在这忙里忙外的，偷个懒都不行啊，真是的。”穆蓝猛咬一口威化饼故意把咀嚼的声音弄得很大。

“00060708，你别动我电脑里的东西，里面很多资料呢。游戏什么的都在 F 盘里，其他的别动。”

“好吧，这是什么密码啊，678 的，你赶紧谈恋爱吧，拜拜。”挂了电话，穆蓝还在疑惑老哥在电话里的声音有些不对劲，好像很紧张的样子，而且还特意告诉自己 F 盘里有游戏，肯定是不想让自己乱翻，她萌生了一个念头，这个电脑里肯定有什么秘密！

正当穆蓝想要揭开穆城翼电脑的谜底时，登录 QQ 成功，腾讯新闻跳了出来，穆蓝每次都会依次看一下，翻到娱乐新闻，一个大标题跃入眼帘《戴若怡声泪俱下求女儿原谅》。

穆蓝一瞬间忘了查看电脑秘密的事，直接点开了新闻。看着看着，穆蓝就觉得自己的血液都冲上了头顶，好像要冲出自己的脑袋冲到空中一样，骤然放大的瞳孔，焦灼的瞳人，穆蓝拿着鼠标的手在颤抖着，她关掉新闻的页面，哆嗦着拿起手机，发现自己根本就没有戴若怡的手机号，不小心看到了江临川的手机号，想了想还是没有拨出去。于是在网上百度出了戴若怡公司的地址，冲出了门。

穆蓝打车到了戴若怡的公司，走到门口被人拦了下来。

“让开，我找戴若怡那个死女人！”穆蓝霸气外露，怒视着眼前拦住自己的保安。

“哪来的野丫头？你也不看看这是什么地方，这是你能随便进来的地方吗？这里全都是明星，你八成是追星族吧，嘴里还这么不客气，快走，否则的话不客气了啊！”保安对于这种想要见明星的小姑娘可是见多了，丝毫不放在眼里。

“野丫头？你知道我是谁吗?！我告诉你，你快点让戴若怡给姑奶奶出来，否则让你吃不了兜着走！我告诉你，姑奶奶的身份也是不好惹的！”

“让她进来！”正当穆蓝与保安纠缠的时候，一个声音在旋转玻璃门里面传出来，保安一看可不得了，这不是公司的一姐戴若怡吗，赶紧让路。

“她是我女儿，有冒犯的地方多多包涵了。”戴若怡态度和蔼可亲，她在公司里人缘一直很好，这和她的温柔和对人的尊重是分不开的。

穆蓝看见戴若怡一身普通的装扮，身边带着上次自己在家里见过的助理。

“谁是你女儿?！戴若怡，我警告你，不要再胡言乱语！你以为我不知道你的目的吗？你们这样的明星我见多了，为了宣传自己的专辑、电视剧，不惜把自己的名誉清白搭上都在所不惜。我告诉你，戴若怡，想要为了你的电视剧宣传，不要带上我的名字，否则我就去法院告你！”穆蓝伸着胳膊，竖着手指指着戴若怡，那口气咄咄逼人，丝毫不给戴若怡面子。

“蓝蓝，我真的不是……”戴若怡想要解释什么，却被穆蓝打断。

“蓝蓝只有穆城翼可以叫我！你不配！我跟你半毛钱关系都没有，麻烦你不要提到我的名字，不管是在媒体面前，还是生活里，因为那是对我名字的一种玷污。”

不知道什么时候开始门外聚集了一批记者，对着这个场面又是拍照又是采访的，一下混乱起来，戴若怡的助理连忙替戴若怡解释，“小姐，不是你想的那样，怡姐真的是想补偿对你的亏欠，你就给她一次机会吧，毕竟事情过去了这么多年。”

“我跟你说话了吗?！你当然向着你的主子说话了！”

大批的记者涌过来，把穆蓝团团围住，戴若怡赶紧叫保安去拦，穆蓝被团团围住脱不了身，场面一度混乱。不知道是不是女人身上天生的母性，戴若怡赶紧冲过去将穆蓝护住了，一个劲儿地对着记者们说：“要是想采访，一会儿专门安排，大家小心点儿！别伤着人！我女儿年纪还小，离开了我这么多年，不认我也是应该的，请大家注意一下。”

穆蓝一把推开戴若怡，“别在这里假惺惺的，我不用你管！”

因为人群太拥挤了，一名摄像师高高举起摄像机，不小心被人碰了一下，没有拿好，眼看着就要砸在穆蓝头上了，戴若怡高喊一声：“小心！”将穆蓝推开，只听见“咣当”一声，摄像机砸在了戴若怡头上。摄像机只是轻轻地擦了一下穆蓝的脸，并无大碍，而戴若怡却倒在了地上，场面先是一片寂静，不知道是谁喊了一声“快救人！”大家才七手八脚地把戴若怡抬起来，有的去开车，将戴若怡送去医院。穆蓝愣愣地待在原地，站了好一会儿才离开。她拿出自己的包，看见一本《逆着风，狂舞》的精装版书，这才想起来当初想要送给艾生的，最近发生的事太多了，一直没有送出去，想想看反正自己也不知道去哪儿，好久没有去见艾生了，于是去了艾生的家。

艾生在打开门的一瞬间吃了一惊，手指指在半空中，半天说不出话来，穆蓝则自顾自地进了门，故作轻松地说：“怎么啦？看见我还活着，吓傻了吧？我过来可不是要看你的，我主要就是看看你还活着吗？嘿嘿，怎么样？看来我失望了，你活得挺好的，而且更结实了。”说着，拍了拍艾生的胸膛。

“你的脸怎么弄的？怎么会有血?”说着，艾生去找来药棉和药水，穆蓝用手一摸，湿湿的，这才知道自己的脸流血了。

“别动。”艾生温柔的用药棉擦拭的穆蓝的脸蛋，穆蓝看着艾生认真的表情和一丝不苟的眼神，偷偷地笑了笑。

“笑什么？不怕破相啊你?”艾生瞄了穆蓝一眼继续认真地帮穆蓝擦药。

穆蓝只就是笑，不说话，突然想起小时候，自己受伤那一次，穆城翼也是这样心疼地温柔地帮自己擦药。

“好了，你还是去医院一次，要不然留下伤疤怎么办？”艾生提醒地说。

“没关系啦，这点小伤算不了什么的，留下伤疤我也不会是丑女的。”穆蓝从包里拿出那本精装版的《逆着风，狂舞》，“送你！”

艾生拿到手上，欣喜若狂，“天啊，你怎么会有精装版呢？据说这个是限量版的，很难买到的，你是怎么办到的？”艾生开心得像个孩子。

“我当然可以……”穆蓝转转眼珠，还是不要告诉他自己就是作者好了，“我老哥作为一个木星集团的董事长，还是有些本事的啊，一本精装版的书，小意思啦。”

“那，谢啦！作为感谢，我请你吃饭。”艾生抚摸着这本书像是抚摸着一块宝贝。

“好啊。”穆蓝随意地应答着，在艾生的房子里转了转，发现艾生的小小书架上摆着的都是花木蓝的书，整整齐齐，有的破旧了卷了边，有的完整无损和刚买的一样，穆蓝的手指一一划过这些书，像是抚摸着自己的孩子。

“有什么好玩的，你自己应该比我的还多吧？我这里不完整，有的是在网上看的，书都卖完了，不过每一本我都有两本，一本自己看，一本留着收藏。”艾生说着。

“你这么喜欢花木蓝吗？”穆蓝仰着脖子，脸上带着欣喜的笑容，那样子十分地喜人。

“是啊，我觉得花木蓝的故事总能吸引我，这些年行走在路上，一直是她的书在陪伴我，我有时在想写书的这个女孩是什么样的，脑海中不断地勾画出她的样子，那种感觉像是谈恋爱。”艾生不好意思地抓抓头皮笑了，羞赧地低下头。

穆蓝偷偷地笑了笑，她还是第一次见到艾生这副样子呢，关于花木蓝的话题，她没有继续下去，也许是因为怕露出什么破绽，她想保持这样的感觉，等到合适的机会再把这个真相告诉艾生，这样或许更有意思吧。

戴若怡的新闻又上了头条，这次的新闻可谓劲爆，有的说戴若怡的女儿大闹经纪公司，并且大打出手，将戴若怡打伤入院；有的说戴若怡的女儿对其十分憎恨，将其打伤；有的说戴若怡自残以求女儿原谅；还有的说是不小心受伤的，各种新闻，各种报道，谁都不知道究竟谁说的是真的。总之有两样是真的，戴若怡和女儿不和以及戴若怡受伤住院了。

戴若怡的确受伤了，穆蓝亲眼看见大家七手八脚把她送去医院，只是不知道伤的那么严重，头部受伤，缝了十几针，而且有脑震荡的迹象，需要住院观察。

穆城翼知道了这件事，气坏了，赶紧打电话把穆蓝叫了回来。

“你这个死丫头，闯祸了知不知道?！你妈妈住院了！你给我好好解释一下，到底是怎么一回事？你有没有动手打人？”穆城翼气急败坏地把杂志向床上一扔。

“我没有妈妈。”穆蓝一梗脖子说。

“就算是你不认她，你也不能打人啊！”穆城翼拍着床板说，安慈连忙拉拉穆蓝，示意她别这么倔。

“我没有打人，我才不屑于打她呢，当时现场太混乱了，不知谁碰着摄像师了，摄像机摔了，砸着她了，跟我一点儿关系都没有。”说这话的时候，穆蓝说得很慢，她一直在犹豫是不是要说出是为了自己才砸着的，这件事就像是一个结，尽管穆蓝不说，这件事还是在她的心里打了一个死结。

清楚了事实，穆城翼也安静下来，火山爆发一样脾气也收住了，叹了口气，平躺下。

“正好就在医院里，你抽空去看看，怎么说也是十月怀胎生了你，做人不能没有良心。”

“我不去。”穆蓝不等穆城翼把话说完，嘴里立马吐出这句话，说的干脆利落，她永远都是这样，拒绝人拒绝得很快，让人接受不了。

“你！”

“老哥，你火急火燎的把我喊回来干吗？我还上课呢，回头你又教训我说我逃课！我回去啦！”说完，还不等穆城翼说话，她已经“咣当”一声关上了病房的门。

回了学校，穆蓝走在学校的林荫小路上，总感觉背后有人对自己指指点点，路过自己的人总用一种异样的眼光看着自己。穆蓝紧皱着眉头，额头上都出现了一个“川”字，自己在学校的知名度是不低，那都是因为自己在学校的种种劣迹以及美丽程度，但是也没有到这种回头率百分之百的境界啊，穆蓝想着走进了教室。

屁股刚一挨到椅子，同学们立马一窝蜂地冲了过来，七嘴八舌地说了出来。

“穆蓝，想不到你妈妈是戴若怡啊？我爸爸可喜欢她了，你能不能帮我要一个签名啊？”

“穆蓝，穆蓝，戴若怡和楚星儿是一个公司的，我可喜欢她了，你可不可以让你妈妈帮我要一个签名啊？”

“穆蓝，我可是戴若怡的铁杆粉丝，我能不能借你的光，和她合个影啊？拜托拜托啦。”

……

这样你一句我一句地说着，穆蓝总算是明白了，原来他们都是在电视上看见了那一段画面，自己的同学自然可以认出自己，一下子可不就在学校里传开了。穆蓝是大意了，她忘记了学校可是娱乐新闻最先波及的地方，并且是娱乐新闻的加工厂。

上课铃声一响，这些人才坐回到自己的位置上，穆蓝的心却怎么也安静不下来，像是心里长着一团乱草，扎得自己心里难受。

这堂课，穆蓝什么也听不进去，直愣愣地看着黑板，不理会同学们上课的任何眼色和丢过来的纸条，一直到下课铃响了，她的思绪才飘了回来。迅速地收拾书包，准备离开，一个人挡住了自己的去路，邵美琪，穆蓝在班里的死对头。邵美琪在穆蓝眼里是个蛇蝎美人，她承认邵美琪的飘逸长发确实迷倒了不少的男生，但是这种来来回回换男朋友的货色，她的确瞧不上眼。

“咱们大家还是别求穆蓝同学帮咱们要签名了，你们没看新闻吗？人家穆蓝是个私生女，可不想把这件事情闹大，人家和自己三十岁的哥哥住得挺好的，干吗回到那个抛弃自己的女人身边啊？”邵美琪的声音很大，语调轻蔑，故意把“私生女”和“三十岁的哥哥”说得格外大声。

“你什么意思?!”穆蓝瞪着眼睛，怒视邵美琪。

“我没什么意思啊，这是事实嘛，你这身世真的可以写进小说里了，要是能写成小说啊，我们这些人肯定都HOLD不住啦！”邵美琪太了解穆蓝的脾气了，点火就着，你骂很难听的话，她反倒不生气，就是这种谁都听得出来的暗骂才会激怒她。所以，邵美琪轻而易举就可以激怒穆蓝，不费吹灰之力。

“闭上你的嘴，我告诉你，邵美琪，你丫的少给我瞎嘚瑟！小心我揍你！”穆蓝的声音霸气十足。

“哟，你还想打人啊？这里可是学校！”邵美琪有些害怕了，一直后退着，穆蓝的样子像是要一口把自己吞进肚子里。

穆蓝轻蔑地看了一眼，拿起自己的书包就走，邵美琪见穆蓝一副得意的样子，紧接着就说：“天知道一个二十岁的女人和一个三十岁的男人住在一起，会发生什么事，也许早就那个了。”

穆蓝把自己的书包一扔，一下子就转过身来，冲着邵美琪就冲了过去，两个人厮打起来。邵美琪都忘了自己是九〇后，穆蓝也是九〇后，九〇后做事都不会考虑后果的，只要这一刻自己舒服还真就什么事都能做得出来。

大学女生的打架现场往往比男生更恐怖，不一会儿，邵美琪的脸上就都是血印了，头发凌乱的像是鸡窝，衣服也都被扯了，而穆蓝脸上也有几个血印，但是比起邵美琪好多了，她毕竟力气大得多，邵美琪哪里是她的对手。

直到邵美琪求饶，穆蓝才停了手，旁边的同学都看着，谁也不劝架，事不关己高高挂起，这已经习以为常了。

穆蓝整理一下衣服，拿上自己的书包走了，最近自己正心烦，偏偏送上一个出气筒，她自然不会放过了。

穆蓝不肯去医院看望戴若怡，穆城翼总觉得过意不去，只好自己亲自去了。好在就在一个医院里，很方便，安慈陪着穆城翼一起去的。

戴若怡躺在病床上，头上缠着厚厚的纱布，看上去面色憔悴，毫无精神，比起电视上光鲜照人的她简直判若两人，看见穆城翼过来，戴若怡赶紧坐起来，吩咐小保姆拿来椅子，让他们两个人坐下。

“蓝蓝这个孩子就是倔，我真不知道会发生这种事，有什么事还请你多担待着点儿。”穆城翼语气温和，态度可亲。

“蓝蓝不肯过来看我吧？”戴若怡面带笑意，眼神却有些落寞，“毕竟是自己的亲骨肉，也怪我当初太自私，蓝蓝怪我是应该的，这一次好在伤的不是蓝蓝，要不然我这罪孽就洗不清了。”

“这到底是怎么回事啊？”穆城翼听的一头雾水。

“你们还不知道啊，怡姐可是为了救她才受的伤，要不是怡姐把她推开，砸着的人可就是她了。”小保姆在一边说，话语里有些讽刺和不满。

“小琴！”戴若怡立马制止她说下去，小琴撇撇嘴，拿着水壶走了出去。

“原来是这样，这个蓝蓝，太过分了，还骗我！”穆城翼忍住怒气，“你放心吧，我肯定会叫蓝蓝认你的，这个孩子太不听话了！”

此时此刻的穆蓝还在艾生那里寻找安慰呢，艾生用药棉轻轻的帮她擦着脸上的伤口，穆蓝不喊也不叫，很享受的享受着这些时光，眼睛眨也不眨地看着艾生，艾生很认真，并没有注意到这些。

上好药，艾生一边收拾药箱，一边抱怨地说：“我说，你能不能不总把自己弄成这样才来找我啊，我又不是你的专用医生。”

“你就是我的专用医生啊，一般人谁敢这样碰我的脸啊，我灭了他！也就是你，我给你的特权！”穆蓝骄傲地说着，拿着镜子看看自己的脸，“又添了新伤口，我快没人要了！”

“我要！”艾生脱口而出，说完，立马闭嘴，然后把药箱放了起来。

穆蓝偷偷地笑笑，“哎，我来找你有事的，你说我是不是应该去看望一下戴若怡呢，我心里总结着一个疙瘩，不好受。”

“你又做了什么亏心事？我这里可不是教堂，没办法为你洗清罪孽，你不会把我当成神父了吧？”艾生放好药箱走出来。

“戴若怡受伤住院了你知道吧？我告诉你，你可不许骂我，你发誓！”穆蓝从窗台上跳下来，神秘兮兮地指着艾生说。

“好，我发誓，你快说吧。”艾生对于这个爱闯祸的女人还真是头疼。

“其实戴若怡是为了救我才受伤的，那个摄像机应该是砸在我头上的，但是她为了保护我，把我推开了，所以最后受伤的人成了她。”穆蓝并不是一个没有良心的人，她知道人家是为了自己才受伤了，多少觉得有些过意不去。

艾生听见这些，抱起肩膀，刚要开口。

“你发过誓不会骂我的！”穆蓝立即封住了他的嘴。

“好吧，那你真的应该去看看人家，就算是素不相识的人，救了你，你也应该去看看啊，更何况她是你的……”

“住嘴！不许说！”穆蓝噘着嘴，不准艾生再说话，她就是这样，就是知道自己犯了错，也不许别人说出来，“是她自己愿意的，我又没有逼她！”

“好，好，好，我不说了，我不说你来找我干吗？”艾生坐在画板前，拿起了画笔。

“说点儿开心的，童鞋，花木蓝最近要举办一场签名售书哎，就在图书大厦，限人数的，我弄了两张票，你去不去呀？”穆蓝用身体一拱艾生。

“花木蓝可是从来都不会在公众场合露脸的，”艾生犹豫了一下，“还是不要去了吧，我觉得还是保留一点儿神秘感比较好，万一这个花木蓝是个丑八怪呢，不就把我心里的美好形象全都打破了嘛，我还是保留一点幻想比较好。”

“你们怎么都是以貌取人呢，喜欢人家的书就是喜欢人家的书，长什么样不行啊，再说了，谁说人家是丑八怪了呀?”穆蓝急了眼。

“你见过啊，你又没见过，万一真的是呢，这可说不准，一般有才华的人都不会太好看的。老天爷是公平的，给了你才华就不会再给你美貌了。”

“就算是丑八怪，见就见呗，有什么呀，再说了，我好不容易把这票弄到手了，人家可是特意为你弄来的，你说不去了，太伤人了吧!”穆蓝佯装生气地说。

“那好吧，”艾生犹豫了一下，“就当是陪你去。”

“真的?!”穆蓝开心地跳起来。

“有那么高兴吗?”艾生觉得最近的穆蓝有些莫名其妙。

“那就说好了，星期天下午四点钟，图书大厦门口，不见不散！我先走啦，拜拜!”穆蓝拿起自己的书包，屁颠屁颠地走出了门，艾生放下画笔，看着穆蓝刚刚坐过的窗台，似乎还可以看到穆蓝笑靥如花的样子。他的心很乱，好一会儿，他才跑到卧室那边的窗台，看见穆蓝刚刚走出楼道，正迈着轻快的步子向前走。

一股冲动在他的胸间流淌，他突然大喊一声：“穆蓝，我们恋爱吧!”

穆蓝停住了脚步，原地转过身，仰着头看着窗台上掀着窗帘看着自己的艾生，然后笑了，那笑容很美很美，像是一朵太阳花绽放在太阳底下，似乎她早就等待这一刻的到来。

她使劲儿点点头。

楼上的艾生笑了，这颗心总算是安静下来。

“我等你这句话很久了!”穆蓝站在楼下喊。然后使劲儿地挥挥手。

没有拥抱，没有亲吻，他们就这样在一瞬间恋爱了，一个楼上，一个楼下，穆蓝没有再次跑上楼，艾生也没有跑下楼，就这样隔离着空间和空气。他们觉得很美，他们凝视着对方好久，没有只言片语，也许一段恋爱的开始，过多的语言反而破坏了感情的美丽，这样挺好。

穆蓝在回家的路上还哼着小曲，她可是十分期待艾生知道自己就是一直爱慕的偶像会是什么样的表情，会不会嘴巴张得很大，可以塞下一个鸡蛋呢？穆蓝偷笑着，自己应该带一个鸡蛋过去，试一下，哈哈。当她终于愿意开始另一段恋情的时候，上一段恋情的影响已经离她远去，偶尔也会想起，只是那已经是过去的事情了。

# 第十一章

“好啊你个死丫头，学会撒谎了，我看你是无可救药了你！”穆城翼拿着杂志卷成一团敲着穆蓝的脑袋。

“我没有撒谎好不好？顶多就是个隐瞒事实嘛。”穆蓝摸着自己的头，有些委屈又觉得自己理亏。

“你还知道你自己隐瞒事实啊！走，现在就跟我去找你妈妈，去给她道歉！”穆城翼从病床上下来，揪着穆蓝的耳朵一路拎到了戴若怡的病房。

戴若怡看见穆蓝进来了，赶紧坐起来，把穆城翼和穆蓝招呼进来。

穆蓝站在一边不说话，穆城翼踢了她一脚，“你哑巴了？说话呀！”

“我没有错啊，是她自己要替我挡下的，又不是我逼的，更不是我把摄像机扔到她那儿的，我凭什么要道歉啊。”穆蓝歪着脖子，都不正眼看戴若怡。

“蓝蓝！”穆城翼瞪着穆蓝，恨不得把穆蓝吃掉似的。

戴若怡却微笑着，眼睛眯成了一条缝，“没关系，是应该的，蓝蓝，我听说你是个网络作家，还几次上过畅销女作家排行榜呢，现在呢？怎么样啊？要不要我帮帮你？”戴若怡说话的时候，完全是一副慈母的形象。

“你怎么知道?！你派人调查我?!”穆蓝脸色突变，黑着一张脸看着戴若怡。“连我老哥都不知道的事情，你怎么可能知道?！你这个女人仗着自己在演艺圈有些地位就随便调查我是不是?！你也太狠毒了吧？”

“蓝蓝，知道你是网络作家有什么稀奇的，有很多人都知道，别人知道个什么事还就是调查你，你以为你自己是什么大明星啊！”穆城翼呵斥道。

穆蓝却完全不理会穆城翼，“我用花木蓝的名字写书五年了，出了二十几本书，没有一本书上登着我的照片，没有参加过任何一场签售，就连编辑都没见过我，我和老哥在同一个屋檐下生活了十几年，他都不知道的事，你怎么可能知道，你说你没派人调查过谁相信！”

戴若怡脸色微红，不敢正视穆蓝的眼睛，没错，在找到自己这个女儿之前，她费了好大的工夫来让人寻找穆蓝，她的确找人好好地调查了一番。

“怎么样？不敢说话了，被我说中了吧！”

“我也是为了多了解你，这样好多关心你一下，蓝蓝，我没别的意思，请你别误会!”

“够了！别叫我蓝蓝，我说过很多次了！我听着恶心!”

不知道什么时候门外已经聚集了几个记者，穆蓝冲出门外，看见这帮记者对着自己又是拍照又是问问题，转过头去对着戴若怡大吼：“戴若怡，我告诉你，我永远都不会原谅你，我再也不想看见你！以后休想拿我给你炒作！休想!”

戴若怡绝望地躺在床上，两行清泪顺着她已经有些皱纹的眼角徐徐流淌下来，她的眼神里毫无生气，她望着天花板默默地说了一声：“这下完了，误会越来越大，再也解不开了。”

穆城翼也深深地叹了口气说：“别太难过了，蓝蓝不是不懂事的孩子，她会慢慢想明白的，她需要时间，多给她一点儿时间吧。”说着，穆城翼慢慢地退出了房间。

穆蓝是真的被气坏了，一个人跑回了家，穆城翼打了好几个电话都不接，后来干脆关机了。

“你也别为难蓝蓝，谁经历这样的事也需要时间去接受的。”安慈缓缓地说，语气温润，犹如羊脂白玉。

穆城翼看看安慈，笑了，自己出车祸住院这段时间穆蓝又经历这么多事，还多亏了安慈在自己身边细心地照料，耐心地开导，他抓住安慈的手，安慈有些意外，转过头去不敢看着他。

“安慈，你愿意和我在一起吗？我想出了病房，就走进婚房，你觉得好吗？”穆城翼语气轻柔，不知道是一个爱人的温柔，还是病人的虚弱。

安慈吓了一跳，脸“唰”的一下就红透了，她触电一般地把手抽出来，“不，对不起，我还没有思想准备。”安慈逃一样地离开了病房。穆城翼的手还停留在半空中，安慈已经逃得无影无踪了，他也不知道这是怎么了，总觉得自己和安慈已经是水到渠成的事情，却没想到会是这样。唉！穆城翼叹了口气，自己的爱情之路为什么这么不顺利呢？

安慈边走边流泪，她不知道自己是应该高兴还是应该悲伤，多年的守护终于熬到头了，可是她又觉得这样不好，她不确定穆城翼爱的是自己，还是陈慈安，毕竟自己和陈慈安那么相像，不管是人，还是名字。

和艾生总算是确立了关系，艾生并不清楚自己怎么突然一瞬间想要和这个女孩子在一起，他愿意放弃自己的梦想，守候在这个城市，守候着那个喜欢的女孩。

青青草地上，蓝天白云，阳光一片大好，穆蓝面带微笑，躺在艾生的腿上。艾生呢，双手支撑在草地上，眯着眼望着蓝天白云，一副很美好的画面。

“穆蓝，你去过西藏吗?”艾生突然望着蓝天发问。

“没有，其实我很想去的，但是我一直都有点儿低血糖，我老哥担心我高原反应太严重，不允许我去。”穆蓝坐了起来。

“西藏的天要比这里的天还要蓝，还要漂亮。”艾生充满神往地说。

“是吗?那有机会咱们一起去西藏吧!”穆蓝充满惊奇地说。

“你知道吗?我一直都有一个梦想，带着心爱的女孩去西藏，那个最淳朴、最原始，也最纯洁的地方，在那里画画、放牧、发呆。”艾生脑海中浮现出西藏的画面，没错，那一直是他的梦想。

“好美啊，艾生，咱们一起去吧，只不过现在的我还有太多的事情要处理，我脱不开身，等我把这里的事情都处理好了，了无牵挂了，咱们就去西藏吧!看多了城市的繁杂，去一个淳朴的地方才是一种享受，如果好玩的话，那就干脆定居好了。”

穆蓝的话一下子点亮了艾生，“你真的愿意在西藏定居?”

“嗯，是啊，怎么了，我不能喜欢在西藏定居啊?”

“你不怕那里很闷，没有人陪你玩吗?”

“如果觉得闷了，那就回来一段时间，见见朋友什么的，然后再回去呀，人不可能在一个地方待一辈子，总会有烦的时候。”

艾生一下子就把穆蓝抱在了怀里，其实他一直想找这样一个女孩，一个愿意返璞归真的女孩子。他开始并不觉得穆蓝是这样的女孩，她更像是一个都市里的时尚女生，踩着时尚的潮流，迈着流行的步伐生活在大都市里，可是他还是无可救药地爱上她，本来还打算为她改变自己，没想到穆蓝的真实想法，让他大感意外，这不能不说是一个大大的惊喜。

“你怎么了呀?你那么想去西藏啊?那咱们拉钩，不许反悔啊!”穆蓝伸出了自己的小拇指，艾生看看穆蓝调皮的脸蛋，也伸出了自己的小拇指。

“拉钩上吊，一百年不许变!”

他们就这样恋爱了，似乎是冥冥之中的心有灵犀，没有过多的言语，更没有什么明显的行动，一句“我们恋爱吧”就确定了两个人的关系，并且非常默契地如同一对相濡以沫的情侣。

穆城翼终于出院了，出院的这一天既没有穆蓝，也没有安慈，一个人孤孤单单地开着车回了家，心里十分别扭。回到家，保姆紫鹃立马迎了上来。

“穆总，您可算回来了。”紫鹃连忙接过穆城翼的外套挂在了衣架上。

“蓝蓝呢?”这个死丫头连出院都不理会自己，正想要教训她一顿呢。

“蓝蓝在楼上呢。”

穆城翼什么也没说，直接就上了楼，看见穆蓝的门开着一条缝，向里面瞧了瞧，穆蓝正在电脑前噼里啪啦地打着字，样子很认真。穆城翼轻轻地推开门走了进去，穆蓝竟然丝毫没有察觉到，穆城翼心想这孩子也就在写作的时候才能这么认真吧。

直到穆城翼走到穆蓝身边，穆蓝才察觉到，抬头看了看穆城翼，瞥了他一眼，继续写自己的，两个人谁也不说话。

电脑上突然跳出一个对话框，是一个编辑，又在催稿子。

“催，催，催，就知道催，再催姑奶奶就不写了!”穆蓝关了对话框，干脆退出了 QQ，猛一抬头，对着穆城翼大喊:“都怨你们，闹得我这么长时间没写东西，都没灵感了！编辑现在总催我！都快要把我催死了！哼!”

穆城翼哭笑不得，拉拉穆蓝的辫子，穆蓝把他的手打开，穆城翼又拉她的辫子，穆蓝又开始躲，这样来来回回好几次，穆蓝就笑了出来，“老哥，你最讨厌!”

“好啦，我家小姑奶奶小祖宗，你就别闹了啊，你老哥我今天出院你都不去，你就这么记恨我!”穆城翼拉椅子过来坐在了穆蓝身边。

“我去干吗啊？那不是有安姐姐在嘛，我去了还不是给你们当电灯泡?我才不去呢。”穆蓝顺手拿起桌子上的酸奶喝了起来。

“要是这样就好了，快点儿给老哥出出主意，别写了。”穆城翼把穆蓝的身体扳过来，“我都跟安慈把话说得清清楚楚了，你说她怎么就不同意呢?”

“你求婚啦?”穆蓝瞪大眼睛问。

“嗯……也算是吧，反正我说得已经很清楚了，可是她……跑了。”穆城翼真是百思不得其解，“你快给我想想办法，你这大作家，写了那么多爱情故事，快给老哥分析分析。”

穆蓝昂着脖子，十分地骄傲，“现在想起我是大作家来了，哼哼，我不是吹啊，老哥，你看我谈过这么多场恋爱就知道我可是经验丰富的大专家。一般的问题还真的难不倒我，你算是问对人啦!”穆蓝像个大人似的一拍穆城翼的肩膀。

“少废话，快点儿说。”穆城翼可不想在这里听她吹牛。

“你呀，还是正正经经地求个婚，你和陈慈安的那一段故事，安姐姐可是知道的，你想想啊，你对安姐姐的重视程度若是让安姐姐觉得比不上当初对陈慈安，她肯定就觉得你不够爱她，所以你就搞个浪漫一点儿的求婚，保证搞定！”穆蓝拍着胸脯说。

穆城翼听到陈慈安的名字还是有些忌讳的，愣了一下。

穆蓝使劲儿一推他，这才回过神来。

“老哥，你还惦记着那个女人呢啊，那你可别追安姐姐，我可不想让你毁了人家。”

“瞎说什么，你快说怎么浪漫？怎么求婚？”穆城翼总算是回到了正题上。

“嘿嘿，这个还是你自己想吧，我帮不上忙的。”

穆城翼陷入沉思，浪漫，求婚……脑海中不断地出现这两个词语。穆蓝偷偷地笑了笑，还是让这个男人好好地想想吧，在商场上叱咤风云，在婚姻上也应该是叱咤风云。

穆蓝没有那么多时间管穆城翼，她自己也恋爱了，一个计划正在酝酿着。

就在穆蓝的大计划正在准备时，她的身份却曝光了，原因自然还是戴若怡，上次去戴若怡的病房这一幕被记者都拍了下来，戴若怡也说出了穆蓝就是九〇后网络畅销作家花木蓝，这个消息可谓劲爆。当初花木蓝成名之际，一些粉丝就纷纷向出版社建议为什么书上连一张花木蓝的照片都没有，编辑和出版社向穆蓝索要了多少次，穆蓝始终坚持不露面，所以成名的这几年穆蓝一直都十分低调，没有一场签售，没有一张照片。然而，近期刚刚有消息说花木蓝要举办第一场签售，这个消息的到来和戴若怡的女儿就是花木蓝这个消息一前一后的劲爆登场，不禁让某些媒体怀疑花木蓝正在走下坡路，只能靠着炒作来维持自己的销量。

对于这一系列的猜测，一股烈火在穆蓝的胸腔里积聚着，要不是因为自己的计划正在进行中，穆蓝非要发动自己网络上的好友把这些捏造事实的人骂得体无完肤，再也不敢出来混了。可是这股气她忍住了，唯一可以做的就是祈祷艾生没有看见这些新闻。

终于挨到了签售会，这一天再不到来，穆蓝就要被那些新闻气炸了，两个人约好在华东书店的门口见面，一起去参加花木蓝的签售会。

华东书店。

这里是山京市最大的书店，很多名人作家都来这里做过签售会，能把穆蓝的签售会安排在这里，可见穆蓝的地位了。离签售会开始还有一个小时的时间，这里已经是里三层外三层了，激动的粉丝们早就期待一睹偶像芳容了。

穆蓝早早地就来到了现场，当然她肯定是偷偷过来的，藏在了书店为她准备的休息室里。穆蓝化了一个淡淡的彩妆，比平时又多了几分冷艳感，亮蓝色机车外套，紧身牛仔裤，运动鞋，今天的穆蓝酷劲儿十足。看看手表，都已经两点了，签售会正式开始是在三点钟，穆蓝和艾生约好两点半钟在书店门口见面的，穆蓝现在坐不住了，打开门缝看了看，没有人，穆蓝换了一下衣服，偷偷地溜了出去，一边走一边给艾生发短信说门口太乱约在书店后面。穆蓝刚刚走到书店后面，翘首期盼艾生的到来，一想到自己伟大的计划，穆蓝都会偷笑出来。有人拍自己的肩膀，穆蓝吓了一跳，一转身看见了艾生。

“嘿嘿，挺早的嘛，走吧，进去占座去。”穆蓝一拉艾生的手，艾生没有动，穆蓝的笑容消失了，看着艾生的脸，冷冰冰的，毫无生气。

“很好玩儿吗?”艾生的语气更是比他的脸还要冷上三分。

“怎么啦？你这是?”穆蓝并不知道发生了什么事。

“跟我进去，不一会儿说自己要上厕所或者找个什么样的理由离开，把我一个人留在这里，然后换了衣服坐在签售的座位上，等到签售的时候让我大吃一惊，知道自己刚刚恋爱的女朋友是自己的偶像，然后欣喜若狂地参加签售。穆蓝，你真的觉得我就是这样一个任人戏弄的白痴吗?”艾生冷笑着描述穆蓝的打算。

穆蓝不得不承认，艾生对自己的了解已经深入骨髓了，就像是自己肚子里的蛔虫，自己想什么他都知道得一清二楚。

“我不是那个意思，我只是想给你一个惊喜，我没有要耍你的意思，只是以一种特别的方式告诉你我就是花木蓝。”穆蓝试图向一脸怒气的艾生解释。

“惊喜?”艾生轻蔑地笑了一声，“我又不是三岁的小孩子，说自己手里没有糖果，然后你突然变出来就会开心地拍着手叫，不好意思，我不想当成一个小丑被人在这里耍。”艾生一转身，穆蓝试图抓住他的手，艾生将胳膊一扬，紫色的格子衬衫扬起，他大步向前地离开，把穆蓝狠狠地甩在了后面。

穆蓝愣愣地站在原地，看着那个紫色的格子衬衫最终化成一个紫色的点，渐渐消失在自己的视野里。穆蓝只觉得自己的心里空空的，她逃离了这个书店，像是一个丢盔弃甲的逃兵一样，她的整个计划都是为了艾生，可是主角都不在了，这场戏就没有了演下去的必要。

穆蓝像一阵风一样冲进了家门，穆城翼手里的报纸都被吹起来了。

“嗯？你不是去参加签售了吗？这么快就结束了？刚才电视上还说人山人海的呢，不可能就签完了啊。”穆城翼放下手里的报纸，他原本还打算去参加签售的。

“没心情。”穆蓝丢下这句话跑上了楼。

穆城翼赶紧跟上楼去，穆蓝把自己重重地摔在床上，枕头压在脑袋上，这个时候手机响了起来，一看不是艾生，是书店的负责人，她一下就把手机扔了出去。

“你这又犯什么病了你，第一次签售就放人家鸽子！快起来！给我回去。”穆城翼拿起穆蓝头上的枕头，穆蓝坐了起来，“我不要去，我现在没心情去做什么签售!”

“什么叫没心情，这不是有心情没心情的事情，这是责任！你知道吗？你的粉丝为了这一天等了多久了！你今天的成就要是没有那些粉丝会这样吗？已经跟人家说好了做一场签售，你这是毁约，是不诚信的表现!”穆城翼的情绪也有些激动。

“我就是这样，我毁约了，我没信用！我不值得那些粉丝喜欢！行了吧!”穆蓝站起来，把穆城翼推了出去，把自己反锁在里面，穆城翼没办法，狠狠地砸了几下门之后下了楼。

穆蓝的新书刚刚上市销售平平，甚至受到了抵制，都是那场签售惹的祸，粉丝很气愤，书店的负责人也很气愤，就连出版商都十分气愤。穆蓝家的电话都被打爆了，因为穆蓝的手机一直处于无法接通的状态，人家只好打到家里，穆城翼一个劲儿地跟人家道歉，甚至说要弥补这次新书发布的损失。更重要的还是粉丝们，以前花木蓝是有自己的官方网站的，粉丝们还为她专门搞了贴吧和粉丝群。这下倒好，只有少数人还维护着穆蓝，谅解她肯定是有什么原因，大部分人还是觉得穆蓝这样太过分了，认为她在耍粉丝，耍大牌，有的退了群，有的在网上无理谩骂，有的甚至发誓再也不买花木蓝的书。也有一些杂志的所谓专栏作家批判说九〇后没有责任心，随心所欲。

只是粉丝骂也好，出版商责怪也好，批评家批评也好，这个当事人始终就是不出现，就好像是从人间蒸发了一样，没有出来解释一句，也不为自己辩解。

穆蓝这些天窝在自己的房间里，就是不出门，穆城翼好几次进来都被骂了出去。

看看自己的手机摔坏了，穆蓝又扔在了地上，一个人拿着一杯可乐坐在阳台上晒太阳。穆城翼敲了敲门走了进来，穆蓝瞥了他一眼，没说话，穆城翼知道这是状态好一点儿了，走了过去，踢踢穆蓝光着的小脚，“行了吧，穆大小姐，出去遛遛去。”

“没心情。”穆蓝看也不看穆城翼一眼，闭着眼睛，享受着日光浴。

“走吧。”穆城翼拉着她的胳膊，“我订了豪华包间，唱歌去吧，好久没去过了。”说着，连拉带拽地把穆蓝拉了起来，塞进车里，去了KTV。

这家的服务员都认识穆家两兄妹，不过兄妹两个同时来可是十分少见，一个神采奕奕，一个无精打采，还真是奇怪。穆城翼要了一打啤酒，几个果盘，把桌子都占满了，他一个人拿着麦克风唱的嗓子都疼了，穆蓝只顾着一个人坐在那里吃薯条。

穆城翼看看穆蓝，点了暂停键。坐到了穆蓝身边，先是笑了笑，“哎，我还记得第一次带你去肯德基的时候，你吃薯条的时候把番茄酱弄得满脸都是，之后的每次都是，怎么今天脸上这么干净啊？啊？到底是长大了，爱美了啊！”

“长大了。”穆蓝心不在焉地说。

“屁呀！”说着，穆城翼拿着薯条蘸上番茄酱抹在了穆蓝的脸上。

“老哥！讨厌！”穆蓝擦着脸上的番茄酱。

穆城翼没有停下来的意思，直到穆蓝开始反击，两个人弄得满身都是红色的番茄酱，不仔细看还以为受了伤呢，打闹了一会儿，穆城翼突然拿起了啤酒，打开了一瓶倒满了两大杯，一杯推向穆蓝，“来吧，姑奶奶，老哥知道你能喝，陪老哥喝两杯！”

“什么叫陪你喝两杯啊，我心情不好，应该是你陪我喝两杯。”说着，穆蓝拿起杯子碰了一下穆城翼的杯子，咕咚咕咚地就喝了个精光。穆城翼看了可真是大开眼界，知道自己的妹妹能喝，可是竟然这么能喝，他可不能输了，拿起杯子也是一饮而尽。喝完了，穆蓝还不尽兴，拿过啤酒瓶开了两瓶，直接递给穆城翼一整瓶，“老哥，我干了，你随意！”穆蓝豪爽地说。

穆城翼终于知道穆蓝在外面是怎么喝酒的了，怪不得每次都喝得醉醺醺地回家，穆蓝都喝光了，穆城翼也不好意思不喝，也跟着喝光了。一来二往，两个人都有点儿多了，穆蓝开始去唱歌，刚要点歌，看见穆城翼已经为自己点了很多歌，而且都是她喜欢的，穆蓝傻傻地笑了笑，“老哥，你还真是了解我。”说完，穆蓝就唱了起来。之后的时间，他们都在唱歌，一首接着一首的吼，最后实在是唱不出来了，穆蓝依偎在穆城翼的怀里，哑着嗓子说：“老哥，我真希望以后只有我们两个人一起唱歌，任何人都是多余的，嘿嘿。”说着便睡了过去。

穆城翼笑了笑，今天怕是回不去，尽管自己还没有和穆蓝一样醉得不省人事，但是开车肯定是不行了，他把穆蓝背出KTV，直接在附近找了一家酒店住了下来。躺在床上穆城翼睡不着了，看着穆蓝熟睡的脸庞，竟然也能笑出声来。穆城翼轻轻地抚摸着穆蓝的脸，想想看十年前，穆蓝才那么大，如今已经是大姑娘了。

就在酒店里，这对兄妹度过了一个安宁的夜晚。第二天起来，穆城翼去上班了，临走的时候叫醒了穆蓝，穆蓝翻了个身，哼哼了两声继续睡觉，一直睡到十一点钟，酒店前台的服务员打来电话问今天是否退房的时候，她才醒过来。昨天一整夜的发泄的确效果不错，穆蓝洗了个澡，清醒了不少，决定去找艾生。退房的时候发现昨天穆城翼太匆忙拿了一打钱就做了押金，服务员退给自己的时候，穆蓝数了数足足有八百块，不仅偷着笑了笑，白白的发了一笔横财，心情立即大好。想了想，还是去找艾生吧。

艾生在家里画画，一想到穆蓝就气得画笔都拿不好，一个上午看看自己的画只画了一点点，而且糟糕透了，正想撕掉，门铃响了，站起来去开门，打开门什么都没有，看看四周还是什么都没有，可能是小孩子的恶作剧吧。艾生想着关上门走了回去，可是刚坐下，门铃又响了起来，不想去开门又怕错过别的人，艾生还是站起来去开门，结果还是什么都没有，艾生生气地把门“砰”的关上，可是刚刚走回房间，门铃还是不厌其烦地响了起来，艾生坚持不去开门，没想到门铃响个不停，被逼无奈的艾生再次开门，刚想破口大骂一句，一张鬼脸出现在自己眼前。

“哈哈哈，吓着你了吧？”穆蓝拿开鬼脸，出现在艾生面前。

“很好玩儿吗？”艾生先是吓了一跳，然后就是绷着脸抱着肩膀审视着穆蓝。

“干吗？别这样啊，我是来道歉的，你就别生气啦，好不好啊？”穆蓝抓起艾生的双手，艾生用力一扬，转身回了房间，关上了门，把穆蓝关在了门外。

“喂，别闹了，开门！你就这么忍心把我扔在门外啊！”穆蓝用力砸着门。

艾生走进卧室，戴上了耳机。

穆蓝砸了一会儿门，手都疼了，也只好放弃。看来这个新时代的阿哥真的生气了。

之后的几天，艾生接连遭到了穆蓝的骚扰，早上起来门口突然出现的鬼脸娃娃，画画的时候突然过来一个小朋友送上礼物，打开一看一只蜥蜴跳了出来。对于这一切艾生都好像准备好了一样，没有丝毫的吃惊，但是他倒是很期待下一次出现的恶作剧会在哪里，就在他开始有所期待的时候，穆蓝的恶作剧却突然失踪了。

穆蓝对于给艾生捣蛋可是非常有兴趣，不过她最近没了时间，有更重要的事情去做。吃过午饭，穆蓝就来到了安慈的心理诊所，安慈有病人在，没办法接待穆蓝，穆蓝就自己转转看看的，这才发现以前自己来这里看病，从来没有真正欣赏过这里，原来这里还有这么多稀奇的东西，安慈接待完病人，就直接来到了这间休息室找穆蓝。

“蓝蓝，怎么今天有时间来找我啊？”安慈用力在微笑，但是还是掩饰不住她的疲惫。

“安姐姐，你最近很累啊？黑眼圈都出来了。”穆蓝凑近安慈看。

安慈深呼一口气，一脸的疲惫，“是啊，最近病人很多，预约的人已经排到下个星期了，确实挺忙的。说吧，找我什么事？”

“安姐姐，晚上吃个饭呗，我请你。”穆蓝眨着大眼睛，调皮地吐吐舌头。

安慈垂下眼睑，有些局促不安起来，“你……”

“放心啦，我老哥忙得很，我就是想你了，才来这里约你吃饭的。再说了，上次我犯病的时候，还多亏了你呢，都没来得及谢你。”

“这样啊。”安慈的眼底闪过一丝失望，但是瞬间就消失了，“那好吧，我还有一个病人，大概半个小时，你等我。”

“好啊，好啊，我就在这边看看，半个小时很快就过去了。”

“那咱们去哪儿吃饭呢，你想吃什么？”

“湖边的旋转餐厅，我订了位置，嘿嘿。”穆蓝凑到安慈的耳边说：“前几天我狠狠地赚了老哥一笔，正好用这个钱请你吃饭，不错吧？哈哈。”

湖边的旋转餐厅。

餐厅建在湖中心，整个餐厅都采用透明的玻璃建筑，白天看上去很普通，晚上却很漂亮，蓝色的小灯像是小精灵一样装饰着整个餐厅，所以这里只有夜晚才会营业。餐厅不大，只能放下二十几张桌子，要来这里吃饭，需要提前好几天预订。

安慈很喜欢这里，但是来这里吃饭的多是情侣之类，一个人来的话显得有些突兀，而且这么多年自己也没有伴侣，所以一直没有来，只能远远地看看罢了。

已是夜晚时分，餐厅的蓝色精灵亮了起来，这里像是一个童话世界。

安慈和穆蓝面对面坐着，从安慈欣喜的表情上可以看出她很开心，穆蓝笑了笑。

“安姐姐，你知道这座旋转餐厅的来历吗？”

“不知道哎，你知道？”安慈托着下巴看着穆蓝，停止四周张望。

“其实很多人都不知道旋转餐厅是木星集团旗下的一个小小分支，当年我和老哥出去吃饭，总觉得没有一个地方既能欣赏美景又能吃到可口的饭菜，所以呢我们就想着建一个这样的餐厅。后来我们发现了这个小湖，就建了这个餐厅，为了它我和老哥熬了好几个晚上设计图纸呢。”穆蓝的嘴角带着微笑，想着当年的情景。

安慈倒是徒生出羡慕来。

“后来呀，”穆蓝故意卖了个关子，吃了几口菜才接着说：“我和老哥就说将来老哥要是娶新娘子，就在这里举行婚礼，我们还给这里取了一个名字，叫做蓝天海洋，寓意在这里的恋爱将会和蓝天大海一样地久天长。”

“这样啊。”安慈的心里一阵一阵的疼痛，她是多么想拥有一段像蓝天海洋的恋爱啊，可是这么多年一直忙于帮助别人解决心理问题，她都忘记了自己还需要一位伴侣。

“安姐姐，我去一下洗手间啊。”穆蓝偷笑着离开了座位。

安慈坐在这里静静欣赏着湖边的景色，不免陷入了遐想……安慈坐在这里等了好久也不见穆蓝回来，菜都凉了，餐厅里的人也越来越少，看看时间已经十一点钟了，安慈坐不住了，拿上包去洗手间里找穆蓝，挨个的找了一遍，穆蓝竟然不在洗手间里！安慈着了急，穆蓝的手机还在桌子上，于是她结了账，走了出去，在湖边找，找了好半天，就是不见穆蓝的人影。

突然一个小孩子拽了拽她的衣服，伸手递给她一块蛋糕。

“姐姐，今天是我的生日，蛋糕送给你吃。”

安慈微笑着接过来，“小朋友，你有没有看见一个漂亮的小姐姐啊？”

“没有啊，我只看到一个漂亮的大姐姐，就在我眼前。”说着，指指安慈，然后就跑开了。

安慈一转身，看见旋转餐厅顿时光亮起来，生日快乐歌开始唱起来，只见旋转餐厅上的彩灯写着：Happy Birthday。

穆城翼推着一个大蛋糕走出来，一边走一边唱着生日歌，安慈捂住嘴巴，顿时不知所措。

“怎么？最近忙得连生日都忘记了，快把手上的蛋糕吃了啊。”穆城翼有些紧张，显得局促不安。

安慈把蛋糕送到嘴边，轻轻地咬着，一个东西隔住了自己的牙，想吐出来又觉得在穆城翼面前有些不合适，可是这个东西有些大，环状的东西，看着穆城翼一脸坏笑地看着自己，安慈拿出纸巾吐了出来，竟然是一枚戒指！

“嫁给我，安慈。”穆城翼的眼中闪着动人的光芒，他没有过多的说什么，只是短短三个字——嫁给我。这是之前穆蓝教过的，她说女人其实不需要过多美丽的辞藻，一句“嫁给我”足矣。

安慈捂住嘴巴，抑制不住自己的眼泪，不知道自己幻想过多少次这一瞬间，没想到就在自己认为这个瞬间永远不会出现的时候，它却突然降临了，而且是在自己喜欢的地方，以自己意想不到的特别方式。

她点点头，带着幸福的泪水，穆城翼激动地把她拥在怀里，全场开始鼓掌。穆蓝也会心地笑了，总觉得心里有什么东西落了地，轻松，但是却夹杂着一种异样的感觉，说不清，道不明。

这两个人就这样走在了一起，只是不知道将来会是怎么样的。

求婚成功了，接下来就是紧锣密鼓的准备婚礼，穆城翼说婚礼要好好办，安慈说不着急，于是他们决定好好得筹备婚礼，两个人一边忙着各自的工作，一边抽时间来设计婚礼，忙得不可开交。穆蓝倒是成了大闲人，见这两个人成了难事。

穆城翼和安慈坐在沙发上商量着什么，茶几上是他们为了婚礼设计的图纸，穆蓝下课回来，看见穆城翼在家来了兴致。

“哎哟喂，你们这两个大忙人，可算是现身了，寒假快到了，老哥，咱们出去玩儿呗。”穆蓝兴致勃勃地说。

“一边去，结完婚度蜜月呢，你自己玩儿吧啊。”穆城翼头也没抬。

“呀，你这有了媳妇儿忘了妹妹的，你行啊你，过河就拆桥！”

“蓝蓝，别理他，最近设计婚礼忙坏了，等忙完咱们再想去哪儿玩儿吧。”安慈抬了下头，又继续和穆城翼讨论，这也难怪人家好不容易才准备结婚了，自然没有心情去管其他了。

穆蓝心里酸溜溜的，有一种不祥的预感，看着坐在沙发上的穆城翼和安慈，感觉穆城翼离自己越来越远。穆蓝用力摇摇头，跑上了楼，不一会儿又跑了下来，换了一双靴子，故意把楼梯踩的咚咚响，可是那两个人都连头都不抬，有说有笑的。

“我出去玩儿啦！”穆蓝用力吼了一声。

穆城翼低着头摆摆手，穆蓝狠狠一跺脚走出了门，感觉自己就像一个局外人。此时此刻，穆蓝想的自然是去找把自己当成局内人的人了，那个人自然而然就是艾生了。

艾生还在奇怪最近那个鬼丫头为什么没来骚扰自己，他还在期待着这个鬼丫头能想出什么鬼点子来，刚想着就听见“咚咚咚”的声音，不是在敲门，像是在卧室那边传来的。艾生走进卧室，发现一个布娃娃出现在窗户上，走近才发现布娃娃做得很劣质，倒是很搞笑的，被绑着一根竹竿，突然就发出了声音。

“艾生，艾生，原谅我吧！原谅我吧。”

艾生连看都不用看就知道那个鬼丫头又出现了，觉得这些日子也够了，打开了窗户，刚要说话，就看见布娃娃掉了下去。艾生向下看了看，不见穆蓝的影子，暗笑，又在搞悬念。故意关上了窗户，决定逗逗这个鬼丫头，于是艾生回到画室继续画自己的画，可是等了将近半个小时也没有动静，艾生再次开窗看看楼下，没人了，只好走了下去。

艾生家的楼下有一个小小的书店，穆蓝蹲在墙角像是犯了罪的罪犯一样一言不发。艾生看了看书店里面，门口有两个人站在那儿在讨论着什么，艾生仔细一听才听出原来是穆蓝的读者。

“花木蓝也太差劲了吧，搞什么签售会啊，害得我白白排了三个小时的队呢。”

“我还不是一样，站在外面腿都酸了，最后告诉我们签售会取消了，太过分了！”

“看花木蓝的新书了没有，我决定以后再也不看了！”

“我也是，亏我还是她的忠实粉丝，哪有人这么糊弄粉丝啊！”

两个人买了几本其他作者的书，就走了。

艾生走进了书店，前几天穆蓝的新书还放在最显眼的位置上，还是新书推荐，到现在已经被扔在了角落里。

“老板，这花木蓝的书不是很好卖嘛，怎么都扔到角落里了？”

老板叹了口气说：“是啊，以前是很好卖，就因为好卖，我才多进了好多本，没想到这花木蓝出了事，弄的我的书也卖不出去了，全赔在手里了。”

艾生无奈地走出书店，看见穆蓝还蹲在角落里。

“我是不是很没有责任感啊，让我的读者失望了，害得老板都没钱赚。”穆蓝把头埋在膝盖里，第一次觉得自己身上的担子好重，自己已经不再是随心写作的时候了，自己要对得起粉丝们。

艾生蹲下身子，亲昵地摸摸穆蓝的头，“没关系啦，谁不会犯错误呢，知错就改就行了啊，现在你的任务就是怎么挽回这个局面，让粉丝们重新信任你。”

“那我现在该怎么办啊？”

艾生摸着下巴，看看这个小书店，“不如就从这里开始好了。”

穆蓝也抬起头看着这个小书店，又看看艾生，会意地点点头，两个人走进小书店。

“老板好！老板，你认得我吗？”穆蓝站在老板面前，顺便拿了一本杂志，翻到有自己的新闻和照片的那一页，拿给老板对比。

老板戴上眼镜瞅了又瞅，吃惊地说不出来，“你，你，你。”

“就是我，虽然这次让我搞得你赔了钱，但是我是来弥补你的损失的，我在你的书上都签上自己的名字，你个人吆喝一下，肯定会有人来买的。”

“那别人要是以为这是假的呢？”老板表示怀疑。

“我回去在自己帖吧、读者群、官网把这个消息放出去，大家肯定会把这里的书买光的。”

老板一想反正之前也卖不出去，这样或许真的可以卖出去，于是就同意了。

从小书店出来，天已经黑了，艾生和穆蓝手牵着手走在昏黄的路灯下，浪漫充斥着整个小小的空间。

艾生笑笑，穆蓝也笑笑。

甜蜜的爱情让穆蓝暂时忘记了家里的老哥和即将成为自己大嫂的女人。

# 第十二章

穆城翼和安慈终于要结婚了，两个人终于把整个婚礼的流程设计出来了，日子定了，就在2011年11月11日，这是具有1最多的一年，大家都说是“神棍节”。这个主意还是穆蓝想出来的，大家都觉得要在这一天恢复单身，但是穆蓝看到的一面却是“神爱节”——不就是一心一意，一生一世之类的嘛。

穆城翼跑遍了所有的珠宝店，都没找到合适的钻戒，安慈说钻戒不重要，婚纱才最重要，毕竟女人一辈子只有这么一次，于是穆城翼总算抽出了时间陪着安慈挑选婚纱。两个人在婚纱店里看了好久，婚纱店的人已经把所有的婚纱拿出来了，都不能让这两个人满意。

这是最后一个楼层了，而且这个楼层基本上也没有什么婚纱，因为顾客很少来这一层，所以楼层的一半已经改造成制衣间，服务的小姐是不打算带他们这样尊贵的客人来的，但是禁不住这两个人的坚持，只好带着他们上来。

安慈一上来就看见一件半成品的婚纱，很纯净的白色，没有过多的蕾丝，抹胸长拖尾的款式，虽然还是一件半成品，但是已经给人高贵典雅的感觉。安慈一见欢喜，走过去，看了看，摸了摸，手感也不错。

“这件是我们的设计师根据法国一个获奖的婚纱作品改造的，很有风格，小姐您本来气质很好，这件婚纱更能衬托出您典雅的气质。”服务员小姐看见安慈好不容易对一件婚纱动了心，赶紧说好听的。

安慈抚摸着这件婚纱，丝丝缕缕的温柔夹杂着梦幻般的感觉，安慈对这件婚纱好喜欢。

“城翼，就这件吧，你觉得呢？”

穆城翼也点点头，“嗯，我看也不错，这件婚纱什么时候可以做好？我们是下个月 11 号结婚。”

听到下个月 11 号的婚讯，服务员小姐还是吓了一跳，紧接着说：“时间太紧了，不过如果您加费用的话，可以加急赶做出来。”

刚说到这里，穆城翼的手机就响了，安慈则听着服务员小姐对这件婚纱的详细介绍，穆城翼接了电话，电话是穆蓝打来的。

“老哥，你在哪儿呢？”电话里传来穆蓝急切的声音。

“怎么了？我在外面呢。”

“我在商场被人扣下了，买了一大堆东西，钱包被人偷了！你快点儿过来!”穆蓝高分贝的声音透过手机震得穆城翼的耳朵都发痒。

“在哪儿呢?”

“华运商厦。”

“行了，知道了，等着吧。”挂了电话，穆城翼又看看安慈，眉开眼笑地和服务员小姐聊得正欢，想了想走了过去。

“安慈，穆蓝的钱包被偷了，我过去一下，我把银行卡放这儿，一会儿你付钱就好了。”穆城翼说着从兜里掏出银行卡交到安慈手上。

安慈诧异地看看手里的银行卡，有那么十几秒钟不知道要说些什么，挑婚纱这么重要的事情，他竟然可以离开?

安慈把鬓角的乱发拢到耳后，还是笑了笑，然后低下了头说：“你去吧，一会儿我自己回去就好了。”

穆城翼点点头，急匆匆地跑了出去，车开得飞快，穆蓝可是急性子，更要面子，自己在商场付不了钱肯定囧到家了。总算是到了华运商厦，穆城翼赶紧来到了穆蓝所说的地方，只见穆蓝站在收银台一边，一购物车的东西被放在收银台旁边，后面是一堆排队等着结账的人。

看见人群中的穆城翼，穆蓝的小脸立马被点亮了，她用力挥挥手，穆城翼走了过去，拿出银行卡递到收银员面前，“那边购物车的东西结下账。”

收银员抬头看了看穆城翼，看看这张递过来的银行 VIP 卡，傻了眼，立马堆笑结账。拿上东西，穆蓝挽着穆城翼的胳膊走过那些刚才投来鄙视眼神的人群，大摇大摆地走出了商厦。

“老哥，你是不知道我说自己钱包丢了，可不可以一会儿结账的时候，那个收银员是个什么眼神啊，还有后面那堆人，说什么没钱就别逛超市，气死我了，姑奶奶像是没钱的人吗?”

穆城翼揪着穆蓝的耳朵，“怎么那么没心眼？钱包还丢了？你干脆改名字叫穆心眼算了！”

“哎呀，我买东西呢，挑得仔细，哪顾得上那么多啊？对了，老哥，正好你不去上班，咱俩去打网球吧，好久没有和你切磋一下技艺了。”

“好啊，走。”

两个人有说有笑地去了网球馆，打完网球出了一身臭汗又去蒸桑拿浴，蒸完桑拿浴，又饿了，两个人又跑去吃韩国二人香锅，吃饱了喝足了这才回家。安慈在穆家等着，听见汽车的声音才跑出来看，看见穆城翼和穆蓝有说有笑地回来了，还带来了一身火锅味儿。

“去哪儿了，怎么才回来啊？”安慈看着两个人平安回来，会心一笑。

“打网球了，又出去吃饭所以才回来了，婚纱订了吗？”穆城翼锁好车走进客厅。

“订好了，就是那件，7 号之前能做好。”

“安姐姐，试婚纱的时候叫我啊，我一定要看看是什么样的婚纱！”穆蓝赶紧插一嘴。

“行，时候不早了，我回去了。”

“我送你吧。”说着，两个人走出门，见安慈穿得单薄，穆城翼赶紧把自己的外套脱下来，披在了安慈的身上。两个人相视一眼，安慈轻轻依偎在了穆城翼的肩膀上，他们走在一起是那么和谐，简直就是天造地设的一对。

穆蓝看着月光下这对马上就要结婚的新人，他们的小宇宙是那么强烈，穆蓝一脸惆怅，老哥马上就不属于自己了，或许老哥从来就没有属于过自己吧。穆蓝想着，突然有一种想哭的冲动，这么多年来，她经常会幻想家里多一个人会是怎样的情景，可是这一天快要来到的时候，她又想让时光停住。

随着穆城翼筹备婚礼，穆蓝的计划也非常成功，那家书店的老板把所有穆蓝的书全部卖空了，老板还想尽一切办法去找艾生想要穆蓝再次给他的书签名，只是穆蓝一直没有时间。穆蓝在网上写了一封公开道歉信，表示因为自己的任性让大家耽误了太多的时间，并表示自己肯定会有所改正的。粉丝们还算给力，原谅了这个从未露面的丫头，但是很多粉丝跟帖要求穆蓝重新举办签售会。穆蓝在再三考虑之下和出版社联系，决定举办签售会，为了表示自己的诚意，穆蓝在网上发表帖子，询问粉丝们希望签售会在哪一天举办。

结果跟帖的童鞋们都纷纷表示，11 月 11 号好了，神棍节和神爱节嘛，具有特殊意义，还有的粉丝直接就说带着女朋友一起去签售会，沾上这个总是写完美爱情的作家的喜气，这样的帖子越来越多，以至于最后大家一致认为这一天最合适。穆蓝无奈，肠子都悔青了，恨自己不该瞎得瑟发这么一个帖子，自己和出版社那边定日子就好了。

于是只好把日子定在11号上午八点开始，尽可能在10点结束，这样还能赶上婚礼。

又是约会的日子。

艾生被穆蓝强拉着来打网球，艾生本来就是个画家，喜欢静静地画画，观察景色人物，说起运动，他虽然比较喜欢，但是也仅限于每天早上跑跑步罢了，偶尔去健身房，打打篮球，像是这种网球之类的球类运动，他还是不擅长的。

来到了网球场，艾生可真是头疼，穆蓝却是精神十足，一进网球场就开始热身运动，一边做还一边喊艾生。艾生随意地压压腿，就和穆蓝开打了，他哪里是穆蓝的对手，穆蓝和穆城翼经常来这里打网球，还得到过教练的专门授课，不一会儿，艾生已经气喘吁吁地败下阵来。

“干吗？还没打完一场呢，你就不行了啊？”穆蓝扶扶自己的帽子，汗珠顺着脸颊流下来，红扑扑的小脸依然是那么漂亮。

艾生摆摆手，走到场边去拿矿泉水。也难怪艾生这么累，穆蓝最擅长的就是吊球，让对手满场跑，消耗掉体力，因为她自己体力不是很好，只有这样才能战胜对手。

穆蓝也走了过去，艾生喝完水就瘫坐在地上，雪白的毛巾擦一擦脸，立马成了灰色，穆蓝也坐了下来，拍拍艾生的胸膛。

“小子，你不行啊。”

“我本来就不是很擅长啊！”艾生似乎有些不悦。

“还不如我老哥呢，我老哥最起码可以和我打一场完整的比赛！”穆蓝有些骄傲地仰着头。

“那你下次找你老哥来打好了，别找我。”艾生说完，站起来，径直走出了网球场。

“喂！”穆蓝赶紧跟上去，看着艾生的脸一脸严肃，好像是不高兴了。哪个男的不要面子，穆蓝也意识到自己有些过分，拉着艾生的胳膊，说：“哎呀，脸拉得那么老长，你以为你是长白山啊，要怎样啊？”

艾生不说话，但是也没有甩开穆蓝的手。

穆蓝趁机把手伸向艾生的夹肢窝里，没想到艾生的反应那么强烈，尖叫了一声，两个人打闹起来，不一会儿穆蓝就败下阵了，向艾生讨饶。

“哎呀，不闹了，好不好？跟你说个正事。”

“什么啊？”

“我老哥叫我和你给他和安姐姐做伴娘伴郎，怎么样，去不去？”

艾生想了一会儿，说：“婚礼上肯定要穿西装吧，我可没有西装，从来没有穿过。”

“没关系，包在我身上！”穆蓝胸有成竹地说。

眼看着婚礼的日子越来越近了，安慈突然感到不安起来，女孩子待嫁前难免会紧张，但是安慈总有一种不祥的预感，总觉得会发生什么事，除了工作的时候，她常常会不安。刚刚接诊完一个病人，紧接着穆城翼的电话就打来了。

“亲爱的，是不是下班了？”穆城翼那充满磁性的声音透过电话的听筒传到安慈的耳朵里，安慈会心一笑，不管多么疲惫，听到这声音所有的疲惫均已消失。

“刚刚好，你还真是能掐会算。”

“我在你的楼下呢，下来吧，一起出去吃饭。”

安慈赶紧跑去窗口，看见穆城翼站在楼下向自己招手，笑了笑，挂了电话，走下了楼。安慈低头微笑，心里装着满满的幸福，每下一个楼梯都觉得自己离幸福又近了一步，走出门，看见穆城翼站在阳光底下，灿烂地微笑着，阳光给他的脸镀上了一层金黄，这张成熟的脸越显魅力十足。

安慈想要冲过去，想要在他温暖的怀抱里享受被紧紧拥抱的感觉，安慈展开双臂，刚刚想要冲过去，只看见一个黄色的身影从自己的旁边冲过去，直接冲进了穆城翼的怀抱。安慈的笑容僵在脸上，穆城翼也如同石化一般看着不远处的安慈。

陈慈安回来了。

安慈在自己的家里惶恐不安地等待着。

酒店里。

陈慈安依然如一朵妩媚的玫瑰，鹅黄色的高领紧身毛衣，将她的身材衬托得淋漓尽致，虽然化了妆，却难以掩饰憔悴，尽管她一直在保持微笑。

穆城翼坐在一边，低着头，一言不发，他的心很突兀地就乱了。

“城翼，我的回来吓着你了吧？最近过得好吗？”陈慈安不安地搓着手。

“还好。”穆城翼简单回答。

“那就好。”

然后又是滚滚而来的沉默。陈慈安一直都是一个争强好胜的女人，这次回来其实是和老天爷打了一个赌，她的赌注便是穆城翼对她的感情。

“城翼，我不知道该说什么？我知道你恨我，我让你名誉扫地，也欺骗了你的感情。这次回来，算是赎罪吧，因为直到现在我才发现谁是真正爱我的人。如果可以，我希望可以用余下的生命弥补对你的亏欠。”陈慈安说着，垂下了头。

“他对你不好吗？”

“好，当然好，在我有钱的时候他对我百依百顺，可是钱到手之后，他就把钱转移了，然后把我一脚踢开。我这也算是自食恶果吧！”说着，陈慈安冷笑，脸上缓缓流淌下泪水。

穆城翼一直觉得自己应该开心才对，那个辜负了自己的女人如今得到了报应，可是他却怎么也开心不起来，只有一阵一阵的心痛。

“你知道吗？我马上就结婚了，和安慈。”

陈慈安先是吃了一惊，然后想起刚才看见安慈脸上诧异的表情，想想看，自己实在佩服安慈的淡定，看见自己的未婚夫怀里有别的女人，竟然没有冲上去狠狠地甩一个耳光。

“我先回去了，你先在这里住下吧，钱，我已经付过了。”说完，穆城翼不给陈慈安反应的机会，匆匆地拿上自己的外套走出了门。

陈慈安坐在沙发上，面色凝重，难道老天爷是在惩罚自己吗？难道真的要让自己赌输这一场？不，不行，要把握住机会。自己不能输，如果输了就真的什么也没有了。陈慈安这样告诉自己。

安慈在家里坐立难安，自己好不容易就要出嫁了，怎么可以在最后关头就这样让别人把未婚夫夺去了呢。她拿着手机，一直等待着穆城翼的电话。手机突然振动了，吓了她一跳，一看果然是穆城翼打来了，安慈先是惊喜然后不安，最后还是接了电话。

“喂。”她尽力让自己的声音听上去自然些。

“在干吗？”穆城翼的声音和平时没有什么区别。

“刚刚洗完澡，你呢？”

“我也是。”

两个人突然找不到话题，不知道该说些什么。安慈的内心却十分的煎熬，她在等待穆城翼说放心，陈慈安已经是过去式了，哪怕是说关于婚礼有关系的，也证明穆城翼没打算取消婚礼，可是穆城翼什么也没说，电话里是一阵一阵的沉默。

“不早了，早点儿睡吧，晚安。”

“晚安。”听到电话那头传来“嘟嘟”的声音，安慈心如死灰，绝望地靠在墙上，眼泪不争气地从眼角流出来。

安慈一夜未眠，第二天早上接到了一个陌生号码发来的短信，约自己薰衣草咖啡馆见面，署名竟然是陈慈安！

安慈在屋里来回踱步，不知道该不该去，也不知道该不该把这件事告诉穆城翼，在思前想后之后，她还是决定单独赴约。于是开始化妆，一夜未眠，看看镜子中的自己，憔悴的面容，暗淡的肤色，还有很深的黑眼圈，看看时间，还很富裕，安慈赶紧做个小小的面膜，毕竟是和穆城翼的前任女友碰面，自己怎么样也不能输给她。

看看镜子中的自己，安慈觉得满意了，安慈从来不觉得自己很漂亮，但是无论是自己的患者还是患者家属都夸赞自己长得漂亮，不管是奉承还是别的什么企图，总之有人说过自己漂亮。安慈深呼吸一下，拿上自己的手包，这个手包还是穆城翼送的，或许可以作为一点儿赌注，还戴上了自己的订婚戒指。

到了薰衣草咖啡厅，安慈看见陈慈安已经到了，就在窗口的位置，看见她，招了招手，安慈又是一次深呼吸然后走进了咖啡厅，坐在了陈慈安的对面。

陈慈安一副高傲的姿态，跷着二郎腿，趾高气扬的样子。安慈不得不承认，陈慈安的确是个美人，三十出头的人，皮肤依然那么好。

“喝点儿什么？”陈慈安最先开了口。

“卡布奇诺。”

陈慈安打了一个响指，服务生走了过来，“一杯蓝山，一杯卡布奇诺。”

“城翼最喜欢喝蓝山咖啡了，看来你们喝咖啡还真是不一样呢，蓝山和卡布奇诺这两种咖啡天差地别。”

安慈先是一愣，感觉自己第一步就输给了陈慈安。她淡然一笑，依然镇定自若，“有什么关系呢？我还是和城翼订婚了。”说着，安慈故意把自己的手放在了桌子上，手指上的订婚戒指熠熠闪亮。

陈慈安见到了，曾经自己的手上也戴着穆城翼的订婚戒指，“安小姐的订婚戒指很漂亮，和城翼给我的那个一模一样，城翼还真是有眼光，不过也太懒了，也不知道换个款式。”

安慈彻底败下阵来，她知道自己不是这个女人的对手，于是开门见山地说：“你找我来什么事？我很忙的。”

“安小姐，你不觉得我们两个长得很像吗？不仅仅是名字。我当年和城翼恋爱的时候可是爱得死去活来，他说这辈子只爱我一个人，后来听说她和你订婚了，我吓了一跳，总觉得这怎么可能，见到你才发现原来他只是找了一个我的影子。”咖啡端上来了，陈慈安喝着咖啡，等待着安慈的反应。

安慈听到这些，还能怎么样，只是倔强地不让自己的眼泪流出来，因为那样太丢脸了。

“对，我和你很像，城翼喜欢我，或许是因为你的原因，我只是你的一个影子，如今主人回来了，影子怎么会有怪罪主人呢？没有主人，自然也没有影子，陈小姐，祝你们幸福。”说完，安慈拿起自己的手包急匆匆地走出了咖啡厅。

陈慈安怡然自得地喝着自己的咖啡，没想到这个女人这么好对付，还是心理医生呢，一看就知道是个刚谈恋爱的女人，陈慈安付了钱也走出了咖啡厅。刚刚走出来，就接到了穆城翼的电话，穆城翼在电话里说自己在酒店门口，陈慈安连忙赶了回去。

两个人坐在沙发上，陈慈安又是倒水又是拿点心，忙得不亦乐乎，而且笑容更是堆满了自己的脸。

“慈安，我昨天想了一夜，我觉得我不能放下安慈。”穆城翼低着头，像是下了很大的决心。

陈慈安一愣，手里的点心落到了地上。

“早在蓝蓝患上忧郁症的时候，我就已经有些喜欢安慈了，只是那个时候一直很担心蓝蓝的病，没有时间考虑这些事，直到你回来，才重新燃起自己的爱情，可是直到你走后，我才发现对你只是之前那份感情忘不掉罢了，后来才和安慈走在一起。”

陈慈安静静地听着。

“我很抱歉，我不可能两次结婚都结不成吧，我可以给你一部分钱，你也可以来参加我们的婚礼，我希望你能祝福我们，就算是你恨我，我也不能再辜负安慈了。”穆城翼的声音很轻，但是很坚定，陈慈安是了解穆城翼的，如果他一旦说出来，就说明他的心里已经作出了决定。

“真的没有挽回的余地了吗？”陈慈安绝望地看着地上撒了一地的点心。

“慈安，你也去找一个自己爱的人也爱你的人过一辈子吧，”穆城翼把一张喜帖放在桌子上，“这是我们的喜帖，去不去，随你。”说完，穆城翼便走了。

陈慈安坐在沙发上掩面而泣，一直以为自己不会输的，没想到自己还是输了，不是输给那个像自己的女人，而是彻彻底底被爱情打败了。

另一方面，安慈已经做出了取消婚约的打算，一直在穆家等着穆城翼。穆蓝回来，看见安慈在，穆城翼却不在，有些奇怪。

“安姐姐，我老哥呢？”

“还没回来，我在这里等他商量点儿事情，蓝蓝，你吃饭没？”安慈面色憔悴，陈慈安那一个打击实在是太大了，对于一个刚刚谈恋爱的女人来说简直是重磅一击。

“我吃过了，先上楼了啊，今天老师布置了作业。”穆蓝最近和安慈说不上什么话，见到憔悴的安慈也没在意，兴许是因为筹备婚礼累着了吧。说完，穆蓝跑上了楼。

随着汽车鸣笛的声音，明亮的灯光闪在院子里，安慈知道穆城翼回来了，没有出去迎接，而是坐在沙发上，手不停地摆弄着抱枕。

穆城翼走进客厅，看见安慈在，却是吓了一跳，没有电话也没有短信就出现在家里还是第一次见呢。

“你怎么来了？”穆城翼一边脱外套一边问。“忍受不了思念的煎熬，跑来看我了？”

“城翼，我想和你谈谈。”安慈面色凝重。

“谈什么？”穆城翼有些奇怪，走了过去，坐在了安慈旁边，搂上了她的肩膀，安慈却把穆城翼的手拿开了。

“她说的没错，我就是她的影子，影子不可以怪罪自己的主人，我谢谢你让我曾经拥有这么一段终生难忘的爱情……”安慈说着，声音有些哽咽了。

“你在说什么啊？我怎么听不懂？你是谁的影子？安慈，你谁的影子都不是，你是你，是我的安慈，我的未婚妻。”

安慈猛地转过头来，“还是吗？难道你不想和她重新在一起？”

“没有啊，从来没有，安慈，你误会了，我想娶的人是你，陈慈安已经是过去式了。”

“那她怎么办？”

“我把喜帖给了她，她要是想来，咱们也不能拦着，不想来就算了，要是她要钱我可以给她，毕竟曾经相爱过，做朋友也可以。”

安慈点点头，依偎在穆城翼的怀抱里，泪水如倾盆大雨而下。

穆蓝正好下楼看见了这一幕，那一刻，她觉得自己将要失去老哥了，老哥的世界有了别人，老哥的怀抱抱着别的女人，她心里很疼，莫名其妙的很疼很疼，穆蓝跑回房间，竟然发现自己泪流满面。

这天晚上，穆蓝辗转反侧，过去和穆城翼的一幕幕都在脑海里重放，她总觉得自己心里像是压了一块大石头，闷得要死。她吼叫一声坐了起来，看看时间十一点了，想了一会儿，灵机一动，走出了房间，来到了穆城翼的门前。

穆城翼看到穆蓝的出现有些惊讶，先是摸了摸穆蓝的脑门，确定她没有发烧，心里总算是有点儿踏实了，“怎么了，蓝蓝？不舒服？”

穆蓝像往常那样嘟起嘴，“老哥，我睡不着，我想跟你睡。”

“都多大了，还要和我一起睡，将来我结婚了，有了大嫂，你也跑来我房间睡啊？听话，自己睡觉去，睡不着就数羊好了。”穆城翼把穆蓝的身子一转，向后推了她一下。

“老哥！”穆蓝还想说些什么，被穆城翼无情地关在了门外，穆蓝使劲儿踹了一下门，脚趾还生疼，她只好抱着枕头回到了自己的房间，坐在床上回想刚才穆城翼的话，是啊，自己将来有了大嫂，难道还可以在他怀里撒娇，在他床上睡觉吗？虽然穆蓝知道那些地方从来都不属于自己，可是她却有一种被人侵占了领地的感觉，酸酸的。

穆蓝躺在床上，一夜未眠。

已经好几天没见到自己的老哥了，穆蓝和艾生手牵着手都是唉声叹气的，让艾生实在捉摸不透，“我说，大作家，你这精气神儿都跑哪儿去了？”

“哎，你说男人结了婚什么样啊？”穆蓝停住脚步，仰着头一脸期待地看着艾生。

“你可是作家哎，这样的问题你问我？”艾生指着自己问。

“我是作家，我又不是男人，我怎么知道？你来回答我的问题。”

“应该是不同的男人有不同的样子吧，有些男人比较细心，结了婚自然很疼老婆，有些男人粗心大意，可能常常忽略老婆而面临每天哄老婆的命运，还有妻管严啊什么的。”艾生绞尽脑汁也说不出什么。

“总之就是生活里全都是老婆，开心的，生气的，严厉的。”穆蓝想到这儿有些伤感，“好啦，我要去上课了，你也去工作吧，拜拜。”说完，穆蓝松开艾生的手，独自一人走向学校的方向，艾生皱着眉头看着穆蓝的背影，有些莫名其妙。

穆蓝刚走进教室，班长就连忙走到她面前，给了她一张纸，这次的考试穆蓝照例没有及格，按照规定补考需要家长签字，因为前几天穆蓝又不来上课，所以今天才给她，而且今天是截止日期了，再不交就没办法补考了。穆蓝看看这张纸，想了想，打通了穆城翼的手机，电话响了好几声才接。

“喂，老哥，你在干吗，我今天要请家长签一张补考的表，学校要得很急，你是不是过来一趟啊。”

电话那头传来十分吵闹的声音，隔了好几一会儿，才传出穆城翼的声音，“什么？刚才说什么了，蓝蓝？”

穆蓝只能把刚才的话重复了一遍，穆城翼却说：“你替我签就行了，你补考也不是一次两次了，我现在正在订结婚的饭店呢，没时间过去。”

不等穆蓝说话，穆城翼就挂掉了电话。当自己在学习上有任何问题时，穆城翼从来没有拒绝出现过，如果记得没错的话，这应该是第一次！订饭店真的那么着急？也许对于一个即将当新郎的人来说是的。

穆蓝拿起笔在自己的补考表上模仿穆城翼的笔迹签了字，心里却有些不是滋味，有种酸酸的感觉。

陈慈安默默地离开了，留下了一张字条。

城翼：我走了，没想到自己输了，其实我是爱你的，只是回来晚了一步，我们总是这样错过。安慈是个好女人，善良单纯，祝你们幸福。

穆城翼看到纸条，拿给安慈看，安慈什么也没说，知道自己的婚姻保住了，但是想起来还是心有余悸。他们坐在沙发上，安慈依偎在穆城翼的怀里，“城翼，我以为我会失去你呢。”

“怎么会呢？我对慈安早已经是过去式了，我现在只有安慈，没有慈安，你要相信我。”穆城翼在安慈的额头上轻轻地吻了一下。

这个吻恰好被站在楼梯上的穆蓝看到了，穆蓝感觉自己有一阵眩晕，像是要摔倒，她急忙扶住了楼梯，那个吻是属于自己的，没错，是属于自己的，多少次，每当自己犯病或者不开心的时候，都会得到那样一个吻。在自己拥有的时候，穆蓝并不觉得怎么样，可是现在发现那个吻给了别人，穆蓝有一种自己的领土被别人侵占的感觉，她的地位受到了威胁。

“嗯，我会相信你的。”安慈点点头，一脸幸福地看着穆城翼。

穆城翼看见一直站在那儿发愣的穆蓝，“蓝蓝，你站在那儿干吗?”

穆蓝这才回过神来，“看你们那么恩爱，不好意思打扰，好啦，你们继续，就当我不存在!”穆蓝做个鬼脸，匆匆跑出了门。转身的那一刻，她脸上的笑容消失了。

穆蓝不知道自己这是怎么了，有时觉得这么大的家只有两个人太无聊，她还会幻想一下多一个大嫂会是什么样的情景，她也经常和穆城翼开这样的玩笑，可是这一天真的来了，为什么自己的心里会频繁出现不痛快呢。她觉得自己应该找心理医生看看，而安慈就是自己的心理医生，在家里会不方便，她并不想让穆城翼知道这件事，决定独自去找安慈。

这天，安慈刚刚下班，走到门口就看见穆蓝走了进来。

“安姐姐，我有一些心理问题想请教你，咱们一起吃饭吧。”穆蓝亲昵地挽上安慈的胳膊，两个人走出了大楼，去了一家烤肉店。

两个人一起动手烤肉，穆蓝清楚地看见安慈的脖子里带着一个银白色的项链，她的记忆一下子被拉回了好几年前。

“这条项链很普通，怎么就这么重视呢?”穆蓝拿着那条项链来回看。

“是很普通，但是对你老哥我很重要的，等哪一天我要亲手把它戴在生命中最重要的女人的脖子上。”穆城翼挑着眉毛，对未来有着美好的愿景。

“那你现在找到了吗?”

“还没有。”

穆蓝“嗖”地把项链夺了过来，“那就先由我来保管吧，在你没有找见那个女人之前，貌似只有我这个妹妹才是你生命中最重要的女人，并且是唯一的女人。”穆蓝颇为得意。

“你也可以称为女人吗?”

……

“蓝蓝，你怎么了?”安慈看见穆蓝一直盯着自己的脖子看。

“噢，没什么的，安姐姐，咱们快吃吧。”穆蓝说着夹起一块肉就放在了安慈的盘子里。

“你不是说有些心理问题想请教我吗？是什么啊？是不是最近有些不舒服?”安慈这才想起来，穆蓝刚见面时说的话。

“我的问题就是……”穆蓝心想，自己绝对不能和安慈说，会引起一些不必要的误会的，“其实也没什么啦，本来是想采访一下你这个准新娘，现在是什么状况，哪天我和艾生结婚的时候也不至于状况百出吧。”

“这也要预习啊，没关系的，到时候你有什么问题随时找我啊。”安慈笑了。

穆蓝也笑笑，吃完饭，穆蓝邀请安慈跟自己回家，但是安慈拒绝了，天色已经很晚了，穆蓝于是一个人回了家，看见穆城翼一个人又在客厅里研究着什么。她一下子就冲到了穆城翼面前，一双大眼睛直勾勾地盯着穆城翼看，把穆城翼吓了一跳。

“喂，你这是干吗?”

“你没有经过我的同意就私自进了我的房间，把项链偷走，送给了安姐姐!”穆蓝气坏了，那条项链本来一直是自己收着，穆城翼竟然都不和自己打招呼就送给了安慈。

穆城翼把胳膊抱在胸前，“第一，我不是偷，项链本来就是我的，是你强行拿走要保管的；第二，因为你在补考，所以没跟你打招呼，我觉得也没有必要；第三，你说我私自，我哪有私自，我进出你的房间就和你进出我的房间是一样的。”

“你!”穆蓝眼睛瞪得大大的，因为生气胸口随着急促的呼吸一起一伏，“你太过分了!”

“我过分？我哪里过分，蓝蓝，你怎么回事啊，之前咱们可不是这样的，你之前还总是不经过我的同意就去我房间拿银行卡啊什么的，我就进你房间把我自己的项链拿出来，就不行了?”穆城翼把“自己”两个字咬得很重。

穆蓝咬咬嘴唇，没有说话，穆城翼接着说：“还有啊，我结了婚，你可不能就这么随便了啊，结婚以后，房间就是我和安慈两个人的，你和安慈关系再好，也需要避讳一下，拿东西什么的都要打招呼，进去的话也要先敲门，搞不好，我们俩就在卿卿我我的。”

穆城翼还自顾自地说着，穆蓝一转身，噔噔噔地跑上了楼。

“哎！这个死丫头，最近好奇怪啊。”穆城翼对着穆蓝的背影说。

穆蓝“砰”的一声把门关上，先是河东狮吼的一声，然后把自己重重地摔在床上，她有一种强烈的预感，自己马上就要失去自己的老哥了！

第二天，穆蓝一大清早起来，穿着睡衣跑下楼，还打着哈欠。

“哎哟喂，大小姐，您看看时间，还困啊？”穆城翼看看自己的手表都已经十点了。

“你要结婚了，你当然精神了，又不是我结婚。”穆蓝抱怨说。

“蓝蓝，你的礼服选好了没有，当我们的伴娘，可不能丢了脸啊！”穆城翼这才想起来，这么多天忘了提醒穆蓝礼服的事。

“哎呀，老哥，我忘了！”穆蓝一瞬间就醒了，“我这些天忙昏了头，把这事都忘干净了，前几天艾生还说自己没礼服呢，我都忘了！”

“幸亏我提醒你一句，也怪我，忙着婚礼的事，把你给忘了。”

“那怎么办啊，老哥？”

“买呗！赶紧换衣服，咱们现在就去挑去，定做是来不及了，只能买现成了，但愿能满足你这个大小姐。”

“老哥，我昨天回来得太晚了，没洗澡，我先洗个澡，很快的。”说完，穆蓝就匆匆地跑上楼了。穆蓝很快钻进浴室里，迅速地洗澡，忽然毛巾掉了，那一瞬间她想起小时候的事来。

“蓝蓝，你洗好没有啊？快一点儿！”

“老哥，我忘了拿毛巾了，你帮我拿进来。”

“你哪次能记住拿毛巾啊。”

空气中还是熟悉的沐浴露的味道，淡淡的苹果香气。

“蓝蓝，你别用乱七八糟的沐浴露啊，化学成分太多了。”

“蓝蓝，别总是洗澡的时候玩，小心洗脱了皮。”

“蓝蓝，雾气太大了记得开窗户啊，你要是闷死在里面，我可不知道。”

……

穆蓝的脑袋里像是过电影一样，以前的那些零零碎碎的片段就在这一瞬间重新回放，是啊，那个陪伴了自己十几年的男人，马上就要去陪伴别人了，那么自己是什么？一个多余的人，穆蓝忽然觉得自己在穆城翼的世界里从来都是多余的，也许没有自己，他早就结婚了，有一个自己的爱人，甚至还会有自己的孩子，一家三口其乐融融，那么自己呢？

“咚咚咚”敲门的声音，“蓝蓝，你怎么还没好啊，快点儿，你洗澡不是挺快的吗？”

穆蓝已经开始在哭了，她把喷头开大了点儿，水声更大了，足以掩饰自己的哭声。她不想让这个男人去陪伴别人，可是她的内心和挣扎，因为自己不应该那么自私。

穆城翼敲着浴室的门，里面除了水流哗啦啦的声音听不到任何声音，穆城翼用力敲了敲门，“蓝蓝，怎么了？说话啊？”

就在穆城翼以为穆蓝晕倒在浴室，他正准备冲进去的时候，穆蓝打开了门，神情恍惚，一言不发。

“蓝蓝，你怎么了？啊？”

穆蓝穿着乳白色的睡衣，加上身上并没有擦干，还是湿漉漉的，水顺着她的头发她的脸颊流淌下来。

“蓝蓝，你这是怎么了？出了什么事，别吓唬我。”穆城翼紧张起来，以为穆蓝再次犯病了。

穆蓝突然蹲在地上大哭起来，哭声撕心裂肺，像是被人丢弃了一样。穆城翼蹲下来，手掌放在穆蓝的背上，“蓝蓝，怎么了？有什么伤心事，和老哥说，是不是和艾生吵架闹别扭了？你别吓唬我。”

穆蓝不说话，只是哭，哭得上气不接下气的，穆城翼连忙去拿纸巾，给穆蓝擦眼泪，脸上写满了焦急。

穆蓝哭了好半天，才总算是缓过来了，抽泣着说着：“老哥，如果没有我，你是不是会过得比现在要好很多？”

穆城翼笑了笑，“你又犯什么傻呢？吓我一跳，当然啦，没有你，我身上的担子小很多呢！你这个麻烦精！”说着，穆城翼亲昵地刮了一下穆蓝的鼻子。

“我很认真的！”穆蓝大吼。

穆城翼这才停止了笑，“你怎么了，蓝蓝？”

“我不想让你结婚，我不要结婚！我知道这样很自私，可是我知道你结了婚，我就成了多余了！我想让你一辈子属于我！”

听到这几句话，穆城翼愣住了，眼神惊异地看着穆蓝，头发还湿漉漉的，不时地滴着水珠，白白细细的脖子上有几缕头发粘在了上面，穆蓝的睡衣被水打湿了，粘在身上，几乎透明了，穆城翼竟然发现自己会有身体上的冲动，穆蓝是个美人胚子不假，可是十多年和自己这么长时间，甚至同床共枕无数次，他都没有感觉，今天竟然会这样。穆城翼觉得自己很龌龊，竟然对自己的妹妹有欲望。可是在穆蓝说出不想要自己结婚的时候，穆城翼的第一个念头就是取消婚礼。

“蓝蓝，你别哭了。”穆城翼也不知道自己要说什么，只是不停地说别哭了，因为看见穆蓝在自己面前哭，那简直是一种煎熬。

穆蓝渐渐地停止了哭泣，瘫软地坐在地上。

“老哥，我总觉得你结了婚就会不要我了。”

“怎么可能呢，你想太多了，蓝蓝。”

“怎么不可能？订婚以来我都很少和你说过话了，你摸着自己的良心问问，是不是？”穆蓝一边抹着眼泪一边委屈地说着。

“蓝蓝，这些日子确实委屈你了，老哥知道把你忽略了，等过些日子好好带你出去玩，好不好？”

“不好！老哥，你肯定就是那种有了老婆就什么都会忘了的人，我不相信你！”穆蓝站起来，把穆城翼推出了门，穆蓝狠狠地关上门，不知道怎么了，突然就任性起来，虽然觉得这样是不对的。可是没办法控制住自己，穆蓝的身体靠着门在慢慢下滑，眼泪也在慢慢滑落。

穆城翼站在门口用力地敲门，穆蓝听着老哥的声音无动于衷。穆城翼敲了好一会儿默默地离开了，也许两个人都需要好好地冷静一下吧。穆城翼也不知道自己去哪儿，心里一片慌乱，他躺在自己的床上，脑子里像是扭成了一团乱麻，穆蓝和自己以往的事情仿佛被谁拍成了电影，不断地回放，坐起来，还是一样，于是他冲进了浴室，扭开凉水的开关，冲着自己的头一顿乱冲，这才稍微冷静下来。

穆蓝则把自己放在喷头下，任由水不断地冲洗自己，而她仿佛麻木了一样，一动不动，只是静静地蹲在地上，眼睛呆呆的，失去了色彩。

不知道过了多久，穆城翼开车出去了，穆蓝也出去了。

穆城翼来到了安慈的诊所，突然的到来，让安慈很吃惊，看着穆城翼有些憔悴的面容，安慈的眉头紧紧地皱了起来。

“怎么了，才一天不见，憔悴成这样了？”安慈心疼地抚摸着穆城翼的脸。

一股暖流在穆城翼的心底缓缓地流淌，每次感受到安慈的温柔，他就什么也说不出来了，“没什么，最近一笔生意亏了不少钱。”

“噢，这样啊。”安慈心里的石头总算是落了地，“没什么啊，你经历商场这么多年肯定比我懂，本来就是有盈利的时候也有亏损的时候，没关系，以后还会赚回来的。”

穆城翼点点头，突然把安慈紧紧地抱住，让安慈有些受宠若惊。

“马上就要结婚了，你是不是有婚前紧张综合征呢？”

穆城翼笑了笑，“也许吧。”

两个人吃过晚饭，穆城翼把安慈送回了家，一个人开着车回家了。行驶在街上，穆城翼觉得心里压了一块重重的石头，总觉得一瞬间对穆蓝的感情发生了变化，是质的变化，十岁，仅仅十岁罢了，如果不是因为已经是兄妹关系，或许成为恋人也不是不可能，可是关系似乎早已经成了定局。

穆蓝也跑出了家门，她把自己收拾了一下，就直奔艾生的家，艾生正在家里画画，打开门看见穆蓝吓了一跳，“不是刚才告诉我要去挑选礼服吗？怎么跑过来了？”

“什么都别问，什么都别说，现在立刻跟我去买礼服！”穆蓝拿过艾生的手，把他的画笔放下，拉着他就出了门，直奔商场。

穆蓝先是给艾生买礼服，不断地拿着礼服让他去试衣间试衣服，“穆蓝，你到底怎么啦？一直拼命地让我试衣服，我不适合穿西装的。”

“哪有伴郎不穿西装的呢，为了我老哥，你必须得穿！快去试衣服！”穆蓝硬是把艾生推进了试衣间里，终于选好了衣服，穆蓝又开始给自己挑选礼服。

试了好久，穆蓝都不满意，艾生就一直站在旁边，他看着这个发疯试衣服的女孩子，突然觉得不认识她，他虽然不知道发生了什么事，但是他知道肯定是和穆城翼有关系的。他突然觉得有些害怕，这个女孩子就像一只向往自由的鸟，今天飞到了自己这里，也许明天又会飞走。

“好啦，就是这件了。”穆蓝终于满意了，对着艾生露出了笑脸。

穆城翼回了家，灯全亮着，这是穆蓝的习惯，因为她很怕黑，穆城翼把车子放好，进了屋，看见穆蓝穿着一件雪白色的礼服和紫鹃讨论着什么。穆城翼愣愣地望着穆蓝，身穿白色抹胸礼服的穆蓝像是一个不食人间烟火的天使，又像是刚刚从童话书里走出来的公主，那么美，那么优雅。

“穆总，您回来了啊。”紫鹃看见门口呆呆地站立着的穆城翼赶紧迎了过去，帮穆城翼把外套挂在了衣架上。

“老哥，你看我今天买的礼服好不好看啊？”说着，穆蓝转了一个圈，像是今天白天什么事也没有发生过一样。

“好看，我们蓝蓝穿什么都好看。”穆城翼硬生生地挤出一个笑容。

“那必须的，这可是艾生帮我选的，挑了很久都没有我合适的，后来才看见这件，老哥，花了几千块呢，你可要报销啊！”穆蓝调皮地吐吐舌头。

“嗯，一定的，艾生的礼服买了没？”

“买了啊，艾生穿西服可帅了呢。”穆蓝骄傲地说，“比你帅多了！小心艾生抢了你这个新郎官的风头。”

“那就来抢吧，我有点儿累了，先上楼休息会，吃过饭了，不用喊我。”说完，穆城翼就独自走上了楼。

穆蓝低着头继续欣赏自己的礼服，只是脸上的笑容已经消失了大半。

紫鹃把饭菜端在桌子上，一边摆着餐具，一边说：“小姐啊，我怎么觉得穆总今天怪怪的呢，好像有心事。”

“你懂什么啊？”穆蓝白了她一眼，“你才来我们家多长时间啊？我老哥累了，就是这样的。”穆蓝有些生气地望着紫鹃，其实她心里很清楚穆城翼究竟是为了什么。

穆蓝也穿着自己的礼服上了楼。

紫鹃一个人嘀咕着：“好端端的，生什么气啊？真是的，哎，你不吃饭了啊？”

“你自己吃吧，没心情。”

紫鹃看看自己做的一桌子菜，不吃还真是可惜了，只好一个人坐了下来。“你们不吃，我自己都吃了，哼！这两个人都不正常！”

# 第十三章

阳光暖暖的，透过窗子，洒在地板上。

屋子里只有电视机里体育节目的声音，NBA 的直播，艾生看得入神，不知道为什么，一向对 NBA 很感兴趣的穆蓝却没有看，躺在艾生的怀里，翻看着一本童话书，一副好和谐的画面。

穆蓝翻书的手忽然停下了，“艾生，我想问你一个问题？”

“嗯？怎么了？问啊。”艾生继续盯着电视屏幕看。

“你会不会接受一个比自己小十岁的女孩子？”穆蓝抬眼望着艾生。

艾生突然顿了一下，拿着遥控器的手抖了一下，遥控器一下子就掉在了地上，他慌忙地弯腰去捡，又差点把怀里的穆蓝摔下去，然后泰然自若地回答说："也许吧，没发生过怎么会知道呢？"

"艾生，你怎么啦，这么简单的问题，就是随便问问啊，新闻上总是报道这种事的，你就设想一下吧。"穆蓝也是个敏感的人，她害怕艾生会多想。

"你以为我是你啊，大作家！哪会设想啊，你这脑袋别老胡思乱想好吗？"艾生一捅穆蓝的脑门。

"好吧，好吧，不问了。"穆蓝重新拿起自己的童话书，继续看起来。

"对了，明天的婚礼不会有什么变动吧？"艾生有意无意地问，他的心思根本不在电视上。

"喜帖都发出去了，能有什么变动？"

"噢。"艾生不再说话，继续看自己的电视。

气氛开始有些怪怪的，穆蓝也觉得无趣，坐了起来，"哎，我回家了啊。明天你记得早点儿过去，我尽量早点儿赶过去啊，先走了，拜拜。"说完，穆蓝从艾生的屁股底下抽出自己的外套，穿上准备就走，艾生突然站起来，一伸手把穆蓝揽在了怀里，一低头，嘴唇霸道地吻上穆蓝的嘴唇。穆蓝都没有反应过来，瞪大眼睛，不可思议地看着艾生，这是他们第一次接吻吧，恋爱以来，还真的没有很正式的接过吻。

这是艾生的初吻，笨拙的动作让穆蓝很不舒服，穆蓝可是接吻高手，谈过几次恋爱，接吻的技术早已到达了炉火纯青的地步，在穆蓝的带领下，艾生才真正地学会接吻，慢慢地进入角色。

这一个吻，好长好长。

"穆蓝，你愿不愿意和我一起去流浪？"艾生的眼里闪着动人的光芒，"我们一起走遍全世界每一个美丽的城市，你还可以做你的作家，我也可以做我的画家，让我们做一对流浪的艺术家，怎么样？"

"好美噢，艾生，我当然愿意了，等我老哥婚礼一结束，咱们就走，我已经没有牵挂了，早就想走出去看一看，玩一玩呢。"

艾生点点头，穆蓝又踮起脚尖，轻轻地在艾生的嘴唇上一吻，"我走啦，拜拜，明天见。"说完，就走了，艾生站在原地，好久都没有离开，或许是自己多虑了，一切都不会发生的，明天过后，一切是自己和穆蓝的新开始。

2011 年 11 月 11 日，这一天终于来到了，有人称这一天是"六一"，这样很好，一年里过两个"六一"。也有人说这是神棍节，大家要是不分手就没办法过这个节日了，而对于穆城翼和安慈这一对新人来说，这一天是爱的节日，他们要在这一天告别单身，走进婚姻殿堂。

一大清早，发型师就赶到了安慈的家里，为她开始盘头，安慈是既紧张又兴奋，穿婚纱的时候感觉自己的手在抖，自己的几个闺密都纷纷笑话安慈，也难怪，女人二十九岁才结婚，的确不小了。

安慈的头发弄好，穿好婚纱从卧室走出来，众人惊叹，恍若神仙妃子，简约梦幻的婚纱将安慈的身材衬托得淋漓尽致，高贵典雅的发式，晶莹纯洁的新娘妆，安慈就如同从一个遥远国度出现的女王，令众人膜拜。

“安慈，好美啊，真是最美丽的新娘子了！”

“是啊，是啊，真的好美！”

……

安慈羞涩地接受着众人的膜拜和夸赞，脸上已经不知不觉飘来了两朵红色的云彩。

穆城翼在家里却十分不安，脑子里还是那天穆蓝痛哭的画面，换上了新郎的西装，心里却没有换一个好心情，去接新娘子的时间马上就要到了，穆城翼越来越紧张，艾生把手搭在穆城翼的肩膀上，对于他的称呼，还是不知道该喊什么。

“时间到了，该去接新娘子了。”

“噢，好，知道了。”说完，穆城翼下了楼。

汽车排成一条长龙，很威武很壮观地开到了安慈的家门口，当穆城翼把安慈抱出来的一瞬间，众人惊叹，真是金童玉女天生一对啊，新娘娇羞美丽动人，新郎大气潇洒帅气，在众人祝福和艳羡的目光中，坐上了豪华轿车。

可怜的穆蓝就没这个好福气看自己的老哥结婚了，她正忙忙碌碌地准备签售会，在休息室等待的时候，她坐立不安，看看时间，应该已经去接新娘子了，可是自己这边因为粉丝很多一片混乱还在整理秩序，一时半会儿也开始不了。穆蓝不停地给艾生打电话，可是身为伴郎的他也很忙，再加上鞭炮和群众的声音，手机响根本听不见。

打了无数次之后，终于打通了，那边的声音十分嘈杂。

“艾生，你们现在在哪儿呢？我这边估计好久才能结束呢，问问我老哥怎么办？”

“什么?！我听不清楚，穆蓝，你大点儿声音！”

“我这边很久才能完事呢，问问我老哥怎么办?！”穆蓝几乎是用吼的。

“好，太吵了，你尽快回来吧！先挂了！”

不等穆蓝说话，电话就挂断了，穆蓝只好默默地等着，听天由命吧，过了好一会儿，终于有人来敲门了，一个年轻的小姐探出头来说：“蓝小姐，可以开始了，您跟我过来吧。”

穆蓝兴奋地跟着走了出去。

婚礼就要开始了，在结婚进行曲中，新娘缓缓地走出来，众人惊艳，美丽的新娘如同仙女下凡，穆城翼的脸上却没有一个新郎应该有的开心笑容。两个人面对面站着，司仪宣布婚礼正式开始，首先新郎新娘宣誓。

一脸富态的司仪很庄重地问：“安慈小姐，你愿意嫁给眼前的穆城翼先生吗？无论他是富有还是贫穷，是健康还是疾病，不管发生什么都一起面对，不抛弃，不放弃，相互扶持，相濡以沫，今生今世相亲相爱。”

“我愿意。”安慈脸颊绯红，娇羞地低下头。

司仪转向穆城翼，“穆城翼先生，你愿意娶安慈小姐为妻吗？无论他是富有还是贫穷，是健康还是疾病，不管发生什么都一起面对，不抛弃，不放弃，相互扶持，相濡以沫，今生今世相亲相爱。”

穆城翼看着眼前一脸期待的安慈，又看看众人期待的目光，一时间竟走神了，真的要这样吗？眼前的人真的是自己爱的人吗？一辈子就这样定格了吗？他的脑海中突然浮现出穆蓝的脸，心里回荡着穆蓝的声音：“我不要结婚，不要你结婚，我要你只属于我一个人！”

穆城翼乱了思绪，此刻，他的脑海中全都是穆蓝，从10岁到20岁，他经历了她全部的成长，她到底是自己的什么？

良久，司仪小声地问：“穆城翼先生，请您回答。”

穆城翼低着头，脑海中浮现出十多年来，和穆蓝度过的每一分每一秒，经历过的每一件事，那么清晰自然，点点滴滴，穆城翼惊讶于自己的记忆力为什么在这个时候突然变得这么强大。

下面的宾客在窃窃私语，司仪为了调节气氛，赶紧替穆城翼圆场说：“看来我们的新郎今天有一点儿紧张，我们大家少安勿躁，给他多一点时间。”

安慈脸上的笑容消失了，她也小声叫着：“城翼，你说话呀。”

穆城翼却像是丢了魂一样，一言不发，一动不动。

书店还排着长长的队伍，今天可真是磨炼穆蓝性子的时刻，她很耐心地为粉丝们签名，回答粉丝的问题，还有不少的粉丝带着礼物过来的，穆蓝还要合影留念表示感谢。一边签着名，穆蓝一边偷偷地问旁边的工作人员还有多少个，可是得到的答案都是还有很多，队伍还很长，穆蓝只能低下头来继续签名。因为之前签售会的失败，她只能耐着性子给粉丝们签名，尽管现在的她已经快要崩溃了，却还是对着粉丝们微笑。

一本自己的新书放在了桌子上。

穆蓝很熟练地准备签名，却发现一只大手压在书上，这只手是那么熟悉，穆蓝不敢相信，打消了自己的念头，“麻烦您把手拿开好不好，这样我没办法签名的。”

可是手还是没有拿开，穆蓝猛地抬头，“你这个人怎么……”，失声叫了出来：“老哥！”

穆城翼衣服上还戴着新郎的那朵花，笑着看着穆蓝。

“你不是……你怎么……”穆蓝吃惊得不知道自己要说些什么，紧张得竟然连一句完整的句子都说不出来了。

“这可是你的处女签售会，这么重要的日子我怎么能不来呢，有什么事能比这个更重要。”

穆蓝笑了，笑靥如花，后面的人不知道怎么回事，开始议论起来。

穆蓝很郑重地在穆城翼的书上签上了自己的大名，还特别化了一颗桃心，然后请书店的负责人将穆城翼带到了后面的休息室里。穆蓝更有干劲了，笑容绽放成一朵美丽的迎春花。

又过了将近一个小时的时间，这场签售会才真正的结束。穆蓝迫不及待地跑到了休息室，穆城翼正站在窗前欣赏着外面的景色，穆蓝就冲了过来，从后面揽住了穆城翼的腰。

“老哥，我好开心啊，你能来我的签售会。”

“傻丫头！”穆城翼转过身来，“这么重要的日子，老哥怎么可能不来呢。”

“可是你今天结婚啊，那边到底是怎么……”

穆城翼捂上穆蓝的嘴巴，摇摇头，“什么都别问，今天来了，就是个开心的日子，咱们出去吃大餐怎么样？”

“好啊！”尽管穆蓝不知道穆城翼发生了什么事，她还是愿意和他在一起，她在心里默念，就让自己再自私最后一次吧。

穆城翼和穆蓝肩并着肩走了出去，此时此刻他们什么也不想，别管有什么事，都留给明天去处理吧，今天只要两个人开心就好，开心就足够了。

安慈还穿着婚纱，愣愣地坐在沙发上，地上还留着许多花瓣，这个客厅里的布置都还在，只是宾客散了，就连主角也早早退席了，这是安慈见过的最安静的结婚现场，没想到竟然是自己的婚礼。大家都走了，就连安慈的父母也被安慈赶走了，她一个人留了下来，只是想等穆城翼一个解释罢了。

紫鹃劝了她好几次，叫她吃点儿东西，安慈话也不说，呆呆地望着地板发愣，紫鹃摇摇头离开，但是一直默默地关注着她，生怕她一个想不开，寻了死，毕竟是一个女人。有哪个女人受得了在亲朋好友面前，在自己的结婚典礼上，新郎却落跑了。

艾生还穿着西装，他怎么也想不到会是这样的情景，他很想知道穆城翼去了哪里，是不是去找穆蓝了？他把穆蓝的手机号按了无数次，最后都没有勇气拨出去，他害怕自己得到的答案是肯定的，最后一次他拨通了穆蓝的手机，然而却听到了那个冷漠的女中音："对不起，您拨打的用户已关机。"他叹了口气，收起了手机，走到了安慈身边。

"不用太难过，也许他今天只是一时想不通跑出去了，也许有很重要的事情也说不定的。"艾生也不知道如何安慰一个被人晾在婚礼上的新娘子，这一切都太戏剧化了。

安慈摇摇头，"其实我一直都了解，只是一直骗自己，觉得老天爷不会对自己那么残忍，没想到还是敌不过命运的安排。"

此时，艾生突然觉得眼前的女人那么可怜，她还能这样淡定地讲话，那么自己呢？自己就不可怜了？其实他们是同样的命运。

"艾生，你回去吧，如果城翼今天晚上回来的话，我和他肯定需要好好谈谈。"

艾生点点头，把西装外套脱下来搭在肩上，走出了门。他抬头看看外面的天空，满天的星斗围绕着月牙似的月亮，他笑了笑，低头走路。

夜晚拉开了序幕，院子里终于迎来了汽车的声音，安慈的心跳突然加快了一拍，默默地等待着，老远就听见穆城翼和穆蓝有说有笑地进来了。一进门，这两个人都愣住了，穆城翼让穆蓝回自己的房间，穆蓝想开口说话却不知道该说什么，默默地看了一眼安慈，上了楼。

穆城翼走到了安慈身边，坐了下来，先是深深的沉默，然后是深深的叹息，紫鹃很识趣地回了自己的房间，虽然很好奇这究竟是怎么一回事，本来大喜的日子。

“安慈……”

安慈终于等到了穆城翼开口，她仍旧是不说话。

“我知道你在等我的解释，可是我真不知道怎么解释这件事，我只能说，对不起，是我对不起你。”穆城翼的心在滴血，他知道自己犯下了一个不可饶恕的错误。

“你把我一个人扔在这里，面对众人的嘲笑，面对众人的猜测，让我一个人面对空荡荡的婚礼，让我一个人面对所有的所有，一句对不起就够了吗?”安慈说着，眼泪缓缓地淌下来，这是自穆城翼从婚礼上落跑之后流的第一滴眼泪，她不敢在众人面前流泪，这是她为自己保留的最后一点儿尊严了。

“我知道不够，这辈子无论我做什么都不足以补偿你，可是我不能欺骗你，不能欺骗自己，我也不知道该怎么办。”穆城翼把胳膊撑在膝盖上，用手捂着自己的脸。

“是因为蓝蓝吗?”安慈稳定一下自己的情绪。

穆城翼愣了一下，抬起头凝视着安慈。

“你不用掩饰，我猜到了，很久很久之前我就觉得你和蓝蓝的关系有点儿超越了兄妹的关系，只是自己骗自己不敢去承认罢了，直到上次咱们去挑婚纱的时候，这么重要的事情，你竟然为了穆蓝抛下我走了，我现在终于承认了这个事实。”安慈的表情很痛苦，脸上的新娘妆早已经花了，样子十分的狼狈。

“安慈，你骂我吧，打我也可以，我知道我对不起你，可我真的不是故意的。”穆城翼把安慈的手拿起来捶着自己的胸口，安慈仍旧是哭，和穆城翼的手作着斗争，最后还是放下了。

安慈越是这样，穆城翼就越是觉得愧疚，安慈那么好的一个女人，如果没有穆蓝，他绝对不会错过安慈，可是穆蓝在自己生命里已经出现了十几年，是一个怎么也没有办法抹去的角色。

“一直觉得蓝蓝是我妹妹，直到那天准备帮她挑礼服的时候，我才发现蓝蓝一哭，我竟然什么念头都可以放下，这几天我也一直在想这件事，我没有办法把蓝蓝放下，就算我们今天结完婚，婚后我也会发现的。”

“我只想知道你到底是怎么打算的。”安慈摇摇头，她是一个心理专家，这些她根本不想听，因为她完全可以了解。

“我不知道，真的不知道。”穆城翼摇摇头，他很乱，的确不知道该怎么处理这件事。

安慈点点头说："好吧，我回去了。"

"今天很晚了，住在这儿吧。"

安慈冷笑一声，"你让我用什么身份住在这里？我有资格吗？"

"那我送你吧。"

安慈没有说话，算是默许了，把安慈送到家，安慈甚至没有看一眼穆城翼就回了家。穆城翼看着安慈家的灯亮起来才放心地离去，回到家躺在床上，翻来覆去睡不着。

敲门的声音。

穆蓝的声音在门外响起，"老哥，你睡了吗？我睡不着。"

穆城翼赶紧起来去开门，看见穆蓝穿着睡衣站在自己门外，眼睛明亮如星，他们又躺在了一张床上，像从前一样，只是两个人的心里都有了变化。

"老哥，你是怎么打算的啊？"

"你和安慈问了同样的问题。"穆城翼苦笑。

"好吧，我知道你也不知道怎么办。"

两个人都沉默了一会儿，穆蓝突然翻过身去，面对着穆城翼，"老哥，我们会不会分开？"

"不知道。"

"我不想离开你，经历了你结婚的事情，我就觉得自己会失去你，一想到自己哪天也会结婚会嫁人，心里就难过得想哭。"

"那咱们就不要分开了，蓝蓝，老哥不会离开你的，睡觉吧。"

"拉钩。"

两个手指钩在一起，穆蓝才满意地睡去了，穆城翼在穆蓝的额头上深深地吻了一下，也睡去了。

一个可以引起公众注意的人物无论做了什么都瞒不住媒体的眼睛，就如同纸里永远包不住火一样，那天穆蓝的签售会上来了几个记者，为签售进行全程报道。而穆城翼的婚礼也很惹人注意，也有记者跟踪报道。穆城翼第二次婚礼又失败了，这一次他把新娘扔下了。这边的记者捕捉到穆城翼在婚礼上逃跑，那边的记者却捕捉到穆城翼来到穆蓝的第一场签售会，媒体禁不住又产生了遐想，妹妹的签售会和自己婚礼比起来，凡是个正常人都会觉得后者重要，可是穆城翼的行为告诉大家前者比较重要，究竟是为什么这么重要呢？

之前就有媒体报道过穆城翼和穆蓝的关系绝非兄妹般单纯，只是后来穆城翼宣布自己的婚讯才让这条新闻不攻自破，而现在穆城翼的行为举动再次让这条新闻浮出水面，甚至有媒体直言穆城翼早就有将这个收养的妹妹霸为己有，还有的说想必这两个人早就日久生情，又没有什么血缘关系，而且这个时代男女相差十几岁的大有人在，本来就无可厚非。

不管媒体说什么，总之有两件事是非常肯定的。第一，穆城翼逃离了婚礼现场；第二，穆城翼来到了穆蓝的签售会现场。至于这两件事说明什么，也就只有主人公知道了。

一切照旧，穆城翼照样去上班，尽管出现在公司的时候，公司员工的眼光或鄙夷或不屑或疑惑。穆城翼没有理会，直接进了自己的办公室，开始一天忙碌的工作，所有的事情都理不出一个头绪来，只好将所有的注意力都转移到工作上。

穆蓝还是去上课，学生的反应和社会上人员的反应可就不一样了，穆城翼的员工只能私下里讨论，毕竟自己还要吃饭，老总是万万不能得罪的，可是学生就不一样了。

穆蓝一进门，全班同学都抬起头来，一直目送到穆蓝坐在自己的位置上，班上向来有嫉妒穆蓝的同学，漂亮、家世好、有名气。林嘉薇就是其一，论相貌，林嘉薇不输给穆蓝，性感大方，追求者一大把；论家世，林嘉薇的父亲也是个什么总之类的，只是林嘉薇做不到穆蓝的潇洒，更没有穆蓝那一把追求的粉丝。

林嘉薇离开自己的位置，走到了穆蓝身边，坐了下来。

托着下巴，饶有兴趣地看着穆蓝。穆蓝转头看看她，“林嘉薇，你今天出门是不是忘了吃药了？老看着我干什么？”

“我只是好奇和一个比自己大十岁的男人住在一起的女人是什么样的。”林嘉薇一脸奸笑的望着穆蓝。

“我今天没有招惹你，你最好也别惹我，你给我小心点儿。”穆蓝看也不看林嘉薇一眼，把自己的书拿了出来，若无其事地翻开课本。

“喂，穆蓝，我一直都很好奇做爱是一种什么感觉呢？”林嘉薇摆出一副天真小女生的模样。

“装什么纯，你自己和多少男人上过床，怕是数都数不过来了吧。”穆蓝冷笑。

“那也比不上你呀，跟一个比自己大十岁的男人在同一个屋檐下住了整整十几年呢，就算是你小不懂事，那男人总归是有欲望的吧，难不成穆城翼是个太监，你第一次是什么时候，是九岁，还是十岁啊？”

说到这儿，班里有人偷笑起来。穆蓝紧紧握住了拳头。

林嘉薇接着说：“哎，穆蓝，你难不成是人家养的童养媳。”林嘉薇哈哈大笑起来，全班的气氛有些尴尬，有偷笑的，有坐视不管的，也有静观其变的，虽然大家都很好奇，但是像林嘉薇这种冷嘲热讽外加挖苦的还是少数。

穆蓝转过头，瞪着眼睛，咬牙切齿地说：“你再说一遍。”

林嘉薇刚想说几句劲爆的句子，没想到鼻子上就挨了穆蓝重重的一拳，惊愕的她张开双手，感觉自己的鼻子一阵酸，随着一股血腥味，鲜血就滴在了自己的身上，“我跟你拼了！”说着扑向了穆蓝。两个人厮打起来，同学们可不敢再看热闹了，赶紧上去劝架，可是大家都太了解穆蓝的脾气了，她是不轻易出手的，一旦出手除非她打痛快了，否则谁也别想把她劝下来。几个胆小的女生赶紧去把老师喊来，老师赶到，这场女人之间的争斗才算是停止。

校长室。

穆蓝和林嘉薇都站在了墙角，林嘉薇低声地哭泣着，头发凌乱着低着头，两个眼睛都肿得很高，一只眼睛已经紫了，脸上伤痕累累，衣服也被扯了好几个口子，全然没有刚才的嚣张，一副落败的样子。相比而言，穆蓝就好多了，只是脸上有几块淤青，几个鲜红的血印，衣服上被扯了几下，头发比较惨，被林嘉薇抓得很乱。

“我告诉你，穆蓝，我一定会让我爸爸告你的，你这个野种！”林嘉薇一边哭着，嘴里也不干净。

“你骂谁是野种?!”穆蓝伸出手冲着林嘉薇的后脑勺就是一巴掌。

林嘉薇早已经没有还手的力气了，仍旧是哭，趁着穆蓝不注意，狠狠地在穆蓝的肩膀上咬了一口，校长和几个主任看见了赶紧跑过来把两个人拉开了，一个站在南面的墙角，一个站在北面的墙角。

林嘉薇的爸爸先过来的，大腹便便地走进来，一看见自己的女儿被打成这个样子，心疼地把女儿搂在了怀里，林嘉薇终于见到了亲人，号啕大哭起来。

“宝贝儿啊，是谁把你打成这个样子了啊？”

林嘉薇不说话，指向了穆蓝，林嘉薇的爸爸顺着女儿的手指看过去，看见穆蓝冲过去就是一巴掌。穆蓝被打蒙了，缓过劲儿来刚想还手，被一个主任拦住了，林嘉薇的爸爸还是不解气，还想再打，两个主任一起拦了下来。

穆蓝只能愤怒地看着林嘉薇躲在爸爸的怀里。

“小兔崽子，你爸爸是谁？我告诉你，我要告你！赔偿我女儿的精神损失！要是毁了容，你们这辈子赔不起！还有你们学校是怎么管的，这样的学生早就该开除了！”林嘉薇的爸爸在校长室里大骂起来。

穆蓝不屑地连看也不看一眼，几个主任又是端茶又是倒水的，生怕这个财大气粗的家长惹出什么事来。

门再次打开了，穆城翼走了进来，第一件事就是找穆蓝，看见穆蓝站在墙角，只是受了一点儿小伤，这才放心，然后才和校长说话。

“校长，不知道我妹妹犯了什么错，您这火急火燎地把我叫过来了。”

林嘉薇的爸爸看见穆城翼立即傻了眼，“穆总，那个是你的妹妹？”

“是啊，怎么，你没有见过我妹妹吗？”穆城翼看向林嘉薇的爸爸，这个人是自己生意场上的合作伙伴，现在也有几千万的生意在合作。前几天，他们才刚刚在饭桌上吃过饭，没想到几天没见，再见面竟然是在这样场合下。

“既然人都到齐了，现在就请打架的这两位同学说清楚到底为什么打架。”校长黑着一张脸坐在椅子上，女生打架这种事最近出现得太频繁了，打成这样子的还是第一次。

“哼，打架嘛，哪有那么多为什么，想打就打呗，我要是问你，今天为什么穿衣服，你怎么回答？”穆蓝不屑一顾地看着校长。

校长气急败坏地拍着桌子，“穆蓝！给我注意你的态度！”

“我什么态度？麻烦你告诉我我应该用什么样的态度来面对你这个势利眼的校长呢？”穆蓝抱着肩膀。“随便找个理由就说我违纪，然后想尽办法让我老哥给你拿赞助费，如果我记得没错，你的办公室装修还是我们木星集团赞助的，对吧？”

校长气得说不出话来，缓缓神，把目光转向了林嘉薇，“林嘉薇，你说这到底是怎么回事？”

“我就是……想关心一下穆蓝的家事，听说……她哥哥结婚又没结成，就是……想关心一下，没想到穆蓝就打我……”林嘉薇说完又开始哭起来。

“你放屁！少装好人，你是什么葱什么蒜自己心里清楚！”

“穆蓝，文明点儿！你看看你像是一个大学生吗？”校长实在是忍无可忍了。

穆蓝没有理会校长，眼睛直勾勾地盯着林嘉薇，“林嘉薇，你还真好意思说出口啊，你说的话全班同学都听见了，你以为我不敢说出来了是吗？”

“你有本事说出来了啊！”林嘉薇突然壮大了胆子。

“好，你给我等着，你看我怎么收拾你。”

“校长，你看穆蓝还在威胁我！”

“你找他当挡箭牌，找错人了，我连他都不看在眼里，等着吧，会很精彩的。”

校长对于穆蓝算是无语了，又把矛头指向了穆城翼，“穆城翼先生，麻烦你好好教教你妹妹吧，你看看她都成了什么样子了，”说着，校长叹了一口气，看看穆城翼连句话都不说，接着说：“也难怪啊，上梁不正下梁歪，也难怪别人会那么说你们。”

“你再说一遍！”穆城翼和穆蓝异口同声地说。

这阵势吓坏了校长，校长瘫坐在椅子上，“你们，你们要干什么？这里可是学校，穆蓝，我告诉你，我要开除你！”

“好啊，我就等你开除我呢，你赶紧把我开除吧，这破学校还真容不下我这么大的神！走吧，老哥，别脏了咱们的鞋。”

两个人说着一起向外走，路过林嘉薇的爸爸，林嘉薇的爸爸赶紧说：“穆总，她们还都是孩子，生意场上咱们还是好伙伴。”

“谁跟你是好伙伴？跟你合作的生意我们不做了，不就是几千万吗？我赔得起。”说完带着穆蓝走了出去。

刚走出学校的大门，两个人就哈哈大笑起来。

“蓝蓝，你打算怎么收拾那个女孩啊？”

“我才没工夫理她呢，我就是吓唬她罢了，就那几句话，就能叫她天天晚上睡不着觉，一个月不敢出门！哈哈，林嘉薇就是一个毒蛇妇，其实胆子可小了！老哥，咱家生意几千万呢，就这么没了？”

“啊，还能怎么样？没事，咱们家的生意大得很，不在乎这一点儿，做生意嘛，有赚的时候就会有赔的时候，这样人品才不至于丢那么多啊。”

“老哥，你现在终于相信我的人品学说了吧？！”

这些天，穆蓝一直躲在家里上网玩游戏，穆城翼自然是工作，穆蓝一直很纠结，她不知道自己该怎么选择，她想也许自己这么做是错的，自己的心理有一种畸形存在，她想找安慈好好谈谈，毕竟安慈除了没当成自己大嫂这层关系之外，还有一个身份那就是自己的心理医生。

穆蓝来到了安慈的心理诊所，记得第一次来这里的时候，这里还是一个很小的诊所，如今已经扩大了这么多，她刚一推门，发现上面贴着一张纸。

“不好意思，因安医生最近有事，不能会诊，请大家谅解。”

穆蓝叹了口气，也对，一个女人在自己的婚礼上被自己未来的丈夫放了鸽子，这是多大的羞辱呢，她的心就是再大也不可能还能正常上班呀！

“小姐，诊所这段时间不营业，您还是回去吧。”一个甜美的声音在背后响起，穆蓝一转头看见一个女孩子站在自己的背后。

“我有重要的事情找安医生，你能告诉我她在哪儿吗？”穆蓝看着这个女孩总觉得有些面熟。

“您贵姓，我回去可以告诉她一声，问她愿不愿意见客。”

“我叫穆蓝。”穆蓝的话音刚落，只见对方立即变了脸，“你就是穆蓝！你们穆家没有一个好东西，玩弄了我堂姐不说，现在害得她连诊所都开不成了！你们这些人根本就是变态！喜欢玩弄别人的感情！”

“你先冷静一下好不好？”穆蓝没想到对方一听到自己的名字竟然这么激动。

“我冷静？我很冷静，你们不是已经在一起了吗？还跑来骚扰我堂姐干什么？我要是你们啊，我就干脆躲起来，找个没人认识的地方，省得别人看见自己丢人！”

“我没有时间跟你啰唆，我们也没有你想的那样，你可以不相信，但是我真的很担心安姐姐，我想要和她解释一下，麻烦你告诉我她在哪儿。”穆蓝听到女孩嘴中十分难看的话，她的耐心底线也到了。

“你还关心她？你知道为什么诊所关门了吗？病人们都说我堂姐和这样的人在一起，也不是什么正常的人，都不来看病了。我堂姐现在每天都在家里，魂不守舍的在房间里什么事都不做，她从来都不抽烟，现在竟然抽上烟了，还喝酒！这些都是你们害的！”女孩说到自己的堂姐倒是心疼起来，“你们要是还有人性，就不要来骚扰她！”说完，女孩就走了。

一张烟雾缭绕的脸出现在穆蓝的脑海中，她无论如何也无法相信一向温婉的安慈，会变成一个烟鬼、酒鬼！这都是自己造的孽啊！她开始后悔自己做的一切。不，她不能这么自私，她一定要挽回这一切，她不能允许自己做一个不讲义气的人。

穆蓝似乎忽略了一个很重要的角色，那就是自己的现任男朋友，艾生。其实也并不是忽略，而是不知道如何面对。

去找艾生的时候，已经是婚礼结束将近一个星期了，穆蓝来到了艾生的家里，看见艾生躺在沙发上，地板上有报纸、杂志、啤酒瓶，更可恨的是穆蓝还发现了烟蒂，穆蓝顺手捡起地上的报纸，一整版全是关于自己和穆城翼的报道。

“你都知道了?”穆蓝这句话像是一个陈述句，丝毫没有疑问的语气。

艾生没有说话，躺在沙发上，顺手拿起了一根烟，笨拙地点着，顿时烟雾缭绕。

“你相信了是不是?”穆蓝这次发问，真的是发问。

艾生还是没有说话。

“对，你相信吧，你最好相信，因为这就是事实!”穆蓝把报纸扔在了艾生脸上，一个人哭着离开了。不知道自己为什么要哭，是因为艾生不相信自己，还是因为自己也不了解自己内心真实的想法，总之穆蓝很心疼，她从来没有想过要和艾生分开，她一直都把艾生当自己的男朋友，只是她从来没有告诉过艾生，希望艾生是自己最后一个男朋友，穆蓝哭着跑在街上。

只是她不知道烟雾缭绕中的艾生眼角缓缓淌下了眼泪，他是在等一个解释啊。虽然他了解穆城翼在穆蓝心中的地位，穆蓝的嘴里永远都离不开自己的老哥，偶尔自己都会吃醋，但是只要穆蓝一个解释，艾生就会不顾一切地相信她，可是穆蓝没有，她的话把艾生所有的幻想彻底打碎了。原本以为自己这朵漂浮的云彩终于可以停留下来，没想到却硬生生地被人抛弃了。

晚上，穆城翼回来了，他看见穆蓝躺在沙发上，呆呆地望着天花板发愣，“蓝蓝，你怎么了?”

“老哥，你知道吗?安姐姐现在开始抽烟，也喝上酒了。”穆蓝坐起来，语气平和。

穆城翼心里咯噔一下，他完全无法想象那会是一个什么样的安慈，一直以为一个心理医生是可以承受一切的，可是他忘记了有一句话叫：医不自医。穆城翼坐在了沙发上，他在等待着穆蓝的下文。

“我觉得我们是不是太自私了?如果不是我们的自私，安姐姐现在或许已经成为你的妻子，爱你疼你，把这个家打理得像个家，艾生也会依然画画，不会每天在家里像一只猪一样生活。因为我们的自私，我们把他们都害了，你不觉得我们是把自己的快乐建立在别人的痛苦上吗?你会快乐吗?最起码我不会!”穆蓝现在非常痛恨自己，她一直告诫自己，不做好人，但是也绝对不会做坏人，可是不知不觉，她成了害了两个人的坏人。

穆城翼久久不能开口，他不知道自己该怎么办，事情来得太突然了，发现自己对穆蓝的这份感情也太突然了，他没有办法。

“老哥，不怪你，你不用自责，都是我的错，我不应该吃醋，不应该叫你不结婚的，现在让我们一起把这个错误纠正过来好吗？我不想当坏人，我也不希望你是坏人。”穆蓝说完，垂下了眼睑，尽管这样心很痛，她还是这样选择，“你再补办一次婚礼，或者告诉别人自己当天实在是有很重要的事情，是路过我的签售会才过去的，而我，我答应过艾生和他一起去西藏，做一对情侣艺术家。”说完，穆蓝上了楼，走进了自己的房间。

穆城翼像是失去重心一样坐在了沙发上，他闭着眼睛，回想着这几天，如果事情可以像穆蓝说得那么简单就好了，就算是自己想要补办婚礼，安慈会同意吗？就算是安慈可以原谅自己，那么已经有了这一次的教训，自己是肯定不能再和穆蓝有任何来往了，否则就是牵一发而动全身。

穆蓝回到自己的房间，拿起手机给艾生打了电话，可是电话却始终打不通，她只好作罢，反正明天也要去找他，干脆今天就这样吧。

第二天一早，穆蓝就把自己收拾得干净利落，穆城翼已经去上班了，穆蓝心想这样也好，事情是因为自己而起，也正好让自己把一切平息。穆蓝打电话给穆城翼，要了安慈的地址，拿着地址，穆蓝找到了安慈的家，按响门铃，好半天才有人来开门，打开门，两个人都十分诧异。

穆蓝诧异的是短短几天的时间，安慈整个人瘦得不成样子了，眼窝深深地陷下去，颧骨也显得那么突兀，整个人的气色更是让人完全无法联想那个能干的心理医生，浑身上下都是烟味和酒味，而安慈看到穆蓝来找自己已经觉得很诧异了。

两个人坐在沙发上，安慈总算是有点儿恢复状态了，最起码不会吸烟也不会喝酒了。穆蓝打量着客厅里，茶几上烟灰缸里是满满的，底下还有几个酒瓶横七竖八地摆放着。

“没想到第一次来我家就让你见笑了。”安慈倒了两杯水放在了茶几上。

“安姐姐，这根本就不是你的风格啊！”穆蓝既心疼又感到自责。

“人是会变的，当受到很强烈的精神刺激时，任何人都会做出有反于常态的行为，就算是一个心理医生都不会例外，这属于很正常的反应。你放心不久就没事了。”安慈说着喝了一口水。

“对不起，安姐姐。”穆蓝抓住安慈的手，满脸的歉意。

安慈摇摇头，“不怪你，是我自己的命。”

“安姐姐，如果老哥向你道歉，他想重新娶你进门，你会同意吗？我要和艾生去西藏了，我认识到了自己的错误，我不会这么自私的，安姐姐，求求你，原谅老哥和我吧，回到老哥身边，你才是和他共度一生的人。”

安慈诧异地看向穆蓝，她一直觉得穆蓝就像个孩子似的，没想到这个时候她表现出了自己成熟的一面，能够这样看待问题，“蓝蓝，你知道吗？时光是不能倒流的，事情已经发生了，就不会倒退回去。在我的心里，在你哥哥的心里以及你和艾生的心里都已经留下了痕迹，就算是可以，但是今后我们四个人都会像是惊弓之鸟一样，除非我们再也见不到了。”

穆蓝心里“咯噔”一下，她没有想到事情的结果会是这么严重，“真的见不到了？”

安慈点点头。

穆蓝咬了咬自己的嘴唇，似乎是在下一个决心，“好，我和艾生去西藏，今后可能会一起流浪，那样的话，我们基本上没有见到的可能了。安姐姐，只要你可以回到我老哥身边，我什么事情都可以做到。”穆蓝顿了顿，接着说：“我希望你可以忘记这一切和老哥好好过日子。”

说完，穆蓝就走了，安慈望着穆蓝离开的背影，那是多么强烈的爱才可以让一个人为了另外一个人的幸福甘愿牺牲自己啊，安慈开始觉得自己对穆城翼的爱根本比不上穆蓝。

穆蓝回到家，本想和穆城翼告别，可是穆城翼不在家，她就一个人收拾了东西，把那些值得纪念的东西都收拾进了自己的行李箱。

艾生这些日子的确是有些颓废，他这朵漂浮的云终于可以再次去漂泊了，可是他心里却十分舍不得这座城市。他把自己的行李收拾好，望着自己停留了几个月的地方，愣愣地出神，突然门铃响了，艾生转身去开门，打开门，看见穆蓝洋溢着笑脸坐在一个大大的行李箱上，他愣住了。

“怎么了，看见美女傻掉了是不是？”穆蓝站起来，直接走进房间，“帮我把行李箱拖进来，我渴了，喝杯水。”穆蓝直奔冰箱，拿了一瓶饮料，看见屋子正中央有艾生收拾的行李，拍了拍艾生的肩膀，“小哥，你是先知啊，你怎么知道我要跟你一起走呀，不错，咱们也算是心有灵犀吧。”

艾生还没有回过神来，他对穆蓝的行为感到不理解。

“喂，你到底怎么回事啊，一直这么盯着我看？你是不是不想去西藏了？好，那我一个人去。”穆蓝想要拉着自己的行李走，被艾生一把拦住了，他抱住她的腰，嘴唇霸道地吻上她的嘴唇。穆蓝很意外，但是没有拒绝，或许这是最好的结局，就在他们接吻的瞬间，一滴眼泪顺着穆蓝的眼角流了下来。

穆蓝这天晚上住在了艾生这里，她没有回家，并且今后都不准备回家了。

穆城翼今天一直忙着开会，他完全没有预料到穆蓝会在这么短的时间里离开家，离开自己，他这辈子甚至都没有想到过会有这样的一天，打开穆蓝的房门，里面像是什么也没发生过一样，可是细细看来却根本不是那么一回事，那些零碎的纪念品都不见了。他躺在穆蓝的床上，忽然觉得自己的心被谁挖空了，或许穆蓝这样做是对的，回归原来状态，外界媒体不会再说什么，社会舆论不会再说什么，自己有一个温柔体贴的妻子，而穆蓝也可以和相爱的人一起走天涯，这是最好的结局，可是为什么自己的心会那么痛呢？

第二天，清早，穆城翼刚要去公司，就看见安慈站在了自己家门口，对于安慈的消瘦，穆城翼的确很惊讶，两个人坐在沙发上，相对无言。也许对于这一对差点成为夫妻的人来说，再次见面还是很尴尬的，最后还是穆城翼先开了口。

“蓝蓝去找你了吧，她是怎么说的？”穆城翼的声音充满了沧桑感。

“她是个很伟大的女孩子，可以为了别人的幸福，放弃自己的幸福，她说让我原谅你，让我们重新在一起。她和艾生去西藏，以后再也不回来了，她还向我保证以后不会见你。”安慈的声音很轻，悠悠地飘进穆城翼的耳朵。

“再也不回来？！”穆城翼的手攥成了拳头，她怎么可以这么对待自己，就算不能在一起，也不至于再也不见吧！

“从你现在的表现，我就知道那只是一些幻想罢了，你和蓝蓝都已经忘不掉彼此，在别人眼里这或许是最好的结局，可是这辈子你们都不会快乐的，我说的对吧？”安慈看看穆城翼，把手指放在了自己脖子里的项链上，“城翼，我没有蓝蓝爱你，我输了，你去找她吧。但是，这个项链，可不可以送给我留个纪念？就当是纪念一段逝去的爱情，好吗？”

“好。”

“谢谢。”安慈站起来，高跟鞋的声音踩在地板上发出有节奏的声响，她走得很从容。

“安慈。”穆城翼喊住了她，安慈停住了脚步。“谢谢你，是我对不起你。”

安慈微微笑，继续向前走，现在多少语言都是苍白无力的，穆城翼躺在沙发上，双眼紧闭，西藏？她真的打算不回来了？

火车轰隆隆的声音充斥着离别的味道，然而却没有人来送他们，穆蓝一直尽力让自己高兴起来，可是瞒不过艾生的眼睛，他们上了车，是软卧。车厢里，穆蓝开心地收拾着自己的东西。

“哈，一段很漫长的旅行呢，我得找点儿事情打发时间。”说着，穆蓝开始从自己的行李里面找一些东西来玩。

艾生依然直勾勾地盯着穆蓝看，眼神很迷茫，穆蓝拿了一本书出来，“什么都没有，干脆看书好了，”她一抬头正好迎上了艾生的目光，“喂，你干吗一直盯着我看啊？又不是没见过！”

“到了西藏，你会快乐吗？”艾生脸上的表情十分淡漠。

“我当然！”穆蓝的话说到一半，可是她看见艾生的表情，那是一种容不得任何欺骗和谎言的表情，穆蓝住了嘴，没有继续说下去。

“昨天晚上，我看了你的行李箱，发现里面除了你的几件衣服之外，全部都是一些相册，各地旅行的纪念品，项链、手链、发卡，还有一个大型的毛绒玩具，我想了好久既然你都决定跟我走了，那么这些东西在哪儿买不到呢，唯一的可能就是，这些东西都是和穆城翼有关的，你舍不得，你想把对他的感情一起带走。”艾生说这些话的时候很平静，尽管他的心里好痛，可是这依然是他不得不承认的事实。

穆蓝低着头，良久没有开口，“是，被你发现了，一个人哪有那么容易就忘掉一个和自己生活了十多年的人呢。”

“那么你觉得我愿意带走一个心里装着别人的你吗？我不想委屈自己，更不想委屈你，你走吧。”艾生将目光转向了火车外面。

“艾生……”穆蓝不可思议地看着艾生。

“快走！与其两个人在一起都不快乐，还不如分开的好，快走啊！”

穆蓝拿着自己的行李箱，这个时候火车已经快要启动了，乘务员马上就要把门关上，穆蓝硬是挤下了车。是啊，艾生知道自己还惦记着穆城翼会不快乐，那么穆城翼岂不是更不快乐，这样大家都不会好过的！她搬着自己的行李下了车，就在她刚刚走出站台的时候，那个男人就站在不远处，他穿着自己最熟悉的休闲装，带着自己最熟悉的笑容。那一刻，穆蓝突然觉得她再也不能离开这个男人，一秒钟都不可以。

她扔下行李一下子就扑进了穆城翼的怀里，“老哥，我再也不要离开你了，还没有离开你，我就已经在想你了，我不要离开你，一辈子都不要。”

“是，蓝蓝，咱们再也不会分开了，就算是全世界都反对我们在一起，我也要跟你在一起，就算是和全世界成为敌人，我也不怕!”

来往的行人都看着他们，他们全然不理会别人的目光，这么多年的相依为命，世界上已经找不出任何一个人可以代替彼此陪伴自己了，他们相约再也不分开。当他们下了决心在一起，这个世界再也没有什么可以将他们分开。

穆蓝和穆城翼回了家，他们似乎又回到了从前，一起在家玩游戏看电影，似乎一切都没有改变，可是外界的舆论却再次掀起高潮，每当穆城翼走进公司，就会有很多人窃窃私语，穆城翼和穆蓝的事情在公司里已经成了大家茶余饭后必聊的事情，似乎是因为习惯了，穆城翼也不去理会这些，随他们说去好了。穆蓝整天还是在家里写写小说，她开始不喜欢出门，因为不出门就听不到那些乱七八糟的话，只要每天晚上穆城翼回来陪自己玩那就够了。

这天，穆蓝在家里实在是闷得慌，就陪着紫鹃一起出超市买菜，回来的时候，刚走到门口听到了堂姐的声音没有进去，把紫鹃一起拉了过来，躲在了窗户下面。

“城翼，你脑子是不是坏掉了！你知不知道现在的几大股东都在闹事，好几个几千万的单子已经被对方撤销，咱们的损失已经到了几个亿了！员工也跟着起哄，你这是乱伦，你知不知道?！你觉得股东还有合作伙伴会喜欢一个乱伦的老总吗?”穆城英焦急地在客厅里来回踱步。

“姐，你说什么乱伦，我和蓝蓝又没有血缘关系，算不上乱伦。”穆城翼坐在沙发上抽着烟。

“是，你们是没有血缘关系，可是你们以兄妹的身份存在了十几年了，你觉得社会会认可你们吗？吐沫星子就能把你淹死!”穆城英指着穆城翼的鼻子说，“你别犯傻了好不好？以你自己的身价，想找一个年轻漂亮的没问题，找一个比你小十几岁的也没问题，可是就是穆蓝不行，社会舆论没有办法接受你们!”

穆城翼狠狠地把烟捻灭在烟灰缸里。“你回去吧，让我一个人静一静!”

穆蓝看见一辆车开进了自己家的院子里，粉红色的，是戴若怡。戴若怡下了车直接冲进了客厅里，“蓝蓝呢？穆城翼，把我的女儿交出来!”

“蓝蓝应该是和我们家的保姆一起出去的，还没有回来，怎么了，有什么事吗?”穆城翼丝毫没有迎接客人的意思。

“你最好把蓝蓝交出来，没想到你是这种人！亏我当初那么信任你！你就是这样对待我的女儿吗？”戴若怡看见报纸杂志上那些内容，几乎要疯了。“你比穆蓝可是大十岁的呀，你就这样对待一个不谙世事的小女孩吗？我告诉你，别怪我无情，你不把蓝蓝还给我，我就去告你！什么罪名，我想你自己心里很清楚！”

穆城英毕竟是站在穆城翼这边的，“哎，哎，哎，你把话讲清楚，事情没弄明白就在这里撒泼，没准是穆蓝那个死丫头勾引我们家城翼呢。我们家毕竟是有一个集团公司的，也许是穆蓝想独吞我们木星集团才想到要死缠在城翼身边的。”

“别不讲理，蓝蓝想要钱还不容易，我所有的财产都可以留给她！我的身价可并不比你少！”

“别吵了，都给我滚出去！”穆蓝突然出现在了门口，“不要在我们家里瞎嚷嚷，都给我滚！”

“穆蓝，现在是让谁滚啊，这还是你家吗？你看清楚了，那个才是你妈妈，”穆城英指着戴若怡说，“你趁早跟你这个妈妈离开穆家！你有资格让我滚出去吗？看来是我让你滚吧！”穆城英看见这个小丫头就讨厌。

穆蓝上楼，不一会儿又跑下来了，拿出户口本扔在茶几上，“看清楚了，我住在这儿合情合理合法，你在这儿只能是客人！我就请你出去！否则我告你私闯民宅！还有你，”穆蓝把目光转向戴若怡，“你回家去起草怎么上诉吧！”

戴若怡不愿意面对穆蓝，只好走了，穆城英也无可奈何，“你得意不了多久了，走着瞧。”甩下这句话，穆城英也走了，穆蓝看看穆城翼，上了楼，再没下来过。

晚上，她躲在自己的房间里没有吃饭，穆城翼敲了好几次门，她都说自己今天不舒服不想吃饭了。餐桌上，紫鹃的感觉也是怪怪的。

“紫鹃，你们今天去哪儿了，她这是怎么了？”穆城翼只好求助于紫鹃。

“我们……哪儿都没有去，就去超市逛了逛，买了点儿菜和水果。”紫鹃低着头吃自己的饭，可是她终究是不会撒谎的，“穆总……其实我和蓝蓝早就回来了，她不让我出来，我们一直躲在外面偷听来着。”

“什么？”穆城翼吃了一惊，“你的意思是，堂姐和我说的话，蓝蓝都听见了？”

紫鹃点点头。

穆城翼有一种不祥的预感。

穆蓝望着窗外，陷入了沉思，她一次一次地选择，可是每一次选择都带来了无法弥补的伤害，对穆城翼的，对自己的，还有对别人的，为什么怎么选择都不对呢？老天爷是在惩罚自己吗？如果怎么选择都会有人受伤害，那么不如所有的伤害都给自己，那就是不选择。

一大清早，穆城翼起来还是照旧看报纸，看看时间都已经十点钟了，叫紫鹃去喊穆蓝下来吃饭，紫鹃没过多一会儿跑下来，手里拿着一张字条，大叫："不好了，穆总，小姐离家出走了！"

穆城翼赶紧扔下报纸，接过纸条。

老哥：

我走了，别找我，我会好好的，你也好好的，我想着这些日子发生的事情太多了，咱们俩都不是超人，还不能一下子接受这么多的事，对吧？咱们都冷静一下吧，好好想想。该回来的时候，我就会回来的，爱你。

蓝蓝

其实昨天晚上他可以阻止她的，他早就预料到穆蓝会选择离开，可是他没有那么做，也许穆蓝的选择是对的。看着这张纸条，穆城翼反倒平静下来，他太了解穆蓝了，穆蓝的离开就是想让自己冷静一下，把身边的事情都处理清楚，然后再慢慢想两个人的事情，他叹了口气，坐在了沙发上。

"穆总，咱们报警吧！"紫鹃着急地说。

穆城翼摇摇头，"紫鹃，你好长时间没回家了吧，我给你一个长假，想做什么就做什么吧，薪水我多发你三个月。"

"啊？穆总，你要开除我？"紫鹃紧张地捏着自己的围裙。

"不是开除，你玩够了想回来随时都可以，我也有可能随时叫你回来。"

"好，谢谢穆总，我还真是想家了呢。"紫鹃说完，就赶紧去收拾东西。

穆城翼则想着接下来该怎么办。

穆蓝回头去找艾生，发现艾生家的门紧锁着，敲了半天都不开，对面的邻居告诉她，艾生已经走了，前几天把房子退给了房东，去了哪儿也不清楚。穆蓝这才想起来，自己和艾生都已经到了去西藏的火车上了，自己的记性什么时候像个老太婆了，邻居却拿了一把钥匙给穆蓝，"那小子临走的时候说也许有人来找他，要是一个月以内是个小姑娘过来，就把钥匙给她，要是没人来，他说里面的东西就当垃圾扔了，我也不知道是什么，你自己进去看吧。”

“他回来了？没有去西藏？”穆蓝赶紧拿着钥匙把门打开，走进艾生的卧室，床上是艾生画给自己的画，同时还有一封信。

穆蓝：

我走了，也许你很诧异我不是去了西藏吗？可是你知道吗？没有你的西藏还有什么意义呢，所以我回来了，把这些画留给你，你每天看一张，足足可以看一年的，但是我知道你的急性子肯定一下子看完，我也不知道自己去哪儿，也不知道你会不会来，我们总是错过，总之，祝你幸福。

艾生

短短几句话，穆蓝知道艾生走了，再也不回来了。

她抱着画坐在那个小书店前，望着天上的云彩，在微博里改了一个状态：千万别爱上一片云，云太浪漫了，也太爱流浪了。此时此刻，她的脑海中是那个喜欢画画的艾生，那个骑着摩托车带着自己穿越大街小巷的男孩。

# 第十四章

“把蓝蓝交出来！”戴若怡坐在沙发上，抱着肩膀，一脸的愤怒，完全失去了荧屏上大方温柔的形象。

“我已经说了好几遍了，蓝蓝走了，我也不知道她去了哪儿。”穆城翼很无奈地摊开双手。

“可能吗？你当我是三岁的小孩子吗？蓝蓝从小跟着你，最听你的话，她去了哪儿你会不知道吗？再者说，如果你不知道她去了哪儿，你难道不应该很着急，然后去找她才对嘛?!”戴若怡咄咄逼人。

“我要解释多少遍你才肯相信我，我们都想冷静一下，蓝蓝也长大了，有很多事情她自己可以处理，她也希望我们两个分开一段时间，想想解决问题的方法。请你不要来我家里胡闹，用一个大人的眼光去看蓝蓝。”

“我最后问一遍，蓝蓝去了哪儿?”戴若怡才不管穆城翼的这些说教。

“你再问一千一万次也还是一样的答案，我真的不知道。”穆城翼一脸的无奈。

“好，明天法庭上见吧！”戴若怡说完，站起来，愤怒地离开。

穆城翼躺在沙发上，无奈地看着天花板，他也想过去找穆蓝，可是去哪儿找？找到了说什么？做什么？如果这一切都不知道答案，那即便是找到穆蓝，那又能怎么样呢？只能是两个人一起面对舆论的指责，承担不可能承担的压力。

蓝蓝应该会回来的吧？穆城翼这样猜测。

对于穆蓝来说，在这座城市里，甚至是这个世界上，自己只有一个家，那就是穆家，自己也只有一个亲人，那就是穆城翼。离开了穆家，离开了穆城翼，她根本不知道自己还可以去哪儿，回当初的老家吗？不，那样的话，穆城翼肯定能找到自己，她现在还不想让他找到自己，她只能暂时住在了酒店里。

安慈最近这些日子好了许多，毕竟是一位职业心理医生，她设想的没有错，与其带着压力来工作，不如允许自己颓废一段时间，这样的话，效果好得多。可是她并没有重开诊所，这个诊所留着自己和穆城翼太多的回忆，只是她没有想到诊所竟然又迎来了老病人。她去收拾诊所，准备正式关闭一段时间的时候，看见了穆蓝。

“安姐姐，你说的是对的。”穆蓝终于理解安慈当初并不是不想答应自己，而是这件事根本就是不可行的。

“我一直都觉得自己是对的，你太固执了，你忘记了，我不只是当事人，我还是心理医生，蓝蓝，你现在打算怎么办？”尽管这一切的造成都是因为眼前的女孩子，可是安慈并不怨恨她，毕竟她们也算是相识好几年的姐妹。

穆蓝垂下眼睑，摇了摇头，“我也不知道，本来想和老哥在一起一辈子的，可是现在我发现想法太天真了，公司因为我们两个的影响已经损失了几个亿，再这样下去，老哥就要破产了。别人始终无法接受我们，总说自己不在意别人的看法，可是每天听着那些乱七八糟的话，谁能不心烦呢。”

安慈把穆蓝的手握在自己的掌心里，“蓝蓝，当一件事情处在风口浪尖的时候，你越是想要冲破风浪就越是会被它打垮；相反，当它的气焰慢慢下去的时候，你赢的机会才慢慢变大。坚持是一个人的良好品质，但是要学会有智慧地去坚持。”

穆蓝似懂非懂地点点头。

“相信时间是治愈一切伤口的良药，过段时间一切都会好起来的，我要去旅行了，给自己放个长假，你也可以给自己放个长假，试着换一个环境。”

“安姐姐，你的诊所不开了吗？”穆蓝吃惊地问。

“不是不开，是暂时不开，现在因为舆论的影响，你觉得我还会有病人来吗？过一段时间，当那些病人知道只有我可以治疗他们，而那些舆论渐渐淡去，才是诊所重新开张的好时候。”

带着安慈的话，穆蓝回到了自己的酒店里，整晚都在想着安慈的话。

穆城翼的手机响了，看见那个号码仿佛有了十几个世纪那么久远——安慈。电话里安慈的声音依然很温柔，似乎经过一段时间之后，她冷静了许多，安慈约穆城翼在薰衣草咖啡厅见面，穆城翼如约而至。

再次见面，两个人还是有些尴尬，有谁会知道这两个人马上就要进入婚姻的殿堂，却在结婚典礼上出现了意外。

“你想到解决的办法了吗？”安慈还是先开了口，只是惊讶于穆城翼那么刚强的一个男人如今仿佛一夜之间沧桑了许多，下巴上满是胡茬，很颓废。

“蓝蓝离家出走了，我现在什么心思都没有。”

“我知道。”安慈悠闲地喝着咖啡，丝毫没有惊讶。

“你知道?！是不是蓝蓝找过你？她在哪儿？”穆城翼激动地站了起来，突然意识到自己很失态，又坐回了原来的位置上。

“你找到她想要和她说什么？还是要做什么？带她私奔，还是继续这样直到自己破产？如果这些问题，你都没有想清楚，那你找蓝蓝做什么？”

穆城翼的心立即沉了下来，是啊，自己都没有想好要找穆蓝做什么，没有想好如何了结这件事，找到穆蓝又怎么样呢。

“蓝蓝不是留了张字条给你吗？让大家都冷静冷静，也许你该听她的话，她不回来自然有她的理由，把一切都交给时间，时间会证明一切的，蓝蓝走不正是因为这件事给你造成了很大的影响吗？”

穆城翼叹了口气：“好了，不说我们了，你有什么打算？”

“我要去旅行了，之前开诊所的时候就一直有这个打算的，在这里待的时间太久了，也想换个环境吧。这个城市里 10% 的人基本上都去过我那里，每天面对一些心理有问题的人早晚我会疯的，所以想出去走走，看看风景，已经订好机票了，明天的，第一站是丽江，然后还想去日本。”

穆城翼心里“咯噔”一下，丽江？那个地方，是他们约好度蜜月的第一站，穆城翼基本上已经知道安慈的路线了，他们当初在决定去哪里度蜜月的时候研究出来了一个方案。

安慈坦然一笑说："我回家收拾东西了，有什么事打给我，手机号码不变，发邮件也可以，你都知道的，以后还是朋友。"

穆城翼点点头，安慈拿上自己的包就走出了咖啡厅。穆城翼一直看着这个差一点成为自己新娘的人，目送着安慈渐渐消失在街巷，她的背影依然是那么瘦弱，总有一种让人想冲上去保护的冲动，但是骨子里却是那么刚强，温柔体贴善解人意的安慈就这样离开了自己的世界。想想看，如果自己把安慈这样一个女人娶回家，她定是一位好妻子，或许还会是一个好母亲，可是，哪有那么多的如果，时光永远不会倒流，如果也永远不会发生。穆城翼深深叹了口气，埋完单，离开了薰衣草咖啡厅。

戴若怡真的准备把穆城翼告上法庭，为了赢得这场官司的胜利，她先是利用自己投资拍摄的电视剧在媒体上公布自己要状告穆城翼的消息，其实是想给穆城翼一个警告，把穆蓝交出来，如果他不交出来，就立即起诉，这则新闻无疑也引起了一个不小的轰动。

穆城翼也是无奈，穆蓝又不在自己手上，解释无果，只好任由戴若怡去闹了。戴若怡也是心急，实在是担心穆蓝的状况。又一次和穆城翼通电话，得到的答案还是一样，戴若怡实在是坐不住了，穿好外套准备亲自去法院。

刚一开门，看见一个人站在门口，穆蓝，她还是一副冷漠的表情。

穆蓝把自己和穆城翼的一切事情都告诉了戴若怡，戴若怡心惊胆战又很庆幸地听完这个故事。

"事情就是这样的，我是不会让你去告我老哥的，我和老哥是清白的，我们什么事情都没有发生，信不信由你。"穆蓝很随意地向沙发上一靠，这几天在外面过了几天"潇洒"的日子，想吃饭就吃饭，一连吃好几顿，不想吃饭就一天也不吃东西，想睡觉就睡觉，睡上十二个小时也觉得不够，不想睡就一整天不上床，直到看见报纸上说戴若怡真的要把穆城翼告上法院，她这才想起来，这个世界上自己还有这样一个亲人。

"那你为什么突然想来找我？"戴若怡承认自己看见穆蓝的那一瞬间几乎想要流眼泪。

"第一，我不想让你告我老哥，他的事情已经够多了，根本没有时间跟你打官司，这场官司你必输，而且我老哥养了我这么多年，他有什么错；第二，”穆蓝突然直愣愣地看着天花板，顿了一下才接着说，“我只有你了，虽然不知道你这个人能不能靠得住，但是毕竟我一个亲人都没有了，有总比没有强吧。”

戴若怡的心一下子就凉了，原来不是良心发现想要原谅自己，而是自己是唯一一个可以投靠的人了，但凡有别人，恐怕都不是这样的结果吧，已经失去一切了，才想起了自己。

“怎么？你很介意？介意我走投无路了才想起你，我好好的时候甚至跟你动手。”穆蓝见戴若怡不说话，问了这么一句，其实这样的道理她又何尝不懂呢，自己确实有点儿不地道。

“没有，我很高兴你能想起我，蓝蓝，我叫保姆给你收拾房间，你就住在这儿吧。但是我想要跟你说的是，过不了多久我就出国了，在投拍电视剧之前就打算好了，拍完就去新加坡，我想休息一段时间，你愿不愿意跟我去？”

“新加坡？不是很远啊，我没有意见。”穆蓝站起来，“能不能先让我睡一会儿，这几天都没有睡好，酒店的床实在是太不舒服了。”

“你要是不嫌弃就先睡我的房间吧。”

穆蓝在戴若怡的带领下，进了戴若怡的卧室，躺下就呼呼大睡起来，戴若怡走出门的时候就在想，一定要利用这段时间把穆蓝感化，要她真正地认可自己，也算是弥补自己这二十年来母爱的缺席吧。

穆蓝在戴若怡的床上睡得很舒服，醒来的时候发现戴若怡坐在床边盯着自己看，吓了一跳，戴若怡也觉得有些尴尬。

“我做了些点心，你要不要吃啊，我猜你睡醒了该吃点儿东西了。”戴若怡有些不自然地拢一拢自己的头发。

“我还想再睡一会儿，一会儿吃吧，帮我留着。”

“那好，我先出去了。”戴若怡走了出去。

穆蓝却怎么也睡不着了，睡醒时看到的那双眼睛，那个眼神，是慈祥的，属于母亲特有的，自己曾经无数次幻想过母亲的眼神，却没想到在戴若怡身上，竟然看到了。穆蓝再也睡不着了，一闭上眼睛就是戴若怡那双慈祥的眼睛，怎么也挥不去，只好起来，下了楼，看见戴若怡在餐桌前忙忙碌碌，和保姆一起把点心放好、摆好。

“蓝蓝！快来，快尝尝，刚做的点心。”看见穆蓝在楼梯上，赶紧招呼过来。

穆蓝走了过去，坐在了餐桌前。

戴若怡喜出望外地给穆蓝端盘子，拿着叉子，各种都取了一些给穆蓝。穆蓝不说话，只是吃着戴若怡给呈上来的这些点心，时而点点头，这样戴若怡已经很开心了，一个劲儿地给穆蓝递这个，拿那个，乐此不疲。

穆蓝的房间收拾好了，站在窗子前，穆蓝看着外面的风景，伸了个懒腰，接下来的这段时间大概就是适应新的环境了吧。咚咚咚，有人敲门。

“门没锁！”穆蓝喊了一声。

戴若怡带着笑脸走了进来，拎着一整套的床上用品，放在了床上，一一拆开，拿起床上的枕头准备装上。

“不用了，我自己来吧。”穆蓝总觉得让一个大明星给自己做这些事情有些不好意思。

戴若怡笑了笑，没说话，继续做着。穆蓝觉得自己总不能干看着吧，于是就帮着忙一起弄，一边铺着床单一边看着戴若怡。

“让大明星给我铺床，还真是有些不好意思。”

“大明星不也是你妈吗？”

戴若怡说完这句话，穆蓝的脸色有些变化，于是继续把床单铺好，就不再说话了。一切都做完了，戴若怡才说话，“蓝蓝，先将就着吧，明天再帮你收拾屋子，想弄什么尽管告诉我，早点儿睡觉吧。”说完，又看了看穆蓝，走了出去，刚走到门口，又突然转身说：“忘了，你要是想上网，去隔壁，隔壁是书房，电脑没有密码。”转身欲走。

“哎！”

“啊？还有什么事？”

“晚安。”穆蓝笑着说。

“晚安，做个好梦。”戴若怡舒心一笑，走出了门。

穆蓝辗转反侧睡不着，想艾生，想穆城翼，想很多事情，还有戴若怡。这样接触下来，戴若怡也不是很讨人厌，穆蓝反而觉得戴若怡没有一点儿架子，像是真心要对自己好似的，不过穆蓝现在不想想这件事，她现在的脑子里一个穆城翼的事情就已经塞满了，其他的事情还是交给时间吧。

戴若怡就这样因为穆蓝的到来开始忙碌起来，自然也就没有去法院状告穆城翼，穆城翼忙于工作，也无暇顾及这件事了，渐渐地也就想不起来了。总之，大家都很忙，除了穆蓝。

睡到自然醒才起床，看看时间竟然已经十点了，穆蓝拖着还未完全醒过来的身体，走下楼，竟然看见戴若怡安安稳稳地坐在沙发上看《瑞丽》。

“你不用工作吗？不是说很忙吗？”穆蓝打个哈欠。

“我把工作都推掉了，打算在家好好陪陪你。”戴若怡一笑，把杂志放在了沙发上，“洗漱没有啊？没有你就去洗吧，我帮你准备早餐。”

“洗过了，就是懒得换衣服。”说着，穆蓝坐在了沙发上，拿起戴若怡的《瑞丽》翻了起来。

“那你看会儿杂志，我帮你热早餐，马上就好了。”

不一会儿，戴若怡就把早餐准备好了，穆蓝放下杂志，看了看很丰盛。“年轻的女孩子要多喝点儿牛奶和酸奶，早上还是不要喝酸奶，牛奶刚给你热过，趁热喝吧，油条什么的还是少吃，对皮肤不好，对身体也没什么好处，尝尝我做的小甜饼和蔬菜沙拉。”戴若怡完全没有一个明星的架子，讲得头头是道，完全一副家庭主妇的样子。

穆蓝没说话，拿起来就吃，戴若怡满意地笑了。

“你也喜欢看《瑞丽》啊？我超喜欢的，每期都买。”穆蓝一边吃着东西一边支支吾吾地说着。

“是啊，不过现在老了，看着《瑞丽》都觉得自己有点儿老了，很多衣服那么好看，自己已经不适合了，哪天你有喜欢的，告诉我，买给你。”

“那不如今天去逛街好了，反正我也没事。”

“不用上课吗？”

“我被学校开除了。”穆蓝轻描淡写地说，好像说的是别人的事情。

“开除?!”戴若怡先是一惊，然后渐渐地缓和下来，“那好，咱们去逛街，我换件衣服，你慢慢吃。”

这对母女第一次逛街，戴若怡没有带助理，亲自驾车去，只是稍加装扮一下，穆蓝也没有心思打扮，两个人走在街上就像是一对姐妹，穆蓝叹了口气说：“好有压力啊，你现在看上去那么年轻，和我姐姐一样。”

“是吗？”戴若怡笑得合不拢嘴，穆蓝很随意地挽住戴若怡的胳膊，戴若怡还真是有些受宠若惊，看看穆蓝，很淡定地走进了商场。

有些人天生就带着莫名的关系，即便是二十年没见过面没接触过，那种感觉依然还在，就像穆蓝和戴若怡，虽然一直没有联系，但是那种血缘关系是谁也无法抹去的。两个人随便聊了聊，发现她们喜欢的牌子竟然有那么多是一样的，逛商场的时候，竟然会同时看上一件衣服，或者同时拿起来。逛了一天，两人拿上大包小包的东西，这才满意地回家了。

穆蓝在房间里试自己新买的衣服，也在暗暗惊叹自己和戴若怡的眼光竟是如此的相似，也难怪自己天生就是搭配衣服的高手，一个大明星老妈早就把这一点深深地注入自己的血液了。

敲门的声音。

“进来吧，门没锁！”

戴若怡走了进来，手里还拿着一个信封。

“以后进我的房间不用敲门的，我很随意的。”穆蓝继续试穿自己的新衣服。

“蓝蓝，我不知道自己这么做对不对，我帮你申请了新加坡一所学院的中文系，没想到这么快就得到了回复，你被录取了，我现在来征求一下你的意见，看看你是否有意愿过去？”戴若怡小心翼翼地讲话，像穆蓝这种很强调个人自由的女孩子，是不会希望别人干涉自己的事情的。

戴若怡甚至做好了让穆蓝狠狠骂自己一顿的打算，没想到穆蓝愣愣地看了自己半天，没说话。

“你不想去也没关系的，你要是不想去，可以和我去新加坡度假。”戴若怡连忙解释。

“新加坡的学校不是那么容易就可以申请下来的呀，你是怎么办到的啊？”穆蓝不可思议地看着戴若怡。

“我把你写的书的销量和评价都整理出来，然后还请几个这方面的作家朋友写了推荐信，但是他们要求你考一次托福，不过要求不会很高。”

“我之前考过的，考着玩儿的，考了九〇分呢。”

“这样就太好了！”戴若怡喜出望外，生怕穆蓝英语成绩一塌糊涂。

“好，准备出国，新加坡，我是该好好度假去了！”穆蓝心想这样也好，换一换环境，换一种心情吧。

收拾好一切，穆蓝也收拾了一下自己的心情，也许换个环境会好一点儿吧，他们很快办了签证，母女两个一起出国。临走的时候，穆蓝回了一次穆家，她想去看看穆城翼，把这个消息告诉穆城翼，可是在门口徘徊了好久，也没有勇气走进去。想了想还是算了吧，他现在肯定很忙很忙。穆蓝看看这座城市，这座自己生活了二十年的城市，这还是第一次要离开这么久。飞机场里传来要登机的消息，戴若怡喊了穆蓝的名字，她们拉着行李上了飞机。

就在穆蓝离开的第二天，艾生下了火车，他觉得自己还是不能放弃穆蓝，所以他又选择回来，哪怕看一眼穆蓝，哪怕得到穆蓝亲口说出和自己分手的话，他也心甘情愿了。艾生拉着行李，来到了穆家，迎接他的却是一把大锁，没有人，竟然没有人，连保姆也不在了？艾生在这里等了很久，因为之前的房子已经退了，所以他也没有地方可以去。他就这样坐在门口等着，一直到深夜，才看见穆城翼的车回来了，艾生站了起来。

穆城翼看见艾生的出现也很意外，穆城翼把艾生请进了家。

“你来找蓝蓝吗？”穆城翼给艾生倒了一杯水。

“是的，我知道我不应该来。”艾生是个懂礼貌的人。

“不，你应该早一点把蓝蓝带走，如果你们可以早一点走的话，或许我和安慈已经结婚了，而你和蓝蓝也会有很快乐的生活，现在所有的事情都不会发生。”尽管不愿意承认，穆城翼还是觉得在穆蓝的男朋友中，艾生或许是最合适的那一个。

“你觉得真的会吗？其实，我早就有预感，穆蓝跟我在一起的时候，脑子里从来没有一刻钟是没有你的，我只是一直骗自己，那只是小女孩的依赖，后来我发现我错了。”艾生紧紧握着手里的杯子，眼神空洞。

“那你为什么还要来找她？”

“因为我爱她！”艾生抬起头来，他的眉毛蹙成一团，目光灼灼地盯着穆城翼，那眼神让穆城翼发现自己是那么渺小。“我这辈子从来都相信命运，命运给我什么，我就接受什么，可是这一次，为了她，我想要跟自己的命搏一搏。”

穆城翼点点头，“蓝蓝不在这里，她早就离开了，我也没有找到。”

艾生一怔，怎么会呢？

两个人坐在沙发上谈了很久，艾生这才知道原来穆蓝离开很久了，现在也不知道在什么地方。穆城翼面对眼前的大男孩，总觉得多了一点儿别的感觉，按理说眼前的男孩应该是自己的情敌呢。

艾生看着穆城翼真诚的眼神，虽然两个人目前是情敌关系，但是穆城翼的为人，还不至于把穆蓝占为己有。穆城翼让艾生暂时住在了这里，第二天早早地就去上班了，艾生醒来已经没有人了，他突然想起来，穆蓝有可能去找戴若怡，抱着试试看的态度，他写了一张字条告诉穆城翼自己走了，就直奔戴若怡的公司。

在经过云郎大厦的时候，有一架飞机从天空飞过，艾生抬头看了看，想起那个天台，自己和穆蓝聊天的天台，他驻足了一会儿，看着飞机默默地飞远，然后来到了戴若怡的经纪公司。艾生直奔前台。

“请问先生您找谁？有预约吗？”前台的接待小姐甜美的声音传过来。

“我没有预约，我想找戴若怡小姐，我是她女儿的朋友，麻烦你转告一下可以吗？”

“怡姐？她一个小时之前去了机场，准备去新加坡的。”负责接待的小姐一脸的歉意。

“新加坡？是拍戏还是什么？跟谁一起？”艾生急切地问，接待的小姐吓了一跳，但是还是回答了他的问题，“怡姐将会有一年的假期，她在媒体面前提过的，这一次怡姐是和女儿一起走了。怡姐也算是修成正果，她女儿总算认她了。”

“噢。”艾生顿时绝望了，尽管知道穆蓝承认戴若怡有些意外。他魂不守舍地离开，一向有礼貌的他忘了和人家说声谢谢。

也许有些人注定是这辈子要错过的，他苦笑，两个人竟然就这样阴差阳错地错开了。艾生在这座城市里又逗留了两天，他要完成最后一件事，把自己和穆蓝曾经去过的地方都再去一遍，做上了记号，这才离开。在云郎大厦的顶层，他刻上了一些字迹，希望有一天穆蓝可以看到吧。

艾生觉得有些人注定是要分开的，比如自己和穆蓝，而有些人注定要漂泊，比如自己。

他走了，继续他曾经的生活，穆蓝只是他生命的一个过客，那一段美丽的时光，只不过是一个小小的插曲罢了，插曲结束，主旋律还要继续。

穆蓝和戴若怡来到了新加坡。对于新鲜事物，穆蓝向来是嗅觉灵敏的，刚一下飞机，她立即兴奋起来，两个人在新加坡看看这儿看看那儿，不亦乐乎。对于新马泰的旅行，穆城翼和穆蓝其实已经计划了好长时间，一直没能找出合适的时间一起出来旅行，没想到这个愿望竟然在戴若怡身上实现了。

戴若怡带着穆蓝在新加坡好好地玩了一通，母女俩在这个陌生的国度似乎更能准确地定格自己的位置，所以相处一直不错。

玩累了，穆蓝也开学了。

面对一个新的环境，穆蓝似乎也换了一种心情。第一天放学回来，戴若怡异常紧张，生怕严格的教育让穆蓝厌烦，万一她不喜欢，以她的性格肯定要闹着回去，那么自己的努力就白费了。

穆蓝迈着轻快的步伐，哼着小曲回来了，看见戴若怡愣愣地站在门口，有些奇怪。

“怎么啦，迎接我啊？”穆蓝把书包扔在沙发上，顺便从冰箱里拿出一袋酸奶来喝，“我跟你说啊，你知道我有多威风吗？今天老师一下子被我虐了，还和我讲什么历史，我一下子把他问得摸不着头脑了，哈哈！”

“看来今天心情不错啊？”戴若怡发现自己的顾虑完全是多余的。

“是啊，我最喜欢和这种老师打交道了，超有意思，不过有的老师还真是能学到不少东西。这个学校，我喜欢，跟咱们国内的教育方式好像很不一样呢。”

“那就好，我就放心了。”戴若怡总算是舒了口气。

“我回房间了，上会儿网。”说着，穆蓝回了自己的房间。

戴若怡看着穆蓝的背影笑了，从申请这所学校到现在正式入学，穆蓝从不知道戴若怡费了多少力气，花了多少钱。戴若怡处处打点，处处求人，一向高傲的她竟然会为了女儿低声下气地求别人，只是不知道自己的付出能不能得到回报，同时也期盼着穆蓝什么时候能喊自己一声妈。

在新加坡的日子，穆蓝过得很快乐，每天都忙着上课，偶尔逃课出去玩儿，但是每次被戴若怡逮到都觉得十分不好意思，就会老实一段时间，这种状况在穆城翼那里可是从来没有出现过的。穆蓝开始后悔，为什么自己当初不好好学习呢？同时她也渐渐明白，穆城翼对于自己根本就是一直宠爱着，并不是以一个哥哥的身份，只有真正的亲人才会逼迫自己上学，而只有在真正的亲人面前，自己才会觉得逃课是一种对家人的愧疚。那么，多年来穆城翼在自己的世界里究竟扮演了一个什么角色呢？不是亲人，那么是爱人？穆蓝不知道答案。

这天，穆蓝刚刚下课回来，只见戴若怡迅速拉着穆蓝的手说：“蓝蓝，快看，谁来了。”

穆蓝随着戴若怡的目光看去，那个人好熟悉，也好陌生，已经不记得多久没有见过了，只依稀记得上次分别说过从此再也不见，没想到又出现在了自己的视野里，江临川。江临川还和以前一样，没什么变化，只是头发剪短了一些，旁边还站着一个男人。

“我本来不想过来的，可是爸爸想要见你。”江临川说着，脸上带着点点微笑。

旁边的男人，穆蓝见过，只不过是在电视上，知名导演江男。那张沧桑的脸，穆蓝看上去就感觉很亲切，看着那个男人，穆蓝起初是愣神，然后笑了笑。

一家人坐在餐桌前，其乐融融，这对于穆蓝来说可是历史性的一刻，从来也不知道自己离开了穆城翼，竟然还能和爸爸妈妈还有哥哥坐在一起吃饭，穆蓝的脸上带着满意的笑容，自己一下子突然也有爸爸妈妈和哥哥了。她像是个大人似的给每个人夹菜，好像这个家只有她一个才是主人。

夜晚，蒙上了一层神秘的面纱。满天星斗眨着眼睛，似乎在诉说着一个又一个动人的故事。

穆蓝和江临川坐在阳台上看着满天星斗静静地发呆，穆蓝的脸上带着干净的笑容，江临川转头看着她，把她的头发拢到耳后，穆蓝转头看看，两个人相视一笑。

“说说你最近的状况吧，怎么样，过得好吗？”穆蓝问。

“还好吧，现在给爸爸打下手，干得还行，就是总挨骂，可能刚入行吧。”江临川不好意思地笑笑。

“没有啦，是爸爸太挑剔啦，不用太在意的，对自己的儿子当然会要求苛刻啊。”

江临川点点头：“你呢？”

“我也挺好的，上课，玩；逃课，玩，不过也学到了不少东西，就是偶尔会想他。”穆蓝低下了头，有些羞涩。

“穆城翼吗？打算和他在一起了吗？”江临川忽然很紧张地问。

穆蓝摇了摇头，只是江临川不明白这个摇头是否定还是不知道，“人生啊人生，永远都不知道下一秒发生什么，起初我以为我最爱的是王子杰，这辈子都不会分开，后来发生了那样的事情，我患上了忧郁症，时不时发作，直到遇上你，我又以为自己最爱的人是你，可你又莫名其妙地离开了我，我不停地恋爱，一次又一次，甩别人的时候超级潇洒，可我忘不掉你，当你再次出现的时候，我以为我可以挽回，可没想到会是这样的关系，后来王子杰再次出现，我以为爱情又回到了原点，谁知艾生又出现了，就当我终于想和艾生过一辈子的时候，我发现其实我爱的人是养了我十年的哥哥，真正那个人却在身边，你说是不是很讽刺？”穆蓝的嘴角有一抹看破红尘的笑意。

江临川听着想要说些什么话来安慰穆蓝，可是却找不到合适的话，他发现短短的时间内，穆蓝竟然脱胎换骨，告别了以往那个稚嫩只知道玩的大小姐，成为了一个成熟的女孩。

穆蓝突然站起来说：“不早了，该睡觉啦！”穆蓝转身欲走，然后挥挥手说：“晚安，老哥！”

听到这个称呼，江临川着实愣了一下，看着穆蓝大摇大摆地走出门，会心一笑，或许这就是最好的结局吧，恢复最真实的身份，换一个身份来爱着彼此未尝不是一件坏事，就这样吧，挺好。

江临川和江男在新加坡待了一段时间，主要是穆蓝赖着他们死活不让走，好不容易一家团聚，把新加坡玩了一个遍。穆蓝对于生活又有了重新的认识，她是个喜新厌旧的人，对于一切风景，她觉得一遍足矣，可是她直到现在才发现，原来风景是会变换的，身边的人不同，风景也会不一样。最后江临川和江男因为工作的原因不得不走，送走了他们父子，穆蓝还着实有些伤感了，老老实实去上课，生活再无波澜。

日子就这样一点一点地过去了。

那些本来就可有可无的绯闻随着时间的流逝全都消散了，没有了那些讨厌的绯闻，穆城翼凭借着自己的聪明才干很快就把自己的公司打理好了。可是每当回到家心里就一阵一阵的空虚，偌大的房子里只有自己一个人，空荡荡的，即便是咳嗽一声也会听到自己的回音。没有穆蓝的日子，自己的日子就如同一张白开水，没有一丁点儿滋味儿，生活也如同一潭死水，没有波澜。

实在无聊的时候，穆城翼也会上网聊天，其实自己也没有几个好友，这个岁数的人是不怎么喜欢用 QQ 这种聊天工具的，只是为了上来看看穆蓝罢了。穆蓝习惯隐身，但是对穆城翼是隐身可见的，可是穆蓝走后就没看到她的头像亮过，无数次穆城翼进入穆蓝的空间，里面的最近更新还是一年以前的状态。穆蓝喜欢玩 QQ，她的说说有上千条，可是这么久了竟然都没有更新，想必是换了号码吧。不过穆城翼还是习惯无聊的时候去穆蓝的空间看看，读着穆蓝的每一篇日志，那些令人啼笑皆非的故事，还有穆蓝那些招牌式的骂人、发牢骚的话，偶尔穆城翼会哈哈大笑，偶尔会深思许久。看着穆蓝那些日志，仿佛穆蓝就在自己身边一样。

突然有一天，穆城翼看到穆蓝的状态了，那是一条很简单的状态，“好久没来过了”简单的一句话，穆城翼差点掉下眼泪来，好像穆蓝真的回来了一样。穆城翼把鼠标放在留言板上，好久才写下了一句“最近过得好吗”，然后持续关注着穆蓝有没有回复自己。可是好多天过去了，还是没有得到穆蓝的回复，为什么不回复？恨自己？讨厌自己？还是别的什么原因。

几天又过去了，穆蓝还是没有回复自己的留言，但是却给自己发了一个小纸条，邀请自己一起玩 QQ 农场和牧场，穆城翼同意了。没想到自己竟然也喜欢上了这种小孩子才会喜欢的游戏，起初只是自己每天种菜收菜，后来发现自己升级实在是太慢了，而且穆蓝总到自己的农场里来偷菜，每次自己收菜的时候已经被偷得所剩无几了，穆城翼开始学会了偷菜，然后精准地记录自己的菜成熟的时间，到点就去收，甚至在上班的时候也惦记着，然后跑到穆蓝的农场去炫耀一把。两个人没有聊天，完全用农场来交流。

穆城翼好想和穆蓝说话，每次看见穆蓝的头像都要盯上好几分钟，眼睛眨也不眨，终于有一天，他终于鼓起勇气打开了对话框。

“蓝蓝，是你吗?”然后是久久的等候，始终没有回复，一个小时过去了，穆城翼绝望了，或许她不在线吧，刚刚想要关掉，QQ 的声音传了过来。

“对不起，不是本人。”

刚刚燃起的希望之火瞬间被浇灭了，不是本人，这么久了和自己一直很默契地玩农场和牧场的竟然不是穆蓝，穆城翼的心荡到了谷底，不是一个心灰意懒可以形容的。他用手使劲儿地搓了几下自己的脸，手指放在了键盘上。

“噢，不好意思，那么请问你是谁呢?”

“我是穆蓝的好朋友，穆蓝去了新加坡，这个 QQ 号给我用了，对不起啊。”

“没关系，你现在和穆蓝有联系吗?”

“有啊，穆蓝过得挺好的，不用惦记，听说还拿了什么奖学金，这家伙还真是出息了，以前都不学习，出了国还拿上奖学金了。”

“呵呵，这个孩子一直很聪明就是不爱学习，贪玩。”

“你是她什么人呢?”

“我也是她的朋友。”穆城翼犹豫了好半天才把这几个字打出来。

之后的一些日子，穆城翼假装穆蓝的好朋友和网上这个人聊得火热，穆城翼渐渐发现穆蓝的好朋友还真有那么贴心的，那么了解穆蓝，穆城翼才了解到一个不一样的穆蓝。看来这个朋友和穆蓝联系得很多，穆城翼了解了许多穆蓝的近况，知道穆蓝一切都好，穆城翼就放心了，只是总觉得心里空落落的，也不知道是哪里不对。

新加坡。

戴若怡遥望着门口，不知道从什么时候开始已经喜欢坐在沙发上看着门口，等待穆蓝出现的那一刻。她总是喜欢静静地等待着，似乎在等待一个希望，或许天下的母亲都是一样的吧，无论是生活在社会底层的贫苦母亲，还是在社会上有着一定地位的明星母亲。

门开了，穆蓝走进来，哼着小曲，换着拖鞋。

“蓝蓝，你过来，我有话跟你说。”戴若怡慈祥的目光里闪着母爱的光辉。

“什么事啊？”穆蓝换好拖鞋，走了过去，坐在了戴若怡旁边。

戴若怡抚摸着穆蓝的头发，微笑着说：“咱们快回去了，我当初和公司只请了一年的长假，咱们来这也快要一年了呢，只是不知道你自己的打算。是继续写你自己的小说，做一个自由作家，还是找份工作呢？”

穆蓝先是一怔，一年了，时间竟然过得这么快，当初还觉得自己迈不过那道坎，没想到转眼一年就过去了。她想了一会儿说：“还是找份工作吧，写小说虽然也可以养活我自己，但是有很多的运气在里面，也许哪天纸质书不流行了，或者我不红了，书卖不出去了，这些都不是我一个人就可以控制的，也许我也会有不想写的一天的。让我做编剧吧，我总觉得我快要厌倦了那些华丽的词语了，换换口味也不错。”穆蓝说。

“嗯，也好，回国之后，我替你安排，不过工作以后你可不能再这么贪玩了。”戴若怡用手指轻点穆蓝的鼻子，“还有一件事……”戴若怡忽然变得吞吞吐吐起来，眼神有些闪烁。

穆蓝似乎也猜到了什么，“你就说吧，咱们也没有什么好隐瞒的吧？”

戴若怡点点头，但是还是没有说出来，“咱们先吃饭吧，这个话题有点儿长，饭都做好了，估计说完了饭都凉了，先吃饭，吃完再说。”说完，戴若怡就起身走向了厨房。

穆蓝似乎也有预感，于是一起去厨房帮忙收拾。

到了晚上，穆蓝在自己的房间里静静地等待着戴若怡的到来，果然，戴若怡还是隐瞒不了穆蓝，来到了穆蓝的房间里。

穆蓝关掉电脑，笑了笑，她似乎把戴若怡的心思猜透了，“咱们今天在一起睡吧，这么多年，我想你也无数次想和我一起睡吧，顺便聊一聊你那个有点儿长的话题。”

戴若怡点了点头，她们躺在了同一张床上，戴若怡真的没想到自己竟然还可以享受和女儿在一起睡的美好时光，可是那个话题她还是要说。

“好了，你就不用为难了，我知道你想说什么，是不是关于……穆城翼的?”穆蓝的句子不像是问句，倒像是一个陈述句。

“是啊，蓝蓝，当初咱们来到这边就是要回避你和穆城翼的问题，可是逃避不是办法啊。我们一旦回去，你就必须面对这个问题，我想知道你到底是怎么打算的。”

“我还没打算好呢，我一开始只想换个环境，暂时就把这个问题搁下了，到现在突然要回去了才想起自己还有这么一个问题要解决，我会利用这段时间来想想，唯一可以告诉你的就是，我忘不掉他。”穆蓝态度诚恳。

戴若怡叹了口气，这个问题对于谁来说都是一个很棘手的问题，“也许是太为难你了，毕竟他养了你十年，这么多年没有功劳也有苦劳，我很谢谢他，如果不是他，也许我甚至都不能和你重逢。”说到这儿的时候，戴若怡紧紧攥住了穆蓝的手。

“你答应我一件事情好吗?”穆蓝忽然问。

“什么事?”

“如果最后我的选择是和他在一起，请你不要阻止我们，好不好?”

这个问题其实戴若怡也想过，她并不赞成他们在一起，毕竟穆城翼比穆蓝大十岁，虽然现在这样的婚姻很多，但是她还是个传统的母亲，并不希望自己的女儿嫁给一个比她大十岁的男人，更何况，之前他们一直是以兄妹关系生活在一起的，戴若怡迟疑了良久，点了点头，“好，我答应你。”

“谢谢。”

穆蓝完成了自己在新加坡的学业，戴若怡和公司约定的休假日期也到了，两个人准备回国。说到回国，穆蓝也兴奋起来，毕竟自己的那些好朋友已经很久没见到了，更重要的是自己的小说已经这么久没有动过笔了，来到新加坡几乎封笔了，学了这么多也是时候开始新的创作了。

想念以前，同样也舍不得现在的生活和朋友们。临回国之前，穆蓝和戴若怡又重新把新加坡这个地方玩了一个遍，买了很多的纪念品回去给自己的朋友们，然后又请自己在这边的朋友好好地玩上一圈，吃了顿饭，做完所有事，这才回国。

戴若怡一回国就开始忙碌起来，因为休假的原因，戴若怡失去了不少好的工作机会，公司从戴若怡一回来就给她安排了不少工作。穆蓝则是好好地和朋友们玩了个痛快，朋友们一听说穆蓝要回来早就计划好要给穆蓝接风洗尘了。

一群人来到 KTV，叽叽喳喳地说今天晚上要夜猫。这家 KTV 是穆蓝经常一个人来的那家至尊 KTV，大堂经理竟然还记得穆蓝，一眼就认出了这位穆家大小姐。

“穆小姐，你都将近一年没来了吧？”他们这些人对于外界的一些传闻是很少关注的。

“是啊，经理的记性还真是好呢！”

“之前总看见穆先生一个人过来，好像是说你出国了，怎么今天没和穆先生一起来呢？”

从一个毫无关系的人的嘴里听到他的名字，穆蓝是完全没有预料到的，“啊……是啊，去了新加坡，我……老哥经常一个人来吗？”

“是啊，不过他来一会儿就走了，今天你带朋友过来，开一个大包吧，我给你打折。”

“谢啦。”穆蓝本想问问关于穆城翼的状况，可是一个当妹妹的向一个陌生人去打听自己哥哥的状况那不是很奇怪吗，于是便住了口。

穆蓝和朋友们点了啤酒和几个果盘，在里面又唱又跳。

穆城翼也来到了 KTV 里，穆蓝走后，他经常拿着这张会员卡来这里一个人唱歌。以前是和穆蓝一起，现在只能是一个人了，虽然显得凄凉孤单了些，但是能经常回忆以前的事情也未尝不是一件好事。因为和这里的服务员熟悉，要了房间号码，穆城翼都不用服务员带着自己过去，自己一个人就可以找到，只是叫服务员过一会儿送杯酒过去。

各个包间里声音或动听或嘈杂，穆城翼早已习以为常，突然看见前面的女孩子扶着墙走过来，披散着头发，捂着嘴巴像是喝多了，一个踉跄差点儿摔倒，穆城翼上前扶了一把。

“你没事吧？”

那个女孩摆摆手把穆城翼的手拿开，自己一个人继续扶着墙向前走，穆城翼回头看看女孩，摇摇头，去了自己的包间。

女孩似乎感觉什么不对劲，把头发拨开，转过身看着穆城翼的背影，这个女孩不是别人，正是穆蓝。那个人是自己心心念念的老哥吗？好像的背影啊，穆蓝摇摇头，酒醒了不少，怎么可能呢？老哥是一个人经常来 KTV 不错，可是现在这个季节正是公司最忙的时候，而且老天爷怎么可能会安排这么巧的事情呢？或许是自己太想念他了吧，想着想着，穆蓝笑了，然后转身去洗手间吐了起来。看着镜子中的自己，穆蓝在想曾几何时一样的地点，不知道老哥把醉酒的自己抱回去多少次？

# 第十五章

穆蓝和好朋友们一玩就是两个星期，每天去各种饭店，西餐、中餐；陪各种朋友唱 KTV，歌曲永远都是那几首，唱了几遍之后怎么唱怎么觉得难听。换做之前的穆蓝，绝对不会勉强自己去做不乐意做的事情，可是毕竟自己出去了这么久，朋友们不管出于什么目的，穆蓝都觉得自己应该应付，只是明白了一个道理——成长便是学会勉强自己。

两个多星期以来，穆蓝不是没有想过回家，不是戴若怡这边，而是穆城翼那里，自己生活了十几年的地方，这才是自己真正的家。只是穆蓝真的不知道自己以一个怎样的身份回去，小姐？客人？不管以哪个身份回去，穆蓝都觉得自己很尴尬，于是回家的打算，一次又一次搁下了。多少次，她甚至都已经走到了家门口，钥匙都拿出来了，可就是没有勇气走进去。

那天，穆蓝再一次来到家门口，钥匙就在自己手里，只要插进去轻轻一转，这扇门就可以打开，自己就可以回到生活了多年的地方，可是似乎是没了力气，她就是转不动。穆蓝的心思又飘了出去，汽车鸣笛的声音把她吓了一跳，她仓皇而逃，钥匙就在慌乱中掉在了地上，穆蓝发疯一样地跑开了。

穆城翼下了车，看见门口掉落的钥匙，他捡了起来，这个家只有两个人有钥匙，一个是自己，另一个就是自己一直心心念念的人。穆城翼向四周看了看，“蓝蓝！蓝蓝！是你吗？我知道你回来了！你出来吧！”可是他叫了好久，也找了好久，没能看见穆蓝，也许她还是不知道该如何面对自己吧，他把钥匙放在裤兜里，开车进了家门。

穆蓝跑到半路，突然就想为什么要逃走，哪怕远远地看他一眼也行啊，她又跑了回去，可是只看见汽车的尾巴，看不见穆城翼，穆蓝失望着离开了。

戴若怡忙里抽空帮穆蓝在电视台寻觅了一个编剧的工作，但是穆蓝没有去，她觉得自己长大了，应该自食其力，况且自己还算有些积蓄，生活可以完全自理，戴若怡同意了，于是穆蓝踏上了求职之路。穆蓝这几年出了几本书，本本畅销，求职路似乎很顺利，不管是出版社还是文化公司都很愿意让穆蓝来做编辑，穆蓝选了自己之前合作过的一家出版社去应聘，接待她的人是主编。

主编满脸堆笑，让穆蓝都有些不好意思了。

“穆小姐，怎么突然想来做编辑了呢？”主编让助理倒了两杯茶过来。

“毕业了嘛，总不能写一辈子小说呀，还是找份工作比较好，这样哪天自己不想写了，可以离自己的职业近一点嘛。”穆蓝已经褪去了当初的稚嫩，说话十分得体。

“很好，我们公司啊，其实不缺编辑的，但是一听说是穆小姐要过来，说什么我也得给这个面子。这不是新的杂志马上就要上市了，穆小姐一旦开始工作，杂志立即给穆小姐做一个版面的宣传，新编上任嘛，自然要照顾一些。不知道穆小姐这段时间有没有新的作品啊？”主编问。

“这段时间没有写小说了，因为一直在新加坡忙自己的学业。”

“噢，那肯定又有很多新的想法，大概已经在准备创作了吧，不知道读者是什么类群啊？”

穆蓝刚想说，发现对方对自己的新作品那么有兴趣，可是自己是来做编辑的，和自己的新作品有什么关系呢？穆蓝顿了顿说：“不好意思，主编，既然您这儿不缺编辑，那我就不打扰了，先告辞了。”

“哎，穆小姐，我们这里的版税好商量的，之前合作都很愉快，这你是知道的呀。”主编还在喋喋不休，穆蓝早就没了兴趣听下去。

之后去了好几家公司差不多都是这种状况，想要留住自己并不是因为缺编辑，而是想利用自己的知名度为杂志或者书籍做专辑，要么就是想买下自己的新作品，没有一家公司是真心实意想让自己做编辑的。相互比较之下，穆蓝也没有中意的地方，于是在网上发帖子，询问自己的朋友和网友们，很多人说花木蓝还是继续写自己的小说好了，好久没有出书，读者们早就等得不耐烦了；还有人说花木蓝写到老，他们就看到老；也有人说还是找份编辑的工作，毕竟作家也是吃青春饭的，一旦过了气，还是养不活自己。穆蓝始终没有得到该得到的答案。

很意外的一天，穆蓝的微博收到一封私信，信上只写了一个 QQ 号，还有几个字“一些关于工作的建议”。穆蓝很好奇地加了好友，之后就收到了来自这个 QQ 邮箱的邮件。

邮件写得很长，长到让穆蓝花了一个小时的时间才读完，穆蓝一向不喜欢读很长的邮件，可是这一次却十分有耐心地读完了。

是一个女孩子写来的，这个女孩和穆蓝一样是个网络写手，可是写了三年的小说却始终没有成绩，她在邮件中讲述了自己努力写小说和投稿的事情，写小说有的时候会整晚整晚不睡觉，投稿却常常石沉大海。编辑们都说她写得不错，无论是构思还是文笔都非常好，可是如今出版业不景气，她又没有名气，即便是写得再好，也没有办法出版。女孩还说自己遇上过几次骗子，都不敢轻易投稿了，还说有很多像自己一样的写手尽管写得很好，写得很努力，可是依然没有出版社愿意出版，邮件的最后还附上了女孩自己写的一段小说。

穆蓝仔细地读了读，确实很不错，和那些出版的作品没有什么区别，甚至比那些还要好，这一切让穆蓝深思。她在网上发了一篇帖子，说了这个现象，询问大家有什么好的办法，大家都说既然这样，不如花木蓝为别人实现梦想好了，为更多的作者创造一个广大的空间。很多写手开始关注花木蓝，开始支持她创建自己的工作室，于是再三考虑之后，“花木蓝工作室”成立了，穆蓝还在网上宣布了“花木蓝工作室”的宗旨：为作者服务，为更多人实现梦想服务。

穆蓝把自己的想法告诉了戴若怡，戴若怡也很支持她，但是提醒穆蓝不要一口吞个胖子，慢慢来。

“花木蓝工作室”刚一宣布成立，就有很多写手前来投稿。工作室一开始很艰难，因为像这样的工作室实在是太多了，也有很多作出了很多的业绩，但是因为穆蓝的名气，还有她的努力以及“花木蓝工作室”给作者的待遇，为“花木蓝工作室”赢得了很高的声誉，工作室渐渐地好起来。

穆蓝把全部心思都扑在了工作室上，忙的时候忘记了自己的感情，这一忙，三个月过去了，花木蓝工作室的业绩蒸蒸日上，当工作开始正常运作之后，穆蓝又开始闲下来了。

闲暇的时候，穆蓝也觉得无聊，偶尔会想起穆城翼，但是始终没有勇气回家。

穆蓝还是回到了自己的工作室。

编辑小陈叹了口气，穆蓝抬起头来问：“陈编辑，好端端的，叹什么气啊？”

“我再一次感觉到了自己能力太有限了，刚刚看见一个作者投稿的文章，实在是太好了，可是咱们的名额已经满了，要是出版的话最起码要等到明年

了，一个作者哪等得起啊。”

“我这也是啊，好几个作者的作品都很好，只是不知道他们能不能等啊，说不定明天就卖给数字出版了。”编辑小王也附和说。

“那就和他们说一下，明年肯定给他们出版，让他们暂时等一等。”穆蓝说，她也很清楚工作室的能力有限，每年出版的书也就那么几本。

“要是论现在的好作品推迟到明年出，那咱们现在手上的作品连后年的名额都占了。”陈编辑又叹了口气。

穆蓝托着下巴沉思了一会儿，“数字出版到底是怎么回事啊?”

“目前数字出版都很走俏，有的公司是买断作者的作品，十分便宜，十五万字的稿子少的两三百元，多的也就七八百。有的是说好和作者分成，可是作者毕竟没办法和运营商联系，于是公司就克扣这中间的钱，很多作者拿一个月的稿费都不够这个月的饭钱，有的甚至一毛钱都拿不到。”小王说。

“主编，要是咱们可以办一个公司也可以做数字出版这一块啊，即便是不克扣作者的钱，利润也是十分可观的。”

穆蓝点点头，“好，那咱们就边做传统出版，边做数字出版，但是传统出版还是要放在第一位的，我想想办法，等我的好消息吧。”

虽说现在注册公司是很容易的事情，但是想要办一个可靠又像模像样的公司，钱是最主要的。穆蓝的积蓄全部在工作室这边，除去一些日常开销，还有每月给编辑们开工资之外，根本剩不下多少钱。这些日子穆蓝的存款也是越来越少，这些钱对于开办一个穆蓝觉得足够大的公司差得太多了。穆蓝想自己还是要想些办法，找戴若怡吗？不，虽然知道戴若怡肯定会提供资金给自己。找爸爸？也不行，穆蓝要强的性格，还是决定靠自己的能力。

有了!

穆蓝顿生一计，真是一举两得，一石二鸟之计。穆蓝暗笑自己的聪明。打定主意，穆蓝在网上查询了“木星集团”的加盟热线，打了电话，把自己的计划和那边的负责人说了一下，负责人也表示很有兴趣，于是提出和穆蓝见面。

薰衣草咖啡厅。

这里的装饰没有丝毫变化，生意也和以前一样好，穆蓝早早就到了，木星集团的这位负责人是负责接洽合作的一位经理，李永生，听声音，穆蓝也已经认出来了，这个负责人没有换，穆城翼一向不喜欢用新人的。

李永生看见穆蓝着实愣住了："小……姐。"

"李叔叔还真搞笑，见面就给我叫姐，辈分搞错了吧？"穆蓝还像以前笑着，和这个李永生之前也接触过，混得还挺熟。

李永生笑了笑，坐下了，"穆蓝，有日子没看见你了，你跑哪儿去了？"

"在外面玩了一圈，都回来快半年了，李叔叔，我今天约你，是谈正事的。"

然后穆蓝把自己的计划告诉了李永生，李永生一边听着一边暗暗佩服穆蓝还真是长大了，谈吐上也成熟了不少。穆蓝的意图是想让花木蓝工作室改为花木蓝文化传媒公司，从属于木星集团旗下，木星集团如今也只有这一块没有进军了，而且木星集团一直苦于编辑团队太弱小，这下有了自己的子公司，不愁没有编辑来帮忙了，而且，文化公司前期投入不会很多。

李永生立即表示会把这件事和穆城翼好好商量一下，临行，穆蓝告诉李永生，先不要把自己就是花木蓝工作室负责人的事告诉穆城翼。李永生同意了。

看着桌子上李永生刚刚拿来的策划方案，穆城翼陷入了沉思，一看到那个名字，穆城翼立即就想到了穆蓝，花木蓝，不是穆蓝的笔名吗？可是问过李永生，李永生却回答说不是，可能只是恰好名字相同，或者是假借穆蓝的名字。穆城翼刚刚燃起的希望顿时被浇灭了，看着电脑上那个用着穆蓝 QQ 号的人也不理会自己了，穆蓝再一次和自己断了联系。

穆城翼当时就决定这个方案要搞好，而且自己会亲自负责，不管是恰好相同，还是假借穆蓝笔名，穆城翼只知道这个工作室用对了名字，就冲这个名字，也会通过这个方案的。很快，就安排签约了。以前木星集团签大的合约都会请媒体来报道的，这一次却没有，是因为穆蓝这边要求的，反正公司也不大，有没有媒体也无所谓的。

签约的日期到了。

穆蓝从昨天晚上开始就一直忐忑不安，终于要见面了，她既兴奋又不安，两个人见面会怎么样呢？像以前一样吗？不太可能。能在一起吗？更不知道了。

穆城翼早早就来了，签完合约，他还有一个应酬。因为比较忙，事先穆城翼都没有看过合同，趁着这个时间，穆城翼翻开了合同，刚看到第一页就看见"乙方代表：穆蓝"，穆城翼的身体僵住了，真的是穆蓝吗？时间仿佛停止，这间会议室里没有一点儿声音，穆蓝站在了门口，李永生示意穆蓝，穆城翼似乎知道了。

两个人就那样凝望着彼此，好久好久，没有一句话，也没有任何眼神交流。或许是因为离开得太久了，一时间真的不知道说什么，或许是因为真的不知道如何面对吧。

李永生在穆城翼耳边提醒说："穆总，该签约了。"

穆蓝也走进来，坐了下来。

签约流程走得很快，签约完毕，所有人都走出了会议室，只剩下穆城翼和穆蓝两个人，屋子里是久久的沉默。穆城翼刚要开口说话，手机就响了，是自己的秘书，催促自己和另一家公司约好的饭局时间已经到了。穆城翼挂了电话，叹了一口气，"我今天有事，蓝蓝，你回家吧。"

"嗯，你去忙吧。"穆蓝应了一声。

穆城翼有些诧异，穆蓝竟然不会像以前那样耍小孩子脾气了，他走出会议室，把钥匙放在桌上。穆蓝看看那把钥匙，是自己的钥匙，原来被穆城翼捡走了，还以为自己这辈子都没办法进家门了呢。穆蓝抚摸着那个钥匙链，这个钥匙链还是自己买的呢，一共买了一对，当时的情景还历历在目呢。

"老哥，我买了一对钥匙链，来，给你换上。"

"你怎么还买情侣的啊，我跟你又不是情侣！"

"可是市场里没有卖兄妹链的，要是有我肯定会买的！你现在又没有女朋友，不会有人介意的！"

穆蓝终于可以回家了，打开门的那一刻，不知道怎么了，突然很想哭，家里一切都没有变化，只是冷清得很，似乎好久没有人住过了。穆蓝上楼，到自己的房间里，倒是打扫得干干净净，还有自己临走时放在桌子上的忘记喝的酸奶。一年多了，酸奶还在，穆蓝暗笑穆城翼太粗心了，这酸奶肯定已经坏了，可是为什么闻不到一股馊味呢，穆蓝拿起来，一看日期竟然是昨天的。看样子穆城翼是经常给自己打扫房间，而且还不忘每天放一袋酸奶，紫鹃已经不在这边了，这个家都是穆城翼一个人打理。穆蓝欣慰地笑了笑，一个人把客厅里打扫了一下，又上街买了些菜回来，跟着戴若怡还是学会了几个小菜，虽然不怎么好吃，但是也可以将就着吃，准备好一切就等着穆城翼回来。大概晚上七点钟的时候，穆城翼回来了。

两个人坐在餐桌前，已经没有那么尴尬了。

"你最近过得好吗？"穆蓝问，然后给穆城翼夹了点儿菜在他的碗里。

穆城翼点点头，“挺好的，你呢？在新加坡还好吧？”

“嗯，你怎么知道我去了新加坡？”问完这个问题，穆蓝就后悔了。

“用你 QQ 号的那个朋友告诉我的，跟我说了很多呢。”

穆蓝“噢”了一声，只是不敢告诉穆城翼其实那个人就是自己。在新加坡的时候，好久没上过 QQ 了，偶尔一登录就看见了穆城翼，发现自己的空间里都是穆城翼的足迹，于是开始玩农场。穆蓝也很享受和穆城翼一起偷菜的那一段日子，可是当穆城翼真的和自己说话的时候，穆蓝竟有些不知所措，只好写出不是本人的话来，用自己朋友的身份和穆城翼聊了很久。

两个人一起吃饭，似乎又回到了从前的日子，穆蓝站在自己的门口，穆城翼也站在自己的门口，两个人彼此凝视着对方。

“晚安。”“晚安。”他们竟然异口同声地喊出来，然后都笑了，各自关上了门。

好熟悉的感觉啊，穆蓝在这张床上睡了那么多年，尽管在新加坡以及戴若怡家里睡的床都不错，但是没有一个地方让穆蓝感觉这么踏实，她觉得只有这张床是属于自己的，其他的都不是。穆蓝辗转难眠，犹豫了好久，终于抱着自己的枕头，敲开了穆城翼的门。

看见穆蓝站在自己的门口，穆城翼似乎一点儿都不意外，“这么大了，还是改不了。”

“嘿嘿，一辈子都改不了怎么办呢？”穆蓝有些撒娇的样子，她终于又回到了那个穆蓝，在穆城翼面前她用不着伪装自己。

“那我就忍一辈子呗。”穆城翼把门让开，穆蓝一下子就跳到了穆城翼的床上。

这一晚，他们在一张床上睡觉，都穿着睡衣，穆城翼像以前穆蓝犯病的时候那样抱着穆蓝。他们什么事都没有发生，只是穆蓝在梦中喃喃自语，好久没有这样踏实地睡一觉了，自己好想一辈子被这样抱着。

穆蓝彻夜未归，倒是急坏了戴若怡，因为知道穆蓝今天是和穆城翼签约，戴若怡早就捏着一把汗，打电话也不接，发短信也不回，真怕穆蓝就在穆城翼家里，出了事怎么办呢？

第二天中午，穆蓝回来了，一进门就看见了坐在沙发上的戴若怡，戴若怡面色憔悴，似乎一夜之间苍老了许多，看见穆蓝回来，赶紧迎了上去。

“蓝蓝，你昨天晚上去哪儿了？短信不回，电话不接，可把我急坏了。”

穆蓝一边把自己的外套挂在衣架上一边说：“我都这么大了，还能出什么事呀！昨天晚上和几个朋友夜猫去了，手机没电了，所以没告诉你，不用惦记我。”

“真的？那签约的事……”戴若怡吞吞吐吐地说。

穆蓝转过身来，咬了咬嘴唇，她知道戴若怡在担心什么，“我去他那里了。”然后准备回自己的房间。

“就这样一句话吗？一句话就把我打发了？”戴若怡有些气愤，自己担心了一个晚上，一个晚上都没有睡觉，她怎么可以这样无动于衷呢？

“他没有你想的那样，我觉得这一句话就够了，我们什么事情都没有发生，不要把我们想得那么龌龊，我本来还想和你说说这件事呢，现在看来，你和别人没有什么区别，只会指责阻碍我们。好了，没什么好说的了，我回房间了。”说完，穆蓝回了自己的房间。

戴若怡却愣在了原地，难道真的是自己做错了，想错了？看来穆蓝是真的打算和穆城翼在一起，他们相差十岁啊，虽然现在来说，年龄不是问题，可是自己依然无法接受这个事实，她总觉得他们的爱情是畸形的，该怎么办呢？虽然之前答应过穆蓝，可是当事情摆在眼前时，戴若怡无法说服自己，戴若怡想，应该找穆城翼好好谈一谈。

咖啡厅里。

穆城翼早早就等在这儿了，接到戴若怡心平气和的电话，还真是让他有点儿惊讶呢，他以为戴若怡会像当初那样大骂自己乱伦，大骂自己欺负了她的女儿，戴若怡匆匆忙忙地赶过来，穆城翼看到她的助理还在车上等她，看来戴若怡还真是挺忙的。

“不好意思，来晚了，这场戏很着急，所以……”戴若怡露出一脸的歉意。

“没关系。”

“我不想拐弯抹角，我们谈一谈蓝蓝吧，我想你也知道我来找你是因为蓝蓝。蓝蓝前几天在你那里过了一夜？”戴若怡知道这样的问题问出来，有些不好意思，可是为了穆蓝她也没有别的办法了。

“我知道你是怎么想的，但是，”穆城翼顿了顿接着说，“我们没有，什么也没有，我可以很坦白地告诉你，我们睡在一张床上，但是什么都没有发生。我和蓝蓝在一起生活了十多年，她每次犯病的时候都要和我一起睡，我们早就习以为常了，就算是我想要和穆蓝在一起，我也不会那么做的，我是个男人，但是首先我是个正直的人。”

穆城翼义正词严，戴若怡没有理由去怀疑什么。

“和蓝蓝之间，你打算怎么办呢？你比蓝蓝大十岁呢！而且一开始你们还是以兄妹的关系存在，你不觉得你们两个之间根本不是爱情，而是这么多年一种很依赖的关系吗？”

“我知道你会反对的，我从来没有想过有谁会支持我们。我承认，我一直把蓝蓝当成妹妹，这么久了，我们都有一种依赖感，但是直到上次和安慈结婚，我才知道原来这么多年我和蓝蓝一直都有另外一层感情存在。至于以后，我想还是随缘吧，看蓝蓝的意思，如果蓝蓝愿意，我愿意一生一世照顾她。如果实在不行，我们还可以像以前那样以兄妹的关系过一辈子，但是我心里只有蓝蓝一个人，我不会再结婚了。”

戴若怡还想说什么，可是已经说不出来了，外面的车在鸣笛，她说了抱歉，然后走了出去，对于穆城翼和穆蓝这件事，戴若怡实在是没了办法。

穆蓝和穆城翼开始找回他们以前的生活，除了工作之外，他们依然还像以前那样一起去唱歌，一起去打网球，一起去游泳，一起爬山，一起玩各种好玩的东西。

他们像一对恋人那样，每天晚上打个电话，今天又到了煲电话粥的时间。

“老哥呀，云郎大厦新开了一家韩国烤肉哎，你明天有没有空啊，咱们去吃呀。”

“好啊，明天有时间。蓝蓝，你妈妈最近怎么样？有没有询问咱们之间的事情？”

“呃……没有啊，怎么了？”

“她好像不是很同意，你最好和她沟通一下。”

“你们见过？”

“没……”

穆蓝挂了电话，冲出了自己的卧室。戴若怡刚刚拍戏回来，很累，正坐在沙发上小憩一会儿，穆蓝突然像一只猛虎一样冲了出来，“你找他了是不是？你提出反对了是不是？你想让我们分开是不是？!”

“蓝蓝，你冷静点儿。”戴若怡一脸的疲惫，想要拉着穆蓝的手坐下来好好谈谈，可是穆蓝把自己的手一甩，根本不愿意理会戴若怡。

“在新加坡的时候，你答应过我，不会阻止我的，你敷衍我，骗我是不是？这么多年来，你根本就不了解我，更不了解他。要不是他，我甚至都活不到现在！”

“可你也不能因为他对你有恩，就以身相许啊？”

“以身相许？你把我们想得太龌龊了吧！我就是喜欢他，我要一辈子和他在一起。你根本就不了解我们之间的感情，你只会觉得生了我，我就应该听你的，你错了！我只会听我的自己的！这辈子都是！”穆蓝气急败坏地大喊大叫。

戴若怡也不说话，也许她们需要好好沟通一下吧，可是如今这个情景下实在不是沟通的好时机。

穆蓝见戴若怡不说话了，也就平静了些，跑回了自己的房间。

穆城翼又打来电话，穆蓝想了想还是接了，“我没事，今天有点儿困了，想睡觉了，你也早点儿睡吧。”

明明听得出来是敷衍之词，穆城翼还是什么也没说，挂了电话。

穆蓝失眠了，第二天早上才睡着，索性睡到了自然醒，醒过来发现已经十二点了，走出卧室，想找点儿吃的，在冰箱上发现了戴若怡留下的便条。

“蓝蓝，我想我们需要时间好好聊一聊，我去拍戏了，尽量早回来，晚上若有时间好好聊一聊。”

穆蓝转头想想，昨天的确是自己行为有些过激了，如果可以，真的应该好好和她聊聊，顺手把便条扯了下来。

晚上，戴若怡却没有回来，发短信告诉穆蓝，恐怕今天晚上要熬夜拍戏了，实在是脱不开身，穆蓝叹了口气，打电话给穆城翼，去了穆城翼那里，反正自己一个人在家也怪无聊的。

吃过晚饭，气氛有些尴尬。

坐在沙发上看电视，穆蓝心里也清楚穆城翼是因为什么事，走过去把电视关上了。

“说说话吧，也没有什么好看的。”穆蓝凝视着穆城翼。

“蓝蓝，你现在把我当你什么人呢？”

穆蓝一愣，“你觉得呢？老哥，你想让我成为你的什么人呢？”

“蓝蓝，你是个聪明的孩子。”穆城翼却避开了穆蓝的问题。

“我这辈子的幸福和快乐只有你可以给我，所以我只想跟你一辈子不分开，可是如果我是你的妹妹，我就不可能一辈子在你身边，那个人只能是……你的妻子。”

穆城翼从兜里默默地掏出了一枚戒指，“蓝蓝，你懂的。”

“干吗?! 一点儿都不浪漫，我之前教你的那些都去哪儿了啊?!”穆蓝推开戒指，“不行，不行，我穆蓝在小说里给别人写了那么多浪漫的求婚，终于轮到自己了，一点都不浪漫，你得重来!”穆蓝噘着嘴，有些怄气。

“两个人过日子，又不是小说里，你想要，我可以给你一辈子的浪漫啊。”

“这句话还像点儿样子!”穆蓝把戒指拿过来，看了看，“你也太抠门了吧，这么小的钻戒，陈慈安和安慈姐姐可都比这个大呢！不行，明天我要自己去挑!”

“哪有你这样的新娘子啊！一点儿矜持都没有!”

然后两个人笑了。

穆蓝和戴若怡发生争执后，穆蓝几乎没怎么见过戴若怡，穆城翼也不同意穆蓝在家里常住，总是把她赶回家，毕竟两个人还没有结婚，一切还是遵守规矩为好，免得别人总是闲言碎语地说个没完。

穆蓝回了家，前脚刚进家门，就听见房间的门响了，一看是戴若怡回来了，一脸的疲惫和憔悴。

“回来了?”穆蓝给她倒了杯水，放在了茶几上。

戴若怡坐了下来，“蓝蓝，对不起，我最近实在是太忙了，好在今天杀青了，会暂时休息一段时间了，我们好好地谈一谈好不好?”

穆蓝也坐了下来，“如果你非要阻止我的话，那就不用谈了，因为你是没有办法阻止我的。”穆蓝把自己的手伸出来给戴若怡看，“他求婚了!”

戴若怡看见了穆蓝手上的戒指，“你已经决定了吗？不后悔吗?”

“是!”穆蓝斩钉截铁地回答。

“那好吧，随你，只要你开心就好。”

穆蓝很意外地看着戴若怡，这些天不见，她显得又苍老了许多。

“蓝蓝，我不是非要阻止你，我是怕你后悔，不想让你步我的后尘。当初就是因为我太冲动了，才和你爸爸在一起，结果一不小心就有了你，还偏偏执意要生下来，才会造成今天你不能和父母在一起的悲剧。所以，我很害怕，怕你和我当年一样，年少轻狂啊。只要你决定了，不后悔就好，穆城翼这个人也不错。”

“其实，我和老哥早就已经相依为命了这么多年，从一开始就没有按照兄妹的生活一起生活，倒像是恋人。这个世界上，也找不出第二人像他那样对我了，我只有在他身边的时候，才有一种安全感，那种安全感让我一辈子不想失去。”

戴若怡点点头，“找个时间，大家吃个饭，总要让我见见未来的女婿吧，正式见面。”

穆蓝笑了笑，然后说：“好，我跟他说，我先回房间了。”穆蓝起身回自己房间，临进门的时候说了声：“妈，你早点儿休息吧。”然后走进了门。

戴若怡一愣，随即眼泪就掉下来了，这一声“妈”等了太久。

晚上打电话的时候，穆蓝很兴奋地把戴若怡已经同意的消息告诉了穆城翼。

之后的日子，穆蓝带着穆城翼来了家里，进行了一次正式的访问，和和气气的还不错。穆蓝还把这个消息告诉了江临川和自己的爸爸，江临川早就料到了，觉得这么多年他们早就应该在一起，江男起初很吃惊，但是江临川在旁边解释了一下，再加上江男了解自己这么多年没有管自己的女儿，这个时候提出反对有些过分，于是也就接受了，一家人还一起吃了饭，其乐融融。

穆蓝和穆城翼两个人手牵着手，好像什么事情也没有发生过，他们依然是相依为命的兄妹似的，以前总说要一起旅行，结果一直都没时间，不是穆城翼工作忙，就是穆蓝犯病或者有考试之类的事情。如今这个愿望终于可以实现了，他们的第一站，是丽江。

走在古城丽江，这里风景秀丽，充满了民族气息，穆蓝开心得像个孩子，当地居民知道他们是来旅游结婚的，还按照当地风俗，为他们举办了一个小型的婚礼。

第二天，两个人住在了旅馆里，这里旅馆很少，他们好不容易才找到一家，因为不是跟着旅游团来的，两个人只能根据地图和介绍来游玩，好在现在手机方便了，可以直接百度出来。他们正漫步在丽江的石板路上，手牵着手，穆蓝欢快得像只小燕子，一个趔趄差点儿摔倒，还好穆城翼眼疾手快，一下就把穆蓝揽在了怀里，穆城翼心里咯噔一下，穆蓝却笑得开心。

“死丫头，你还笑呢，把我吓坏了，这要是摔一下，地上都是石板，有棱有角的，那可不得了！”说着，刮了一下穆蓝的鼻子。

“我知道我不会摔的，老哥才不会让我摔呢！”

“那要是万一……”

不等穆城翼把话说完，穆蓝就用小手捂住了穆城翼的嘴，“没有万一，老哥绝不会让这个万一发生的，因为你不是别人，你是我老哥！知道吗？跟着你，就是心里踏实，哪怕遇到再大的事，只要想到你在身边，心里就很踏实。”

两个人彼此凝视，继续向前走。

然后，穆蓝看见前面那个人就愣住了。那个男人坐在石凳上，手里捧着画板，眉头时而紧皱，时而舒展，时而微微笑，他面前是丽江最美丽的山，岁月似乎在他的脸上画上了一点儿痕迹，不是很清晰，只有有心人才可以看到。

穆城翼看看穆蓝，紧握着她的手，走了过去。

“艾生！”穆蓝轻轻地叫了一声。

艾生慢慢地转过头来，看见那个魂牵梦萦的人，还以为自己是在做梦，虽然已经放下了这段感情，但是再次看到这个人心里某个地方还是会隐隐作痛。

他们彼此笑了笑。穆城翼假称自己口渴，要找个商店买水喝，把时间留给了他们两个。两个人漫步在青石板路上，这曾经是他们最梦寐以求的事情，如今竟然在这种情景下实现了，一个已经成为了别人的妻子，一个依然是孤单一个人。

艾生低着头，下意识地看了看穆蓝无名指上的戒指，刚才和穆城翼十指相扣的样子也早已经把一切告诉了艾生。

“最近这些日子，你过得好吗？”穆蓝问。

“还好吧，你呢，看上去气色不错。”艾生舒口气，振作起来。

“嗯，我很好，你在这里是画画吗？还是赚钱准备去下一个地方？”

“画画，单纯地画画，我已经不画人了，现在喜欢画风景，已经去了很多地方，准备开一个自己的画展，到时候你也要来参加。”

穆蓝点点头，“那是一定的！”低头想了一会儿，接着说：“艾生，你曾经不是画了很多我吗？能送给我一张吗？”

“那些画我也没带在身上，我居无定所，也不知道什么时候能再次遇上。这样吧，我现在给你和穆城翼画一张怎么样？”

“太好了，谢谢你啊！”穆蓝赶紧给穆城翼打电话，把艾生要为他们作画的事情告诉艾生，穆城翼回来了，两个人以山为背景，站在花丛中，很美的画面，只是艾生画着画着竟然想要流泪。他从来都没有想到自己画了那么久的那个人，终于可以在她身边添一个人了，而那个人却不是自己，好在他总算完成了这幅画，穆蓝和穆城翼都十分喜欢。

“你们喜欢就好了，时间不早了，我也该回去了，你们也该去下一个地方玩了吧?”

“艾生，这幅画谢谢你啦！什么时候你来山京，我肯定请你吃饭!”

艾生笑了笑，收拾自己的东西，在转身的那一刹那，一滴眼泪掉在青石板上，掷地有声。殊不知他为何不再画人，只因为画过一个人，眼里再也留不下其他人了。而他所画的风景，都是当初和穆蓝一起向往憧憬的地方，如今去只有他一个人走过、画过。艾生苦笑一下，这段感情就到这里吧，自己的心结也总算可以了却了。他没有告诉穆蓝自己曾找过她，也一直在等她，如果告诉她，她又徒增烦恼，把幸福和快乐留给心爱的人，把悲伤留给自己，这样，很好。

和艾生告别之后，穆蓝和穆城翼又玩了几天，也玩腻了，决定去下一个地方，反正，穆城翼这次有很长的假期供穆蓝挥霍。想想看，国内几个想去的地方都去过了，还是去国外吧。穆蓝选择了日本，穆城翼哪敢不从，只好带着穆蓝去了日本。富士山的皑皑白雪和粉色的樱花林，确实如同一个童话世界，穆蓝更是玩得不亦乐乎，钱也花了不少，都是买了一些稀奇古怪的东西。

穆城翼陪着穆蓝买纪念品，远处走来一个女人，看着好面熟，穿着粉红色的和服，踩着木屐，再一抬眼，竟然是安慈！穆蓝推了推穆城翼，见穆城翼愣了神，只好顺着穆城翼的目光看了过去，竟然看见了安慈。

“安姐姐!”穆蓝喊了出来，然后对着穆城翼眨眨眼，跑去了安慈身边。

安慈在这里见到穆城翼和穆蓝也很意外，也算是他乡遇故知。安慈看见他们一起出来玩，大概也明白了，总算是走到了这一步，看来自己当初的选择是对的。安慈把他们带去了自己暂时居住的地方，穆蓝对什么都好奇，四处看看，把安慈和穆城翼留在了客厅里。

安慈对于日本的一切都是那么熟悉，让穆城翼有些惊讶。

“你是怎么来日本的?”

“和你分开以后就过来了，当初只想找个地方散散心，后来日本这边有个协会找到了我，因为之前帮助他们这里一个儿童机构的孤僻孩子，所以他们很愿意我来这边，于是就过来了。想想看，来了一年了。”安慈面带笑容。

“那你打算回去吗?”

“回去啊，那里毕竟是我的家啊，我会回去的。等这边一切都筹备好，我就回去了。”

穆城翼点点头，两个人话话家常，像是一对老朋友，只是穆城翼对安慈一直心里有愧疚，不是很开心。安慈留他们在这里吃过晚饭，穆城翼才带着穆蓝离开，在回酒店的路上，穆城翼一直闷闷不乐的。

穆蓝早就看出来了，“老哥，你还在为伤了安姐姐的心不开心啊?”

“是啊，还是怨我，要不是我，她也不会……”穆城翼没有说下去，叹了口气。

“哎呀，你可算了吧，你觉得对不住人家，总觉得人家放不下你，你才没有那么大魅力呢！我告诉你吧，刚才我在她那儿转的时候，看见了安姐姐和一个男人的照片，样子非常亲密的，而且不止一张，安姐姐的卧室床头上也有一张，看来安姐姐已经快要当新娘子了。”

“真的吗?”穆城翼停下脚步，不敢相信。

“难道我还骗你啊！”

“那我就放心多了。”

“老哥，你以后只亏欠我一个人的，下半辈子只想着好好补偿我就够了！其余的什么也不许想了！”穆蓝噘着嘴，有些吃醋了。

“好，好，好，我以后只有你一个人……”

两个人默默对视，深情相拥，此时此刻，再也没有什么可以把他们分开了。